흩어진 모래

아시아총서 09

흩어진 모래

현대 중국인의 고뇌와 꿈

이종민

산지니

'중국몽'을 위한 제언

20세기 초 중국이 망국 망종의 위기에 처하게 된 주요 원인이 중국
인의 결함에 있다고 생각하며 국민성 개조의 필요성을 역설하던 량치
차오(梁啓超)는 미래정치소설인『신중국미래기』(1902)에서 60년 후 중
국이 입헌공화국으로 발전하여 세계의 중심 대국이 된다는 '중국몽'을
펼친 바 있다. 중국이 G2로 부상한 오늘날의 시점에서 보면 량치차오
의 중국몽이 시간의 차이는 있지만 예언처럼 들어맞고 있다는 사실에
놀라울 따름이다. 량치차오의『신중국미래기』는 공자 탄생 후 2513년
째인 서기 1962년에 유신(입헌국가) 50주년 대축제를 거행하는 장면에
서 시작한다. 마침 세계평화회의가 중국에서 개최되어 각국의 대표들
이 머물러 있을 뿐 아니라 우방국에서 군함을 보내어 축하 인사를 하
고 영국 국왕과 왕비, 일본 국왕과 왕비, 러시아 대통령과 영부인, 필
리핀 대통령과 영부인, 헝가리 대통령과 영부인은 친히 와서 축하를
보내고 있다. 또한 상하이에서는 박람회가 개최되어 공산품 전시회와
아울러 학문, 종교에 관한 국제학술행사가 열려 전 세계의 수많은 석
학들과 대학생들이 참여하고 있다. 그 가운데 가장 인기 있는 행사는
공자 후손인 쿵훙다오의 '중국근육십년사' 강연이며, 영국 · 미국 · 독
일 · 프랑스 · 러시아 · 일본 · 필리핀 · 인도 등에서 온 외국인도 이 강연
을 들으러 왔는데, 이들은 중국이 유신을 실시한 이후 각종 학술이 급

속히 발달하여 각국에서 파견한 유학생 출신들이어서 모두 중국어를 알아들을 수 있었다.

이 소설이 예언하고 있는 상황은 최근 중국에서 벌어지고 있는 일들을 묘사한 것이라 해도 이상하지 않을 정도다. 그러나 이 소설을 쓴 1902년의 중국은 청일전쟁에 패배한 이후 끊임없이 제국주의 침략의 위기에 시달리고 량치차오 개인적으로는 무술변법이 실패한 후 일본으로 망명을 떠난 암울한 시기였다. 이러한 위기의 현실에도 불구하고 량치차오는 중국의 미래를 낙관하고 있었다. 소설에서 량치차오는 10년 후인 1912년에 유신의 단계에 들어선 이래 예비시기, 분치시기, 통일시기, 국부축적시기, 대외경쟁시기, 도약시기를 거쳐 1962년 현재 세계 대국으로 발전하여 유신 50주년을 맞이하게 된 것이라고 묘사한다. 실제 역사에서 볼 때 현실 중국이 세계대국으로 승인된 것은 1962년에서 50년이 더 지난 뒤의 일이고 1902년의 시점에서 보면 한 세기 이상의 시간이 필요했다. 시간의 격차가 있기는 하지만 량치차오의 중국몽은 이제 그 꿈이 이루어졌다고 해도 과언이 아닐 것이다.

그러나 현실 중국이 세계대국으로 발전하는 과정은 량치차오의 상상과는 완전히 다른 방식이었다. 량치차오는 점진적인 정치개혁을 통해 입헌공화국으로 발전하는 길을 상상했지만 현실 중국은 신해혁명을 통해 중화민국을 건설했고 사회주의 혁명을 통해 중화인민공화국을 건설했으며, 세계대국이 되는 과정도 입헌공화국 건설을 위한 정치개혁이 아니라 개혁개방을 통한 경제발전이 주요 동력으로 작용하였다. 즉 개혁이 아니라 혁명을 통해 주권국가를 건설했고 정치발전이 아니라 경제발전을 통해 세계대국으로 부흥한 것이었다.

20세기의 고난을 거쳐 세계대국으로 부흥한 중국은 현재 또 다른 중국몽을 꿈꾸고 있다. 그 지도자는 시진핑으로 "중화민족의 위대한 부흥이라는 중국몽을 실현한다는 것은 바로 국가의 부강, 민족의 부흥, 인민의 행복을 완성하는 것"이라고 말한다. 시진핑의 중국몽에서 주목할 만한 점은 인민의 행복을 국가의 부강, 민족의 부흥과 같은 반열에 놓고 있다는 것이다. 그동안 중국은 국가와 민족이 중심이 되어 양적인 경제발전을 통해 대국으로 성장할 수 있었지만, 그 대가로 사회적 불평등이 심화되고 인간의 존엄성이 존중받지 못하고 생태계가 파괴되는 등 인민의 삶의 질이 하락하는 문제에 직면하고 있다. '부자 중국, 가난한 중국인'이 상징하듯이 국가의 성장이 인민의 행복으로 나아가지 않는다면 "중화민족의 위대한 부흥"은 그야말로 백일몽에 불과해질 것이다. 이 점이 바로 시진핑의 중국몽에서 인민의 행복이 부각되는 이유이다. 시진핑은 국가 주도의 경제발전을 넘어 문화적 성장방식을 통해 인민 개개인의 꿈과 행복이 실현되는 중화민족의 위대한 부흥을 꿈꾸고 있는 것이다.

이러한 21세기 중국몽은 당연히 시진핑의 임기 내에 이루어지기는 힘들 것이다. 그렇지만 이것이 사회적 불평등을 무마하기 위한 정치적 수사에 불과하다고 생각할 필요는 없다. 왜냐하면 2020년까지 중등생활을 향유하는 전면적 샤오캉사회를 만들고 신중국 성립 100주년인 2049년까지 '중국식 사회주의 복지사회'를 건설하기 위한 비전과 정책을 준비하고 있기 때문이다. 량치차오가 『신중국미래기』에서 60년 이후의 중국을 예언했듯이 시진핑은 30년 이후의 미래 중국을 꿈꾸고 있는 것이다.

문제는 이러한 21세기 중국몽을 추진할 정치적 주체와 복지 재원을 어떻게 확립하는가에 있다. 필자가 '중국식 사회주의 복지사회'를 접하면서 느낀 것은 중국 정부와 지식인들이 북유럽 복지국가와 사회민주주의(중국에서는 민주사회주의라고 부른다)에 대한 거부감이 생각보다 크다는 점이다. 그 이유는 북유럽이 국가가 국민의 복지를 보편적으로 책임지는 사회이면서 국민 개개인의 정치 참여를 바탕으로 한 개방형 사회복지정책을 시행하고 있는 점 때문이라고 생각한다. 이러한 점은 당-국가체제를 유지하고 있는 중국에게 상당히 부담스러운 모델일 수밖에 없을 것이다. 그래서 중국에서는 복지국가를 주로 북유럽식 복지모델로 지칭하고 이는 중국 실정에 부합하지 않는 모델이라고 간주한다. 중국은 복지국가보다 복지사회라는 용어를 선호하며 현재의 당-국가체제 속에서 시행 가능한 사회복지제도를 구상한다고 볼 수 있다. 필자는 중국의 이러한 구상이 신자유주의적 개혁의 틀 속에서 이루어진 것임을 비판하면서도 장기적인 발전과정 속에서 현 단계의 실정을 고찰해야 한다는 생각이다. 그리고 이러한 구상에 점진적으로 도달하게 되면 중국은 아마도 수십 년 후 더 높은 수준의 중국몽을 제시할 것으로 보인다.

향후 중국은 '중국식 사회주의 복지사회'를 실현하는 과정에서 힘겨운 과제를 짊어지게 될 것이다. 현재 복지재정이 GDP의 6~7%를 차지하는 수준에서 20% 이상으로 확충해야 하는 난제를 해결해야 하는데, 복지사회를 추진할 주체로서 인민의 정치적 참여가 제한되고 정부가 자본을 민주적으로 통제할 의지가 없다면 복지사회 구현에 소요되는 재정을 마련할 방안이 없기 때문이다. 이 점은 21세기 중국몽이 국가 주도의 시혜가 아니라 인민이 주체가 되는 정치발전(20세기식 인민동원의 정치가 아닌 시민권에 기반한 사회민주의 정치)과 공동체윤리를 통해야 실현 가능하다는 사실을 역설하고 있다. 이것이 바로 21세기 중국몽 앞에 놓여 있는 거대한 도전인 셈이다.

중국이 인민의 행복을 위한 삶의 질 향상을 고민하고 있다는 것은 세계 평화를 위해서도 매우 고무적인 일이다. 중국의 정치 목표가 국가와 민족 단위의 국력 경쟁을 넘어 인민의 행복한 삶을 위한 문명정치 실현으로 나아간다면 동아시아는 물론이고 세계 평화를 위한 거대한 인식의 전환이 이루어질 수 있기 때문이다. 중국이 진정한 의미의 세계대국이 되는 길은 바로 이러한 문명전환의 역할을 얼마나 성공적으로 수행하느냐의 문제와 연계되어 있을 것이다. 중국몽이 21세기 인류의 희망으로 이어질 수 있을지 그 도전이 막 시작되었다.

요즘 흔히 들을 수 있는 중화민족의 자부심과 달리, 20세기 초 중국 지식인들은 중국인의 결함이 공공정신이 결핍된 채 '흩어진 모래'로 살아가는 점이라고 비판하였다. 20세기 내내 이 '흩어진 모래'라는 말이 일종의 편견으로 작용하여 21세기인 오늘날에도 중국인을 바라보는 시각으로 남아 있을 정도다. 중화민족의 위대한 부흥, 중국몽 그리고 세계평화를 얘기할 때 중국인들이 과연 이 막중한 과제를 수행할 수 있을지 의문이 들 때면 어김없이 이 '흩어진 모래'의 유령이 따라붙는다. 이 편견을 넘지 않으면 중국인을 공정하게 볼 수 있는 방안이 없을 것이다.

이 책은 20세기에서 현재에 이르는 중국의 역사 속에서 중국인들이 끊임없는 사회운동과 자기쇄신을 통해 어떠한 미래상을 고민하고 있으며, 그리고 어떠한 요인 때문에 그러한 기획이 위기에 처하게 되었는가, 또 그 위기를 통해 어떠한 새로운 도전을 시도하는지 등의 문제에 대해 서술한다. 어쩌면 이 책에서 서술한 20세기 중국인의 고뇌와 좌절의 역사를 읽다 보면 앞에서 언급한 21세기 중국몽이 어떻게 가능한 것인지 의문이 들 수도 있을 것이다. 20세기 중국의 역사가 21세기 중국몽을 위해 순항한 것이 아니라 시행착오의 과정이라 해도 과언이 아니기 때문이다.

루쉰은 중국인을 개조할 수 있는 통찰력을 얻기 위해 아더 스미스(Arthur H. smith. 1845~1942. 중국명 明恩薄)의 『중국인의 성격(Chinese Characteristics)』을 번역하도록 후세에게 유언을 남기고(1장), 또 영원한 구경꾼으로서 중국인의 자기기만적인 의식이 중국의 혁명을 장애하는 근본요인이라고 비판하며 국민성 개조를 평생의 과업으로 삼았다.(5장) 그러나 루쉰의 유언대로 90년대 들어 아더 스미스의 책이 중국에 번역되기는 했지만 궁극적으로 루쉰이 염원했던 중국인의 정신 개조가 이루어졌는지 묻는다면 그 대답은 위화의 소설 『형제』 속의 군상들처럼 그리 긍정적이지는 못할 것이다.(10장)

량치차오는 근대 입헌국가를 건설하기 위해 공덕을 지닌 신민의 양성을 역설했는데(2장), 현 당-국가 체제는 인민민주와 법치를 내세우기는 하지만 실제로는 인민의 자유로운 정치 참여를 제한하고 있고 인민의 주된 관심 역시 부자의 꿈을 추구하는 데 매진하여 공동체윤리의 형성이 아직 미흡한 실정이다. 천두슈를 비롯한 신문화운동세대들은 모든 구속으로부터 독립된 개인과 그러한 개인들이 연합하여 구성한 사회를 통해 평등하고 자유로운 세계를 꿈꾸었는데(3, 4장), 현실 중국에서는 시장경제의 차원에서 개인의 자유가 주어져 있지만 정치, 사상, 예술, 언론 등 시민권의 차원에서는 개인의 자유가 제한되어 있다고 해야 할 것이다.

마오쩌둥은 농민의 혁명에너지와 민족주의를 통해 주권국가인 인민공화국을 건설하고 사회주의적 소유제 개조를 통해 평등한 사회의 건설을 꿈꾸었지만(6장), 노동자와 농민, 도시와 농촌, 정신노동과 육체노동의 '3대 차별'이 여전히 지속되었고 급진적 집단화 과정으로 인해 공공정신을 지닌 사회주의 주체보다 집단의 보호 속에 자족하는 인간의 양산을 초래하였다.(7장)

개혁개방 이후 중국 지식인들은 중국 사회주의의 의미와 문제에 대해 토론하기 시작했는데, 리저허우·진관타오 등 소위 80년대 지식인들은 중국 사회주의를 봉건주의라고 비판하며 서구적 자본주의의 길에 대해 역설하였고, 이 과정에서 중국이 정체하게 된 원인을 중국인의 결함에서 찾는 국민성비판론이 다시 제기되었다.(8장) 그러나 현실 속 중국인들은 덩샤오핑의 선부론에 따라 특유의 상인 본능을 일깨우며 부자의 꿈을 향해 활기차게 내달리고 있었으며, 공동부유 사회를 만들려는 선부론의 본래 의도를 무색케 할 정도로 과열되어 중국 사회 전체의 불평등이 심화되어갔다. 이러한 발전의 위기에 직면하여 중국 정부의 성장전략이 선부론에서 공동부유와 민생을 중시하는 정책으로 전환되기에 이르렀다.(9장)

　2008년 미국 금융위기 이후 G2로 굴기한 중국에 대해 세계는 영미식 신자유주의의 대안이 될 수 있는지 주목하고 있으며 왕후이를 비롯한 중국 지식인들도 중국의 자주적 발전방식을 강조하고 있다. 그러나 중국이 신자유주의의 대안이 되기 위해선 무엇보다 인류의 삶의 질 향상을 위한 보편적 경험으로 수용될 수 있는 개혁이 진행되어야 한다. 이를 위해선 중국식 특수성의 길을 넘어 공동 부유사회의 이념과 그 제도적 실천으로서 복지사회 그리고 세계평화를 위한 문명정치 실현이라는 거대한 도전을 수행해야 할 것이다.(11장)

　무엇보다도, 이 책을 통해 20세기 중국인의 고뇌를 엿보는 과정에서 중국에 대한 오해와 편견을 넘어 공정하게 사유할 수 있는 시각을 발견하게 되기를 바란다. 21세기 중국몽은 결국 20세기 중국인의 고뇌를 통해서만 이해 가능한 역사적 산물이기 때문이다.

　지금은 중국몽을 당당하게 얘기하고 있지만 중국인들은 20세기 내내 '흩어진 모래' 콤플렉스에 시달리고 있었다. 루쉰은 이러한 편견에 대해 중국인은 원래 '흩어진 모래'가 아니었으나 민중들이 단결하는 것을 두려워한 권력자들이 정치 조작을 한 결과 그렇게 된 것이며, 중국 민중들도 자신의 이해관계를 감지하면 언제든지 단결할 수 있다고 반박한 바 있다. '흩어진 모래'라는 말은 본래 근대 서양인들이 중국인을 비하하기 위해 사용한 것이었지만, 상대적으로 중국이 개인의 이해관계를 중시하는 사회라는 점을 생각하면 이 비유가 전혀 근거가 없는 것은 아니라고 할 수 있다. 이렇게 보면 루쉰은 중국인의 개인주의적 성향을 긍정적으로 정치화할 수 있다는 인식을 통해 '흩어진 모래'의 이미지를 전복시킨 것이라고 해야 할 것이다.

다만 모래에 대한 이런 해석을 통해서는 중국인의 삶의 주요 특성인 인내심 많고 낙관적인 점을 드러내기에 미진하다는 생각이다. 몇 년 전 필자는 비오는 날 강변 모래밭을 거닐며 이런저런 생각을 하다가 우연히 모래의 촉감을 느낀 적이 있다. 그때 '흩어진 모래'를 떠올리며 모래의 자잘함과 흩어짐 속에 내재한 강인하면서도 넉넉한 품에 대해 상상해보았다.

나는 모래입니다/언제부터인가 세상에는/나에 대한 편견이 생겨났습니다/자잘하게 흩어져 있다거나/오래 못 가 허물어지는 것이라고 비아냥거립니다/그러나 나는 슬퍼하지 않습니다/커다란 시련 닥칠 때/그 사람의 깊이 알 수 있듯이/장대비 내린 후에 내 마음 드러나기 때문이지요/흙 길은 진탕길 되어/새 신 신은 아이들/질퍽질퍽 울상으로 만들지만/비 내려도 내 몸은/물먹은 스펀지 되어/아이들 발걸음 폭신하게 하지요/흙은 비의 습격 버티지 못하고/제 몸 녹아내리지만/나는 내 몸속으로/비를 품어 들이지요

나에게는 남 모를 비밀이 있습니다/비바람에 몸 부서져도/심지 더욱 단단해지고/바다로 산으로/강으로 땅으로/세상 속 흩어져 사는 동안/더불어 사는 법을 배웠지요/나는 한 알 한 알 작지만 단단하고/우리들이 모이면/흩어진 듯 넉넉합니다/나는 항상 누군가를 만나기 위해/마음의 문을 열어놓고 있습니다/그게 내가 살아가는 길이기 때문이지요

우리들이 만나면/아이들의 꿈 실어 모래성을 짓구요/내가 흙을 만나면/점토의 기름기 나의 습기 어우러져/식물 포근히 자라는 밭이 되구요/내가 바다를 만나면/걸쭉한 퇴적물과 어우러져/조개 새우 갯지렁이 노니는 갯벌이 되지요

나는 자그마한 품으로/드넓은 세상을 만들어갑니다/사람들은 나를 가볍고 연약하다고 생각하지만/내 몸속에는/세상 따스하게 살아가는 길을 잉태하고 있습니다/내일은 또 누굴 만나 무엇이 될지/벌써 설레이기 시작합니다

　세상은 사람이 만들어간다는 평범한 진리를 다시 생각해본다. 그리고 중국인도 우리와 마찬가지의 감성과 욕망을 지닌 사람들이며, 더불어 인생과 평화를 얘기할 수 있는 친근한 이웃이 되는 그날을 꿈꾸고 싶다. 이것이 나만의 중국몽이라 할지라도.

2013년 11월
해운대에서

목차

제1부　　　　　　　중국인은 무엇이 문제인가

1장

루쉰의 유언과 아더 스미스

'중국모독' 영화를 보지 않는 것은 스스로 자기 눈을 가리는 수종 환
자와 마찬가지로 자신에게 이로울 것이 없다. 그렇지만 보고도 반성
하지 않는 것 역시 이로울 것이 없다. 나는 이제라도 누군가가 아더
스미스의 『중국인의 성격』을 번역해주는 사람이 있었으면 한다. 왜냐
하면 이 책은 우리가 자신에 대해 분석하고 질문하여 자신을 개선하
고 변혁하도록 이끌 통찰력을 제공하기 때문이다. 우리는 다른 이들
이 우리를 인정하고 칭찬해주기를 요구하기보다는 중국인으로 존재
한다는 것이 무엇을 의미하는지 알기 위해 자신과 씨름해야만 한다.

　　　　　　　　—루쉰, 「훗날 증빙을 위해 기록으로 남기다(3)[立此存照(三)]」[1]

루쉰의 유언

죽음을 얼마 남겨두지 않은 1936년 10월 5일, 평생 중국 국민성 문제
에 대해 성찰하며 그 개조를 위해 고투하던 루쉰은 유언처럼 위의 글

---

1)　　루쉰, 「立此存照(三)」, 『魯迅全集』 6, 人民文學出版社, 1993, 626쪽.

을 남긴다. 이 글에서 루쉰은 중국인의 자기 변혁을 위해 아더 스미스(Arthur H. smith. 1845~1942. 중국명 明恩薄)의 『중국인의 성격(*Chinese Characteristics*)』을 번역할 필요가 있다고 언급하는데, 아더 스미스를 비롯한 서양인들의 중국 담론 속에 내재하는 제국주의적이고 인종주의적인 편견에 대해 누구보다 잘 알고 있던 루쉰이 그런 대표 저작에 대한 번역을 후세에게 유언으로 남겼다는 사실 자체가 곤혹스럽게 다가온다. 실제로 아더 스미스의 저작은 루쉰이 일본 유학시절 국민성 문제에 천착하기 시작하던 때부터 타자의 거울로 작동하며 소설 속의 중국인 형상 및 평론 속의 국민성 비판의 시각과 의식적 무의식적인 연관성을 지니고 있었다. 하지만 루쉰은 아더 스미스의 시각과 비판적 거리를 유지하며 소위 오리엔탈리즘적 응시와는 차원이 다른 입장을 취했다. 그렇다면 루쉰은 왜 이러한 곤혹감을 무릅쓰면서 아더 스미스 저작의 번역을 유언으로 남긴 것일까?

루쉰이 위의 글 「훗날 증빙을 위해 기록으로 남기다(3)」를 쓴 직접적인 이유는 아더 스미스의 『중국인의 성격』이 아니라 '중국모독' 영화인 요셉 폰 스턴버그[2] 감독의 「상하이 익스프레스」(1932)에 관한 비평을 하기 위해서였다. 이 영화는 1931년 혼란기의 중국을 배경으로 베이핑에서 상하이로 가는 특급열차에서 옛 연인인 상하이 릴리(마를레네 디

---

2)　요제프 폰 스턴버그(Josef von Sternberg, 1894~1969)는 오스트리아 태생이다. 유럽에서 교육을 받았으며, 19세 때 미국으로 건너가 영화제작에 뜻을 두고 촬영 조수가 되었다. 1924년 영국에서 온 배우 G. K. 아서와 뜻을 같이하여 「구원을 바라는 사람들(Salvation Hunters)」(1925)을 제작, C. 채플린의 추천을 받고 이름이 알려지게 되었다. 「암흑가(Underworld)」(1929) 등의 가작을 제작하였으며, 또 독일에서 「탄식의 천사(Der blaue Engel)」(1930)를 제작하였다. 그 후 「모로코(Morocco)」(1930), 「아메리카의 비극(An American tragedy)」(1931) 등을 발표하였으며, 1953년 미일 합작영화 「아나타한(The Saga of Anatahan)」을 감독하였다.

트리히)와 영국인 군의관 하비 박사(클라이브 브룩)가 재회하는데 중국 혁명군에 의해 열차가 탈취되는 곤경 속에서 서로 간의 오해와 불신을 극복하고 사랑을 이루는 이야기를 다루고 있다. 그런데 이 영화는 1932년에 상하이에서 개봉되자마자 불과 이틀 만에 중국모독 영화라는 세간의 비난을 받고 상연을 중단하게 된다. 당시는 일본이 허위로 사건을 조작하여 중국과 전쟁을 일으킨 1·28 상하이 사변 직후여서 혁명군이 열차 강도로 돌변하는 영화 속의 장면이 중국 관객들에게는 일본의 조작행위와 유사하게 인식되었기 때문이다. 그 후 1936년 9월 스턴버그 감독이 직접 상하이를 방문하는 사건을 계기로 신문 지상에 그의 중국 여행기와 함께 「상하이 익스프레스」에 대한 찬반 양론의 기사[3]가 실리게 되는데, 루쉰의 글은 바로 스턴버그 감독의 중국 방문을 바라보는 신문 기사(중국인)의 시각을 비평하는 과정에서 쓰인 것이다.

루쉰은 9월 20일자 『대공보』에 실린, 스턴버그에 대한 상반된 감정을 드러낸 두 기사를 인용하고 있다. 먼저 긍정적 입장을 취하고 있는 샤오롄의 「폰 스턴버그의 상하이 방문을 다시 논함」을 읽어보자.

「상하이 익스프레스」를 제작했을 때 스턴버그는 중국에 대한 지식이

---

3) 스턴버그는 상하이에 이어 조선을 방문하여 당시 단성사에서 초기발성영화 가운데 하나인 홍개명의 「장화홍련전」(현재 전해지지 않음)을 보고 돌아갔다. 스턴버그의 방한은 당시 조선영화인들에게 꽤 화제가 되었으며, 『삼천리』(제79호, 1936. 11)에 실린 "명배우, 명감독이 모여 조선영화를 말함"이라는 좌담기록—나운규, 문예봉, 복혜숙, 김유영, 이명우, 박기채 등 당대 걸출한 조선영화인들이 대거 참여했다—을 보면 스턴버그에 대한 언급이 많이 나오고 있다. 조선영화인들은 중국인들과 같은 찬반 양론이 아니라 스턴버그의 「모로코」, 「파리제」, 「서반아광상곡」 등의 영화세계와 여배우 마를렌 디트리히에 관해 다양하고 자유로운 얘기를 하고 있는데, 그 이유 가운데 하나를 꼽으라면 스턴버그의 영화 가운데 조선인 비하 영화가 없었다는 점일 것이다.

전혀 없었으리라. 중국이 어떤 곳인지 전혀 알지 못했다. 따라서 그가 중국을 모욕한 것은 고의가 아니었다는 변명으로써 책임을 면할 수 있었다. 그러나 이제는 이미 중국에 와서 중국을 보았으니 이번에 할리우드로 돌아가서 다시 「상하이 익스프레스」와 같은 작품을 만들기라도 한다면, 이번에는 용서할 수 없다. 그는 상하이에 체류하는 동안에 중국의 인상이 매우 좋다고 사람들에게 말했다 하는데 그것이 진실이기를 바란다.[4]

루쉰은 이 기사를 인용한 후 특별한 설명 없이 곧바로 샤오렌의 기대감에 반하는 스턴버그의 발언이 실린 기사를 인용하고, "우리들에겐 자신을 아는 지혜가 필요하지만 동시에 타인을 아는 지혜도 필요하다"는 짤막한 비평을 통해 이러한 기대감은 중국을 바라보는 서양인의 시각에 대해 무지한 데서 비롯된 결과임을 암시한다. 그렇다면 루쉰은 왜 샤오렌의 입장에 대해 "타인을 아는 지혜"가 부족하다고 한 것일까?

샤오렌은 스턴버그 감독이 「상하이 익스프레스」를 '중국모독' 영화로 만든 것은 고의로 그렇게 한 것이 아니라 중국에 대한 지식이 전혀 없는 상태에서 제작했기 때문이라고 인식하며, 이번 중국 방문을 통해 체험한 좋은 인상을 바탕으로 「상하이 익스프레스」와 다른 우호적인 영화를 만들게 되기를 기대하고 있다. 그러나 스턴버그가 「상하이 익스프레스」를 제작할 당시 중국을 직접 방문한 경험이 없는 것은 사실이지만 그것을 근거로 스턴버그가 중국에 대한 지식이 전무했을 것이라고 판단하는 것은 적절해보이지 않는다. 왜냐하면 「상하이 익스프

---

4)   루쉰, 앞의 책, 623쪽.

레스」속의 열차탈취사건은 스턴버그가 허구적으로 창조한 것이 아니라 1923년 5월 6일 전 세계를 깜짝 놀라게 했던, 산둥성 린청에서 벌어진 토비(土匪)들의 국제특급열차 납치사건을 바탕으로 재구성된 것이기 때문이다.

이 사건의 전모는 다음과 같다. 토비 순메이야오가 지휘하는 '산둥건국자치군' 1000여 명은 1923년 5월 6일 새벽 2시 반 난징에서 베이징으로 가던 국제특급열차를 산둥 린청역 부근에서 납치하여 재물을 강탈하고 승객들을 인질로 잡았다. 순메이야오는 이런 방법으로 정부군에 붙잡혀 있는 친척 형 순메이숭을 석방하고 정부로부터 무기와 돈을 얻어내며, 나아가 정부군에 정식 편입되려는 속셈을 지니고 있었다. 인질로 잡힌 승객 가운데는 산둥 황하 궁가패제방의 낙성식에 참석하려던 미국의 저명 기자 파월, 미국 석유왕 록펠러의 며느리 루시 올드리치, 미국 육군중령 등을 포함하여 영국, 이탈리아, 프랑스, 멕시코의 승객 39명이 있었다. 이 사건은 중국 신문뿐만 아니라 외국 신문에 크게 보도되었으며 각국 공사들은 베이징 정부에 외국인 인질을 구출해줄 것을 엄중히 요구하였는데, 인질들은 정부와 순메이야오의 줄다리기 협상 끝에 37일 만에 모두 풀려나게 되었다.[5]

이 사건과 「상하이 익스프레스」속의 사건을 비교해볼 때 주목할 만한 점은 열차 탈취범을 토비에서 혁명군으로 변경하고 있으며, 이 혁명군은 중국사회의 변혁을 추구하는 진보세력이라기보다는 토비와 별다른 차이가 느껴지지 않는 군사집단으로 묘사되어 있다는 것이다. 사건의 주모자인 혁명군 사령관은 탈취과정에서 순종하지 않는 외국

---

5) 이 사건에 대해서는 존 피츠제럴드, *Awakening China*(喚醒中國)(三聯書店, 2004) 211~218쪽 참고.

인 승객의 신체에 끔직한 상해를 가하고, 중국계 여성 승객에게는 부도덕하게 성폭력을 가하여 결국 이 여성에 의해 살해당하고 만다. 그에 반해 외국인 승객은 다른 승객들을 석방하기 위해 자신(상하이 릴리)이 인질로 남으려는 희생정신을 드러내는 등 위기의 순간에 합심 단결하여 탈취범의 손에서 무사히 벗어나는 적극적인 인물들로 묘사되어 있다. 이러한 사건 전개로 인해 「상하이 익스프레스」는 정의로운 외국인 승객들이 부도덕한 열차 탈취범인 혁명군을 물리치고 평화를 회복하는 이야기로 재구성되었다 해도 무방하다.

또 「상하이 익스프레스」 속에 등장하는 중국인 군상을 보면, 아무렇게나 침을 뱉는 기관사, 웃통을 벗고 지저분하게 다니는 일꾼, 무질서하고 시간 개념이 없는 노인, 명령에 순종적인 혁명군 부하 등이 일등실에 승차한 세련된 서양인의 모습과 대조되어 전근대적인 이미지가 부각되어 있다. 이런 낯익은 중국인 상은 바로 중국인을 비하하는 서양의 오리엔탈리즘 담론이 영화로 각색된 것이라 해도 과언이 아니다. 1·28 상하이 사변으로 인한 반외세적 시대 정서와 아울러 영화 속의 중국 혁명군의 토비화, 중국인 비하 장면들은 1930년대 코스모폴리탄 도시 상하이의 모던한 관객들이 모독감을 느끼기에 충분한 요인이 되었을 것이다.

이러한 점들을 고려할 때 스턴버그는 중국에 관한 지식이 전무한 것이 아니라 오히려 당시에 일반화된 서양의 중국 담론에 근거하여 충실하게 재현한 결과 「상하이 익스프레스」라는 '중국모독' 영화를 제작하게 된 것이라고 해야 할 것이다. 루쉰이 "타인을 아는 지혜"가 필요하다고 한 것은 바로 샤오롄의 입장에 「상하이 익스프레스」가 제작된 문화정치적 맥락에 대한 이해가 결여되었기 때문인 것이다.

다음으로 『대공보』 같은 날짜에 실린, 스턴버그에 대해 우려감을 표하고 있는 치양의 「예술가 방문기」를 읽어보자.

「상하이 익스프레스」라는 작품으로 중국인의 주목을 받은 스턴버그 씨가 이번의 중국 여행에서 이른바 '중국모독' 영화 두 번째 작품 자료를 수집한 것은 분명하다. "중국인은 자신을 모른다. 「상하이 익스프레스」에서 표현했던 것을 이번의 중국 여행에서 더욱 더 자신할 수 있었다." 대개의 여행자 같으면 중국에 오면 이제까지와는 태도를 달리하는 것이 보통인데 과연 스턴버그 씨만은 세속에 아부하지 않는 예술가의 품격을 가지고 있어 경복해마지 않는 바이다. (중략) 정면으로 「상하이 익스프레스」에 항의를 제기하지 않고, 미국에 있었을 때와 중국에 온 이후로 그의 중국관 및 일본관이 달라졌는지 물어보았다. 그는 즉시 대답하지 않고 약간 사이를 둔 다음 빙긋이 웃으며 이렇게 대답했다. "미국에 있을 때나 중국에 온 뒤로나 달라지지 않았다. 분명히 동양은 독특하다. 일본은 경치가 아름답다. 중국에는 베이핑이 좋다. 상하이는 너무 번화하고 수저우는 너무 예스럽다. 확실히 신비한 느낌이 든다. 인터뷰에서 항상 「상하이 익스프레스」에 관한 것을 묻는데, 정직하게 말해서 그 작품은 있는 그대로를 그리고 있다. 이제는 좀 더 확실한 인상을 얻게 되었다.…… 카메라를 가지고 오지 않았으나 이 눈이 그 인상을 잊게 하지는 않을 것이다."[6]

위의 기사는 스턴버그가 중국 방문을 통해 새로운 중국관을 가지게 되기를 기대한 입장과 달리, 스턴버그의 중국 방문이 오히려 「상하이 익스프레스」에서 표현한 것을 실제 중국 속에서 검증하는 계기가 되

---

6)　루쉰, 앞의 책, 623~624쪽.

어 방문 전이나 마찬가지로 그의 중국관은 크게 변한 것이 없다는 점을 강조하고 있다. 루쉰 역시 기대감보다는 우려감을 표하는 이러한 입장에 동감하며 "그는 조금도 후회하고 있지 않으며 오히려 자신감을 더 굳게 하여 생각한 바를 거침없이 말하는 것이 과연 게르만인의 장점인 직설적인 일면을 잃지 않았다"는 풍자까지 덧붙이고 있다.

더 나아가 루쉰은 스턴버그의 방문기에서 중국을 좋게 평가하는 부분에 대해서도 비평을 가한다. 그에게 좋은 인상을 남긴 것은 베이핑, 상하이 같은 중국의 신비하고 예스러운 공간이며, 「상하이 익스프레스」에서 문제가 되었던 중국인 비하에 대해서는 조금의 개선된 인상이 없이 "있는 그대로"의 모습을 확인했을 뿐이다. 이로 인해 스턴버그가 발견한 중국의 도시는 살아 있는 중국인이 부재한, 보여지는 장소에 불과하여 오리엔탈리스트 여행가의 눈에 포착된 동양 풍경의 목록 가운데 하나로 변질돼버린 것이다.

> "이제 이미 중국에 왔고 중국을 보았다", "상하이에 체류하는 동안 중국의 인상은 매우 좋았다", 이는 방문기에 의해서 진실이라는 것이 확인되었다. 그러나 그가 좋다고 말한 것은 베이핑에 관한 것이며 장소에 대한 것이다. 중국인에 대한 것은 아니다. 그리고 그들이 여행한 중국의 여행지는 그들의 눈으로 볼 때는 이제 거기에 사는 사람들과는 관계없는 것이 돼버렸다.[7]

이렇게 루쉰은 스턴버그의 방문에 관한 찬반 양론의 기사를 인용하여 그의 중국 담론 속에 내재한 '오만과 편견'의 문제를 비평하고 있

---

7) 루쉰, 앞의 책, 624쪽.

다. 여기까지 놓고 보면 루쉰의 글쓰기 목적이 스턴버그의 오리엔탈리즘에 대한 비평에 있는 것처럼 읽히지만, 루쉰의 관심은 이에 머물지 않고 그러한 비평을 초래한 중국인 자신에 대한 특유의 성찰로 나아간다. 다시 말하면 타인의 시선에 대한 비평만을 가지고 해결할 수 없는, 타인의 비하를 받을 만한 중국인 내부의 결함에 대해 성찰하고 있다는 것이다.

루쉰은 스턴버그 방문 기간의 신문 기사 가운데 중국인에 대한 좋은 인상을 가지게 할 만한 자랑거리가 없으며, 오히려 신문에는 중일전쟁 직전의 심각한 대치상황을 가려버리는 자기기만적인 기사들로 장식되어 있을 뿐이라는 점을 부각시킨다. 루쉰이 인용하고 있는 관련 기사를 읽어보자.

(톈진에서 18일 오후 11시발 특전) 이날 저녁때 펑타이의 일본군은 갑자기 제29군 소속 펑즈안이 지휘하는 해당 부대를 포위하고 무장해제를 요구하여 밤이 되어도 대치를 계속하고 있다. 이미 일본군은 베이핑으로부터 펑타이를 향하여 병력을 증강 중이라 하나, 상세한 것은 확실치 않다. 확실히 듣건대 지난달 이래로 일본 측은 자주 숭저 위안에게 펑즈안 부대의 철수를 요구하였으나 숭은 아직껏 응낙하지 않았다 한다.

(펑타이에서 19일 동맹사) 18일 펑타이 사건은 19일 오전 9시 반에 이르러 원만히 해결되었다. 그 시각에 일본군은 포위 태세를 풀고 정류장 앞 광장에 집결하고 중국군도 같은 곳에 정렬하여 쌍방의 오해를 풀었다.

(베이핑에서 20일 중앙사) 펑타이에 있어서의 중일 양군의 오해문제 해결 후 앞으로 그와 같은 사건의 재발 방지를 위하여 쌍방 당국 사이에 상세한 검토 결과 양군 모두가 약간 먼 지점으로 옮길 것을 결정하였으며, 우리 측은 이미 펑타이에 주둔하는 제2대대 제2중대를 펑타이 남방의 짜오쟈촌으로 이동 완료하였으며 펑타이에 주둔하는 일본군 부근에는 이제 우리 군은 하나도 없다.[8)]

펑타이의 일본군의 중국군 포위와 무장해제 요구라는 침략행위에 대해 중국군은 이에 저항하기보다는 중일 양국 군대가 갈등지점으로부터 약간 먼 곳으로 이동하는 방안으로 타협하여 사건을 해결한다. 중국군은 이것을 더 이상의 무력충돌 없이 사건을 마무리하여 위기 상황을 모면한 중재안이라고 여기지만 실제로는 일본군의 요구를 수용하여 일시적 평화를 유지하는 방편에 불과한 것이다. 루쉰은 중국인의 이와 같은 태도를 "일부 사람이 '자기를 속이는' 것으로 만족하고 있고, 가능하면 '타인을 속일' 셈으로 있는 경우인 것"이라고 비평하며, 이것은 수종(水腫) 환자가 의사에게 가기 싫어 타인에게 비만증으로 보이기를 기대하며 안심하고 사는 것과 마찬가지 행위라고 비유한다.

루쉰은 위의 기사를 통해 타인의 비하를 받을 만한 중국인 내부의 문제가 바로 자기기만적인 태도라고 인식하며, 이것이 전쟁의 위기적 현실 속에서 어떻게 작동하고 있는지를 보여준다. 사실 중국인의 이러한 태도는 루쉰이 국민성에 대해 관심을 가지기 시작한 일본 유학시절부터 중국인의 병근 가운데 하나로 발견한 것이며, 국민성 개조를 위

---

8) 루쉰, 앞의 책, 625쪽.

한 문학적 실천에 투신한 이래 루쉰이 평생 성찰하며 고투한 문제라 해도 과언이 아니다. 죽음이 눈앞에 다가온 시점에서, 평생 고투하던 문제가 여전히 곤혹스럽게 남아 있는 현실을 보며 루쉰은 무슨 생각을 한 것일까?

　서두에서 인용한 글이 바로 이러한 고뇌의 결과라 해야 할 터인데, 이것은 루쉰 특유의 풍자인가 아니면 곤혹스런 통찰인가? 루쉰은 서두의 글 이전에도 일기, 편지, 잡문 등에서 이에 관해 수차례 언급하고 있다. 이 글들에서 루쉰은 외국인들이 중국인의 국민성을 규명하는 책을 저술하는 데 반해 정작 중국인들은 자신의 국민성과 그 결함에 대해 별다른 관심이 없는 것을 비판하고, 외국인이 쓴 책 가운데 가장 볼 만한 것으로 아더 스미스의 『중국인의 성격』을 언급하며 이를 번역하여 소개하기를 희망하였다. 루쉰이 이러한 생각을 지속하며 유언으로까지 남겼다는 것은 무엇을 의미하는 것인가? 루쉰이 평생 국민성 개조의 길을 걸었음에도 불구하고 중국인의 결함은 여전히 그대로 존재하여 중국이 낙후된 세계에서 벗어나지 못하게 하는 병근으로 작용하고 있었기 때문일 것이다. 이러한 중국인의 병근이 존재하는 이상 타자의 거울로서 아더 스미스의 『중국인의 성격』은 여전히 중국에서 존재가치를 지니게 되는 셈이다. 루쉰에게 이것은 곤혹스런 통찰로 다가온다. 루쉰은 왜 반성의 출발점으로 다시 아더 스미스의 『중국인의 성격』을 떠올린 것일까? 그리고 서양 선교사 담론의 중국인 비하에도 불구하고, 이 책의 어떠한 점에서 중국인으로 살아가는 존재의미를 찾을 수 있다고 인식한 것일까? 그 이유를 찾아 아더 스미스의 『중국인의 성격』속으로 들어가 보자.

아더 스미스의 두 가지 시선

아더 스미스는 1845년 미국 북동부의 코네티컷 주에서 태어나 27세인 1872년에 공리회 선교사의 신분으로 중국에 와 텐진, 산둥, 허베이 등지의 농촌에서 선교활동을 하면서 중국에 관한 10여 권의 서적을 저술하였다. 『중국인의 성격』[9]은 1889년 상하이에서 발행되던 *North-China Daily News*에 연재되던 글이었는데 아시아는 물론 영국과 미국 및 캐나다의 서양인들 사이에서 상당한 인기를 누렸으며, 1894년 책으로 편찬된 이후 당시 중국에 관한 미국인의 저술 가운데 가장 많은 독자층을 확보하여 미국인의 중국인 상을 형성하는 데 지대한 영향력을 행사하였다.

아더 스미스는 20여 년간의 중국 체험을 바탕으로 중국인의 복합적인 성격을 체면(face), 절약(economy), 근면(industry), 예의(politeness), 시간에 대한 무시(a disregard for time), 정확함에 대한 무시(a disregard for accuracy), 오해를 잘하는 소질(a talent for misunderstanding), 에둘러 말하는 소질(a talent for indirection), 유순한 고집스러움(flexible inflexibility), 생각의 모호함(intellectual turbidity), 무신경함(an absence of nerves), 외국인에 대한 경멸(contempt for foreigners), 공공정신 결핍(an absence of public spirit), 보수주의(conservation), 안락함과 편의에 대한 무관심(indifference to comfort and convenience), 육체적 활력(physical vitality), 인내심과 지속성(patience and perseverance), 자족과 낙관(contentment and cheerfulness), 효심(filial piety), 자비심(benevolence), 동정심 결핍

---

9)　본 논문에서는 上海三聯書店에서 2007년에 출간한 영문판 *Chinese Characteristics*를 저본으로 하며, 중국어 번역본 『中國人的氣質』(上海三聯書店, 2007), 『中國人的素質』(學林出版社, 2001)과 한국어 번역본 『중국인의 특성』(민경삼 옮김, 경향미디어, 2006)을 참고로 한다.

(an absence of sympathy), 사회적 풍파(social typhoons), 상호책임감과 법에 대한 복종(mutual responsibility and respect for law), 상호 의심(mutual suspicion), 성실성 결핍(an absence of sincerity), 다신론 · 범신론 · 무신론(polytheism · pantheism · atheism) 등의 26개 항목으로 분류하고 각 항목마다 자신이 관찰한 특성과 아울러 풍부한 일화를 제시하고 있으며, 그리고 마지막 장인 「중국의 실정과 현재적 필요*the real condition of China and her present needs*」에서는 자신이 관찰한 중국인의 결함을 개혁하기 위한 방안을 서술하고 있다.

그렇지만 아더 스미스의 중국인 담론은 마르코 폴로의 『동방견문록』처럼 낯선 세계에 대한 새로운 지식을 전해준 것이라기보다는 19세기 서양의 국민성담론 및 중국담론에 기반하여 자신의 견해를 종합적으로 재구성한 것이라고 할 수 있다. 특히 『중국인의 성격』에서 언급되고 있는 윌리엄스의 『중국*The Middle Kingdom*』(1848), 헨리 써어의 『중국과 중국인*China and the Chinese*』(1849), 에바리스트 레지 헉의 『중화제국*The Chinese Empire*』(1854), 토마스 메도우스의 『중국인 그리고 그 반란자들*The Chinese and Their Rebellions*』(1856), 월터 헨리 메드허스트의 『원동의 외국인*The Foreigner in far Cathay*』 그리고 책의 서문에서 인용하고 있는 1857년에서 1858년간 『런던 타임즈』의 중국 특파원으로 근무한 조지 쿠크의 서한집 등이 아더 스미스의 저술에 사전 지식을 제공하고 있다.

이러한 담론의 조건으로 인해 아더 스미스의 『중국인의 성격』에는 오리엔탈리즘적 시선에 의한 중국인 비하와 선교사로서의 신분이 적나라하게 노출되는 서술이 존재할 수밖에 없다. 더군다나 선교사의 담론은 동양의 현실을 수동적으로 반영하기보다는 서양의 정치경제적 이익을 합리화하기 위해 실제를 재구성하려 한 제국주의적 행위라는 우리 시대의 상식화된 비평까지 감안한다면, 아더 스미스의 저술 속에서 루쉰이 의미하는 '통찰력'을 읽어내는 작업을 하기 위해선 몇 겹의 해석의 관문을 통과해야 할 것이다. 현대 중국인의 입장에서 『중국인의 성격』을 읽을 때 심정적으로 제일 거부감이 드는 부분은 아마도 중국인 비하[10]에 관한 희화화된 서술일 것이다. 먼저 『중국인의 성격』에서 비하적인 시선이 가장 극명하게 드러나 있는 한 장면을 읽어보자.

수면에 관해서도 앞서 설명한 것처럼 중국인은 서양인과 차이를 지니고 있다. 일반적으로 말해 중국인은 아무 데서나 잘 수 있다. 우리를 절망으로 몰아넣는 그 어떤 자잘한 방해요인들도 그를 괴롭히지 못한다. 그는 벽돌을 베개 삼아 갈대를 엮어 만든 깔개나 진흙 벽돌로 쌓은 침대 혹은 등나무 자리에 누워 주변의 세상에는 전혀 아랑곳 없이 단잠을 잘 수 있다. 그는 자신의 방에 빛을 차단시키길 원치 않으며 다른 사람들이 조용히 있어주길 바라지도 않는다. '밤에 자지 않고 깨어 우는 아기'가 내내 울어대건 말건 상관하지 않는다. 왜냐하면 그 울음이 그를 방해하지 않기 때문이다. 어떤 곳에서는 그 지역의 전체 인구가 마치 공통의 본능(동면하는 곰처럼)이기라도 한 것처럼 여

---

10) 아더 스미스의 『중국인의 성격』에 대한 중국인의 평가는 찬반 양론으로 나누어진다. 중국이 정체된 원인을 중국인의 결함에서 찾는 국민성 개조론자들은 중국인의 결함을 날카롭게 통찰한 책이라고 평가하는데, 특히 국민성 논쟁이 활발하게 일어났던 만청시기, 5·4 시기 그리고 80년대에 타자의 거울로 작용하였다. 그러나 구훙밍, 린위탕 같은 지식인들은 국수주의적 입장에서 『중국인의 성격』의 중국인 비하 문제에 대해 비판하며 중국인의 긍정적 성격을 부각하였다. 90년대 이후 『중국인의 성격』 번역본이 몇 종 출판되어 루쉰의 유언이 실현되었으나(사실 그 이전에도 중국어 번역이 있기는 했으나 발췌본의 형태여서 완역된 시점은 90년대 이후라고 해야 할 것이다), 이 책에 대한 중국 학계의 시각은 여전히 중국인 비하로 해석하는 경향이 강하다고 할 수 있다.

름날 오후의 첫 두 시간 동안 잠에 빠져든다. 이들은 규칙적으로 이렇게 한다. 자신이 어디에 있는지는 전혀 상관없는 일이다. 여름철이면 정오 이후 두 시간 동안 우주는 마치 자정 이후 두 시간 동안 마냥 고요하기만 하다. 적어도 노동에 종사하는 대부분의 사람 그리고 그 밖의 많은 사람들에게 잠을 자는 자세는 아무런 문제도 되지 않는다. 세 개의 손수레를 맞대어 놓고 누워 거미와 같은 자세로 머리를 축 늘어뜨리고 입을 쫙 벌리고서 파리 한 마리를 그 안에 둔 채로 잠이 드는 능력을 가지고 시험을 치러 병사를 뽑는다면, 아마 중국에서는 십만 아니 백만의 병력도 쉽게 모을 수 있을 것이다.[11]

이 장면은 중국인의 '무신경함'에 관한 일화 가운데 주변 환경에 아랑곳없이 수면을 취할 수 있는 능력을 묘사하고 있는 부분인데, 리디아 리우가 지적하듯이, "동면하는 곰"이나 "거미"와 같이 재미를 위해 사용한 경멸적인 비유에는 서양인의 우월함에 근거한 인종차별적 태도가 드러나 있으며, 일화에 등장하는 현지 하인이나 노동자에 대한 비하에는 고용주인 아더 스미스와 고용자인 중국인 사이의 계급적인 관계가 투영되어 있다고 할 수 있다.[12] 이 단락만을 놓고 보면 아더 스미스가 수사학적 비유를 통해 중국인을 인간 이하의 짐승과 같은 존재로 비하하고 있다는 점을 부인할 수 없다. 그러나 이 단락 이후 이어지는 '무신경함'에 대한 결론 부분과 연계지어 읽어보면 비하의 시선만으로 해석할 수 없는 아더 스미스의 또 다른 시선이 느껴진다.

---

11)   아더 스미스, *Chinese Characteristics*, 89~90쪽.
12)   리디아 리우, 민정기 옮김, 『언어횡단적 실천』, 소명출판, 2005, 110쪽 참고.

우리에 대해 말하면 공포스런 일은 바로 시도 때도 없이 재난이 갑자기 닥쳐와서 각종 무서운 결과를 빚어내는 것이다. 중국인은 이런 일에 부딪치게 되면 아무리 해도 피할 수 없기 때문에 그저 "눈을 편히 뜨고 당하는" 수밖에 없다. 기근이 든 세월에 묵묵히 굶어죽은 수백만의 사람들을 직접 눈으로 목격했다면 이 말의 의미를 이해할 수 있을 것이다. 당신이 이 말을 완전히 이해하려면 직접 가서 눈으로 봐야 한다. 그러나 어떻게 보든지 간에 서양인은 마치 중국인이 앵글로-색슨인이 계승하고 발전시킨 개인의 자유와 사회의 자유 개념에 대해 진정으로 이해하기 어려운 것처럼, 중국인의 이러한 점을 진정으로 이해하기 힘들다. 어느 방면으로 보든지 중국인은 우리에게 언제나 그리고 앞으로도 의문의 차이는 있겠지만 여전히 수수께끼로 남을 것이다. 중국인과 우리를 대비할 때 마음속으로 그들은 태어나면서부터 '무신경하다'고 긍정해야만 조금도 힘들지 않게 그들을 이해할 수 있으리라. 이 의미심장한 추정이 이 민족과 우리들의 미래 관계에 어떠한 영향을 끼칠지에 대해서 우리는 더 이상의 추측을 하지 않는다. 그러나 이러한 영향력은 분명 날이 갈수록 커질 것이며, 총체적으로 말하면 적자생존의 공리를 우리는 믿는다. 20세기의 각종 분쟁 가운데서 '신경질'적인 유럽인과 영원히 지칠 줄 모르고 가지 않는 데가 없을 뿐만 아니라 쉽게 감정을 드러내지 않는 중국인 가운데 누가 생존에 적합한 것일까?[13]

여기서 아더 스미스는 중국인의 무신경함이 앞의 서술에서 비유된 것과 같은 인종의 열등함에서 근원하는 것이 아니라 중국사회의 극한

---

13)   아더 스미스, 앞의 책, 93쪽.

적 자연환경과 생존자원의 결핍에 적응하는 과정에서 형성된 것이라는 점을 강조한다. 다시 말하면 무신경함을 인종의 열등함의 표출이라기보다 공포스러울 정도의 극단적 생존환경에 적응하며 살아가는 놀라운 생존능력의 일종으로 이해한다는 것이다. 이런 맥락에서 볼 때 아더 스미스의 수사학은 중국인의 성격을 야만적이라고 경멸하기 위해서라기보다는 그 생존능력의 초인성을 과장적으로 부각시키기 위해 사용한 것에 가깝다고 할 수 있다. 더 나아가 아더 스미스는 신경질적인 앵글로 색슨인과 초인적인 참을성을 지닌 중국인을 비교하며, 각종 분쟁에 휩싸일 20세기의 생존경쟁에서 누가 인류의 적자로 살아남을 가능성이 큰 것인지 묻고 있다. 이 대목에 이르면 비하의 시선이 미래의 생존 경쟁자의 잠재력에 대한 평가 혹은 경계심으로 전환되고 있다. 『중국인의 성격』을 전체적으로 들여다보면 아더 스미스의 이러한 양면적 시선은 단편적으로 나타나는 현상이 아니다.

'절약'에서는 거대한 인구가 아주 적은 생존자원에 의존해야 하기 때문에 위생보다 자원을 극도로 아끼며 살아가는 중국인의 모습을 적나라하게 드러내며, 가장 돌출한 사례로 "중국의 한 늙은 할머니가 아주 고통스럽게 천천히 다리를 끌면서 길을 가는데 한 사람이 물어보니 친척 집에 간다는 것이었다. 그곳은 조상들의 산소와 가까워 자기가 죽으면 관을 메고 가는데 소요되는 지출을 줄일 수 있었기 때문이다."라는 장면을 들고 있다. 하지만 아더 스미스는 이러한 과장된 사례를 서술하면서도 "중국인들의 절약이 가져온 많은 것들을 서양인들은 근본적으로 거들떠보지 않는다. 그러나 우리는 이런 절약 위에 표현된 순박한 천성을 인정하지 않을 수 없다."는 평가를 덧붙이며 서양인의 낭비하는 생활습관과 대비되는 중국인의 절약정신 및 그 표현 속에 내재된 생존능력을 인정하고 있다.

'근면'에서는 모든 계층의 중국인들이 빈둥거리며 노는 사람이 드물 정도로 자신의 생존수단을 확보하기 위해 힘들게 일하는 모습과 서양인이 상상할 수 없는 장시간의 노동에 대해 서술하며, "만일 어느 하루 백인종과 황인종이 전례 없는 격렬한 생존경쟁을 한다면 또 이런 날이 불가피하게 다가온다면 누가 실패하겠는가?", "어떠한 경로를 통해서든지 성실과 신의가 중국인 도덕 가운데서 이론적 지위를 회복한다면 얼마 지나지 않아 중국인은 그들의 뛰어난 근로가 가져다주는 보답을 받을 수 있을 것이다."라고 평가하고 있다.

아더 스미스의 이러한 시선이 가장 잘 응집되어 있는 부분이 바로 '인내심과 지속성'이다. 그는 중화제국처럼 인구가 많고 생활수준이 낮은 국가는 생존을 위해 투쟁해야 하고 생존하려면 물질이 있어야 하는데, 이런 물질을 얻는 과정에서 중국인은 모든 고난을 묵묵히 참아내는 능력이 형성되었으며, 그러한 성격을 바탕으로 생존경쟁에서 승리할 수 있는 방법을 체득하게 되었다고 서술한다. 그 가운데 가장 주목할 만한 부분은 중국인의 생존능력이 서양인 가운데 최고의 생존능력을 지닌다고 여겨지는 유태인보다 우월하다고 평가하는 대목이다.

이미 사망한 글란트 장군의 말에 의하면, 그의 지구여행이 끝날 무렵 어떤 사람이 여행에서 목격한 일 가운데 제일 가치 있는 일이 무엇인지 물었는데, 그는 뜻밖에도 중국 장사꾼이 고명한 수단으로 유태인을 쫓아낸 일이라고 대답했다고 한다. 이것은 의미심장한 말이다. 지금 누구나 유태인의 소질을 알고 있듯이 바로 이러한 소질이 그들로 하여금 놀랄만한 성과를 거두게 한 것이다. 그러나 유태인은 인류의 일부밖에 안 되지만 중국인은 이 지구상에서 상당한 비중을 차지한다. 그 중국인에게 쫓겨난 유태인은 본질상에서 다른 유태인과 구별이 없을 것이다. 설령 다른 사람으로 바꾼다 하더라도 경쟁결과는 마찬가지였을 것이다. 그것은 승리한 중국인과 이런 기회를 만날 수 있는 다른 수천만의 다른 중국인들 역시 본질적으로 같기 때문이다.[14]

여기서 아더 스미스는 중국인의 상술(생존방법)이 유태인보다 뛰어날 뿐 아니라 수적으로 지구에서 상당한 비중을 차지하기 때문에, 그 생존능력이 서양인에게 끼치는 유태인의 영향력을 훨씬 압도하는 수준에 도달할 것이라는 점을 암시하고 있다. 물론 이러한 일이 가능하려면 중국인의 결함을 근대 서양인의 덕목으로 개조해야 한다는 사고가 전제되어 있지만, "만약 적자생존이 역사의 교훈이라면 이 민족은 이미 구비된 능력과 비범한 활력을 배경으로 틀림없이 위대한 미래를 맞이하게 될 것"이라고 예언하는 것을 감안하면,[15] 아더 스미스의 시선을 중국인의 결함에 대한 비하 일변도로 해석하여 감정적으로 거부할 필요는 없다고 할 것이다.[16]

---

14)   아더 스미스, 앞의 책, 154쪽.

15)   이 외에도 아더 스미스는 "만일 중국인들이 생리학과 위생학의 법칙에 더욱 주의를 기울이고 또 음식물이 적당하고 영양이 충분하다면 이 지구의 주요한 지역, 나아가서는 더욱 많은 지역을 점령할 수 있을 것이라는 점을 충분히 믿을 수 있다", "이런 권력들이 이미 확립되어 있는 지금, 우리는 왜 개인의지가 공공의 이익에 복무해야 할 중요성을 강조할 수 없으며, 왜 법률의 존엄을 강조할 수 없는가? 이 방면에서 우리는 중국인을 따라 배우지 말아야 한단 말인가?" 등과 같은 평가를 덧붙이고 있다.

16)   리디아 리우의 경우도 아더 스미스의 중국인 비하가 19세기 서양의 국민성 담론에 무의식적으로 공감하는 과정에서 형성된 역사적 산물이라고 이해하고 있지만, 『중국인의 성격』 속에 내재된 아더 스미스의 양면적 시선과 루쉰적 의미의 '통찰력'이 무엇인지에 관한 분석은 진행하지 않는다. 이것은 아더 스미스와 비판적 거리를 두는 루쉰의 주체적 국민성 담론을 부각시키기 위한 서술 전략이지만, 전체

자연경제하의 생존능력

　이런 맥락에서 볼 때『중국인의 성격』에서 주목할 점은 아더 스미스가 비하의 시선을 넘어 어떠한 해석학적 시각을 통해 중국인의 성격을 관찰하고 있는가의 문제가 되어야 할 것이다. 아더 스미스가 분류한 26개의 중국인 성격을 들여다보면 개별 성격마다 독특한 함의를 지니고 있지만, 그러한 성격이 파생된 중국적 삶의 조건 문제와 결부하여 해석하면 몇 가지 유형으로 나누어 볼 수 있다. 첫째, 생존자원이 부족하고 생산력이 낙후된 경제 환경(소농경제)에 장기간 적응하며 생존하기 위해 형성된 '천성(자연적 생존능력)'이다. 아더 스미스가 분류한 성격 가운데 상당수가 여기에 해당하는데, 이것은 아더 스미스가 장기간 거주하며 접촉했던 중국인이 대부분 농촌 지역의 농민들이기 때문이다. 앞서 살펴보았던 절약, 근면, 인내심과 지속성 등은 열악한 자연경제적 조건에 굴하지 않고 살아가기 위해 형성된 중국인의 긍정적 생존능력에 해당된다. 아더 스미스는 이러한 성격을 서양인의 프로테스탄티즘적인 근면 검소의 미덕과 상통하는 것이라고 찬탄하며, 나아가 자본주의적 소비에 물든 나태한 서양인들이 망각하고 있는 성실한 생활태도라고 인식한다.

　그러나 아더 스미스가 중국인의 초인적 생존능력에 관해 긍정하는 것은 사실이지만, 아울러 소농경제적 환경하에서 장기간 형성되어온 관행화된 성격에 대해 부정적으로 이해하는 측면이 훨씬 강하다고 해

　적으로 볼 때『중국인의 성격』을 중국인 비하 담론의 범주 속에서 해석하는 입장이라고 할 수 있을 것이다.

야 할 것이다. 즉 '시간에 대한 무시', '정확함에 대한 무시', '오해를 잘 하는 소질', '에둘러 말하는 소질', '무신경함', '유순한 고집스러움', '생 각의 모호함', '외국인에 대한 경멸' 등처럼 외부세계와 고립되어 분산 적으로 살아오는 과정에서 형성된 이기적이고 폐쇄된 속성에 대해 매 우 부정적으로 인식한다는 것이다. 아더 스미스의 눈에 포착된 중국인 의 이러한 관행화된 성격은 아더 스미스 자신이 중국의 일상생활에서 항상 부딪치며 낭패를 겪는 과정에서 체득한 중국인의 결함으로, 근대 서구사회의 생활 덕목과 상충하는 것이라고 할 수 있다. 근대 서구사 회의 효율성과 합리성의 덕목과 대립되는 성격에 대해 아더 스미스는 매우 부정적이면서도 신경질적인 반응을 보인다.

'시간에 대한 무시'에서 아더 스미스는 중국인이 시간관념이 부족하 여 작업시간이나 약속시간을 지키지 않아 외국인을 화나게 하는 경우 가 빈번하여, "그 어떠한 상황에서든지 중국인이 '빨리빨리'에 대한 중 요성을 인식하도록 하는 것은 매우 어려운 일"이며, '정확함에 대한 무 시'에서는 중국인이 사물을 계산하는 척도가 자의적이고 숫자를 부정 확하게 사용하는 등 실제에 대한 정확한 이해력이 떨어져 외국인을 극 도로 곤혹스럽게 만든다고 조소한다. 그리고 '오해를 잘하는 소질'에 서는 중국인이 외국인과 관계를 할 때 자신의 이익에만 집착하여 계약 사항을 마음대로 이해하거나 외국인의 말을 자의적으로 해석하여 분 란을 일으키는 경우가 많으며, '에둘러 말하는 소질'에서는 중국인이 외국인과 대화를 할 때 사물의 진실이나 자신의 뜻을 직설적으로 얘기 하지 않고 에둘러 말하여 이러한 대화방법에 익숙하지 않은 외국인들 을 부당한 상황에 처하게 만든다고 불평을 터뜨린다.

또 '무신경함'에서 아더 스미스는 서양인이 사물을 신경질적이고 과 민하게 대하는 것에 비해 중국인은 어떠한 외부반응에도 무신경하게 대하는 성격이 있다고 인식한다. 이것은 앵글로 색슨인 가운데서도 증기기관이나 전기 시대에 살고 있는 사람과 정기 우편선박과 우편배달 마차를 사용하는 오래되고 느린 사회에서 생활하는 사람 사이에 차이가 있는 것과 마찬가지인데, 심지어 포대기 속의 중국 아이는 서양 아이처럼 태어나자마자 마음대로 버둥거리지 않고 미동도 없이 누워 있다, 라고 말한다. 이렇게 천성이 돼버린 무신경한 성격으로 인해 중국인은 대인관계에서 타인을 아무렇지 않게 지켜보는 것을 좋아하며 자신 역시 타인이 쳐다보는 것을 개의치 않는다. 특히 낯선 사람이나 외국인이 나타나면 호기심에 가득 찬 중국인들이 그 사람을 둘러싸고 구경을 하는데, 이러한 중국인의 동정심 없는 관찰이 해를 끼치는 것은 아니지만 관찰당하는 사람이 외국인처럼 성격이 민감한 경우 쫓아버리지 않으면 미쳐버릴 정도라고 인식한다.

아더 스미스는 '유순한 고집스러움', '생각의 모호함', '외국인에 대한 경멸' 등의 성격에서도 이와 유사한 설명을 하고 있는데, 이러한 점은 아더 스미스의 시대뿐만 아니라 개혁개방 이후의 최근에 이르기까지 중국인을 접한 외국인들로부터 흔히 들을 수 있는 불평이라고 할 수 있다. 이러한 성격은 소농경제 사회의 오래된 관행 속에서 분산·고립되어 살아가며 자신의 이기적인 생존에 집착하는 과정에서 형성된 것이며, 외국인으로서 아더 스미스의 불평은 효율성과 합리성을 중시하는 서구 근대사회의 생활방식이 관행과 자의성이 지배하는 중국인 (특히 농민)의 성격과 충돌한 결과라고 할 수 있을 것이다. 중국인의 이러한 속성과 연계지어 생각할 필요가 있는 것이 바로 마르크스가 제기한 농민의 '야만적 이기주의' 개념이다.

우리는 무해한 것처럼 보이는 이 목가적 촌락 공동체가 언제나 동양

전제 정치의 견고한 기초를 이루어왔다는 것, 이 촌락 공동체가 인간 정신을 있을 수 있는 가장 좁은 틀에 제한하였고, 또한 인간정신을 미신의 온순한 도구로, 전통적 관습의 노예로 만듦으로써 그 웅대함과 역사적 정력을 앗아버렸다는 것을 잊어서는 안 된다. 우리는, 이 야만적 이기주의 때문에 촌락 공동체 주민들은 땅 조각에만 신경을 쓸 뿐이지 제국들의 멸망이나 이루 형언할 수 없는 잔학 행위들이나 대도시 주민들의 학살 따위는 강 건너 불 보듯 방관하게 되어, 결국 그들 자신은 자신들에게 시선을 돌린 정복자들의 제물이 되고 만다는 것을 잊어서는 안 된다. 우리는, 인간적 존엄을 모르고 정체해 있으며 식물과 다름없는 이 생활, 이 수동적인 삶의 방식이 다른 한편으로 대조적으로 난폭하고 맹목적이며 멈출 줄 모르는 파괴력을 불러일으켰으며 살인을 힌두스탄의 종교적 의식으로 만들기까지 했다는 것을 잊어서는 안 된다.[17]

마르크스는 「영국인의 인도 지배」에서 영국이 제국주의적인 수탈을 통해 인도의 전통적인 촌락공동체(농촌)를 파괴한 문제보다는 인도를 장기간 정체하게 만든 촌락 공동체 주민들(농민)의 '야만적 이기주의'를 해체한 일이 더욱 진보적으로 작용하여 인도가 근대사회로 전환하는 계기가 되었다고 인식한다. 다시 말하면 마르크스는 자본주의적 역사 발전과 사회혁명의 시각에서 진보의 장애물로 기능하는 농촌과 농민의 보수적 속성, 특히 자신의 이기적 생존에만 관심을 가진 채 사회적 변혁에 대해 방관적으로 바라보는 의식의 낙후성 문제를 비판하고

---

17) 칼 마르크스, 「영국인의 인도 지배」, 『칼 맑스 프리드리히 엥겔스 저작선집2』, 박종철출판사, 1990, 417쪽.

있는 것이다. 마르크스는 인도 농민뿐만 아니라 프랑스 농민에 대해서
도 '부대 속의 감자'라고 비유하며 비판적인 입장을 취하고 있다.

농민들의 지지에 기초한 1851년 12월 루이 보나파르트의 쿠데타 성
공과 연이은 왕정 복고는 그들의 혁명적 잠재력에 대한 마르크스의 기
대를 무너뜨리는데, 그는 이러한 배반이 프랑스 농민의 기본 성격에서
비롯된다고 분석한다. 첫째 프랑스 농민들은 모두 비슷한 조건하에서
생활을 꾸려나가고 있지만, 상호간에 다양한 형태의 관계를 결여함으
로써 그들의 생산양식의 본질에 의하여 서로 고립되어 있다. 둘째, 그
들은 분업도 별로 하지 않고 소규모 토지생산에 발달된 과학기술도
적용하지 않고 있어, 발전의 다양성도 없고 풍부한 사회관계도 결여돼
있다. 셋째, 개별 농가들은 거의 자급자족적인 동시에 소비품의 대부
분을 직접 생산함으로써 사회에서의 상호 거래보다는 '자연과의 교환'
을 통해 생계수단을 유지하고 있다. 이러한 측면들로 인해 농민 대중
은 "부대 속의 감자들이 감자부대를 이루는 것과 아주 흡사하게, 같은
성질을 지니는 다수의 개체가 단순히 추가됨으로써 형성"[18]되는 것과
같다.

인도와 프랑스의 농민에 대한 마르크스의 비판적 시각[19]에 근거하

---

18) 칼 마르크스, 「루이 보나파르트의 브뤼메르 18일」, 『칼 맑스 프리드리히 엥겔스
저작선집2』, 박종철출판사, 1990, 그리고 박수헌, 「'부대 속의 감자' 또는 '혁명의
코러스': 마르크스의 농민과 재고찰」, 『슬라브 학보』 24집, 2009, 167쪽 참고.
19) 하지만 마르크스의 농민 비판에 내재한 편향성과 마르크스 자신의 농민 재평가
에 대해서도 주목할 필요가 있다. 야만적 이기주의 개념은 영국의 제국주의적 착
취에 대해 일말의 동정도 보낼 필요가 없을 만큼 이기적인 계급으로서 농민의 한
계를 비판하고 있지만, 울프의 '폐쇄공동체', 스코트의 '도덕경제', 미그달의 '내향
적 촌락' 등의 개념처럼 전통적으로 강력하고도 준자치적인 지역 집단에 거주하는
과정에서 형성된 농민의 공동체주의적 성향에 대해서는 간과하는 것이다. 또 부대
속의 감자의 개념은 프랑스 혁명 이후 보나파르트주의가 부상하는 상황에서 농민

자면, 농민은 동서양을 막론하고 자신이 처한 소농경제적 생산조건으로 인해 이기적이고 폐쇄적인 기질을 지닌다고 볼 수 있다. 이러한 맥락에서 보면 중국인의 결함은 중국인만의 고유한 속성이 아니라 농민계층이 보편적으로 지니고 있는 존재적 한계에 해당한다고 할 수 있을 것이다. 아더 스미스가 관찰한 『중국인의 성격』 역시 대체로 '야만적 이기주의', '부대 속의 감자'의 개념을 통해 설명 가능한 농민의 속성이라고 여겨진다. 그렇다면 중국인의 결함은 근대사회로의 이행과정에서 나타나는 보편적인 농민 문제와 연계되어 있으며, 아더 스미스의 시각은 농민의 전근대적 낙후성을 통해 중국인의 성격을 관찰한 근대화론이었다고 할 수 있을 것이다.

고대문명국의 습속

다음으로 살펴보아야 할 유형은 고대문명국의 습속이 장기간 지속되는 과정에서 형성된 관행화된 성격이다. 일반적인 오리엔탈리스트가 문명/야만의 시선을 통해 동양을 야만국이라고 폄하하는 것과 달리, 아더 스미스는 중국을 단순한 야만국이 아니라 고대문명국의 역사가 지속되고 있는 전근대국가라고 인식한다. 이 유형의 성격은 바로 고대

의 뿌리 깊은 보수주의가 재출현하는 것을 비판한 것이지만, 그 후 자본주의 지배하에 처한 프랑스 농민들이 자신의 진정한 위치를 깨달아 보나파르트에 대한 신뢰를 상실하는 동시에 하나의 생활양식으로 소규모 토지재산에 대한 신뢰를 잃게 되어 혁명적이고 반자본주의적으로 됨에 따라, 농민의 코러스 없이 "모든 농민국가에서 프롤레타리아가 홀로 부르는 노래는 백조의 노래가 될 것"이라고 한 마르크스의 농민 재평가에 대해서도 고려해야 할 것이다. 이 점에 대해서는 박수현, 「'부대 속의 감자' 또는 '혁명의 코러스': 마르크스의 농민관 재고찰」, 『슬라브 학보』 24집, 2009, 169쪽 참고.

문명국의 습속이 중국사회를 장기간 지배하고 또 중국인이 그 습속의 본래 의미를 헤아리지 않고 형식화된 관례로 수용하는 과정에서 형성된 것으로, 체면이나 예의, 효심 등과 같은 경우가 그러하다. 앞서 살펴본 소농경제하의 농민 문제는 동서양을 막론하고 유사한 경험을 지니고 있어 아더 스미스가 상대적으로 이해하기 편한 것이라고 한다면, 이 유형은 사회문화적 차이에서 근원하는 훨씬 복잡하고 생소한 문제라고 할 수 있다. 그래서 아더 스미스는 이에 대해 부정적으로만 서술하기보다는 중국사회에서 그것이 어떠한 기능을 수행하고 있는지 그리고 생명력을 상실한 후 어떠한 결함으로 작동하고 있는지에 대해 문명비판적 차원에서 고찰하고 있다. 특히 체면을 중국인의 성격 가운데 첫 번째로 서술하고 있는데, 이 점이 가장 이해하기 어려우면서도 서양인과 변별되는 중국인의 독특한 특성이 응집되어 있는 것이라고 생각했기 때문이다.

아더 스미스는 중국인이 연극에 열광하여 마치 영국인이 스포츠에 빠져 있고 스페인 사람이 투우에 빠져 있는 것처럼 자신이 연극 속의 인물처럼 과장되게 행동하고 말하는 습성에서 체면이 형성된 것이라고 인식한다. 타인과의 관계에서 자신의 연극적 언어동작이 통할 때 체면이 세워지고, 반면에 적합하게 연기를 하지 못하거나 중단하면 체면을 잃는다. 체면은 일단 정확하게 이해하기만 하면 중국인의 중요한 특성을 간파하는 비밀 열쇠이지만, 체면의 조작 원칙과 이 원칙이 가져온 성과는 서양인이 완전하게 이해하기 어려운 부분이다. 가령 사람들 사이의 분쟁을 조정할 때 과거 유럽의 정객이 힘의 평형문제를 고려하는 것과 달리, 중국의 조정자는 체면의 평형 문제를 세심하게 감안하여 법률 재판에서도 그 승부가 가려지지 않는 소송이 아주 큰 비율을 차지한다. 또 중국의 한 관원이 특수한 배려를 받아 참수를 당할 때 관복을 입는 것을 허락받아 이로써 자기의 체면을 세웠다는 사례가 있을 정도로 중국인은 체면을 목숨처럼 소중하게 여긴다. 아더 스미스는 이러한 중국인의 체면에 대해 실제 현실에 기반한 행위보다는 연극 속의 언어동작을 중시하고, 실질적인 이해관계보다는 심정적인 만족을 우선하는 형식적이며 자기 위안적인 것으로 이해하면서, "체면은 세웠지만 오히려 목숨을 잃는 것은 우리에게 그렇게 흡인력 있는 일이 아니"라며 비판적인 시각을 드러내고 있다.

또 '예의'에 대해서는 인간관계를 원활하게 하는 예술로서, 서양인이 갖추지 못한 미덕이라고 인정하면서도 그 형식적인 측면에 대해서는 비판적인 입장을 취한다. 체면이 심정적 만족을 주는 일이라면 예의는 고정된 형식으로 체면을 세워주는 일이기 때문이다. 중국인은 예의를 본능처럼 습득하여 일상생활의 한 부분으로 간주하고 있지만, 이것은 전문적인 기술을 보여주는 의식으로 그 의의는 중요하나 마음속 깊은 곳에서 우러나온 것이 아니다. 중국인은 예의를 사회질서의 토대라고 인식하지만 이것은 상대방에 대한 진심 어린 배려가 아니라 일종의 관행화된 형식에 가깝다. 아더 스미스는 중국인의 예의가 복잡하고 진실성이 결여되어 있어서, 특히 예의에 익숙하지 않은 외국인에게는 "우호적인 방식으로 보여주는 우호"가 아니라 상대방을 불편하게 만드는 형식적 행위라고 비판한다.

예의는 "중국인의 모든 심리의 축소판"이며 그 근간에는 '효심'이 바탕이 되어 있다. 중국인들은 모든 도덕의 패륜이 효심이 모자란 데서 기인한다고 생각한다. 즉 예절에 어긋나는 것, 군주에게 충성하지 않는 것, 관원으로서의 책임을 다하지 않는 것, 벗을 진심으로 대하지 않는 것, 적과 용감히 싸우지 않는 것 등은 모두 효심이 부족한 데서 비롯된 일이다. 이러한 중국인의 효심은 가족 간의 유대가 이름뿐이며 윗사람에 대한 존중이 결여되어 있는 서양인들에게 귀감이 되는 덕목이기는 하지만, 몇 가지 측면에서 치명적인 결함을 지니고 있다. 부모에 대한 아들의 책임은 제기하지만 아들에 대한 부모의 책임은 언급하지 않으며, 같은 자식인데도 여자아이에게 차별을 하고 부부 사이인데도 아내를 비천하게 대하며, 연장자가 젊은 사람들을 예속하여 순종하게 만들며, 대를 이어나가기 위해 조혼이나 축첩과 같은 악습이 생겨나고, 조상을 지나치게 숭배하여 "살아 있는 몇억의 자손들이 가련하게도 죽은 무수한 조상에게 굴종하고, 오늘의 세대가 지난 많은 세대에게 속박을 당한다." 아더 스미스는 이러한 중국인의 효심이 바로 중국사회가 과거와 조상에 얽매여 진보적인 근대사회로 나아가지 못하게 한 결함이라고 비판하며 다음과 같은 우려를 표한다. "만약 보수주의가 심한 타격을 받지 않는다면 중국은 어떻게 자신을 조절하여 금세기에 남은 25년의 시간 동안 완전히 새로운 환경에 적응할 수 있을 것인가? 만약 이미 죽은 무수한 세대의 사람들을 계속 신으로 모신다면 중국은 어떻게 앞을 향해 진정으로 발전할 수 있단 말인가?"

이렇게 아더 스미스는 체면, 예의, 효심 등의 고대문명국의 습속에 대한 비평을 통해 중국이 정체되어 있으면서도 오히려 장기간 지속될 수 있었던 원인을 발견한다. 즉 중국은 체면과 예의와 같은 성격이 일상적인 행위방식으로 기능하면서 '자족과 낙관'의 정서를 배양하게 되고, 이로 인해 중국인은 체제를 개선하기보다는 안정적인 질서를 선호하는 인간으로 배양되어, "중국인은 태어나면서부터 고생을 이겨내는 능력, 소동을 일으키지 않는 능력, 사회를 유지하는 능력"을 천성으로 지니게 되었던 것이다. 그리고 중국은 바로 이러한 자기만족적인 중국인을 통해 근대사회로 진보하고 있는 세계적 변화와 무관하게 고대문명국의 지위를 장기간 유지할 수 있었던 것이다.

이러한 고대문명국의 습속은 중국에 근대 국민국가가 형성될 수 없는 원인으로 작용하고 있는데, 특히 이 문제와 밀착되어 있는 성격이 바로 '공공정신 결핍'이다. 중국이 고대문명국으로 장기 지속되었음에도 불구하고 아더 스미스가 중국 곳곳에서 발견한 것은 중국인을 하나의 국민으로 통합할 수 있는 공공정신이 결핍되어 있다는 점이다. 정부는 국민을 재난으로부터 보호하기 위해 정책을 실시해야 하지만 재난이 발생하기 전까지 아무런 일도 하지 않고, 국민은 도로 보수와 같은 국가의 공공사무를 위해 협력해야 함에도 불구하고 공공재산에 대해 아무런 책임을 지지 않고 오히려 기회가 생기면 그것을 사유화하려고 한다. "중국인은 공공에게 속하는 물건에 대해 흥미를 가지고 있지 않을 뿐 아니라, 철저하게 지키지 않으면 곧 쉽게 잃을 수 있어 도적질의 목표물이 되기 십상이다." 이러한 현상은 '중국의 강산은 황제의 사유물이기 때문에 국민의 공공재산은 없다'는 의식에서 기인한다. 이 점이 바로 근대 중국의 개혁적 지식인들이 가장 고민했던 문제인데, 아더 스미스는 다음의 사례를 통해 중국인의 공공정신 결핍을 풍자적으로 드러내고 있다.

1860년 베이징을 진공할 때 영국군의 장비에는 산둥사람의 손에서 사온 노새 한 마리가 있었다. 톈진과 퉁저우는 각자 이익에서 출발하여 영국인과 프랑스인이 이 두 도시에 들어와 교란하지 않으면 그들이 요구한 모든 물건을 제공할 의향이 있다고 대답하였다. 외국 연합군에게 없어서는 안될 대부분의 막일들은 역시 중국 홍콩으로부터 고용해 온 일꾼에 의해 완성되었다. 이런 일꾼들이 중국 군대의 포로가 되면 영국군으로 송환할 때 모두 머리가 잘린다. 만약 중국에 애국주의와 공공의식이 있다 해도 그 의의는 앵글로색슨인과 다르다는

것을 어렵지 않게 알 수 있다.[20]

위의 이야기는 1860년 제2차 중영전쟁 당시 각 지역의 중국인들이 자신의 이익을 위해 영국군에 협조함으로써 중국을 패배하게 만드는데 기여했다는 점을 지적하고 있다. 이것은 황제가 국가와 국민을 사유물로 간주함에 따라 중국인들에게 국민으로서의 공공정신이 형성될 수가 없으며, 이로 인해 전쟁과 같은 위기 상황 속에서도 중국인들은 국가(왕조)보다 지역의 이익이나 개인적인 사익을 우선한다.[21] 즉 중국인들이 외국인의 침략에 대해 혐오감은 지니고 있지만 진정한 애

---

20) 아더 스미스, *Chinese Characteristics*, 110쪽. 민족 내부의 이질성 문제는 중국에서만 출현한 것이 아니며 프랑스인의 정체성이 구축되기 이전인 프랑스혁명 시기 프랑스에도 나타나고 있는 현상이었다. "오-랭과 바-랭도에서 누가 매국노들과 내통하여 프러시아인과 오스트리아인들을 우리의 국경지방에 불러들였는가? 그 지방(알자스) 사람들이다. 이들은 적들과 같은 말을 사용하며 따라서 그들은 다른 말과 관습을 가진 프랑스 사람보다 우리의 적을 자기들의 형제요 이웃시민으로 생각한다." 이 문제에 대해서는 에릭 존 홉스봄, 강명세 옮김, 『1780년 이후의 민족과 민족주의』, 창비, 1994 가운데 제1장 '새로운 것으로서의 민족: 혁명에서 자유주의까지' 참고.

21) 이러한 현상은 영국의 침략으로 인해 만주족과 한족의 민족갈등이 재연되는 '한간(漢奸)' 문제와 연관되어 있다. 1842년 전장전투에서 발생한 한인 학살은 그 전형적인 예이다. 전장전투는 약 2년간 이어진 아편전쟁 중 최후의 전투이자 청군이 가장 격렬하게 저항했던 전투로, 만주족 기병대의 사투는 영국군에게도 적지 않은 피해를 입혔다. 전투를 지휘했던 만주인 부도통 하이링은 한간을 빌미로 삼아 전장성 주민에 대한 무자비한 학살을 자행했다. 실제 영국군은 공격대상 지역에 미리 한간을 침투시켜 군사사정을 염탐하게 했으며, 공격군에도 한간이 포함되었다. 한간이라는 이름으로 일부 한인들은 청조에 충성하지 않고 외부의 침략자를 도왔으며, 그 한간에 대한 탄압은 다시 청조 신민의 범주에 속해 있던 한인까지 한간화했다. 영국이란 외부의 침입을 계기로 만-한 민족 간 모순은 결국 신해혁명으로 귀결되는 긴 정권교체 과정에 이데올로기를 제공하게 되었던 것이다.(강진아, 『문명제국에서 국민국가로』, 창비, 2009, 36~37쪽)

국심에서 발로한 것이 아니어서 국민적 차원의 저항운동으로 확산되기 어렵다는 것이다. 이러한 점이 바로 거대한 중국을 흩어진 모래로 만들어 아편전쟁으로 시작되는 서구 국가와의 전쟁에서 참패하는 원인으로 작용하는 것이다. 하지만 아더 스미스는 중국인의 공공정신 결핍에 대한 비판에만 그치지 않는다. 미국 국민으로서 근대국가 건설 과정에서 건국 영웅들이 수행한 역할에 대해 잘 알고 있던 아더 스미스는, 중국인들에게 진정한 의미의 애국심을 자각하게 만들려면 무엇보다 지식인[志士]들이 용감하게 나아가 계몽적 역할을 수행해야 한다고 인식하며 다음과 같은 교훈의 말을 던진다.

왕조가 바뀔 무렵이면 충성스럽고 과감한 지사들이 언제나 선뜻 나서 정의를 위해 뒤돌아보지 않고 용감하게 나아간다. 이런 사람들은 마땅히 최고의 찬양을 받아야 한다. 그들은 진정한 애국주의자일 뿐만 아니라 공공의식을 갖고 있는 지도자의 통솔하에 중국인들의 가장 용맹한 행위를 불러일으킬 가능성이 있다는 것을 분명하게 증명한다.[22]

이러한 문제의식의 연장선상에서 아더 스미스는 마지막 장인 「중국의 실정과 현실적 필요」를 통해 중국인의 결함을 개혁하기 위한 방안을 밝히고 있다. 먼저 아더 스미스는 "중국인은 결코 지혜가 결핍되어 있지 않으며, 인내심, 실용성, 낙천성도 결핍되어 있지 않다. 이 방면에서 그들은 매우 걸출하다. 그들이 진정으로 결핍하고 있는 것은 인격과 양심이다."라고 인식한다. 고대문명국으로 중국에는 훌륭한 전통

---

22) 아더 스미스, 앞의 책, 111쪽.

특히 도덕을 숭상하는 유학이 건재하지만, 현재의 중국인들은 관원에서 민간에 이르기까지 도덕적으로 타락하여 성실하지 않을 뿐 아니라 이타주의가 부족한 상태다. 그래서 행정, 군사, 상업 등 모든 방면에서 사적인 이해관계에 얽매여 직무를 성실히 수행하지 않아 사회 전체에 각종 폐단이 만연해 있다. 유학은 이미 최후의 단계에 도달하여 더 이상 새로운 성과를 만들 수 없으며, 어떠한 개혁의 조치도 표면적인 변화만을 이룰 뿐 다시 원 상태로 돌아가고 만다. 아더 스미스는 중국의 개혁은 불가능하다는 시각에 대해서는 비판적인 입장을 취하고 있지만, 개혁을 완성하기 위해선 반드시 외부의 힘을 빌어 가속화해야 한다고 주장한다. "썩은 나무를 완전히 잘라내야 옛 뿌리에서 새싹이 돋아날 수 있다. 중국은 영원히 내부의 변화를 통해 스스로 개혁을 진행할 수 없다."

그러나 중국을 개혁하는 외부의 힘으로 서구국가와의 외교관계나 경제교류는 적합한 수단이 되지 못하는데, 그것은 서구국가 자체의 제국주의적 속성으로 인해 중국을 침탈하여 정치경제적 이익을 얻어내는 데 그칠 뿐이어서 중국의 개혁에 도움을 주지 못하기 때문이다. 또 과학을 포함한 서구의 물질문명은 중국의 개혁에 커다란 힘이 될 수 있지만 그것을 수용하는 중국인에게 공정하고 정의로운 정신이 결핍되어 있어 오히려 커다란 해악을 끼칠 수 있으며, 서구의 근대적 제도는 중국인들이 갑자기 수용할 수 있는 것이 아니며 또 수용하더라도 즉각 실행하기가 어려운 일이다. 그것은 서구인들에게는 근대적 물질문명과 제도를 수용하여 민주적으로 운용할 만한 도덕적 역량이 배양되어 있지만 현재 중국인들에게는 이에 부합하는 도덕정신이 결여되어 있기 때문이다. "중국을 개혁하기 위해서는 중국인의 성격의 근원에 도달하여 그것을 정화해야만 한다. 양심이 실질적으로 존중되어야 하며, 더 이상 일본 천황이 대대로 그랬던 것처럼 자신만의 궁궐에 갇혀 있게 해서는 안 된다."[23]

이러한 맥락에서 아더 스미스는 중국인의 결함을 개선하기 위해 양심(도덕)을 배양하는 일이 중국을 개혁하는 최선의 길이며, 그 일은 외부의 힘인 기독교 문명만이 완정하게 수행할 수 있다고 인식한다. 서구사회에서 그것이 수행한 역할처럼.

이상의 논의로 볼 때 아더 스미스는 중국인의 성격을 다양하고 세밀한 항목으로 나누어 서술하고 있지만, 대체로 열악한 자연경제하에서 형성된 생존능력과 이기적이고 폐쇄된 성격, 고대문명국의 습속에 의해 형성된 보수적이고 자기만족적인 성격 그리고 국가의식의 부재와 관련된 공공정신 결핍의 시각을 통해 관찰하고 있다는 점을 엿볼 수 있다. 물론『중국인의 성격』에는 중국인에 대한 인종주의적 편견과 선교의 요소를 지니고 있는 게 사실이지만, 그 너머에 루쉰이 말한 "자신에 대해 분석하고 질문하여 자신을 개선하고 변혁하도록 이끌" 통찰력이 있다는 점 역시 부인할 수 없을 것이다.[24]

---

23) 아더 스미스, 앞의 책, 345쪽.

24) 그러나 루쉰의 통찰이 아더 스미스의 시선 너머에 있는 중국인의 결함에 대해 추궁하고 있다는 점을 잊어서는 안 된다. 가령 아더 스미스가 중국인의 독특한 성격이 가장 응집되어 있다고 인식한 체면에 대해 루쉰은 체면이 연극적이고 형식화된 관행이라는 아더 스미스의 시각을 인정하면서도, 더 나아가 그 속에 불의한 현실을 자기기만적인 방식으로 도피하는 중국인의 비겁성이 내재되어 있다는 점을 해부한다. 즉 "이것은 결코 체면을 적극적인 이유에서가 아니라 속에 불평이 있으면서도 보복할 용기가 없으니까 만사는 연극이라고 귀착시켜버리는 것이다. 만사가 연극인 이상 불평도 역시 진실한 것이 아니며, 보복하치 않는 것도 비겁성이 아닌 것이다. 그러므로 길에서 공정하지 못한 일을 보고 그것을 희생적으로 도와주지 않아도 의연히 고지식한 정인군자가 되는 것이다." 이러한 차이는 관찰자이자

아더 스미스의『중국인의 성격』은 20세기 초 일본 지식계에서 중국 국민성에 관한 논쟁이 일어날 때 일본 학자에 의해『지나인의 기질』이란 제목으로 번역되었다. 당시 일본에 망명해 있거나 유학하던 만청 지식인들은『중국인의 성격』을 일본어 번역본을 통해 읽으며 중국 국민성에 관해 사유할 수 있는 타자의 거울을 얻었을 수 있었다. 가장 먼저 그 거울을 통해 중국 국민성을 비춰보던 이가 바로 량치차오였다.

선교사인 아더 스미스와 달리, 문제 당사자로서 루쉰이 중국인으로 존재한다는 것이 무엇인지에 대해 심각하게 고뇌하고 있었기 때문일 것이다. 루쉰은 아더 스미스라는 타자의 거울을 통해 중국인의 결함을 비춰보며, 그것을 관찰대상이나 선교의 대상이 아닌 국민성 비판의 차원에서 주체적으로 사유하고 있었던 것이다. 이 점에 대해서는 본서 5장 '구경꾼의 반란은 혁명이 아니다' 참고.

2장

흩어진 모래(散沙)에서 신민(新民)으로

-량치차오의 『신민설』을 중심으로

신중국미래기

19세기 들어 서구 제국주의 국가와의 전쟁에서 연이어 패배하고 청일 전쟁에서 전통적 중화질서의 주변국가로 여기던 일본에게 충격적인 패배를 당하는 과정에서, 중국인은 자신의 민족성이 우매하고, 나약하며, 비겁하다는 등의 모욕적이면서도 상투적인 수식어를 얻게 되었다. 중국에서 이러한 인식이 형성되기 시작한 것은 청일전쟁에서 패배한 이후 독일이 산둥 반도를 점령하고 러시아가 동북 3성에 대한 지배력을 확대하는 등 중국에 대한 서구 열강의 이권 경쟁이 더욱 격렬해져 민족 존립의 위기가 심화되면서부터다. 물론 1860년 제2차 중영전쟁 당시 중국인의 공공정신 결핍을 지적한 아더 스미스의 일화처럼, 청일 전쟁 이전에 벌어진 서구 제국주의 국가와의 전쟁에서도 중국의 민족성 문제가 노출된 사례들이 지속적으로 존재해왔다. 하지만 전쟁 패배 원인이 중국 민족성의 결함에 있다는 자각이 일어난 것은, 같은 아시아의 황인종이면서 국가와 인구의 크기, 자원과 경제력 등에서 월등한 조건을 갖춘 중국이 일본에게 패배하여 세계 열강의 비웃음거리가 되고 '동아병부(東亞病夫)'[1]란 불명예를 얻게 되면서부터라고 해야 할 것이다.

이러한 자각과 반성 속에서 만청 지식인들은 서구와 일본이 부강하게 된 원인이 공공정신을 지닌 국민들이 권력의 중심에 서서 근대적 국민국가를 건설한 데에 있으며, 그에 반해 중국인들은 흩어진 모래(散沙)[2]처럼 단결하지 못하는 결함을 지니고 있다고 인식하였다. 이는 아더 스미스가 지적한 공공정신 결핍의 문제와 상통하는 것으로, 중국인에게 국가와 국민에 대한 관념이 형성되지 못한 것이 중국을 정체하게 만든 근본요인이라고 생각하는 시각이다. 이러한 시대적 흐름하에서 개혁적 지식인들은 청조체제 내부에서 새로운 국가를 건설하려는 변법운동을 일으켰으나 서태후를 비롯한 수구세력의 쿠데타에 의해 그 꿈이 좌절되었다. 변법운동에 실패한 지식인들은 일본으로 망명한 후 새로운 근대국가 건설을 위한 정치운동으로 전환하는데, 그것이 가

---

1) 1895년 옌푸는 「原强」에서 '병부'라는 말을 처음 사용하여 중국의 처지를 다음과 같이 비평하였다. "국가라는 것은 바로 인간의 신체에 비유할 수 있다. 오늘날, 육신의 안락을 탐하면 쇠약해지고 노고를 거듭하면 강해진다는 말이 당연한 이치로 되어 있다. 그러나 만일 병부에게 날마다 한도를 지나치게 초과하는 일을 하게 해서 강해지기를 구한다면, 그 병부의 죽음을 앞당길 뿐이다. 지금 중국은 아직 그런 병부와 같은 상황이다." 그리고 '동아병부'라는 말은 상하이에서 출판된 영문 신문 *North-China Daily News* 1896년 10월 17일 자에 영국인이 발표한 글에 나오는 말로서 량치차오가 이를 번역하여 사용한 것인데, 당시 중국 문인들도 종종 이 말을 통해 중국인의 신체적 정신적 허약함을 비유하였다.

2) 흩어진 모래라는 말이 문헌에 처음 나타난 것은 량치차오의 「十種德性相反相生義」(1901)에서다. 하지만 이것은 량치차오가 만든 표현이 아니라 당시 서양인들이 사용하던 비유를 인용한 것이며 이후 순원이 『삼민주의』(1924)에서 이 말을 사용하면서 중국인의 결함을 상징하는 대표적인 용어가 되었다. 그렇지만 순원이 이 말을 사용한 맥락은 중국인의 결함을 비하하기 위한 것이 아니라 중국인이 자유를 모른다는 서양인의 비평을 반박하기 위한 맥락이었다.

능하기 위해선 먼저 근대적 국가관에 기반한 새로운 국민을 배양하는 일이 중국의 시급한 당면과제라는 인식을 공유하게 되었다.

1902년, 망명지인 일본에서 절치부심하던 량치차오는 중국의 미래를 위한 두 가지 저작을 저술하기 시작한다. 하나는 입헌국가가 된 중국의 미래를 상상하는 정치소설 『신중국미래기』이고, 다른 하나는 입헌국가 건설의 주체로서 신민(新民)이 구비해야 할 자격을 논한 『신민설』이다. 두 저작 모두 현실 중국에서 부재한 입헌국가와 신민의 문제를 제기하고 있다는 점에서 지금 여기가 아닌 미래 중국을 꿈꾸는 기획이라고 할 수 있다. 먼저 『신중국미래기』의 서두 부분을 읽어보자.

이야기는 공자 탄생 후 2513년(금년2453)년 째 해인 서기 2062년(금년2002년) 임인(壬寅)년 정월 초하루에서 시작하는데, 마침 중국 전 인민이 유신(維新) 50주년 대축제를 거행하는 중이었다. 또 세계평화회의가 새로이 개최되고 있었는데 각국 전권대신(全權大臣)들은 난징에서 이미 평화조약에 서명한 상태였다. 하지만 세계평화협정 전문 가운데 우리나라 정부 및 각국 대표가 제기한 수십 건이 아직 협의를 보지 못하여 각국 전권대신들은 여전히 중국에 머물러 공무를 처리하고 있었다. 우리가 축제를 거행하고 있는 터라 각 우방국에서는 군함을 보내 경축을 하고 영국 국왕과 왕비, 일본 국왕과 왕비, 러시아 대통령과 영부인, 필리핀 대통령과 영부인, 헝가리 대통령과 영부인은 친히 와서 축하하였고 그 외 열강국에서도 모두 중요한 흠차대신을 파견해 경축의 뜻을 전하였다. 이들은 모두 난징에 모여 있어서 난징은 그야말로 분주하고 시끌벅적하였다. 당시 우리 국민은 상하이에서 규모가 성대한 박람회 개최를 결정하였다. 이는 결코 평범한 박람회가 아니어서 비즈니스, 공산품 전시회뿐만 아니라 각종 학문, 종교에 관한 국제 토론회도 열리고 있었다.(대동세계라 할 수 있다.) 각국의 대가와 박사들이 천 명을 상회하였고 각국 대학생들은 수만 명이 넘었다. 곳곳에 연설 강단이 설치되었고 매일 강론회가 열려 쟝베이, 우숭커우, 충밍현까지 포함한 거대 상하이를 온통 박람회장으로 만들어버렸다.(넓다 넓네.)[3]

이 장면은 2010년에 개최된 상하이엑스포 전후의 중국 상황을 묘사하고 있다 해도 무방할 정도로 미래 중국의 모습을 정확하게 예언하고 있다. 그러나 당시 중국이 제국주의에 의한 망국 망종의 위기에 처해 있었고 또 이러한 위기를 극복할 실천 주체가 형성되지 않은 혼란의 시기였다는 점을 감안하면 미래 중국에 대한 상상과 현실 사이의 거대한 간극을 느낄 수 있을 것이다. 시간적으로 볼 때 량치차오가 상상하는 신중국의 미래는 공자 탄생 후 2513년째 되는 해이다. 공자가 태어난 해를 통상 BC 551년이라고 본다면 이 해는 서기 1962년이 되는 셈이다. 그런데 량치차오는 이 해를 1962년이 아닌 2062년이라 하고, 이 소설을 쓰고 있는 금년을 1902년이 아닌 2002년이라고 하여 100년의 격차를 보이고 있다. 이것을 먼 미래의 일이라는 점을 부각하려는 량치차오의 '의도된 착각'이라고 간주한다면, 이 소설의 이야기는 금년인 1902년에서 60년이 지난 1962년 사이의 일이라고 해야 할 것이다.

이 소설은 공자의 후손인 쿵훙다오가 상하이 박람회 학술강연회에서 '중국근육십년사'라는 주제로 강연을 하는데, 1962년의 시점에서 60년 전인 1902년부터 중국이 입헌국가가 되어 세계 대국으로 부상하

---

3)   梁啓超, 『新中國未來記』, 廣西師範大學出版社, 2008, 6~7쪽.

는 과정을 회고하는 형식을 취하고 있다. 소설의 '중국근육십년사'는 1. 예비입헌시기: 연합군에 의한 베이징 함락에서 광둥 자치 실시까지, 2. 분치(分治)시기: 남방 각성의 자치 실시에서 전국 국회 개설까지, 3. 통일시기: 제1대 대통령 뤄자이톈(羅在田) 부임에서 제2대 대통령 황커 챵(黃克强) 임기까지, 4. 국부축적시기: 제3대 대통령 황커챵 연임에서 제5대 대통령 천파야오(陳法堯) 임기까지, 5. 대외경쟁시기: 중국·러시아 전쟁에서 아시아 각국 동맹 성립까지, 6. 비약기시: 헝가리회의에서 지금까지 등 허구적인 여섯 시기로 구성되어 있다.

소설 속에서 량치차오가 구상하는 신중국 건설 과정을 보면 먼저 10년간의 예비입헌시기를 거쳐 1912년에 유신(입헌국가)의 단계에 진입한다. 여기서 량치차오가 말하는 입헌국가는 각성된 국민들의 선거를 통해 선발된 의원들이 헌법에 따라 정치를 하는 의회제 정치체제를 뜻한다. 또 지역에 따라 국민의 정치능력이 다르기 때문에 남방의 각성에서 우선적으로 자치를 실시하고 점차 전 지역으로 확산하여 전국 국회를 개설하는 방식을 통해 입헌을 실현해나간다. 량치차오는 기본적으로 아래로부터의 자치를 중시하지만, 국가체제의 차원에서 볼 때 독립된 각성들이 연합한 연성자치보다 지방자치를 바탕으로 한 중앙집권체제를 지향한다. 즉 의회제 중앙집권국가의 건설을 목표로 하며 방법론상에서 지방자치에 기반한 분치에서 전국 국회 개설을 통한 통일의 단계로 나아간다는 것이다. 그리고 자주적이고 통일된 입헌국가를 건설한 후 국가 주도의 산업진흥을 통해 경제성장을 이룩하고, 대외적으로 국가경쟁력을 강화하여 아시아 동맹을 결성하며 나아가 세계평화를 구현하는 중심 국가로 도약한다.

량치차오는 이러한 미래 중국이 인민의 애국심, 애국지사들의 백절불굴의 투지, 개명군주가 인민에게 권력을 이양한 세 가지 사건을 통해 끈기 있게 추진해야 하는 일이라고 인식한다. 소설 속에서 미래 중국은 60년의 시간을 거쳐 도달할 수 있는 세상이라고 희망하고 있지만, 실제 역사에서는 한 세기 이상의 고난과 혁명, 그리고 시행착오의 과정이 기다리고 있었다. 그렇지만 량치차오는 군권과 민권의 타협을 통해 점진적으로 민주공화정을 실현할 수 있다(소설 속 쿵훙다오의 말을 빌면 "황제폐하께서 영민하신 분이라 각종 의견을 배제하고 권력을 인민에게 돌려주신 것")고 기대하고 있다. 량치차오의 이러한 기획은 개량파라 불리며, 청조와 만주족을 부정하는 급진적 인민혁명과 민족, 민권, 민생의 이념을 통해 신중국을 건설하려는 순원의 혁명파와 대립되는 것으로 이해되곤 하지만, 사실상 정치 주체로서 청조와 만주족 승인 문제에서 서로 입장의 차이가 있을 뿐, 입헌을 통해 국민국가를 건설하여 세계 대국으로 부활하려는 기획은 근본적으로 동일하다고 할 수 있다.[4] 다시 말하면 개량파와 혁명파 모두 근대 국민국가 건설을 궁극적인 목표로 삼고 있었으며, 다만 그러한 기획을 추진할 주체를 놓고 정치적 주도권 다툼을 벌인 것에 가깝다는 것이다.

가령, 혁명파는 '驅除韃虜, 恢復中華'의 구호를 통해 야만족인 만주족의 중화지배가 이단이라는 점, 만주족의 한족 대량 학살에 대한 민족적 복수, 만주족의 권력 독점과 한족 배척 등을 강조하며 만주족의 중화 지배의 부당성을 선전하고, 만주족을 축출한 후 한족 중심의 국민국가 건설을 주창한다. 그들은 1민족이 1국가를 형성해야 국가의 안정적 발전에 가장 유리하다는 서구 민족주의론과 아울러 "우리 민

---

4) 량치차오는 「논정치능력」에서 당시 벌어진 혁명파와 입헌파 사이의 대립국면이 논리상의 대립보다는 배타적 권력경쟁에 의한 정치적 불신에서 비롯된 것이며, 오히려 근대국가 건설이라는 목표가 동일하고 쌍방의 주장이 실천상에서 보완 관계에 있기 때문에 이처럼 대립관계를 형성해서는 안 된다고 인식한다.

족(族類)이 아니면 그 마음은 반드시 다르다"(左傳)는 중국의 화이지변의 논리와 결합하여 한족 국가가 가장 이상적인 국가형태라고 인식한 것이다. 다만 혁명파의 논리가 만주족 전체의 무조건적인 축출이 아니라 강권통치를 하는 만주족 황족과 관료의 타도를 배만(排滿)의 함의로 이해하고 있다는 점을 주목할 필요가 있다.[5] 즉 혁명파가 주창하는 배만이 종족이나 민족을 넘어 정치권력 차원의 논리로 작동하고 있으며, 이러한 논리 속에는 청조 붕괴 이후 근대국가를 건설하는 과정에서 만주족을 중화세계의 구성원으로 승인하는 오족공화나 중화민족론으로 전환할 수 있는 측면을 지니고 있었다는 것이다.[6]

배만혁명파와 달리 청조 내에서의 개혁을 주장하는 개량파는 만주

---

5)   혁명파가 주창하는 배만이 종족이나 민족의 차원이 아니라 정권 차원의 논리임을 가장 분명하게 밝힌 사람은 차이위안페이이다. 그는 만주족이 이미 상당 정도 동화되어 한족과 별 차이가 없어졌음에도 불구하고 배만론이 나온 까닭은 그들이 정권과 군권을 독점하고 한인을 착취하면서 놀고먹기 때문이며, "근래 만주에 대한 복수론이 분분한 것은 모두 政略之爭이지 種族之爭이 아니다."고 주장하였다. 혁명파의 영수인 순원 역시 "우리의 민족주의는 다른 민족의 사람들을 만났을 때 그들을 배척하는 것이 아니라 다른 민족이 와서 우리 민족의 정권을 빼앗는 것을 불허하는 것이다. (…) 만주인이 우리를 해치지 않으면 그들을 적대시할 이유가 결코 없다."고 인식하였다. 혁명파 가운데 배만의 성향이 가장 강했던 장타이옌도 무정부주의를 수용한 이후에는 "그동안 줄곧 내가 배만을 외친 것은 우리 국가를 회복하고 우리 국가주권을 빼앗기 위함이므로 만약 적을 물리쳐 이 목표를 달성하고 만주족(滿洲之汗)이 완핑(宛平)으로 물러나 한족(黃龍之府)에 순종한다면 일본이나 태국과 동일시할 것이며 그 종족이 순화하여 귀순하면 받아들일 것이다. 그러나 주권을 회복하기 전에는 이렇게 할 수 없다."는 인식의 변화를 보이고 있다. 류스페이 역시 "만주족을 배척해야 하는 이유는 그들이 이족이기 때문이 아니라 그들이 중국을 침략하여 중국의 특권을 장악하고 있기 때문이다."라며 무정부주의적 시각에서 배만의 의미를 설명하고 있다.

6)   이 점에 대해서는 유용태, 「근대 중국의 민족제국주의와 단일민족론」, 『동북아논총』 23호, 2009, 52쪽 참고.

족이 야만족이 아니라 이미 중화의 구성원이 되었다는 점을 옹호하며 화이의 구별 자체를 부정한다. 캉여우웨이는 화이지변은 인종이 아니라 문명 유무를 구별하는 것인데 오랑캐 민족이라 하더라도 문명적으로 진화하면 중화라고 부를 수 있고, 청조 이래 오랜 시간이 흘러 한족과 만주족은 이미 일체화되어 구별할 수 없다고 주장한다. 량치차오는 만한의 일체성을 옹호하기 위해 민족을 동일한 거주지, 혈통, 신체형상, 언어, 문자, 종교, 풍속, 생계의 8대 특질을 갖춘 집단으로 규정하며 만주족은 이미 한족에 동화되어 민족적인 차이가 거의 없다고 역설한다.[7] 혁명파 왕징웨이의 민족 개념과 별다른 차이가 없음에도 불구하고 만주족에 대한 평가가 상이한 것은 민족 개념의 차이보다는 정치적 입장에 따른 해석의 차이라고 보아야 할 것이다. 개량파는 만한의 구별보다 중화제국이 분열될 경우 제국주의 세력에게 침입의 빌미를 제공하여 식민지로 전락할 수 있다는 위기감을 더욱 강조했기 때문이다. 근대세계의 국가 간 경쟁체제에서 민족의 분리를 통해 개별적인 민족국가를 건설하는 것보다 중화제국 내부의 여러 민족을 통합하여 '대민족' 국가를 건설하는 것이 중국이 생존할 수 있는 유리한 방안이라고 인식한 것이다. 량치차오는 이러한 논리를 "국내 본부와 속부의 제족을 합하여 국외의 제족에 대항하는 대민족주의"라고 명명하며 배만혁명의 담론을 소민족주의라고 비판한다.[8] 다만 량치차오가 구상하는 대민족 국가가 여러 민족이 평등하게 공존하는 공화국이라기보다는 중화문명을 중심으로 한족과 제 민족이 통합되거나 동화되는 '중화민족'의 국가체제라는 점 역시 간과해서는

---

7) 梁啓超, 「政治學大家伯倫知理之學說」(1903), 『梁啓超全集』 2, 1068쪽.

8) 梁啓超, 「政治學大家伯倫知理之學說」, 1069~1070쪽.

안 될 것이다.

천하

민족 문제에서 포용적인 입장에 서 있던 량치차오에게 주 관심사는 종족을 넘어 국민의 자격을 어떻게 배양할 것인가의 문제였으며, 『신민설』은 바로 량치차오의 이러한 고민을 체계적으로 서술한 글이라고 할 수 있다. 량치차오는 『신민설』을 저술하기 이전에도 중국인이 왜 국민의 자격을 결여하고 있는지에 대해 추궁하고 있었다. 량치차오는 그 원인을 국가 개념이 없는 천하관념, 국가를 사유화[私天下]하는 전제정치 그리고 이로 인해 형성된 중국 민족성의 결함에서 비롯된 것이라고 인식하였다.

중국인은 천하 관념만을 지니고 있어 다른 민족과의 경쟁 속에서 국가가 어떻게 형성되는 것인지를 알지 못했던 것이다. 중국은 예로부터 통일이 되어 있었고 주변을 둘러싸고 있는 것은 모두 문화와 정체가 없는 작은 부족들이어서 중국인들은 그들을 평등한 나라로 간주하지 않았다. 그래서 중국은 수천 년 동안 국가 간의 경쟁 없이 홀로 지속되어 세계가 중국만의 천하인 것으로 인식했다. 이러한 천하 관념으로 인해 중국인은 교만하고 거만해져 다른 나라와 왕래 교통하는 것을 원치 않았고, 겁이 많고 유약해져 다른 나라와 경쟁하려고 하지 않았다. 이 점이 그리스시대 이래 여러 국가들이 경쟁하는 가운데 저마다의 존립을 추구하여 언제나 '우리나라'라는 생각을 하면서 사랑하는 마음을 지니게 된 서구인과 차이가 나는 이유였다.

또 중국인들은 역대 왕조와 국가의 차이를 구별하지 못하고 동일한 것으로 생각하였다. 중국에서는 역대로 수많은 왕조가 교체되었지만 통일된 국가 명칭조차 없었는데 이는 국가를 한 성씨의 사적 소유물로 여겨 그 왕조의 이름만을 남기게 되었기 때문이다. 국가라는 것은 전체 국민의 공유물이며 왕조라는 것은 한 성씨의 사유물임에도 불구하고 중국인들은 이러한 차이를 이해하지 못하여 국가의 주인이 아니라 한 왕조의 사유물로 전락하고 말았다. 그래서 왕조는 국민을 속박하여 자유를 주지 않고 채찍질을 하는데도 오히려 국민은 왕조를 숭배하고 옹호하는 습성이 형성되었던 것이다. 이런 습성으로 인해 다른 민족이나 종족이 중국을 침략하여 영토를 빼앗아도 중국인들은 그들을 새로운 왕조로 섬기며 그것이 국가라고 여길 수 있었다. 수천 년 동안 국민을 수탈해온 전제왕조[民賊]가 국가를 가로채고도 부끄러워함이 없이 오히려 대의를 끌어대어 그 정당성을 조작하고 국민을 노예의 처지로 만들게 되어, 이에 국민은 노예근성에 젖어 노예행동을 함에 따라 나라를 사랑하는 마음이 사라지게 된 것이다.

중국인은 바로 근대국가와 국민의 관념 없이 전통적인 천하 관념 속에서 한 왕조의 사유물로 살아오는 과정에서 민족성의 결함이 생기게 되었다. 노예근성[9]에 젖어 자치능력과 독립심이 없어졌으며, 우매하

---

9)　청말 지식인들은 중국인의 이러한 결함 가운데 가장 근원적인 것이 바로 노예근성이라고 인식한다. 국민성담론을 주도한 량치차오는 물론이고, 옌푸는 중국인 스스로가 자신을 노예라고 생각하는 점을 중국 국민성의 가장 심각한 문제라고 제기하며, 저우룽은 중국의 24사를 노예근성의 역사로 규정하고 혁명의 성공을 위해서는 노예근성의 제거가 우선이라는 점을 역설하며, 위안순은 진정으로 두려운 것은 국내 전제정치나 열강의 침략이 아니라 국민의 노예근성이라고 주장한다. 나아가 노예근성을 비롯한 중국인의 결함을 바로 잡기 위해선 왕조가 아닌 국민이 국가의 주인이라는 관념을 정립해야 한다고 인식한다. 옌푸는 황제의 천자설이나 황권천수설의 천명론을 비판하며 황제도 국민 출신이라는 점을 제기하고, 탄스퉁은 황제는 국민의 필요에 따라 뽑힌 한 명의 국민일 뿐이라고 인식하며, 량치차오는 국가는 국민의 공적 재산으로 국민이 모여 성립된 것이라고 주장한다. 국민의 바

여 국가를 부강하게 할 수 있는 지혜가 없으며, 이기적이어서 자기만을 위하고 서로 단결할 줄 모르며, 위선적이어서 거짓된 행동을 해도 스스로 깨닫지 못하며, 겁이 많고 나약하여 생존경쟁의 현실에 안일하게 대하고 영토가 쪼개져도 부끄러워함이 없으며, 무신경하여 위로부터의 압력이 가해져야 비로소 움직이는 등의 결함이 형성된 것이다. 이것은 단시일 내에 형성된 것이 아니라 수천 년을 지나오면서 해마다 조금씩 물들어 누가 시킨 사람도 없는데 모두 그렇게 되었고, 전 중국인에게 퍼져나가 머릿속이 모두 똑같이 되어버린 것이다.[10]

『신민설』을 저술할 당시 일본에서는 청일전쟁 이후 중국이 세계열강에 의해 분할되는 위기가 가속화되자 중국을 지원하여 서양으로부터의 위기에 공동 대처해야 한다는 분위기 속에서 중국 민족성에 관한 논쟁이 일어나고 있었다. 일본에 망명해 있던 중국 지식인들은 일본의 이러한 중국 민족성 비판에 주목하며 중국인을 새로운 국민으로 각성시킬 수 있는 방안에 대해 고민하였다. 새로운 국민상을 정립하기 위한 모색 가운데 당시 일반적으로 수용되던 논리가 바로 량치차오의 '신민설'이었다.

탕 위에 국가가 성립해야 한다는 것은 바로 국민의 지지를 바탕으로 정권의 정당성을 확립해야 한다는 것으로, 국가는 국민의 의사를 근거로 해서 통치를 해야 한다는 논리라고 할 수 있다. 그러나 이러한 주권재민의 논리는 전통적인 천명을 정당성으로 하는 왕조 지배질서를 위협하는 것이어서 현실 지배세력인 청조의 통치 정당성을 뒤흔드는 것으로 위험시되었다.

10)　이 점에 대해서는 梁啓超,「中國積弱溯源論」(1901),『梁啓超文選』上, 中國廣播電視出版社, 1992, 64~70쪽 참고.

신민설

『신민설』은 1902년 2월 『신민총보』 창간호에 발표한 「서론(序論)」, 「신민은 금일 중국의 제일 급무(論新民爲今日中國第一急務)」, 「신민의 의미(釋新民之義)」를 시작으로 1906년 1월 72호에 마지막으로 발표한 「민기(論民氣)」에 이르기까지 총 20장으로 구성되어 있다.[11] 『신민설』은 전체적으로 볼 때 국가의 흥망성쇠와 신민의 관계, 신민 양성의 필요성, 신민 양성의 방법, 신민 양성을 위한 참조모델 등에 관해 서술한 서론 부분과, 공덕·국가사상을 비롯한 신민의 덕목에 대해 서술한 본론 부분으로 이루어져 있다. 먼저 서론 부분에 대해 살펴보자.

1장 「서론」은 현재의 국가 간 경쟁체제에서 국가의 흥망성쇠는 지리적 조건이나 영웅이 아니라 국가를 구성하고 있는 국민에 의해 결정된다고 주장한다. 신체의 각 부분이 허약하면 건강한 몸을 이룰 수 없듯이 국민 개개인이 우매하고 흩어져 있으면 국가가 자립할 수 없기 때문에, 부강하고 번영한 국가를 이루기 위해선 신민을 우선적으로 양성해야 한다는 것이다.

2장 「신민은 금일 중국의 제일 급무」는 신민이 금일 중국에서 가장 시급히 해결해야 할 일이 되는 이유를 국내적 요인과 국제적 요인으로 나누어 설명하고 있다. 국내적으로 볼 때 중국은 개혁의 실패로 정부 관리의 실책을 비판하는 목소리가 높아지고 있지만 관리들 역시 국민 가운데서 선발된 이들이다. 성현군주가 정치를 하더라도 국민의 문명수준이 낮으면 그가 물러나는 순간 정치가 퇴보하고, 국민의 문명수준이 높으면 폭군과 탐관오리가 출현하더라도 국민이 사회를 구하여

---

11) 량치차오는 『음빙실합집』에서 『신민설』을 하나로 묶을 때 그 목차를 『신민총보』에 발표된 문장의 순서에 따랐지만, 「논민기」만은 마지막에 발표한 것을 그 전에 발표한 「논정치능력」 앞에 배치하였다.

안정시킬 수 있다. 그래서 신민이 있어야 신제도, 신정부, 신국가가 이루어질 수 있는 것인데 중국은 신민의 양성을 소홀히 하여 그동안 개혁에 실효가 없었던 것이다. 국제적으로 볼 때 세계는 동일한 민족이 자치를 통해 독립된 국가를 이루는 민족주의 시대에서 부강한 국가가 자신의 세력을 타민족 타국가로 확장하는 민족제국주의 시대로 변화하고 있다. 세계 열강은 민족 결집과 장기적 정책을 통해 중국을 침탈하고 있는데 그 원인은 중국 내부가 허약하여 열강에게 침략의 빌미를 제공했기 때문이다. 그래서 열강의 침략을 방어하기 하기 위해선 반드시 중국에 민족주의를 실행하여 신민을 양성해야 하는데, 이는 한두 명의 영웅의 출현으로 실현될 수 있는 것이 아니라 모든 중국인의 국민 수준이 향상되어 열강과 세력 균형을 이룰 수 있을 때 비로소 가능한 일이다.

3장 「신민의 의미」는 국민을 새롭게 한다는 것의 의미와 그 방법에 대해 서술하고 있다. 량치차오는 자신이 구상하는 신민이 옛 것을 다 버리고 다른 사람의 것을 추종하라는 말이 아니라고 주장한다. '신(新)'은 두 가지 의미를 지니고 있는데, 하나는 원래 가지고 있던 것을 단련하여 새롭게 하는 것이며, 다른 하나는 원래 없던 것을 보충하여 새롭게 하는 것으로, 두 가지 가운데 하나라도 결핍될 경우 그 실효가 없어지게 된다.[12] 즉 중국 고유의 우수한 특질(문명)을 쇄신하는 한편 서구의 장점(국민의 자격)을 수용하여 중국의 부족한 점을 보충하는 방법을 통해 신민을 양성하자는 것이다. 이 과정에서 보수와 진취의 충돌이 일어날 수 있지만 이러한 충돌을 잘 조화시켜 그 장점을 취할 수 있는 이들이 위대한 국민이 되어 우승열패의 세계에서 자립 생존할 수

---

12) 梁啓超, 『新民說』, 遼寧人民出版社, 1994, 7쪽.

있게 된다.[13]

4장 「우승열패의 원리로 신민의 결과를 증명하고 신민을 위한 적합한 방법을 논하다(就優 勝劣敗之理以證新民之結果而論及取法之所宜)」는 전 지구적 차원에서 민족 간 생존경쟁이 벌어지는 이 시대에 가장 부강한 국가를 이룩한 인종인 앵글로색슨족과 영국·미국 국민의 우수한 덕목을 중국의 신민 양성을 위한 참조모델로 삼아야 한다는 점을 서술하고 있다. 량치차오는 민족의 대세에 근거할 때 세계 5대 인종인 백인종, 황인종, 흑인종, 홍인종, 갈인종 가운데 백인종이 가장 뛰어나고, 백인종인 라틴족, 슬라브족, 튜튼족 가운데 튜튼족이 가장 뛰어나며, 튜튼족인 게르만족과 앵글로색슨족 가운데 앵글로색슨족이 가장 뛰어나며, 그들이 세운 영국과 미국이 전 지구에서 가장 부강한 국가라고 인식한다. 그리고 앵글로색슨족이 다른 종족보다 뛰어나게 된 것은 독립자주, 권리사상, 체력, 강인성, 경제력이 제일 강하며 아울러 세상의 변화에 맞게 자기 고유의 것을 발전시키는 능력이 가장 우수하기 때문이다. 량치차오는 각 민족의 장단점과 흥망성쇠의 요인을 중국의 경우와 비교하여, 중국의 장단점이 무엇인지 분석하고 아울러 우수한 타 민족의 장점을 수용하여 중국인의 결함을 개조해나간다면 중국인이 국민의 자격을 얻을 수 있을 것이라고 인식한다.

이러한 서론을 바탕으로 량치차오는 중국인이 신민이 되기 위해 새롭게 양성해야 할 덕목을 5장 「공덕(論公德)」, 6장 「국가사상(論國家思想)」, 7장 「진취모험(論進取冒險)」, 8장 「권리사상(論權利思想)」, 9장 「자

---

13)   그렇지만 『신민설』 전체로 볼 때 량치차오가 신민의 두 가지 길을 얘기하고 있음에도 불구하고, 18장 「논사덕」을 제외한 나머지 장은 모두 중국의 것의 쇄신보다는 서구 국민의 자격을 어떻게 수용할 것인가에 초점이 맞춰져 있다고 해야 할 것이다.

유(論自由)」, 10장 「자치(論自治)」, 11장 「진보(論進步)」, 12장 「자존(論自尊)」, 13장 「사회 결성(論合群)」, 14장 「생산과 소모(論生利與分利)」, 15장 「강인성(論毅力)」, 16장 「의무사상(論義務思想)」, 17장 「상무(論尙武)」, 18장 「사덕(論私德)」, 19장 「민기(論民氣)」, 20장 「정치능력(論政治能力)」 등으로 제시하고 있다. 이러한 덕목은 대체로 앵글로색슨족을 참조모델로 삼아 우수한 특성들을 집약한 것으로, 그 가운데 공덕이 가장 핵심적인 개념이며 나머지 덕목들은 공덕의 원리에 연계되어 있는 세부 덕목이라고 할 수 있다. 그렇다면 량치차오는 왜 공덕을 신민의 가장 핵심적인 덕목으로 이해한 것인가?

> 공덕은 무엇인가? 사람들이 모여 사회가 이루어지고 국가가 되는 이유는 공덕에 의지하여 성립된 것이기 때문이다. 사람은 사회를 잘 이루는 동물이다.(이는 아리스토텔레스의 말이다.) 사람이 사회를 이루지 못하면 금수와 무엇이 다르겠는가? 그러나 공허하게 "사회를 이루자", "사회를 이루자"고 말만 해서는 실현할 수 있는 일이 아니다. 반드시 사람들을 관통하여 연결시킬 수 있는 것이 있어야 사회가 실제로 이루어질 수 있다. 이와 같은 것을 공덕이라고 한다.[14]

량치차오는 도덕의 본체는 하나인데 그것이 외부로 표출되면서 공덕과 사덕의 구분이 생긴 것이라고 인식한다. 사덕은 사람들이 홀로 자신을 위해 수양하는 덕목이며 공덕은 사람들이 서로 합심하여 사회를 이롭게 하는 덕목인데, 두 가지 모두 인생에서 결핍될 수 없는 요건이다. 사덕이 결핍되면 자립할 수 없어서 이런 사람들이 아무리 많아

---

14)   량치차오, 앞의 책, 16쪽.

도 국가를 구성할 수 없으며, 공덕이 결핍되면 단결할 수 없어서 이런 사람들로는 국가를 건설할 수 없다. 그런데 중국은 일찍부터 도덕이 발전했지만 주로 사덕에 편중되어 있어서 공덕이 거의 결여되어 있는 실정이다. 중국을 수천 년간 지배해온 유교가 개인의 수양에 관한 사덕에 대해서는 거의 남김없이 얘기하고 있지만, 공덕이 결핍된 채 명철보신주의(束身寡過主義)가 도덕 교육의 중심이 되어 사회에 무관심하고 자신의 안위를 우선하는 사인(私人) 양산의 결과를 초래했던 것이다. 량치차오는 중국인이 이러한 사인으로 살아가는 것이 서구의 앵글로색슨족처럼 부강한 국가를 이루지 못하고 망국 망종의 위기에 처하게 된 근본 원인이며, 이러한 사인을 공덕을 지닌 신민으로 양성하는 일이 미래의 부강한 중국 건설을 위한 금일의 급선무라고 인식한다.

도덕은 공덕과 사덕이 겸비되어야 완전해지는 것인데, 사인은 사덕에만 편중되어 공덕의 의미를 이해하지 못하는 불완전한 인간일 수밖에 없다. 사인의 양산은 중국의 윤리가 군신, 부자, 형제, 부부, 붕우 사이에서 그 관계를 규정하는 즉 사인과 사인의 관계를 정립하는 데 치중하는 사덕의 윤리였다는 점과 밀접히 관련되어 있다. 이는 서구의 윤리가 가족윤리, 사회윤리, 국가윤리의 형태로 존재하며 사인과 사인의 관계를 넘어 사인과 가족, 사회, 국가 등의 단체와의 관계를 중시하는 공덕의 윤리로 발전한 것과 대비되는 현상이다. 이로 인해 중국은 개인의 사적인 이해관계를 우선하는 풍조가 만연하여 사회의 공익을 중시하는 공동체윤리가 발전하지 못하는 현상을 초래했던 것이다.

요즈음 관리세계에서 가장 화제가 되고 있는 것은 청렴, 성실, 근면 세 가지이다. 청렴, 성실, 근면이 어찌 고상한 사덕이 아니겠는가? 그렇지만 저 관리가 한 사회의 위탁을 받고 일을 할 때 이미 그 사회에 대한 의무가 있을 뿐만 아니라 위탁자에 대한 의무도 있다. 그렇다면 청렴, 성실, 근면 세 가지가 두 책임을 맡기에 충분한가? 이것은 모두 사덕이 있다는 것만 알고 공덕이 있다는 것은 모르는 것이다. 그래서 정치가 진보하지 않고 국가가 날로 정체되는 것은 모두 이 때문이다. 저 공인의 지위에 있는 관리 역시 그러한데 민간의 한 사인은 더욱 말할 것도 없다. 우리 국민 중에 국가의 일을 자신의 일처럼 여기는 사람이 한 사람도 없는 것은 모두 공덕의 대의가 밝혀지지 않았기 때문이다.[15]

위의 글에서 량치차오는 정부의 공인이든 민간의 사인이든 사적인 이해관계 추구만을 알고 그것이 국가와 사회의 공익을 위한 행위여야 한다는 의식을 지니지 못하고 있다고 비판한다. 민간의 사인은 물론이고 정부의 공인조차 사적인 차원만의 활동을 하면 그 사람은 더이상 공인이 아니라 사인에 불과해지기 때문에 중국에는 결국 사회를 이끌어갈 만한 공적 주체가 부재한 셈이다. 대다수의 중국인이 사인으로 살아가며 사회의 안전과 공익을 위해 지켜야 할 태도나 정신이 결핍된 상태에서, 중국은 내부적으로 진보할 수 있는 동력을 상실하여 민족 간 국가 간 생존경쟁이 벌어지는 작금의 세계정세 속에서 정체될 수밖에 없는 처지에 놓인 것이다. 량치차오가 신민의 자격에서 공덕을 가장 핵심적인 덕목으로 인식한 것은 바로 이러한 맥락이라고 할 수 있다.

---

15) 량치차오, 앞의 책, 20쪽.

국가사상

량치차오는 사덕과 구별되는 공덕의 존재 이유와 그 목적은 사회를
이롭게 하는 데 있으며 5장 「논공덕」 이후에 서술되는 덕목들은 공덕
의 이러한 목적을 실행하는 방법이자 세부덕목이라고 인식한다. 즉 공
덕이 사회를 이루는 개개인들이 그 사회를 이롭게 하기 위해 지녀야
할 태도나 정신을 광범위하게 뜻하는 것이라면, 국가사상에서부터 정
치능력에 이르는 덕목은 사회의 다양한 영역에 속해 있는 개개인이 그
사회의 진보와 부강을 실현하기 위해 구비해야 할 구체적인 사상이나
능력을 지칭한다고 할 수 있다. 그렇다면 량치차오가 제기한 공덕의
세부 덕목들이 어떠한 의미를 지니고 있는지 살펴보자.

국가사상은 공덕의 세부 덕목 가운데 가장 먼저 서술되고 있는 부
분인데, 이는 공덕의 표출 영역인 개인과 단체의 관계에서 볼 때 그 규
모가 가장 크면서 경쟁이 가장 높은 수준에서 벌어지는 단체가 바로
국가라고 인식하기 때문이다. 『신민설』이 새로운 국민 형성을 위한 저
술인 점을 고려하면 국가사상을 우선적인 덕목으로 설정하는 것이 당
연한 논리라고 볼 수 있다. 량치차오는 국가사상의 시대적 의미를 설
명하기 위해 부민(部民)과 국민을 구별하여, 부족을 이루어 살면서 스
스로 공동 풍속을 형성하는 자가 부민이고 국가사상을 지니면서 스
스로 정치를 펼칠 수 있는 자가 국민이라고 명명하며, 부민에서 국민
으로 전환하는 것이 야만에서 문명으로 진입하는 길이라고 주장한다.
량치차오가 말하는 부민은 한 지역에 자연스럽게 모여 살면서 공동의
조상, 언어, 혈연, 풍속 등을 형성한 특정 집단의식이나 자치능력 없이
느슨하고 분산적으로 결성된 사회의 구성원을 지칭하는데, 도덕의 측
면에서 볼 때 공덕보다는 사덕에 의지하여 자신의 안위와 이해관계를
우선하는 사인과 상통하는 존재라고 할 수 있다. 이에 반해 국민은 국

가사상과 정치능력을 바탕으로 부강한 국가 건설을 목표로 하는 구성원이라고 할 수 있는데, 그렇다면 부민과 국민 나아가 야만과 문명을 구별하는 기준으로서 국가사상은 무엇을 의미하는 것인가?

량치차오는 개인, 조정, 타민족, 세계에 대해 국가가 존재해야 하는 의미와 그 중요성을 인지하는 것이 국가사상이라고 인식한다. 개인은 존재적 유한성으로 인해 홀로 생산 활동을 하거나 외부의 위협에 대항할 수 없어서 사회를 결성하여 공동으로 생산하고 안전을 도모해나갈 수밖에 없다. 국가는 이러한 허약한 개개인이 부득이 사회를 이루어 생존을 추구하는 과정에서 기원하는 것이다. 그래서 국가는 한 개인의 힘이 아닌 구성원 상호 간의 단결, 협력, 구원, 이익을 통해야 영원히 유지될 수 있다. 개인은 자신의 이익에 우선하는 존재로서 국가의 중요성을 자각하며 국가의 이익이 곧 자신의 이익이 된다는 점을 인지해야 한다. 이것이 국가사상의 첫 번째 측면이다.

조정은 국가와의 관계에서 볼 때 국가를 대표하는 기관이며, 조정의 권력을 장악한 자는 조정을 책임지는 자에 해당한다. "짐이 곧 국가"라고 말하는 루이 14세 같은 전제정치는 국가와 조정(혹은 그 책임자로서 왕)의 관계를 전도시키는 대역무도한 행위에 불과하다. 조정이 국민의 동의를 거쳐 정식으로 성립될 경우 그 조정은 국가의 대표가 되어 조정을 사랑하는 것이 국가를 사랑하는 일이 될 수 있지만, 조정이 국민의 동의를 거치지 않고 성립될 경우 그 조정은 국가의 이익을 손상시키는 해충이 된다. 그래서 조정은 국가 자체가 아니라 국민의 동의를 거쳐 성립될 때에만 국가를 대표하는 기관이 된다는 점을 인지해야 한다. 이것이 국가사상의 두 번째 측면이다.

한 국가의 명칭은 타민족의 국가에 상대하여 생긴 것으로, 만일 세계에 하나의 국가만 존재했다면 국가의 명칭은 성립될 수 없었을 것이다. 인류는 수천만 년 이전부터 각 지역에 흩어져 살면서 언어 풍속에서 사상 제도에 이르기까지 그 형식과 정신이 달라 상이한 국가를 형성하였다. 각국은 생존경쟁의 공리에 따라 서로 충돌하지 않을 수 없었으며 이에 국가의 명칭이 생겨나 타 민족의 국가와 구별되었다. 이러한 민족국가 간 경쟁 속에서 '나의 국가'라는 관념이 생겨났으며, 진정한 애국자는 타국의 지도자가 아무리 훌륭하더라도 그에 복종하지 않고 나의 권리를 타 민족에 절대 양보하지 않아야 생존이 가능해진다는 점을 인지하게 되었다. 이것이 국가사상의 세 번째 측면이다.

종교인이 말하는 박애주의, 세계주의가 위대한 이념인 것은 분명하지만 이를 작금의 현실 속에서 실천하기 어려운 점은 물론이고 수천만 년 이후에도 기대하기 어려운 일이다. 경쟁은 문명의 어머니로서 하루라도 경쟁이 멈추면 문명의 진보가 정지하기 때문이다. 개인 간의 경쟁을 통해 가족이 발전하고, 가족 간의 경쟁을 통해 종족이 발전하고, 종족 간의 경쟁을 통해 국가가 발전하며, 국가 간의 경쟁은 경쟁의 최고 단계가 된다. 그래서 국가 간 경계를 파괴하는 세계주의는 이루어지기 힘들며, 만일 그렇게 된다면 경쟁이 끊어져 문명이 사라지게 될 것이다. 세계주의는 이상적인 가치일 뿐 역사 속에서 실현 가능한 일이 아니기 때문에 인류사회는 세계가 아니라 국가를 최상위의 단체[16]

---

16) 『신민설』을 서술할 당시 량치차오는 중국인이 개인, 조정, 세계만을 알고 국가를 모르는 것이 당시 세계 추세인 국가 간 경쟁에 뒤떨어진 요인이라고 비판하며 국가를 최상위의 단체라고 인식하였다. 그러나 제1차 세계대전 전후 세계 문명이 급변하면서, 국가주의는 타락한 19세기 문명으로 비판되고 이상의 영역에 머물러 있던 세계주의가 20세기의 새로운 문명으로 부상하게 되었다. 세계가 국가 간의 경쟁에서 벗어나 인류사회의 평화를 궁극적인 목표로 추구해나감에 따라 세계주의는 더 이상 몽상이 아니라 현실 속에서 추구해야 할 가치로 승인되었는데, 량치차오는 이러한 세계정세 속에서 국가가 생존경쟁의 최상의 단위가 아니라, '천하'가 '모든 국가가 따르는 더욱 높은 단체'라고 간주하고, 국가를 세계주의 실현을

로 간주해야 한다. 그리고 박애를 실현하려면 국가의 경계를 파괴하는 것이 아니라, 개인의 이익을 버리고 가족을 사랑하며 가족의 이익을 버리고 종족을 사랑하며, 개인·가족·종족의 이익을 버리고 국가를 사랑해야 한다. 국가가 사애(私愛)의 본체이며 박애의 정점임을 인지하는 것이 국가사상의 네 번째 측면이다.

이상으로 볼 때 량치차오가 말하는 국가사상은 개인, 조정, 타민족, 세계에 우선하는 국가의 존재 의미와 그 중요성을 인지하는 것이다. 이 문제와 관련하여 량치차오가 구상하고 있는 신민이, 서구 자유주의에서 말하는 국가와 종교로부터 독립된 자율적인 주체로서 개인의 개념과 차이가 있다는 점을 주목할 필요가 있다. 즉 서구 자유주의가 국가와 종교의 간섭으로부터 자유로운 개인을 주체로 설정하고 있다면, 량치차오는 사회나 국가와 무관하게 살아가는 사인이나 부민을 비판하고 그들을 권리와 책임 의식을 지닌 공인과 국민으로 양성하는 일을 목표로 삼고 있다는 것이다. 표면적으로 볼 때 설정된 주체가 상이하기 때문에 량치차오의 시각을 국가를 우선시하며 개인의 권리를 희생시키는 국가주의라고 비판할 수 있다. 하지만 량치차오 역시 황제 1인이 권력을 독점하며 국민을 노예화하는 전제국가를 비판하고 있다는 점은 서구 자유주의와 동일하다. 량치차오가 말하는 사회나 국가는 공덕과 국가사상을 지닌 개개인이 모여 이룩해야 하는 정치체제로 전제정치하의 사인이나 부민이 모여 실현할 수 있는 일이 아니다. 이러한 사회나 국가는 현재 중국의 것이라기보다는 『신중국미래기』에서 상상한 미래 중국의 정치체제에 속한다고 할 수 있다. 량치차오에게는

<hr>

위한 매개로 그 역할을 조정하였다. 그래서 『신민설』 시기 국가를 최상의 단체라고 인식한 점도 세계정세에 따른 량치차오의 시각 변화 속에서 이해할 필요가 있다.

이러한 세계에 도달하기 위해 무엇보다 사인과 부민을, 사회의 진보와 공익을 추구하고 그것이 바로 자신의 이익이 된다는 점을 자각하는 공인(신민)으로 개조하는 일이 급선무로 다가온 것이다.[17] 량치차오에게 사인이나 부민은 서구의 개인과 달리 근대국가의 주체가 될 수 없는 전제정치의 산물로 인식되었기 때문이다.

정치 능력

량치차오는 국민이 되기 위한 조건으로 국가사상을 지녀야 한다는 점과 아울러 스스로 정치를 펼칠 수 있는 능력을 구비해야 한다고 강조하는데, 국가사상 이후에 서술된 덕목들은 바로 이러한 정치 능력에 관한 구체적인 내용이라고 할 수 있다. 정치 능력에 관한 덕목들을 전체적으로 살펴보면 대체로 진취적이고 강인한 정신, 국민으로서의 권리와 의무 사상, 사회결성과 안보정신, 경제에 대한 태도 그리고 사덕(민기, 정치능력)으로 나누어볼 수 있을 것이다.

---

17)   주체와 국가의 관계로 볼 때, 서구 자유주의는 종교와 국가로부터 자유로운 개인을 주체로 설정하고 그러한 개인이 자율적으로 모여 자신들의 이익을 대변할 수 있는 국민국가 건설을 목표로 하며, 량치차오는 사회의 진보와 공익을 추구하는 신민을 주체로 설정하고 그러한 신민이 모여 대외적으로 민족주권을 실현하고 국내적으로 인민주권을 실현하는 국민국가 건설을 목표로 한다. 설정된 주체의 상이함에도 불구하고 모두 국민국가 건설을 목표로 하고 있는데, 실제 국가 건설과정에서는 추상적인 개인이나 신민보다는 특정한 권력집단과 개명된 엘리트들의 주도하에 형성된 정치세력이 그 주체로 부상한다. 이러한 현실을 고려할 때 보다 주목해야 할 점은 특정 정치세력에 기반한 국가가 광범위한 국민의 권리와 자유를 어떻게 보장 발전시키고 있는지가 되어야 할 것이다. 자유로운 개인을 주체로 설정하는 것과 개인이 실제 현실 속에서 자유로운 존재로 살아가고 있는지는 별개의 문제이기 때문이다.

먼저 진취적이고 강인한 정신에 대해 살펴보자. 진취적이고 강인한 정신은 진취모험, 진보, 강인성의 덕목으로 서술되고 있는데, 이는 수천 년간 지속된 전제정치와 낡은 습성을 극복하고 진보적이고 새로운 세계를 개척하는 데 필요한 정신이나 태도를 지칭한다. '진취적 모험' 정신은 서양이 낡고 진부한 세계에서 벗어나 부강한 국가가 된 원동력으로서, 대항해를 통해 아메리카 대륙을 개척한 콜럼버스, 부패한 종교계를 개혁한 마틴 루터, 최초로 세계 일주를 한 마젤란을 비롯하여 리빙스턴, 아돌푸스, 피터 대제, 크롬웰, 워싱턴, 나폴레옹, 링컨, 마치니 등이 그러한 정신을 지닌 대표적 인물이다. 진취적 모험 정신의 본질은 호연지기와 상통하며, 이는 이상세계를 향해 분투하는 희망, 자신을 돌보지 않고 일을 추구하는 열정, 사물에 대한 과학적 지식을 통해 획득한 지혜, 실패를 두려워하지 않고 일을 추진해나가는 담력에서 생성되는 것이다.

그런데 새로운 사회를 건설하고 '진보'를 추구하기 위해선 반드시 구제도 및 악습에 대한 파괴가 선행되어야 한다. 영국이 근대세계의 문명선진국이 된 것은 1640~1660년 청교도 중심의 시민혁명을 통해 왕당파를 타파하고 의회제도를 확립했기 때문이며, 미국이 1865년 이후 세계대국이 된 것은 영국과의 독립전쟁과 노예해방운동을 통해 식민세력과 악습을 파괴했기 때문이다. 또 유럽의 각국이 1870년 이후 근대국가를 건설한 것도 절대왕권을 파괴한 프랑스 대혁명의 영향으로 인해 정치개혁의 기반을 형성했기 때문이다. 구시대의 악습이 파괴되지 않고 잔존하는 사회에서는 새로운 세계로 진입하기 힘들며, 수많은 파괴가 지속되기 때문에 오히려 사회가 불안정해질 수 있다. 그래서 이러한 악습의 뿌리를 단절시킨 이후에 비로소 새로운 문명 세계를

추구할 수 있는 것이다.[18]

구제도를 파괴하고 새로운 세계를 개척하는 과정에서 수많은 시행 착오와 좌절을 겪을 수밖에 없다. 이러한 역경에 직면했을 때 성패의 관건은 희망을 가지고 일을 끝까지 추진해나가는 강인성을 지니고 있느냐가 된다. 유대인을 이끌고 이집트를 탈출하는 과정에서 수많은 난관을 극복한 모세를 비롯하여 콜럼버스, 디즈레일리, 몽테스키외에서 중국의 장건, 유비 등은 모두 초인적인 의지를 통해 역경을 극복하고 전대미문의 일을 성취한 인물들이다. 강인성은 작은 시련에도 쉽게 좌절하고 현상에 안주하는 중국인의 오랜 습성으로 볼 때 작금의 위기를 극복하기 위해 필수적으로 요청되는 덕목인 것이다.

다음으로 두 번째 특성인 국민으로서의 권리와 의무 사상에 대해 살펴보자. 국민으로서의 권리와 의무 사상은 권리사상, 자유, 자치, 자존, 의무사상의 덕목으로 서술되고 있는데, 이는 국민 개개인이 지녀야 할 근대적 시민권에 관해 설명하고 있는 부분이다. 량치차오는 생물이 태어나면서 자신을 보호할 능력(良能)을 부여받는 것은 생물계의 공리이지만, 인간만은 생명을 보호하는 형이하학적 생존을 넘어 권리를 보호하는 형이상학적 생존을 추구한다고 인식한다. 즉 생명 보호를 유일한 책임으로 삼는 동물계와 달리 인류는 생명과 아울러 권리를 보호할 수 있어야 완전한 책임을 다하게 된다는 것이다. 그런데 이러한 자기

---

18) 「논민기」에서 량치차오가 인민동원을 통해 청조를 전복시키는 혁명파의 방식에 대해 경계하고 있는 것으로 볼 때, 량치차오가 말하는 파괴가 혁명파의 혁명을 의미하는 것은 아니라고 보아야 할 것이다. 량치차오의 파괴는 인민동원의 방식보다는 『신중국미래기』에서 구상한 엘리트 중심의 입헌적 개혁을 통해 구제도와 악습을 타파하는 활동에 가깝다고 할 수 있다. 그렇지만 구제도와 현상에 안주하는 중국의 오랜 습성을 고려할 때 량치차오의 파괴 역시 혁명에 필적할 만한 고행의 길이자 단시일 내에 성취할 수 없는 지난한 과제라고 할 수 있다.

보호능력은 천부적으로 주어진 것이지만 생존경쟁의 세계에서 권리의 향유는 저절로 얻어질 수 있는 것이 아니라 투쟁을 통해 자신의 권리를 지켜나갈 때 가능한 것이다. 타인이 자신의 권리를 침범할 때 이에 저항하지 않고 복종해버리면 권리는 사라지게 된다. 권리를 취득하고 이를 유지하기 위해 부단히 노력하려는 정신이 바로 권리사상의 원천이다. 권리사상의 강약은 그 사람의 품격과 관련이 있다. 서구인들은 자그마한 물건이라도 타인의 침범을 받으면 끝까지 투쟁하여 물건을 보호하는데, 그 목적은 물건 자체가 아니라 물건에 대한 자신의 권리를 지키기 위함이다. 이는 자신의 권리가 타인에 의해 보호되는 것이 아니라 부단한 권리경쟁과 이를 통해 얻어진 부강에 의해 보장되는 것이기 때문이다. 권리사상은 개인을 위한 책임일 뿐만 아니라 집단(국가)을 위해 구비해야 하는 책임이기도 하다. 한 국가의 권리는 개개인의 권리가 모여 이루어지는 것이며 국가의 권리사상은 바로 개인의 권리사상 양성에서 시작되는 것이기 때문이다.

권리사상이 타인이나 타민족으로부터 자신의 권리를 보호하는 능력이라면, 자유는 외부의 간섭 없이 자신의 권리를 행사할 수 있는 능력을 지칭한다. 량치차오는 "자유가 아니면 죽음을 달라"는 정신이 18~19세기 서구 국민이 국가를 건설한 원천이라고 인식한다. 이러한 자유정신을 통해 서구 국민은 정부가 인민을 착취하지 못하게 하는 정치자유, 교회가 신도를 착취하지 못하게 하는 종교자유, 외국세력이 본국 인민을 착취하지 못하게 하는 민족자유, 자본가와 노동자가 서로 협력하는 경제자유를 얻었으며, 특히 정치자유의 측면에서 만민평등, 참정권, 식민자치가 실행되는 성과를 거둘 수 있었다. 자유는 서구 근대정신의 핵심이면서 모든 구속으로부터 독립된 개인의 탄생과 밀접히 관련되어 있는 개념인데, 『신민설』에서 량치차오가 말하는 자유는 서구 자유주의와 다른 맥락에서 해석되고 있다는 점을 주목할 필요가 있다.

량치차오는 자유를 야만의 자유/문명의 자유, 개인의 자유/단체의 자유로 구별하고 있다. "자유라는 것은 단체의 자유이지 개인의 자유가 아니다. 야만의 시대에는 개인의 자유가 승리하고 단체의 자유가 소멸하며, 문명의 시대에는 단체의 자유가 강해지고 개인의 자유가 약해진다."[19] 량치차오가 말하는 야만의 자유, 개인의 자유는 개인이 하고 싶은 것을 타인이나 단체의 이해관계에 상관없이 마음대로 할 수 있는 자유를 지칭하는데, 외부의 어떠한 구속으로부터 간섭받지 않을 권리로서 서구의 자유 개념이 여기서는 제재되고 약화되어야 할 '야만의 자유'로 간주되고 있다. 이 점은 량치차오의 자유 개념이 근대적 개인의 자유를 제약하는 관점이라고 비판될 수 있지만, 량치차오가 제약하는 것은 자유 자체가 아니라 자신의 이기적 생존과 안위를 위해 살아가는 개인(흩어진 모래와 같은 사인)의 자유라고 할 수 있다. 량치차오가 보기에 중국에 만연한 이러한 방임적인 자유는 "타인의 자유를 침범하지 않는 범위 내에서의 자유"를 추구하는 서구의 자유와 구별되는 것으로, 이는 근대적 자유라기보다는 타인과 단체의 존재의미를 이해하지 못하는 전근대 시대의 자유에 해당하는 것이다. 이러한 방임적인 자유만을 놓고 볼 때 중국은 자유가 결핍된 곳이 아니라 전 세계에서 가장 자유로운 국가라고 할 수 있다. 량치차오의 자유 개념 속에는 흩어진 모래 같은 중국인의 이기적이고 방임적인 특성이 서구의 개인이나 자유의 원리와 결합하여 오히려 중국인의 결함이 더 강화되고 합

---

19) 량치차오, 앞의 책, 61쪽.

리화될 수 있는 가능성에 대해 우려하는 측면이 내재되어 있다.[20] 량치차오의 시각을 이해하기 위하여 순원의 '흩어진 모래'의 자유에 관한 글을 읽어보자.

중국인에게 자유의 지식이 없다고 비평하는 그 외국인이 한편으로는 중국인은 한 줌의 흩어진 모래라고 비평한다. 외국인의 이 두 가지 비평, 즉 한쪽에서 중국인은 한 줌의 모래처럼 흩어져 있어 단체를 가지고 있지 않다고 말하면서, 다른 쪽에서는 중국인은 자유를 모른다고 말하는 것은 서로 상반된 관계에 있다. 왜 상반된 것인가? 외국인이 중국인에게 한 줌의 흩어진 모래라고 한다면 그것은 요컨대 어떠한 의미인가? 즉 하나하나가 자유이고 사람들에게 자유가 있음을 말하는 것이다. 그리하여 사람들이 자기의 자유를 계속 크게 넓혀나가다 보면 한 줌의 흩어진 모래가 되고 만다. 그러면 한 줌의 흩어진 모래는 무엇인가? 우리가 손에 모래를 움켜잡으면 그 분량이야 어떻든 간에 한 알 한 알의 모래는 모두 고정되지 않고 움직일 수가 없으며, 아무런 속박도 받지 않는다. 이것이 한 줌의 흩어진 모래이다. 만일 이 모래에 시멘트를 가하면 결합되어 돌이 되고 견고한 단체로 바뀐다. 그러나 돌로 바뀌고 단체가 견고해지면 흩어진 모래는 자유가 없어진다. 그러므로 흩어진 모래와 돌을 비교해보면 금방 알 수 있다. 돌은 원래 흩어진 모래가 결합하여 만들어진 것이다. 그러나 흩어진 모래는 돌이라는 단체 속에서는 움직일 수도 없고 자유는 상실되는 것이다. 그런데 자유의 해석은 간단히 말하면, 하나의 단체 속에서 움직

20) 이 점에 대해 량치차오는 다음과 같이 말하고 있다. "오늘날 자유를 말하는 사람들은 그 사회나 국가의 자유의 진보에 힘쓰는 것이 아니라 오직 사소한 일용할 음식에 대해서만 단호하게 일인의 자유를 주장한다." (『신민설』, 63쪽).

일 수 있고 뜻하는 대로 오갈 수 있는 것, 이것이 자유다. 중국에는 이러한 말이 없었으므로 모두들 영문을 몰라 하는 것이다. 그러나 우리에게는 자유와 아주 닮은 고유의 말이 있다. 즉 '제멋대로[放蕩不羈]'라는 말이다. 제멋대로이니까 흩어진 모래와 마찬가지로 저마다 큰 자유를 가지고 있는 셈이다.[21]

위의 글에서 순원은 중국에 자유의 지식이 없고 중국인은 흩어진 모래 같다는 서양인의 비평에 대한 반박을 통해 중국에서 자유의 의미가 무엇인지 설명하고 있다. 순원은 중국인이 흩어진 모래인 것은 자유를 몰라서가 아니라 오히려 속박이 없는 커다란 자유를 누리고 있어서 모래처럼 흩어져 살아왔다고 주장한다. 중국인이 자유라는 말 자체를 몰랐을 수는 있으나 그와 아주 상통하는 '제멋대로[放蕩不羈]'라는 말이 있으며, 이 말은 흩어진 모래처럼 구속 없이 살아가는 중국인의 자유를 잘 반영하고 있다는 것이다. 여기서 순원이 문제 삼고 있는 것은 중국인이 하고 싶은 일을 마음대로 하는 사적인 자유는 잘 알고 있으나, "하나의 단체 속에서 움직일 수 있고 뜻하는 대로 오갈 수 있는" 자유에 대해서는 근본적으로 알지 못한다는 점이다. 즉 흩어진 모래들이 결합하여 하나의 견고한 단체가 되는 능력이 없어 단체 속에서 향유하는 자유에 대해서는 무지하다는 것이다. 순원은 진정한 자유는 흩어진 모래의 자유가 아니라 단체 구성원들과 더불어 향유하는 자유이며, 이러한 자유를 향유하기 위해선 단결하는 능력을 지녀야 한다고 인식한다.

흩어진 모래의 자유는 야만의 자유, 개인의 자유에 해당되고 단체

---

21)　순원, 권오역 옮김, 『삼민주의』, 홍신문화사, 1995, 172~173쪽.

속에서 향유하는 자유는 문명의 자유가 되는 셈이다. 순원 역시 량치차오와 마찬가지로 야만의 자유, 개인의 자유를 극복해야 할 대상으로 생각하며, 야만의 자유가 문명의 자유로 전환하기 위해선 사인의 이기적 욕망을 절제하여 공적인 단체의 자유로 나아가야 한다는 점을 강조하고 있다. 순원과 동일한 맥락에서 량치차오는 중국의 자유가 극단적 이기주의로 흐르지 않고 공공정신의 기제를 형성하기 위해 "법률하에서의 자유"를 추구해야 한다고 주장한다. 서구의 자유가 "타인의 자유를 침범하지 않는 범위 내에서의 자유"인 것처럼, 개인이 무제한적이고 방임적으로 자유를 행사해서는 안 되며 공공의 약속으로 정한 법률 내에서 자유를 향유하는 것이 문명의 자유라는 것이다. 량치차오에게 진정한 자유는 사인이나 부민이 자신의 사익을 제약 없이 추구하는 자유가 아니라 사회나 국가를 이루는 구성원이 법률을 통해 공적으로 허용된 범위 내에서 누리는 자유를 의미한다.

량치차오의 이러한 법률 중시는 국민으로서의 권리와 의무 사상을 설명할 때 그 책임의 권한이 반드시 법률을 통해 규정되어야 한다는 주장으로 나타나고 있다. 즉 권리사상은 외부로부터 자신의 권리를 보호하는 능력이지만 그 권리경쟁은 인위가 아니라 법률에 의지하여 진행되어야 하며, 자치는 한 사람의 자치에서부터 가정, 향, 시, 국가의 자치에 이르기까지 그 범위는 다르지만 모두 법률에 의거하여 이루어져야 하며,[22] 자존은 인간의 품격을 높이는 능력인데 문명인이 야만인보다 존중받는 것은 법률을 공유할 수 있어서이며, 의무사상은 권리에

---

22) "한 사람이 그 몸을 자치하는 것과 수십 명이 그 가정을 자치하는 것과 수백 수천인이 그 향과 시를 자치하는 것과 수억 인이 그 국가를 자치하는 것은 비록 그 자치의 범위는 다르지만 그 정신은 하나다. 하나라는 것은 무엇인가? 법률에 의거한다는 점에서 동일하다."(『신민설』, 73~74쪽.)

대한 주장보다는 먼저 국가가 규정한 의무사항을 충실하게 이행하는데에서 시작해야 한다는 것이다. 량치차오에게 법률은 개인의 행동을 제한하는 규율을 넘어, 한 사회의 구성원들을 이해관계의 충돌 없이 혼연일체된 공동체[23]로 조직하여 공정하고 안전한 질서를 이루게 하는 제도를 의미한다고 할 수 있다. 즉 공덕이 신민이 되기 위한 공적인 정신이나 태도를 의미한다면, 법률은 공덕을 현실 속에서 구현하기 위해 제정되고 준수되어야 할 공적인 제도를 총칭한다고 할 수 있다. 량치차오는 정신적 도덕적 차원에서 국민으로서의 권리와 의무 사상을 강조하면서 아울러 제도적 차원에서 이를 실현하기 위한 법률의 제정과 준수를 요청하고 있는데, 이는 국가적 차원에서 볼 때 『신중국미래기』에서 구상한 입헌국가 건설의 토대가 되는 일이다.

세 번째 특성인 사회결성과 안보정신은 사회결성(合群), 상무(尙武)의 덕목으로 서술되고 있는데, 공덕의 핵심인 사회를 이루고 그 사회를 보호하는 능력을 지칭한다. 서구인들은 이 능력을 탁월하게 지니고 있어서 부강한 국가를 건설할 수 있었지만, 중국인들은 수천 년 동안 사덕에 편중되어 공공관념, 내외관념, 공동체의식과 규율이 부재하고 또 상호 간에 질투가 극심하여 사회결성 능력이 결핍되었다. 그리고 상무는 국민의 원기이자 국가 보전능력이라고 할 수 있는데 중국은 수천 년 동안 대일통과 천하주의가 지속되고, 권력자들이 국민을 순종적으로 만들며, 민간에서 군인을 경시하는 습관이 형성되는 등 상무정

---

23) 량치차오는 법률하에 혼연일체된 공동체를 기계나 군대에 비유하는데 오늘날의 입장에서 볼 때 이것은 개인의 자유를 제약하고 규율을 강제하는 집단에 대한 부정적인 비유로 읽히지만, 량치차오가 사용하는 맥락은 사적이고 인위적인 폐해를 약화시키고 공공의 합의와 그 제도적 표현인 법률에 의해 균열 없이 하나가 된 사회를 지칭한다.

신이 결핍됨에 따라 중국은 국가를 건설하고 보전할 수 있는 능력을 상실하여 작금의 위기에 직면하게 된 것이다.

네 번째 특성인 경제에 대한 태도는 '생산과 소모'의 항목에서 서술되고 있는데, 중국이 빈곤하게 된 이유가 경제관념이 결핍되어 생산적인 노동에 종사하는 사람보다 그 생산물을 소모하는 이기적인 자가 더 많은 데서 비롯된 것이라는 점을 지적하고 있다. 앞에서 서술한 덕목들이 주로 도덕이나 정치사상에 관련된 것이라면 '생산과 소모'는 경제적 차원에서 신민이 구비해야 덕목을 설명하고 있는 부분이다. 경제적 측면에서 볼 때 서구 국가가 부강한 것은 국부가 날로 증가하기 때문인데, 이는 국부를 창조하는 생산적 노동에 종사하는 이들이 국부를 소모하는 자보다 많은 데서 기인한다. 그러나 중국은 국부를 소모하거나 비생산적 노동에 종사하는 자들이 국부 생산자보다 많아 국가가 빈곤할 수밖에 없다. 특히 중상 계층에서 국부를 소모하는 자들이 많은데, 이는 그들이 자신의 권력을 이용하여 타인이 생산한 국부를 소모하며 이기적으로 생활하기 때문이다. 중국인들이 경제·생산에 대해 이러한 태도를 유지하는 이상 국제적인 상업경쟁에서 중국이 승리할 가능성은 없으며 갈수록 빈곤한 처지에 빠지게 될 것이다. 중국인들이 이러한 태도를 극복하기 위해선 무엇보다 노동을 하지 않고 국부를 소모하는 것이 도덕적으로 부끄러운 일이라는 점을 자각케 하고, 이들을 새롭게 일신하여 생산자의 수를 증가시켜나가야 할 것이다.

사덕

정치 능력에 관한 이상의 네 가지 특성이 공덕과 연계된 덕목이라면, 다섯 번째 특성인 '사덕'은 중국에서 사덕을 타락하게 만든 요인과 신

민의 양성을 위해 사덕이 필요하다는 점을 제기하고 있다. 량치차오
는 앞 장에서 『신민설』의 저술목적을 공덕과 그 세부덕목에 관해 설명
하는 것이라고 말하고 있지만, 18장 「논사덕」에서는 이와 달리 사덕
의 중요성을 부각하며 근대 중국에서 공덕이 배양되지 못하는 요인을
사덕과 관련지어 설명하고 있다. 이러한 내부 변화를 이해하기 위해선
량치차오가 각 장에서 신민의 덕목을 서술하는 방식을 참고할 필요가
있을 것이다. 각 장의 서술은 먼저 서구 국가를 부강하게 만든 국민의
덕목을 설명하고, 다음으로 중국에서 그러한 덕목이 결핍하게 된 역
사적 요인을 설명한 후, 근대 중국인들이 그러한 덕목을 배양해야 함
에도 불구하고 실현되지 못하는 원인과 그 현실을 개탄하는 방식으로
진행되고 있다. 이러한 서술방식과 그 속에 내포된 량치차오의 고뇌를
감안한다면 『신민설』은 미래의 중국인에 대한 희망의 이야기가 아니
라 서구와 달리 근대 중국에서 신민이 양성되지 못하는 역사적 요인과
당대적 요인을 비판하는 글이라고 할 수 있을 것이다.

　　량치차오의 분석[24]을 종합해보면, 공덕과 그 세부 덕목의 결핍은 대

---

24)　중국에서 신민의 덕목이 결핍된 원인에 대한 량치차오의 분석을 보면, 공덕의
　　결핍은 유가의 사덕이 명철보신주의로 작용한 결과이며, 국가사상의 결핍은 주
　　변국가로부터 폐쇄된 지리적 조건, 천하 이데올로기 및 그로 인해 형성된 노예근
　　성에서 비롯된 것이며, 진취모험의 결핍은 노자, 공자 학설의 오독으로 인해 형성
　　된 자족적인 습성과 그로 인한 진취적이고 도전적인 정신의 부재에서 비롯된 것
　　이며, 권리사상의 결핍은 양보 인내의 미덕이 후대에 나태하고 자기비하적인 악습
　　으로 변질된 결과이다. 또 자유의 결핍은 중국인이 고인, 세속, 현상, 정욕의 노예
　　가 되어 자유가 사익 도모의 수단으로 변질된 결과이며, 자치의 결핍은 전제통치
　　로 인해 피지배가 습성이 되고 방관자로 전락한 결과이며, 진보의 결핍은 대일통,
　　주변 경쟁국의 부재, 언어문자의 불일치, 전제정치, 유가의 수구적 학설에서 비롯
　　된 것이며, 자존의 결핍은 전제정치하의 노예적이고 의존적인 성격에서 기인한 것
　　이며, 사회 결속의 결핍은 공공관념·내외관념·공동체의식·규칙의 부재와 상호
　　질투에서 비롯된 것이다. '생산과 소모'는 중국이 빈곤하게 된 이유가 경제관념이

체로 주변 문명국과의 교류가 차단된 지리적 조건과 황제 1인이 사적으로 통치하는 전제정치, 중국의 정치사회 체제를 정당화하기 위해 형성된 이데올로기인 대일통, 천하주의, 유가의 수구적 학설, 명철보신주의, 그리고 전제정치와 그 이데올로기에 길들여진 중국인의 결함으로서 노예근성, 이기주의, 안주, 자기비하, 나태, 공공관념 결핍, 의존, 방관 등의 습성에서 비롯된 것이라고 할 수 있다. 량치차오는 이러한 요인 가운데 지리적 조건은 교통수단의 발달과 국제 교류를 통해 해결 가능한 일이고 전제정치는 제도개혁을 통해 변화시킬 수 있으며 수구적 학설은 서구의 신학문 수용을 통해 시야를 넓혀나갈 수 있지만, 중국인의 결함은 오랜 시간 누적된 습성이라 단기간에 변하기가 가장 힘든 부분이라고 인식한다. 『신민설』에서 제기한 덕목들을 통해 중국인의 결함을 보완 개조할 수 있는 방안을 열어놓았지만 이는 새로운 학설의 수용이나 열정만으로 실현 가능한 일이 아니라는 것이다. 량치차오를 더욱 곤혹스럽게 만든 것은 중국인의 결함이 민간에서뿐만 아니라 공덕을 함양하고 신민 양성의 주체가 되어야 할 개혁적 지식인들에게서도 지속되어 변화의 출로를 찾기가 어렵다는 점이었다. 이러한 량치차오의 고민이 표출된 글이 바로 「논사덕」이다.

「논사덕」에서 량치차오는 근래의 중국 지식인들이 모두 공덕을 주창하고 있지만 별다른 성과를 거두지 못하고 있는데, 이는 공덕을 그 근본정신에 따라 사회를 이롭게 하는 데 사용하지 않고 공덕의 지식을

결핍되어 생산적인 노동에 종사하는 사람보다 그 생산물을 소모하는 이기적인 자가 더 많은 데서 비롯된 것이라는 점을 지적하고 있다. 강인성의 결핍은 시련과 역경을 극복하는 의지가 약해 쉽사리 포기하는 데서 비롯된 결과이며, 의무사상의 결핍은 의무는 다하지 않고 권리만 향유하는 습성이 지속된 결과이며, 상무의 결핍은 대일통, 천하주의, 역대 통치자들의 순종적 국민 만들기, 군인 경시 습관에서 비롯된 결과이다.

빌어 자신의 권력과 사적 이익을 도모하는 데서 비롯된다고 인식한다. 본래 량치차오가 공덕을 강조한 것은 중국의 도덕이 사덕에 치중되어 개개인의 사익 추구를 정당화하는 이데올로기가 된 것을 비판하고, 공덕을 통해 사덕의 단점을 보완함으로써 중국의 도덕을 일신하기 위해서였다. 그런데 공덕을 통해 도덕을 일신하려는 기대와 달리 사익 추구에 길들여진 사람들이 공덕마저 사익의 도구로 전락시킴으로써 중국의 도덕은 공·사덕이 모두 타락해버리는 결과를 초래하고 말았던 것이다. 량치차오는 이러한 문제가 자신에게도 성실하지 않고 타인과 단체에게도 성실하지 않은 채 사적 이해관계만을 앞세우는 타락한 사덕에서 기인하며, 이러한 사덕의 개조 없이는 공덕의 수용이 이루어질 수 없다고 인식한다. 량치차오가 사덕의 일신을 강조한 것은 바로 이러한 맥락이라고 할 수 있다.

  량치차오는 중국에서 사덕이 타락한 원인을 대다수 사람들이 전제 정치하에 생존하기 위해 비굴하고 허위적인 습성이 길러지고, 역대 통치자들이 정의롭고 유덕한 인재를 억압하여 간사하고 용렬한 습성이 지속되고, 수차례의 패전 속에서 생존을 위한 사악한 습성이 형성되고, 생활이 궁핍하여 비천하고 열등한 습성이 양산된 점과 아울러, 소수의 선도적 지식인들이 전통 학문과 새로운 서양 학문의 취지를 오도하여 나라를 폐단에 빠지게 하고 이를 사익 추구를 위한 수단으로 삼는 데서 비롯된다고 인식한다. 량치차오가 제시한 사덕 타락의 원인은 사실 공덕과 그 세부 덕목들이 결핍된 원인과 일맥상통하는 것이며, 다만 타락한 사덕을 개조하기 위해 요청하는 덕목이 공덕에서처럼 서구 민족의 장점이 아니라 양명학의 정본(正本, 사물의 근본을 바르게 함), 신독(愼獨, 홀로 있을 때에도 도리에 어긋나지 않음), 근소(謹小, 작은 일도 성실하게 대함)의 덕목이라는 점은 주목할 필요가 있다.

주지하듯이 양명학은 지행합일, 즉 지식과 행동의 일치를 강조하는 사상이다. 량치차오가 이런 양명학의 덕목을 요청하는 것은 근대 중국의 사덕의 타락이 지식과 행동의 불일치에서 기인하다고 인식하기 때문이다. 즉 근대 중국지식인들이 공덕을 비롯한 서구 지식을 그 본래의 정신에 따라 성실하게 행동으로 실천하지 못하는 불일치가 타락의 근원이며, 이를 극복하고 지행합일의 상태로 돌아가는 일이 사덕을 회복하는 길이라고 인식한다는 것이다. 양명학의 덕목 가운데 정본은 서구 지식의 근본을 이해하지 못한 채 이를 공리적으로 사용하는 자들에게 그 지식의 근본을 바르게 이해하는 일이 무엇보다 중요하다는 점을 일깨우기 위해 요청한 덕목이며, 신독은 자신이 마치 중국을 구원할 영웅인 듯이 자처하며 무책임한 행위를 일삼는 자들에게 자신의 행위가 도리에 맞는 것인지 성찰케 하기 위해 요청한 덕목이며, 근소는 큰일만 관심을 갖고 작은 일에 소홀히 하며 자신의 잘못을 관대하게 넘어가는 자들에게 작은 일부터 성실하게 대한 후에 큰일을 책임 있게 완수할 수 있다는 점을 반성케 하기 위해 요청한 덕목이다.

　사덕에 대한 이러한 논리로 볼 때, 량치차오가 『신민설』에서 의도한 공덕의 기제를 통해 중국의 도덕을 완비하려는 시도는 사덕의 타락과 주체의 부재로 인해 위기에 처하게 되었다는 점을 읽을 수 있다. 그렇지만 량치차오가 사덕의 필요성을 제기한 것은 공덕의 중요성을 부정하거나 공덕과 사덕의 관계를 근본적으로 역전시키기 위해서가 아니라 지행합일의 관점에서 공덕과 사덕을 통합하려는 성찰의 산물이라는 점을 이해해야 할 것이다. 오히려 「논사덕」에 나타난 량치차오의 내부 변화 가운데 주목해야 할 점이 두 가지가 있다. 하나는 공덕이 국민 개개인이 함양해야 할 덕목으로 설정된 반면 사덕은 국민 개개인이 아니라 그들을 계몽할 선도적 지식인들이 배양해야 할 덕목으로 설정된 것이며, 다른 하나는 「논사덕」 이전에는 국민의 정치사상을 강조한 반면 「논사덕」 이후에는 정치사상보다 실질적인 정치능력을 더 강조한다는 점이다. 이것은 「논사덕」 이후 량치차오의 관심이, 신민을 위한 덕목을 어떻게 배양할 것인가, 라는 사상적이고 도덕적인 문제를 넘어, 근대중국의 현실 속에서 신민 양성의 주체와 방법은 무엇인지 그리고 신민이 단시간 내에 양성되기 힘든 상황에서 정치개혁은 어떻게 수행해야 하는지 등 실질적인 변혁방법의 문제로 전환하고 있는 점과 밀접히 관련되어 있다. 량치차오의 이러한 고민이 표출된 있는 글이 「논민기」와 「논정치능력」이다.

민기는 국가의 존엄과 공익을 옹호하기 위해 대다수의 국민이 표출하는 기세인데, 반드시 국민의 실력과 지혜 그리고 공익을 우선하는 도덕이 밑받침되어야 생존경쟁에서 승리할 수 있는 동력이 될 수 있다. 량치차오는 이러한 덕목들이 갖추어지지 않은 상태에서 민기만이 표출될 경우, 국민을 선동하여 사회를 혼란케 하는 결과를 초래한다고 인식한다. 민기를 자극하는 일은 쉬우나 이것으로는 신민을 양성할 수 없기 때문이다. 국민의 실력, 지혜, 도덕을 축적하는 일은 민기 표출에 비해 지난하면서도 장기간의 시간이 필요하며, 이 일을 우선적으로 달성하고 나면 민기는 이 기반 위에서 표출되어 그 효과를 얻을 수 있는 것이다. 그러나 근대 중국의 현실은 신민 양성을 주창하면서도 신민이 갖추어야 할 실질적 덕목을 배양하기보다는 국민을 선동하여 급진적 파괴를 진행함으로써 민기가 부정적으로 작용하는 폐해를 낳고 있었던 것이다.

량치차오는 이러한 문제가 정치능력의 결핍에서 비롯되는 일이라고 인식한다. 중국은 수천 년간 전제정치가 지속되어 근대국가를 이루지 못한 것은 사실이지만, 역사적으로 볼 때 전제정치가 미약한 시기에도 중국인들은 자치 독립을 이루지 못했고, 전제정치가 미치지 않는 지역에서도 중국인들은 자치단체를 성립하지 못했으며, 전제정치가 미치지 않는 분야에서도 중국인들은 독립적인 성과를 거두지 못하였다. 량치차오는 이것이 중국인들에게 정치능력이 결핍되어 그러한 것이며, "오늘날 구국을 논하는 자는 국민 능력의 양성이 가장 시급하다고 한다. 그렇지만 국민은 양성의 객체이기 때문에 국민을 양성하는 주체가 더욱 시급하다. 이 문제가 해결되지 않고, 아무리 국민을 양성해야 한다고 하더라도, 이룰 수 있는 길이 없다. 주체는 어디에 있는가? 강력한 정권이나 대다수의 백성이 아니라 사상을 지닌 중등사회에 있다."고 인식한다. 여기서 량치차오는 국민 개개인을 신민으로 양성하는 것이 급선무라는 사유에서, 신민 양성의 주체로서 중등사회 즉 신사층의 양성이 우선이라는 계몽주체론으로 선회하고 있다.

계몽주체

흩어진 모래로 살아가는 부민과 신민의 덕목 사이의 거리감이 극심한 상태에서 현실 중국인을 어떻게 신민으로 양성할 수 있는가의 문제는 『신민설』에 내재한 곤혹스런 질문이었다. 『신민설』에서 량치차오는 외부세계와 무관하게 자족적으로 살아가는 부민이 세계열강들과 경쟁하며 국가 건설의 주체인 국민으로 성장 전화하는 방법을 모색했지만, 이는 『신중국미래기』에서 상상한 입헌국가처럼 먼 미래에나 실현 가능한 일이었다. 량치차오가 말하는 부민은 아더 스미스가 『중국인의 성격』에서 서술한 소농경제하에서 자연적 생존력에 기대어 고립 분산적으로 살아가는 중국인에 가깝고, 국민은 근대 자본주의 사회에서 성장하여 공공질서와 효율성을 중시하는 근대 서구인에 근접한다고 할 수 있다. 만청 지식인들이 꿈꾸는 신민 배양의 일은 바로 아더 스미스가 관찰하던 『중국인의 성격』 속의 중국인을 아더 스미스 자신으로 변신시키는 것이라고 할 만큼 곤혹스럽고 지난한 일이었던 것이다.

이러한 곤혹 속에서 국민성 담론은 누가 중국인의 결함을 개조하여 신민으로 양성시킬 것인가, 라는 계몽의 문제로 나아간다. 현실 중국인은 계몽자와 결합되어야만이 국민이 될 수 있으며, 이러한 국민이 형성되어야 근대국가가 확립될 수 있기 때문이다. 만청의 개혁적 지식인들은 입헌파와 혁명파라는 정치적 입장 차이를 넘어 스스로를 계몽자로 설정한다는 점에서 공통성을 지니고 있었다. 그들은 스스로를 현실 속의 중국인을 신민으로 양성하는 계몽자이자, 나아가 전제군주와 몽매한 백성 사이에서 근대국가를 확립하여 중국의 위기를 극복하는 주체 세력으로 인식했던 것이다.

하지만 이것은 장기간 중국인의 결함을 형성시켜온 정치경제적 조건을 변혁하는 일과 불가분의 관계에 있으며, 그러한 삶의 조건에 대한 변혁 없이 지식인의 계몽운동만을 통해 단기간에 새로운 국민성을 배양한다는 것은 거의 불가능에 가까운 일이다. 국민성 담론의 이러한 한계 속에서 1903년 러시아의 만주진출 기도를 저지하려는 거아(拒俄) 운동과 프랑스 세력의 광서지역으로의 진출에 반대한 거법(拒法) 운동이 전국적으로 일어나는 등 현실 속의 중국인을 노예로만 간주할 수 없는 사태 변화가 발생하였다. 특히 거아 운동은, 당시 친러파의 핵심인물이 서태후와 리훙장이었음을 감안할 때, 다분히 혁명운동의 일환으로 진행된 측면이 강했다. 이 운동에는 차이위안페이를 비롯한 많은 혁명파 세력들이 가담하였고, 상하이에서는 애국학사가 조직되어 저우룽과 장스자오 등이 적극적으로 혁명운동을 선전하면서 혁명사조가 확산되었으며, 후난에서는 황싱과 숭쟈오런 등이 화흥회를 조직하는 등 혁명운동이 고조되었다. 혁명의 기운이 확산되면서 입헌파와 혁명파는 정치적 견해 차이를 드러내기 시작하였다. "신민이 있으면 신제도나 신정부, 신국가가 없다고 해서 무슨 걱정이 있겠는가?"라는 량치차오의 입장은 신제도, 신정부, 신국가의 건립을 갈망하는 혁명파에게는 불만족스러울 수밖에 없었다.

이들은 신민이 우선인가 신정부가 우선인가의 문제를 놓고 논쟁을 벌였지만, 실질적으로 이것은 실천주체로서 국민의 자질을 어떻게 평가할 것인지의 문제와 연계되어 있었다. 입헌파의 경우 국민의 자질이 아직 낮기 때문에 현재의 정치체제를 유지하는 상태에서 국민 계몽을 지속해야 한다는 입장이었고, 혁명파의 경우 중국인의 노예근성을 비판하던 입장에서 선회하여 국민성이 신정부를 건설할 수 있는 수준으로 향상되었다고 높이 평가하였다. 그래서 1905년 이후부터 혁명파가 더 이상 국민성 개조 논쟁에 참여하지 않게 됨에 따라 혁명파 진영에서는 국민성 개조론이 사라지게 되었다. 또 량치차오의 경우도 1906년 개명전제론을 취소하고 조속한 국회개원을 청원하면서 중국 국민성에 대한 입장을 변경하였다. 중국은 국민과 정부가 모두 서양보다 수준이 낮지만, 어차피 다 같이 수준이 낮은 상태라면 수준 낮은 국민이 수준 낮은 국가에 대해 나름대로 감독할 수 있는 역량을 지닌다고 인식했던 것이다. 이처럼 국민성 개조론이 정치적 입장에 따라 그 성격이 변화되면서 더 이상 사람들의 관심을 끌지 못했으며, 1907년 이후부터 신해혁명까지 국민성 개조론은 거의 지상에서 사라지게 되었다.[25]

---

25) 이에 대해서는 김종윤, 「청말 국민성개조론에 대한 고찰」(『중국학논총』 제28집, 2009) 참고.

국민성 담론이 다시 출현하게 된 것은 신해혁명 이후 수구적 퇴행으로 인해 중국 정치운동에 대한 근본적인 반성과 회의가 일어나기 시작한 신문화운동 시기였다. 그러나 신문화운동 세대가 담론의 출발점으로 착안한 것은 만청 국민성 담론의 신민이 아니라 외부의 모든 구속으로부터 자유로운 존재로서 개인의 개념이었다.[26]

---

26) 20세기 중국의 역사는 량치차오가 구상한 근대기획과는 다른 길을 걷게 되지만, 최근 중국 정치체제 개혁을 위해 법치와 문명시민 양성이 주요 과제로 부상하면서 량치차오 구상의 현재적 의미가 재조명되고 있다. 이러한 현상은 『신중국미래기』와 『신민설』에서 상상한 미래 중국이 한 세기가 지난 오늘날 비로소 그 실현조건이 갖추어진 데서 기인하는 일이라고 할 것이다. 아울러 21세기 중국은 단체의 자유를 강조할 수밖에 없는 망국 망종의 위기가 해소된 상태이기 때문에, 량치차오의 기획 속에서 유보되었던 단체(국가)가 개인의 권리와 자유 신장을 위해 어떠한 역할을 수행해야 하는지의 문제에 중점이 놓여야 할 것이다.

3장   신문화운동과 개인의 탄생

반전통주의

신해혁명을 통해 아시아 최초의 공화국을 건설한 중국은 봉건 전제정치의 청산과 새로운 시대의 도래를 희망했지만, 현실은 오히려 그들이 해체하려고 한 수구적 정치세력에 의해 근대국가 건설의 꿈이 좌절되는 배반의 길을 걸었다. 이러한 사실은 근대 중국인들에게 낡은 정치세력에 대한 혐오감을 더욱 짙게 하고 중국 사회를 지배하는 봉건 세계의 뿌리를 실감케 하였다. 특히 위안스카이는 구제국의 후계자임을 합리화하기 위하여 한대 이래 황제들이 행한 유교적인 상징조작[1]을 행하는데, 이것은 정치 체제의 변화에도 불구하고 낙후한 세력들이 사라지지 않고 존속되는 근본 원인이 유교에 있음을 반증해주었다. 그래서 적자생존의 세계에서 중국이 진보하지 못하는 근원을 유교와 연결시켜 해석함에 따라 유교의 해체가 근대국가 건설의 선결과제로 인식되었다.

신문화운동시기 이전에도 전통 부정의 담론이 존재하였다. 그러나

---

1) 　이 부분에 대해서는 林毓生『중국의식의 위기』(이병주 옮김, 대광문화사, 1990) 제2장 '5·4時期 全般性 反傳統主義의 根源(1)' 참고.

그것은 주로 보편적인 인(仁) 사상이 배제된 채 억압적 규범으로 기능하는 삼강오륜(三綱五倫)을 향한 것이지 철학적 사유로서의 유교 자체는 부정되지 않았다. 그런데 이 시기에서는 규범으로서의 유교와 철학으로서의 유교를 구별하지 않고 유교 전체를 구세력의 이데올로기로 규정하였다. 반전통주의 속에서 유교는 억압적인 사회질서의 기능을 수행할 뿐만 아니라 중국 민족의 정신 속에 깊숙이 내면화되어 변혁의 가능성을 차단하는 보이지 않는 힘으로 인식되었다. 따라서 이러한 유교를 철저히 부정하는 일이 구세력의 이데올로기적 근거를 해체하는 작업이면서 그 세계 속에 갇혀 있는 중국 민족을 구원하는 길이 되었다. 반전통주의가 철저한 전통의 파괴를 지향하는 것은 단순히 파괴 자체에 목적이 있는 것이 아니라 그러한 파괴의 전제 위에 새로운 시대와 그 시대에 적합한 새로운 인간형을 창출하기 위한 것이었다. 이것은 반전통주의가 중국의 현실에 대해 위기의식을 지니고 있으며, 신중국을 확립하기 위해선 자신을 포함한 과거세계의 모든 것을 부정하지 않을 수 없는 곤혹감에서 비롯된 것임을 의미한다.

이러한 반전통주의적인 사유 속에서 천두슈는 신중국 건설을 위한 당면과제를 다음과 같이 선언한다.

우리들 게으르고 겁 많은 국민은 혁명을 뱀이나 전갈처럼 두려워하고 있다. 그러므로 정치계에 세 차례 혁명이 지나갔는데도 암흑이 조금도 사라지지 않았다. 자그마한 원인은 세 차례의 혁명이 용두사미로 끝나서, 구악을 붉은 피로 완전히 씻어내지 못한 데에 있다. 그러나 큰 원인은 우리들의 정신계에 뿌리깊게 도사리고 있는 윤리, 도덕, 문학, 예술 등이 검은 장막에 두껍게 둘러싸여 있고 때가 끼여서 용두사미의 혁명마저도 없었기 때문이다. 이것이야말로 단독적인 정치혁

명이 우리들의 사회에 아무런 변화도 가져오지 못했으며 아무런 효과도 가져올 수 없게 된 이유이다.[2]

이 글에서 천두슈는 과거 세 차례의 정치계 혁명 즉, 양무운동, 무술변법운동, 신해혁명의 한계를 비판하며, 단독적인 정치운동을 넘어 정신계를 지배하고 있는 암흑을 걷어내는 혁명이 바로 신중국 건설의 당면과제라고 인식한다. 이러한 정신계 혁명은 만청 세대의 부국강병이나 제도개혁과 차원을 달리하는 '국민성 개조' 운동이며, 이것이 바로 정치계 혁명에 선행하는 근본적인 변혁의 길이 된다. 그런데 천두슈의 선언과 달리 정신계 혁명의 문제는 신문화운동 세대만의 독자적인 '발명'이 아니며, 만청의 지식인들도 관심을 가지며 실천하던 문제였다. 또한 천두슈 역시 순수하게 정신계 혁명에만 관심을 가진 것이 아니며 입헌과 국가의 문제에도 지대한 관심을 보이고 있었다. 그렇다면 왜 천두슈는 변법운동이 추진한 국민성 개조 운동의 실체를 인정하지 않고 또 정신계 혁명을 정치혁명과 구별되는 역사적인 과제로 인식하는 것인가? 여기서 우리는 정신계 혁명의 구체적인 의미내용을 이해하기 위하여 변법파의 정치계 혁명과 관련지어 살펴볼 필요가 있을 것이다.

개인

천두슈는 「一九一六年」에서 1916년의 청년들이 따라야 할 사상 원칙의 하나로 "당파운동에 사로잡히지 말고 국민운동에 종사하라"[3]고

---

2) 陳獨秀, 「文學革命論」, 『陳獨秀著作選』, 上海人民出版社, 1993, 260쪽.
3) 陳獨秀, 「一九一六年」, 앞의 책, 173쪽.

주장한다. 여기서 천두슈는 당파운동, 즉 정당정치는 "국민 가운데 특수한 계급의 이익을 목적으로 하며, 정당 자체를 일종의 영업으로 생각한다."[4]고 비판하며, 이것을 개인의 독립적이고 자주적인 인격을 존중하는 국민운동과 구별한다. 또 「愛國心與自覺心」에서 국가는 "인민의 권리를 보장하고 인민의 행복을 도모하는"[5]단체이며, 인민은 바로 이것을 위해 국가를 건설한다고 인식한다.

천두슈의 입장에서 볼 때, 변법파의 정치혁명은 이러한 국가 본래의 의미가 탈각된 채 특정 정파의 이익만을 추구하는 당파운동에 불과하다. 이것은 그들 담론 속의 국가 개념이 개인(및 개인의 사회적 결합체로서 인민)의 권리 보장을 위해 존재하는 국가가 아니기 때문이다. 그래서 변법파의 정치혁명은 개인의 자유와 권리를 실현하기 위한 국민운동이 아니라 특정 계층의 권력적 욕망을 위한 당파운동으로 전락한 것이다. 천두슈의 사유 속에서 개인-국민-국가는 가치 우위적인 관계가 아니며, 국민과 국가에 선행하여 존재하는 개인의 확장된 형태로 인식되고 있다. 그렇지만 천두슈가 정치를 부정적으로만 본 것은 아니다. 「吾人最後之覺悟」에서 천두슈는 윤리적 각오와 함께 정치적 각오의 중요성을 인식한다. 그러나 이때의 정치는 특정한 정당의 이익을 추구하는 정당정치가 아니라 개인의 인권을 국가적으로 보장하는 '입헌정치'를 의미한다. "헌법은 전 국민 권리의 보증서이다."[6] 이것은 제도개혁의 문제에 국한되는 단독적인 정치가 아니라 개인의 인권에 기반하는 정치 '사상'의 혁명을 의미한다.[7] 결국 천두슈의 관심은 정치

4) 陳獨秀, 「一九一六年」, 앞의 책, 173쪽.
5) 陳獨秀, 「愛國心與自覺心」, 앞의 책, 118쪽.
6) 陳獨秀, 「憲法與孔教」, 앞의 책, 226쪽.
7) 1915년 9월 15일에 창간된 『신청년』의 창간호에서 천두슈는 그의 잡지의 목적

계와 정신계의 확연한 구별이 아니라 어떠한 사상원칙에 입각하여 혁명을 수행하느냐에 있다고 할 수 있다. 그래서 천두슈는 민권과 국가의 이름으로 특정한 정파의 이익만을 추구하는 변법파의 정치계 혁명과 '단절'하기 위하여 정신계 혁명이라는 새로운 구호를 내건 것이다. 정신계 혁명은 바로 이러한 개인주의 사상을 바탕으로 중국 사회 전체를 지배하고 있는 낡은 관념을 해체하고 재구성하는 '사상해방'을 의미한다고 볼 수 있다.

그렇다면 정신계 혁명의 출발점이자 목적인 개인은 어떠한 존재인가? 정신계 혁명 속의 개인은 개인 밖의 어떠한 관념이나 집단으로부터도 구속되지 않는 그 자체로 목적적인 존재이다. 이러한 개인은 국가와 불가분의 관계를 지니는 변법파의 신민과 달리 외부의 모든 구속으로부터 독립된 '자유로운' 존재로 설정된다. 그래서 정신계 혁명은 개인과 개인을 둘러싼 외적 관계에 주목하여 개인의 자유 실현을

이 정치 문제에 대한 비판이 아니라 중국 청년들의 사상 재건과 인격도야에 도움을 주기한 것이라고 선언한다. 천두슈가 『신청년』의 비정치적 목적을 선언한 것에 대해, 린위성은 『중국의식의 위기』에서 "폭군적 위안스카이의 정권하에서 정치문제에 대한 비판의 위험성이나 실제상 불가능을 의식한 데 기인한다고 사람들은 주장할 수도 있다. 사실 위안스카이의 폭정이 사상적 문화적 변혁의 우선의 필요성에 대한 천두슈의 신념을 강화했을지도 모른다. 그러나 그의 신념은 당시 위험성에 대한 단순한 인식보다는 더 깊은 뿌리를 가진 기본사상에서 나온 것이었다. 그것은 천두슈가 위안스카이의 정권 붕괴 후에도 여전히 열심히 문화 사상적 문제 접근방법을 주장했던 것을 보아 알 수 있다."고 인식한다. 그러나 필자는 천두슈의 비정치성 선언이 정치의 무관심이나 문화 사상적 접근방법에서 기인하기보다는, 기존의 파당적 정치와 구별되는 개인주의 사상에 입각한 국민운동을 추구하는 데에서 비롯된다고 생각한다. 천두슈가 의미하는 '비'정치성은 특정 계층의 이익만을 추구하는 타락한 정치에서 '탈피'하는 것이다. 그는 이러한 선언을 통해 정치에 무관심을 표하는 것이 아니라, 기존의 정치계에 정치의 본래 의미가 무엇인지에 대한 각성을 요구하는 것이다. 그는 정치의 근본이 개인의 인권의 실현과 보장에 있다고 인식하며 그러한 정치사상에 기반한 정치를 지향한다고 할 수 있다.

차단하는 모든 것에 대한 부정을 추구한다. 이러한 개인 중심의 정신 계 혁명은 필연적으로 반전통주의적인 경향을 띠지 않을 수 없다. 그 것은 전통이 관습에 기반한 외적인 산물로서 개인의 자유를 제한하기 때문이다. 더욱이 전통 중국처럼 개인의 확장된 형태로서의 국가가 아 니라 삼강오륜을 기반으로 한 예교사회인 경우에는 개인이 자유롭게 성장할 수 있는 가능성이 제약된다. 따라서 정신계 혁명은 이러한 개 인 자체의 존립을 불가능케 하는 유교를 부정하는 일이 개인 확립의 우선적인 실천의 길로 인식한다. 그것은 유교적 이념과 질서를 해체하 는 비판작업과 유교에 의해 마비된 정신을 각성시키는 국민성 개조로 향한다. 개인은 바로 이러한 가능성의 조건 위에서 존재할 수 있는 '미 래'의 인간이다. 정신계 혁명이 의미하는 개인은 전통 사회를 지탱하는 보편이념인 유교와 그 규범적 질서인 인의예교로부터 '독립된' 인간이 다. 이러한 개인은 '공자'의 눈을 통해 사물을 인식하고 자신의 존재의 미를 확인하는 전통적 인간과 달리 오로지 자신의 감각기관과 경험을 통해 사물을 관찰하고 자아의 내면적 요구에 따라 행위하는 인간이다. 천두슈는 이러한 개인의 존재조건을 다음과 같이 말한다.

> 유교의 삼강이론은 모든 도덕과 정치의 근본이다. 군위신강은 곧 신 하는 임금의 부속품으로, 독립적이고 자주적인 인격을 갖지 못한다. 부위자강은 곧 자식은 아버지의 부속품으로 독립적이고 자주적인 인 격을 갖지 못한다. 부위처강은 곧 아내는 남편의 부속품으로 독립적 이고 자주적인 인격을 갖지 못한다. 온 천하의 남녀들은 신하의 자식 이나 아내이며, 독립적이고 자주적인 사람이 없다는 것이 바로 삼강 이론이 주장하는 바이다. 그래서 금과옥조로 여겨진 도덕 명사가 충, 효, 절인데, 모두 자기의 생각으로 남을 대하는 주인의 도덕이 되지

못하고 타인에게 종속되는 노예도덕이다. 인간의 모든 행동에서 자아가 중심이 되는데, 이 자아가 상실된다면 다른 것은 더 말할 필요가 있겠는가?[8]

삼강이론 속의 인간은 독립적이고 자주적인 인격을 소유하지 못하는 부속물의 위치를 차지한다. 이러한 시대의 주체는 인간 자신이 아니라 인간 밖에서 인간을 규정하는 삼강이론이 된다. 이 시대의 인간은 자신의 자유로운 영혼을 통해 사유하는 것이 아니라 삼강이론 속에 규정된 자신의 위치에 따라 행위하는 노예일 뿐이다. 노예는 자아를 상실한 인간으로, 중국 현실에서는 삼강이론에 얽매여 자신의 존재의미를 망각한 자가 된다. 그래서 자아가 중심이 되는 개인이 성립하기 위해선 개인을 억압하는 질서와 제도를 부정하지 않을 수 없다. 지고무상한 권위를 지니며 인간을 지배하던 유가적 세계는 이제 인간의 존재실현을 방해하는 근원악으로 현상하며, 사물의 진리를 보장해주던 유가적 사유들은 본질로의 투명한 인식을 차단하는 이데올로기로 작용한다. 이것이 바로 정신계 혁명이 전통적 인간의 철저한 부정이면서 동시에 인간해방을 궁극목적으로 삼는 근본 원인이다. 그래서 사물에 대한 진실한 인식은 전통적인 모든 편견들로부터 인식론적인 단절상태에서 성립할 수 있다. 전통에서 해방된 개인은 노예상태에 처한 인간을 각성시키고, 무의미한 사물에 존재의미를 부여하는 인식주체로 승인된다. 신문화운동 세대의 담론 속에는 개인, 인간, 자아, 개성, 내심요구, 주관, 정감과 같은 유사 계열의 말들이 충만한데, 이것은 세계의 중심이자 진리의 담지체, 실천의 주체로서 개인의 탄생을 선언하

---

8) 陳獨秀,「一九一六年」, 앞의 책, 172쪽.

는 대목이라고 할 수 있다. "자아는 일체이고 일체는 자아이다. 개성이 강렬한 우리 현대의 청년 가운데 누가 이러한 자아확장의 신념이 없겠는가?"[9] 이 지점에서 "존재하는 모든 것을 인간에 내재하는 원리에 복종하는 것으로 규정하는"[10] 근대적인 '인간중심주의'가 창출된다.

선험적 인간

그렇다면 이러한 개인은 현재의 위기를 어떻게 인식하고 실천하는가? 만청 세대의 담론이 민족이나 국가와 같은 집단 개념을 중심으로 사유하는 것과 달리 정신계 혁명은 개인을 중심으로 현재의 위기를 사유한다.[11] 개인은 국가라는 상위존재에 소속된 일원이 아니라 그 자체로 목적적인 인간이며, 국민은 이러한 개인이 확장된 유기체이다. 가령, 천두슈가 당금의 입헌체제나 소수의 정당정치를 비판하고 주권화된 국민정치를 주장할 때, 그 '국민'개념은 몰개성적인 다수나 제도 속의 국민을 의미하는 것이 아니라 자아나 주권화된 개인이 확장된 형태로서의 국민이다. 이러한 개인이 전제되지 않는 제도나 질서는 허위적인 규범으로 인식된다. 그래서 천두슈는 국가, 종교, 군주, 충효를 파괴해

9) 郁達夫, 「自我狂者須的兒納」, 『郁達夫文論選』, 浙江文藝出版社, 1985, 47쪽.

10) 김상환, 「해체론 시대의 인문주의」, 『해체론 시대의 철학』, 문학과지성사, 1996, 334쪽.

11) 그러나 이 시대의 개인 개념은 국가나 민족을 희생하는 대가로 개인의 가치를 인정한 것은 결코 아니다. 중국의 전통을 전면적으로 부정할 때에도 민족주의는 폐기되지 않았으며, 변법파의 국가주의를 비판할 때에도 국가 자체를 부정한 것이 아니라 새로운 주체로서 개인에 기반한 근대국가 건설을 지향하고 있었다. 이러한 맥락에서 볼 때 당시 개인주의는 전통 신사층과 국가주의가 지배하는 담론 공간 속에서, 권력화된 전통을 거부하고 새로운 근대성을 주창하는 이 세대들의 투쟁을 위해 담론의 물꼬를 열어주었다는 데에 역사적 의미가 있다고 해야 할 것이다.

야 할 "허위적 우상"으로 간주하며, 리다자오는 국가, 계급, 민족을 "해방된 자유인인 나(解放自由的我)"의 대립물로 인식하여, 집단의 이름으로 개인의 자유와 독립을 제한하는 모든 것을 부정한다. 개인에게 현재의 위기는 민족이나 국가 차원의 위기보다는 개인의 자기 실현과 확장을 제약하는 '존재'의 위기로 다가온다. 개인의 존립을 위협하는 이러한 세계에 대한 철저한 부정은 개인의 자아 실현을 위한 가능성의 조건이 된다.

그렇지만 반전통주의는 철저한 전통 부정에서 기인하는 곤혹스런 '자기모순'을 내포할 수밖에 없다. 즉, 과거의 모든 전통을 부정한 상태에서 개인은 무엇을 근거로 자신의 현재를 인식하고 새로운 세계의 생성에 대해 낙관할 수 있는가? 외부세계와 역사로부터 탈피하여 자유롭게 사유하고 행위할 수 있는 개인은 어떻게 가능한 것인가? 개인은 어떻게 자신의 감각과 경험에만 의지하여 사물의 진리를 인식할 수 있는가? 이러한 물음들은 반전통주의가 풀어나가야 할 현실의 문제이자 내적 모순이다. 반전통주의는 전통적 인간형에 대비되는 새로운 인간형을 '설정'하여, 전통 부정과 부정 '이후'의 세계 사이에 존재하는 문제들의 해결을 시도한다. 천두슈는 「敬告靑年」에서 '노예적', '보수적', '은둔적', '쇄국적', '허식적', '공상적'인 전통적 인간형에 대비하여 '자주적', '진보적', '진취적', '세계적', '실리적', '과학적'인 새로운 인간형을 제기한다. 자주적이라는 말은 이념이나 제도의 노예상태에서 벗어나 독립적이고 자유로운 개인의 인격을 추구하는 원리이다. 이것은 정신계 혁명의 사유중심인 개인의 인권과 상통하는 개념으로, 새로운 인간형이 기반하는 제일의 원리가 된다. 진보적이라는 말은 보수적인 순환의 상태에서 벗어나 세계의 변화와 창조적 진화를 따른다는 원리이다. 이것은 전통 중국의 역사철학인 복고적 순환론의 범주에서 탈피하여 진화론적인 역사관으로 세계의 변화를 통찰한다는 것이다. 진취적이라는 말은 곤경을 겪을 때 은둔하고 안주하는 나약한 태도에서 벗어나 불리한 환경에 저항하고 극복하는 실천의 원리이다. 이것은 작금의 생존경쟁의 세계 질서 속에서 도태되지 않고 살아남기 위한 생존 의지라고 할 수 있다. 세계적이라는 말은 중국 중심적인 소우주에서 벗어나 세계사적인 역사지평에서 사물을 해석해야 한다는 원리이다. 이것은 진화론적인 역사관과 상통하는 개념으로, 세계의 변화와 흐름 속에서 현실의 문제를 사유하고 실천한다는 것을 뜻한다. 실리적이라는 말은 개인이나 사회에 무익한 예교에서 벗어나 현실 생활에 유익한 것을 추구한다는 실용의 원리이다. 이것은 현실 생활보다 예의를 우선시하여 물질문명이 발전하지 못한 것에 대한 비판이다. 과학적이라는 말은 세계의 실상에 무지몽매한 상태에서 벗어나 사물에 대한 객관적인 분석과 경험에 의지하여 세계를 해석하는 인식의 원리이다. 과학은 이념과 제도에서 벗어난 개인이 세계를 해석할 수 있는 인식의 근거이자 사물의 진리성을 보장해주는 개념이다. 천두슈는 이러한 새로운 인간형을 신청년이라고 명명하며 자기 시대의 실천의 주체로 삼는다.

저우줘런은 "인간은 일종의 생물이다. 그 생활현상은 다른 동물과 다를 것이 없다. 때문에 우리는 인간의 모든 생활 본능은 아름답고 선한 것이며 그것은 완전한 만족을 얻을 수 있어야 한다고 믿는다. 인간성에 위배되는 부자연스런 습관 제도는 모두 배척되고 고쳐져야 할 것이다."[12]라고 말한다. 여기서 저우줘런이 말하는 인간의 본능과 인간성은 인간 사회의 습관 제도에 선행하여 존재하는 것이며, "영육이 일

---

12)   周作人,「人的文學」,『新靑年』5卷 6號 , 1918.

치하는" "완전한 인간"을 인간의 이상적 형태로 설정하고 있다. 이러한 인간은 인간성에 위배되는 부자연스런 습관 제도, 곧 유교의 삼강이론을 제거한 후에 비로소 존재할 수 있는 인간이다. 저우줘런의 인간론은 추구해야 할 인간형의 본질을 규정하고 있다는 점에서, 천두슈가 제기한 신청년과 상통한다고 할 수 있다.

그런데 문제는 이러한 인간형이 전통적 인간형의 부정과정 속에서 발견된 것이 아니라, 인간의 본질이 전통 밖에서 '미리' 설정되어 있다는 점에 있다. 신문화운동 시기의 "인도주의"나 "개인주의적 인간본위주의"는 논리적으로 사회보다 선행하여 존재하는 이성 원칙에 따라 중국의 전통제도와 윤리를 부정하는 데 중점이 놓여 있다. 이러한 인간은 중국의 현실 속이 아닌 서구적 가치를 통해 요청한 개념이라는 의미에서 '선험적' 인간이라고 볼 수 있다. 그렇다면 선험적 인간이 어떻게 중국의 현실과 접목되어 변혁을 수행하는 현실적인 주체로 전환될 수 있는 것인가? 변혁은 현실을 개조하는 행위인데, 개인 밖의 모든 것으로부터 자유로운 개인이 어떻게 다시 현실과 접촉하여 그것을 변혁할 수 있다는 말인가?

반전통주의는 개인의 현실 인식 가능성을 과학이라는 개념에서 찾는다. 즉, 세계 해석의 주체로서 개인은 과학을 통해 사물의 투명한 상태에 접근하며, 사물은 개인의 과학적인 사유 속에서 그 참모습이 드러난다고 인식한다. 그런데 반전통주의의 과학 개념은 자연계의 법칙과 인과율을 객관화시키는 서구의 개념과 사뭇 다르다는 점에 주목할 필요가 있다. 천두슈는 "객관적 현상을 종합하여 주관적 이성에 호소해도 모순이 없는" 것을 "과학"[13]이라고 규정하며, "근대 유럽이 다른

---

13) 陳獨秀, 「敬告靑年」, 앞의 책, 134쪽.

민족보다 우월한 이유는 과학이 흥성한 데 있다. 그 공적은 인권설의 밑에 있는 것이 아니라 수레의 두 바퀴와 같다."[14]고 말한다. 천두슈는 과학을 자연계에 대한 분석적 이론의 차원을 넘어 객관과 주관의 통일로 이해하며, 이것을 인류 사회에 대한 분석으로 확대하여 근대 유럽이 흥성한 원인으로 인식한다. 그렇지만 그가 말하는 과학은 물리학, 지질학, 수학 등 사물을 객관적으로 관찰하고 귀납하여 법칙을 만드는 자연과학이나 과학적 방법을 지칭하는 것이 아니다. 그것은 사회적 경험과 지식에 기초하여 새시대의 주체가 지녀야 할 정신적(윤리적) 차원의 개념으로 수용된다. 또 리다자오는 "자연법"의 이론으로 "역대 군주들이 만든 우상의 권위"와 "전제정치의 영혼"인 "공자의 도"를 비판하며, 우주의 모든 현상은 "이러한 자연법에 따라 자연적 인과적 기계적으로 점차적인 진화가 발생한다."[15]고 말한다. 리다자오 역시 인과율이 지배하는 자연계를 분석대상으로 삼는 자연법을 인류세계에 대한 분석으로 확대하여, 인위적인 규범인 "공자의 도"를 비판하는 데 사용한다.

서구의 근대과학은 인간의 이성의 신뢰에 기반하여 사물의 객관적 법칙을 발견하는데 목적이 있다면, 반전통주의의 과학은 유교비판과 새로운 인생관의 영역에 관계한다고 볼 수 있다. 다시 말하면, 반전통주의의 과학은 냉정한 이성과 객관적 관찰로 사물의 본질을 분석하는 순수 자연과학이 아니라 전통 해체의 욕망과 계몽의 열정이 결합된 인생관에 가깝다는 것이다. 이것은 과학의 목적이 과학적 인식이나 평가 및 과학적 방법에 대한 진정한 탐구에 있는 것이 아니라, 주

---

14) 陳獨秀,「敬告靑年」, 앞의 책, 135쪽.
15) 李大釗,「自然之倫理觀與孔子」,『甲寅』日刊, 1917년 2월 4일 자.

로 어떠한 이데올로기적 관념이나 원칙을 수립하는 데 있기 때문이다. 실제로 신문화운동 시기에는 과학이란 말이 신청년의 대명사처럼 유행하고 있지만, 그들이 남긴 텍스트에는 이성이 지배하기보다는 오히려 자의식이 분출하는 내면세계가 드러나 있다. 신문화운동 시기의 개인은 천두슈가 설정한 신청년과 같은 이성적이고 실천적인 존재라기보다는, 자전체 소설 속의 자아처럼 내성적이고 연약한 존재로 현상한다. 개인은 현실 속에 존재할 수 있는 가능성의 조건을 창출하지 못하고, 개인의 내부에 '내면'이라는 정신적 공간을 만들어 그 속에서 자유인의 꿈을 실현하고자 한다. 그래서 그들의 텍스트에 과학, 관찰과 경험, 이성적 사유, 실제, 실용 등의 유사한 말들이 자주 등장함에도 불구하고, 실제적이기보다는 '내성적'이고 주관적인 경향을 띠는 것이다. 이러한 내면은 중국 근대문학이 탄생하는, 문학적 상상과 허구가 시작하는 곳이다. 개인은 현실 속에 있으면서 현실이 아닌 내면의 '성역'을 만들어, 타락한 세계의 해체와 자유로운 세계의 생성을 시도한다. 그러나 거대한 역사적 현실 앞에 개인 존재의 유한성을 실감하며 끝내 좌절의 수난을 겪게 된다. 결국 개인을 통해 전통적 인간형과의 철저한 단절과 해체를 시도한 반전통주의의 기획은 미완의 운명에 처한다. 이것은 리저허우의 지적처럼 구망의 역사적 사명이 계몽을 압도하는 현실적 한계에서 기원하기도 하지만,[16] 반전통주의의 사유원리와 그것이 설정하는 개인의 기획 속에 이미 곤혹스런 모순들이 내재하고 있기 때문이다. 그래서 개인을 통한 국민성 개조의 길 혹은 정신계 혁명은 부정할 수 없는 전통과 현실의 힘 앞에 무기력함을 드

---

16) 李澤厚, 「계몽과 구망의 이중변주」(김형종 옮김, 『중국현대사상사의 굴절』, 지식산업사, 1994) 참고.

러내고 환멸의 시대를 맞이하게 된다. 이후 반전통주의는 인간의 본질을 선험성이 아닌 사회적 관계의 총체로 '끌어내린' 마르크스주의와 결합되면서, 내성화된 실천이 아닌 현실 운동으로 변신하여 역사 속으로 다시 진입하게 된다.

계몽과 소통의 위기
–루쉰의 「광인일기」를 중심으로

광인의 탄생

5·4 운동이 일어나기 한 해 전인 1918년 루쉰은 「광인일기」를 발표하여 '식인예교'의 문제를 제기함으로써 신문화운동의 반전통주의에 힘을 실어 주었다. 그러나 루쉰이 「광인일기」를 통해 사유하려고 한 것은 '식인예교'의 문제를 넘어 신문화운동 시기의 개인이 어떻게 탄생하여 새로운 세계를 창조하기 위한 저항을 벌이는지, 그리고 개인을 통한 국민성 계몽이 전통과 현실의 벽 앞에서 어떻게 좌절되는지의 문제를 포괄하고 있었다. 즉 루쉰은 신문화운동 세대를 지지하면서도 중국 대중과 계몽주체로서 신문화운동 세대 사이의 소통 위기에 대해 질문을 던지고 있었던 것이다. 루쉰이 이 문제를 어떻게 사유하고 있는지 「광인일기」 속으로 들어가 보자.

주지하듯이 「광인일기」는 서문과 본문의 이야기로 이루어진 액자형 구조를 지니고 있다. 본문은 광인이 출현하면서 벌어진 이야기를 백화로 쓴 것이며 서문은 병이 낳은 광인이 관리후보로 떠나버린 후 「광인일기」를 세상에 알리게 된 경위를 문언으로 쓴 것이다. 이러한 구조로 인해 「광인일기」에는 많은 의미들이 중첩되어 있지만, 이야기 흐름만으로 볼 경우 「광인일기」는 광인-백화-진보의 세계가 관리-문언-전통의 세계에 패배하는 이야기로 읽힐 수 있다. 그런데 「광인일기」의 이야기 공간을 텍스트 밖으로 확장하여 루쉰 사상 속의 한 지점으로 해석할 때 그 의미는 한층 풍부해질 수 있다. 물론 텍스트 밖의 이야기는 「광인일기」 속에 나타나지 않는 '해석'될 이야기지만, 「광인일기」 자체의 개별적 의미를 넘어 루쉰 사상 속에서 파악할 경우 새로운 해석의 가능성이 숨겨져 있다. 이것은 「광인일기」를 광인이 관리로 패배(좌절)해가는 이야기로 읽을지, 아니면 어떠한 새로운 '열림'의 이야기로 읽어낼지의 문제와 연관되어 있다. 그러면 먼저 「광인일기」 본문의 이야기에 대해 살펴보자.

「광인일기」의 본문은 광인의 단편적인 행위와 내면을 일기체 형식으로 서술하여 뚜렷한 사건이 없는 것처럼 보이지만 전체적인 흐름을 따라가다 보면 몇 가지의 이야기들로 구성되어 있음을 알 수 있다. 첫 번째의 이야기는 광인의 발광과 '식인'의 발견에 대한 이야기(1~3장)이다. 30년 동안 완전한 '암흑' 속에서 지내온 광인은 달빛을 바라보며 그동안 자신이 혼미한 생활을 해왔음을 깨닫는다. 그 과정은, 다시 말하면 자신의 존재를 망각케 했던 혼미 속에서는 서서히 '분리되어 나오는' 과정은 바로 광인의 내부에서 '광기(內曜)'가 발현되는 시간이다. 달빛이 어두운 밤 세상을 밝히는 등불이라면 광기는 사물의 은폐된 부분을 꿰뚫어보는 통찰의 눈이다. 혼미 '밖'으로 빠져나온 광인은 홀로 발광한 '눈'을 번뜩이며 두리번거린다. 그 순간 광인에게 혼미 속에서 느끼지 못했던 세상에 대한 '두려움'이 엄습해온다. 광인은 알 수 없는 두려움에 떨며 그 두려움의 '근원'이 어디에 있는지를 살핀다. 그는 혼미 밖에서 그 속을 '들여다보며' 혼미한 세계와 그 속의 인간을 지배하고 규정하는 '힘'을 파헤친다. 광인의 들여다보는 행위는 길거리를 두리번거리며 그곳에서 만난 사람들을 대상으로 이루어진다. 광인이 길거리에서 만난 자오꾸이 영감, 사내들, 아이들, 그 여자 등은 자신의 고유한 개성과 얼굴을 소유하지 못한 무인칭의 군상이다. 그러나 광인은 연령이나 신분, 관계의 여부에 상관없이 그들에게서 어떠한 '유사성'을 발견한다. 그들은 광인을 두려움에 빠지게 하는 '눈빛'을 지니고 있는 것이다. 광인은 그들의 눈빛 속에서 어떠한 '동일성'을 감지하고 그것의 정체를 연구하기 시작한다.

여기서 우리는 광인이 어떠한 공간에서 그것을 연구하고 사유하는지에 대해 주목할 필요가 있다. 길거리에서 군상들과 대면한 광인은 자신의 광기 때문에 천라오우에게 집으로 끌려와서 '감금'당한다. "내가 서재로 들어섰더니 곧 밖에서 문을 잠가버렸다."[1] 광인은 바로 외부와 차단된 어두운 '방'에서 방 밖의 세계에 대한 연구를 진행한다. 그래서 광인이 "밤에는 전혀 잠을 이룰 수가 없다."[2]거나 "캄캄해서 낮인지 밤인지 알 수 없다."[3]고 할 때 그 밤은 실제 시간이라기보다는 빛이 차단된 캄캄한 방에서 거주하며 느끼는 체감의 시간일 가능성이 크다. 이러한 감금된 상태에서 광인은 어떻게 바깥세계의 은폐된 비밀을 들추어내는가? 바깥세계와 소통할 수 있는 출로가 단절되어 있고 모든 것이 자신을 적대시하는 극한적 상황에서 그 무엇에 의존하여 사유를 밀고 나갈 것인가? 광인은 바로 자신이 바깥세계에 몸담고 있을 때 체험한 사건들에 대한 '기억'에 의지한다. 광인은 기억의 길가에 무의미한 듯 널려 있는 사건들에 의미를 부여하고, 사건과 사건 사이를 가로지르는 거대원리를 발견하고자 욕망한다. 기억은 과거 사건에 대

---

1) 루쉰, 「광인일기」, 『루쉰전집』 제1권, 인민문학출판사, 1993년, 424쪽. 번역본으로는 『루쉰소설전집』(김시준 옮김, 서울대학교출판부, 1996) 참고.

2) 루쉰, 앞의 책, 423쪽.

3) 루쉰, 앞의 책, 427쪽.

한 단순한 회고가 아니라 현재의 오류의 근원을 추적하는 비판의 힘이다.[4] 광인은 길거리에서 만났던 사람들의 흉악한 얼굴과 눈빛, 그리고 늑대촌에서 식인한 이야기, 큰형이 글쓰기를 가르쳐주던 일들을 떠올리며 "옛날부터 사람을 잡아먹어 왔다."[5]는 것을 기억하고, 세상에 우글거리는 '식인'의 흔적을 포착한다. 나아가 광인은 개인적인 기억의 영역을 넘어 '역사'책을 조사하며, 그 속에 '인의도덕'과 '식인'이란 글자가 가득히 쓰여 있는 것을 발견한다. 광인은 길거리에서 만난 이들의 눈빛 속에 감추어진 유사성이 다름 아닌 그들의 삶을 기록한 역사책 속에 깊이 누적되어 있는 식인의 그림자임을 인식한다. 그런데 그 식인이란 글자는 어느 특정 시대에만 존재한 것이 아니라 '연대'에 상관없이 역사가 흐르는 어느 곳이나 검게 드리워져 있다.

그 글자들이 지배하는 역사는 암흑의 시간과 밀폐된 공간 속에 위치하며 대개 얼굴과 이름이 없는 몰개성적인 인간이 거주한다. 그 속의 인간들은 '인의예교'라는 선험적 구조가 지정해준 자신의 '자리' 주위를 두리번거리며 무료하고 태평스런 일상을 보낸다. 그 구조는 오랜

---

4) 현재의 오류를 바로잡는 데 있어 기억이 지니는 비판적 기능에 대해서는 김상환, 「해체론 시대의 인문학」(『해체론 시대의 철학』, 문학과지성사, 1997, 329~330쪽)의 다음과 같은 구절을 참고할 수 있다. "그러나 어떻게 변하고 어떻게 벗어나는가? 여기에는 하나의 길밖에 없다. 그것은 역사적 회상이며 계보학적 재반복이다. 무엇에 대한 회상이며 재반복인가? 그것은 오류가 처음 우리에게 말 걸었던 곳에 대한 기억이다. 처음 말해졌던 것에서 아직 말해지지 않은 것, 최초의 확신이 성립할 때 미처 생각되지 않은 것, 최초의 자명성이 우리를 변모시켰을 때 아직 자명하지 않던 것, 바로 그런 것들을 회상하여야 한다. 그것은 최초의 여백에 대한 기억이다. 여기서 오류의 교정 가능성이 비로소 배태된다. 이 최초의 교정 가능성이 배태될 때 변신 가능성이 또한 허락된다. 정신의 변모란 시작에 대한 회상적 재구성과 교정적 재반복에서 시작된다. 진리로 다가갈 수 있는 가능성이 비로소 허락되는 것도 바로 여기에서부터이다."

5) 루쉰, 앞의 책, 424쪽.

시간 동안 변화 없이 누적되어 촘촘한 그물망(三綱)의 형식으로 존재하며 '동일성'과 '망각'을 자기 재생산 장치로 소유하고 있다. 그 구조 속에 포섭된 인간은 자기 존재실현이나 욕망이라는 이름을 망각한 지 오래며, 타인의 불행이나 낯선 사건에 대한 구경을 유일한 감각쾌락의 수단으로 삼는다. 그곳은 역사와 인간의 정신이 제거되고 개별 인간 사이의 소통과 차이가 부재하여 동일한 상태의 지겨운 반복만이 있을 뿐이다. 그래서 그곳은 황량한 어둠과 침묵만이 들려오는 소리 없는 공간이자 생기가 메말라 아이들이 성장할 수 없는 폐허의 마을로 존재한다. 그 마을은 외부와 접촉할 수 있는 통로와 욕망 배설의 출로가 차단되어 곳곳에 오래된 분비물과 썩는 냄새가 우글거리며, 그 주위에는 냄새를 맡고 시뻘건 눈을 번뜩거리는 무인칭의 구경꾼들과 굶주린 개, 파리, 모기, 성장이 멈춘 아이들이 모여들어 시끌거리는 쓰레기장이다. 개인적인 기억에서 시작한 광인의 연구는 역사의 광활한 공간에 진입하여 세상의 두려움의 근원과 식인의 선험적 구조가 빚어낸 행태 악들을 간파한다. 이것이 바로 감금된 방에서 바깥세계를 쏘아보며 발견한 '광인의 진실'이다.

자의식

두 번째의 이야기는 '식인의 자의식'에 의한 세상 읽기와 '계몽'에 관한 이야기(4~10장)이다. 감금된 방에서 기억과 연구를 통해 식인의 역사를 확신한 광인은 세상을 바라보는 일정한 '안목'을 갖게 되어, 이제 그것으로 세상 사람들의 갖가지 행동양식을 해석하고 그 본질을 파헤친다. 광인에게 그것은 '식인의 자의식'의 형태로 현상한다. 광인은 객관 사물들을 그 자체의 구체적인 실상으로 바라보지 않고 자신의 자의식 속에 '투영'하여 식인의 징후로 인식한다. 광인의 모든 인식은 이러한 자의식의 '눈'의 조정을 받아 수행되고, 그의 모든 사유는 자의식이 '과잉'한 공간 속에서 진행된다. 광인이 혼미 속에서 빠져나오면서 느꼈던 감정이 두려움과 공포라고 한다면, 광인이 그것의 정체인 식인의 역사를 발견하고 나서 반응한 행위는 무엇인가? 광인은 날라온 밥상 위의 생선을 보면서 "생선인지 사람인지 미끌미끌한 게 도무지 분간할 수 없어서 뱃속의 것을 모두 토해버린다."[6] 이 '구역질'은 식인의 자의식에 이끌려 벌인 첫 행위로서 세상에 대한 '역겨움'의 표현이다. 광인은 자신의 예민한 감각으로 식인의 역사가 만들어낸 오물과 악취의 세상 속을 거닐며 그것을 직접 파헤친다. 이러한 세상과 대면하는데 있어 구역질은 날개를 창조하고 물음을 찾아내는 능력을 만든다. 식인의 악취를 풍기는 세계의 많은 것들에 대해 구역질하는 것 속에는 '통찰'의 눈이 감추어져 있다. 악취에 익숙하여 무감각해진 자의 눈에는 오물을 배설하는 거대한 '장치'가 보이지 않는다.

광인에게 식인의 거대 장치는 '그물'의 형식으로 다가온다. 광인은 일시적으로 감금에서 풀려나 '마당'을 거닐다 형과 늙은이를 만나는데, 광인은 그들에게서 그 흉측한 눈빛을 포착한다. "그들은 여럿이 연락을 취하고 '그물'을 쳐서 내가 자살하도록 몰아넣고 있다."[7] 그들은 저마다 식인의 그물코를 쥐고서 굶주린 하이에나처럼 먹잇감을 찾아 두리번거린다. 그런데 광인에게 더 충격적인 사실은 '식인 사냥'의 주도자가 바로 자신의 큰형이라는 점이다. 주지하듯이 이것은 봉건 예교사회를 지탱하는 근간이 효제(孝悌)를 근본으로 삼는 가족제도라는

---

6)   루쉰, 앞의 책, 424쪽.
7)   루쉰, 앞의 책, 427쪽.

점을 인식한 것이다. 유교 사상은 가족 구성원 사이의 관계를 규정하는 효제의 원리를 전 사회로 확대하여 지배와 피지배의 불평등한 권리를 정당화하고 공고화한다.[8] 이것이 바로 식인의 거대 장치인 '삼강(三綱)'이다. '강'은 문자 그대로 어망(그물)의 주된 매듭을 말하는 것으로, 그것에 모든 다른 줄들이 매어져서 그물이 되는 것이다. 삼강은 신하를 임금에게, 아들을 아버지에게, 처를 남편에게 묶는 매듭을 말한다.[9] 광인은 세상이 이러한 식인의 그물이 빽빽하게 얽힌 사냥터이며, 자신은 영락없이 그 그물에 포획될 운명에 처한 먹잇감에 불과하다는 것을 직감한다. 이러한 식인의 역사에 대한 물음은 광인의 무의식까지 스며들어, 광인은 몽경 속에 한 사나이를 등장시키고 그에게 식인의 역사와 그것의 정당성에 대해 집요하게 캐묻는다. 광인의 이러한 의식적·무의식적 행위는 식인의 거대 장치에 직접 맞서려는 '전투'정신에 다름 아니다. 광인은 식인의 자의식을 바탕으로 자신을 잡아먹으려는 세상을 필사적으로 쏘아본다. 그의 눈은 식인의 정체를 한 겹 한 겹 벗겨낼수록 더욱 '충혈'되어간다. 벌겋게 상기된 눈은 은폐된 부면을 드러내는 불빛이다. 광인은 그 눈을 번뜩이며 식인의 세계를 '저주'한다. 그러나 광인의 저주는 타락한 세상을 등지는 초월의 길을 걷지 않고, 그 세계 속으로 더욱 파고들어 악습의 끈을 끊어 놓으려는 '계몽'의 길을 선택한다. 그는 식인의 선험적 구조에 갇혀 무의식적으로 식인하는 사람들을 '구원'할 것을 결심한다.

광인의 계몽과 구원은 타락한 '역사의 인심을 어지럽히는'[10] 시인의

---

8)　이 부분에 대해서는 송영배의 『중국사회사상사』(한길사, 1986) 제2장 '유교사상의 본질' 참고.

9)　린위성, 『중국 의식의 위기』, 대광문화사, 1990, 29쪽.

10)　루쉰은 「악마파시의 힘에 대해 논함(摩羅詩力說)」에서 세상에 순응하는 화락

4장_계몽과 소통의 위기　113

시처럼 망각한 것을 '일깨우는' 데에서 시작한다. 그런데 광인은 그 일깨움의 대상을 우선적으로 자신의 큰형으로 삼는다. "나는 사람 잡아먹는 사람을 저주하는 일을 우선 형으로부터 시작해야겠다. 사람 잡아먹는 사람을 개선시키는 것도 우선 형부터 손을 써야겠다."[11] 이것은 광인이 식인 예교가 가족제도를 근간으로 삼는다고 인식한 바에 따른 것이다. 자신이 식인하는 것은 물론이고 타인의 식인행위조차 주도하는 큰형을 우선적인 계몽대상으로 삼는 것은 자연스런 일이다. 그래서 광인은 먼저 큰형을 찾아가 식인의 부당함에 대해 호소한다. "옛날부터 늘 그랬다고 해도 오늘부터라도 열심히 착하게 되고자 마음먹고 우리는 사람을 잡아먹을 수는 없는 것이라고 말하십시오. 큰형님! 나는 형님이 그렇게 말할 수 있으리라고 믿습니다."[12] 그런데 큰형에 대한 광인의 목소리를 살펴보면 이것은 훈계와 애원이 엇섞인 설득하는 목소리이다. 광인은 구원의 방식으로 사람들의 '양심'에 호소하는 '개선'의 방법을 선택하여, 식인의 습관을 버리는 일은 "그건 단지 문지방 하나, 고비 하나 차이"[13]로서 식인에 대해 부끄러운 생각을 지닐 경우 구원이 가능하다고 여긴 것이다. 이것은 식인의 거대구조를 발견하고 그것의 해체를 선언한 광인이 하기에는 지나치게 소박한, 다시 말

한 시가 아니라 그것에 반항하며 세상 사람들을 깨우는 시가 진실한 시라고 인식한다. 이러한 시는 타락하고 혼란한 세상에 순응하지 않고 이 세상의 어지러움을 다시 어지럽힌다. 어지럽힘은 혼란의 근본원인을 통찰하여 그것을 한 겹 한 겹 벗겨내는 작업이다. 어지럽힘은 두 가지 방향으로 향한다. 하나는 허위적 이데올로기에 지배되는 사회적 구조를 들추어내는 길이고, 다른 하나는 허위적 이데올로기에 의해 마비된 영혼을 일깨워 세상에 저항케 하는 길이다. 시인은 이러한 시를 통해 암흑적 현실과 마비된 영혼을 어지럽혀 망각된 근본을 바로잡아나간다.

11) 루쉰, 앞의 책, 427~428쪽.
12) 루쉰, 앞의 책, 430쪽.
13) 루쉰, 앞의 책, 429쪽.

하면 식인하는 것이 이미 역사만큼이나 공고하게 박힌 이에게 별다른 충격을 주지 못하는 계몽방법이다. 식인이 '내면화'되어 식인 행위 자체가 정당한지 어떠한지에 대한 물음조차 '망각'한 이에게, 그들의 양심을 믿고 설득하는 것은 순진한 행위라고 볼 수밖에 없다. 광인은 식인의 문제에 대해서는 역사적·구조적 차원에서 접근하면서, 그 계몽에 있어서는 식인의 부당함이라는 윤리적 지향을 띤다. 이러한 측면에서 볼 때 광인의 계몽은 식인하지 않은 '윤리적 인격체'의 실현을 통해 사회 구조의 개혁을 추구하는 '도덕론'에 가깝다고 할 수 있다. 그래서 광인의 주된 계몽방식이 군중의 윤리적 양심에 호소하여 '마음을 고쳐먹어'라고 반성을 촉구하는 것이다.

그렇다면 광인의 계몽 논리의 핵심인 실천의 주체는 누구인가? 광인은 그를 '진정한 인간'이라고 명명한다. 광인이 설정한 이상적 인간인 '진정한 인간'은 어떠한 존재인가? 그는 식인하지 않은 인간이다. 그런데 광인의 기억과 언술 속에 등장하는 모든 군상들은 식인한 경험이 있거나 적어도 식인 사냥에 가담한 사람들이다. 또한 '연대 없는' 전 역사를 통해 식인을 자각하고 그 그물에서 벗어난 이는 (광인을 제외하고는) 아무도 없다. 아이들도 연령의 차이만 있을 뿐 부모의 가르침을 받아 이미 식인의 역사에 발을 들여놓은 자들이다. 모든 이가 식인의 거대 장치에 포획되어 있다면 즉, 이 세계에서는 식인하지 않은 '순수 존재'를 찾아보거나 탄생할 수 있는 '여지'가 없다면, 진정한 인간은 어떻게 존재할 수 있는가? 만약 진정한 인간이 기억이나 이 세계에 기반하지 않은 채 존재한다면 도대체 그는 어떻게 출현한 것인가? 그는 광인이 기억하지 못하는 '기억 밖'의 인간이 아니면 이 세계가 아닌 '타 세계'의 인간일 수밖에 없다. 이것은 광인이 의식하지 못한 자기모순이자 광인의 계몽이 안고 있는 내적 위기이다.

광인은 스스로 이 문제를 풀어내지 못한다. 그래서 '계몽'에 대한 의식이 강하면 강할수록 식인한 사람들과의 '적대감'이 더욱 심해지는데도, 광인은 식인한 경험이 없는 '진정한 사람'을 마음으로 간구할 수 있을 뿐이다. 광인의 계몽은 그 의지만 '충만'할 뿐 구체적 실천에 대해서는 '무능'하다. 그래서 광인은 군상들에 대한 계몽의지가 높아갈수록 그 목소리는 더욱 커지지만, 동시에 계몽대상과의 '간극'은 더욱 벌어지게 되는 것이다. 그 간극은 광인을 극한상황으로 몰아 넣는다. 광인은 계몽되어야 할 대상들에 의해 '다시' 어두운 방 속으로 내몰리어 '감금'당한다.[14] 그리고 식인에 대한 혐오감이 심해질수록, 다시 말하면 이 세상에 '진정한 사람'이 존재할 가능성이 점점 희박해질수록 광인 내부에 고통의 무게가 더욱 증가한다. "방 안은 어둡기만 하였다. 대들보와 서까래가 머리 위에서 흔드는가 싶더니 점점 더 세게 흔들면서 나를 짓눌러버렸다." 이제 계몽에 대한 광인의 의지는 더 이상 외부로 발산되지 못하고 자의식 속으로 가라앉아 중얼거림으로 변환된다. "너희는 지금 당장 마음을 고쳐먹어라. 진심으로 마음을 고쳐먹어라! 이제 멀지 않아 사람을 잡아먹는 놈들은 이 세상에서 살 수 없게 된다는 것을 알아야 해!……"[15] 계몽은 외부대상에 대한 의지적 행위이다. 광인의 목소리가 자기 내부로 잦아 들어간다는 것은 의지의 '좌절'을 의미한다. 결국 식인의 자의식을 통해 세상을 인식하고 개선하려던 광인은 '식인의 벽'의 공고함을 넘어서지 못하고 다시 자의식 속으로 '회귀'하고 만 것이다.

세 번째 이야기는 광인 자신의 식인에 대한 자각과 절망에 관한 이

---

14) 지배 권력의 감시의 장치 및 눈길에 대해서는 미셸 푸코의 『감시와 처벌』(오생근 옮김, 나남출판, 1994) 제3장 '규율' 부분 참조.

15) 루쉰, 앞의 책, 431쪽.

야기(11~13장)이다. 다시 감금된 광인은 기억을 통해 또 다른 사유를 시작한다. 그는 다섯 살 된 누이 동생이 죽은 원인이 큰형에 있다는 것과 식인을 부정하지 않고 눈물만 흘리시던 어머니를 기억한다. 그러나 광인의 목소리는 예전처럼 강한 어조를 띠거나 혐오감이 짙게 배어 있기보다는 차분히 가라앉아 있다. 식인에 대한 부정의식은 그대로 유지하고 있지만 그 의식을 지탱하는 광인의 내부에 무언가 '불확실'한 기운들이 꿈틀거리며 사유의 '틈'을 만들어놓는다. 광인은 이제 식인의 자의식으로 세계를 전지적이고 확정적으로 해석하던 예전과 달리 "나로서는 알 수 없다.", "참으로 이상한 일이다.", "생각을 할 수가 없다." 등 '유보'적인 자세를 보인다. 무엇이 광인의 사유에 불확실과 유보의 틈을 생기게 한 것인가? 광기로 충만한 사유에 틈이 생긴다는 것은 광기가 서서히 빠져나간다는 것을 의미하며, 이는 바로 광인이 더 이상 광인으로서 존재할 수 없는 '변신'을 내포하고 있는 것이다. 광인은 이 틈새로 자기 자신을 들여다보며 계몽이 실패한 원인을 사유한다. 광인은 그 사유의 끝에서 광인식 계몽이 안고 있는 '자기모순'을 끄집어낸다. 그 누구도 식인의 역사에서 자유로울 수 없다는 현실 인식과 식인하지 않은 진정한 인간이 존재할 수 있다는 이상 사이에서 빚어지는 모순과 혼란. 광인은 이 풀리지 않는 모순 속을 헤매면서 자기 자신을 반추의 대상으로 삼는다. 예전에 광인이 이 모순을 의식하지 못한 것은 암묵적으로 자기 스스로를 진정한 인간으로 '가정'한 데서 연원한다. 다시 말하면, 진정한 인간이 이 세상에 단 한 명이라도 존재한다면, 그의 개선행위를 통해 많은 사람을 구원할 수 있다는 가정이 그 모순을 덮어버렸던 것이다. 광인은 자신을 식인의 구조 밖이 아닌 그 안에 '객관화'시켜 바라보면서 이 가정 자체의 '허구성'을 인지한다. "4천 년 동안 내내 사람을 잡아먹어 온 곳, 거기서 나도 오랜 세월을 함께 살아왔다는 것을 오늘에야 비로소 알게 되었다."[16]

광인은 자신의 허구성을 인정함으로써 이상을 현실에 패배시키는 방식으로 모순을 해결한다. 이러한 해결방식은 계몽의 근원적 '실패'를 자인하는 것이며, 광인 역시 식인의 역사에서 자유롭지 못하기 때문에 결국 계몽의 주체가 될 수 없음을 고백하는 것이다. "4천 년 동안 사람을 잡아먹은 이력을 가진 나는 애초에는 진정한 인간을 만나기 어렵다는 것을 몰랐지만 지금은 똑똑히 알고 있다."[17] 외적 패배에 내적 좌절까지 겹친 광인에게 남겨진 것은 절망과 허무의 길뿐이다. 거듭된 세계의 배반과 그에 대한 광인의 저주와 복수는 밖으로 발산되지 못하고 자아 내부의 고통의 무게로 변환되어 절망의 세계로 광인을 미끄러뜨린다. 이것은 계몽자 광인의 현재적 의미가 부정되고 그의 '죽음'이 예고되는 순간이다. 광인은 최후로 "아이를 구해야지……."[18] 라는 목소리를 남긴다. 여기서 광인이 말하는 아이는 광인의 기억 속에 있는, 다시 말하면 식인의 역사에 발을 들여놓은 그러한 인간이 아니라 광인의 이상 속에서만 존재하는 순수 인격이다. 광인은 이러한 이상적 인간이 존재할 수도 없고 자기 자신은 구원의 주체가 될 수 없음을 인정하면서도 끝내 계몽의 의지를 포기하지 않는다. 이것은 일시적이나마 진정한 인간으로 자처하던 광인이 어쩔 수 없이 죽음의 길로 빠져들지만, 그가 해체하려던 식인 세계가 소멸하지 않는 한 '광인'의 존재의미 자체는 부정될 수 없다는 가능성의 '여운'이다. 여기에는 현재적 죽음을 완전한 죽음으로 닫아놓지 않고 그 틈새를 열어놓으려는 작가의 음성이 배어 있다. 이것은 의지적인 목소리나 참회의 묵직

---

16) 루쉰, 앞의 책, 432쪽.

17) 루쉰, 앞의 책, 432쪽.

18) 루쉰, 앞의 책, 432쪽.

한 음성이라기보다는 오히려 감금된 어두운 방 속에서 자기 절망의 끝에 서서 내뱉는 '신음소리'에 가깝다. 그 소리는 점점 어둠 속으로 빨려 들어가고 광인은 현실에서 사라진다.

내성화된 계몽

「광인일기」의 본문 이야기는 광인의 세계 구원(신생)에 대한 이상이 현실 벽 앞에 좌절된 채 끝이 나고, 병이 나은(광기가 제거된) 광인(그는 더이상 광인이 아니다)은 서문의 일상 세계 속으로 '복귀'하여 관리 후보의 길로 떠난다. 서문은 광인의 시점에서 그의 내면을 묘사한 본문과는 달리 작가의 관찰자 시점에서 광인의 후일담과 「광인일기」를 쓰게 된 경위를 진술하고 있다. 본문과 서문 사이에는 서술 시점의 차이 만큼이나 일정한 시간의 간격이 놓여 있는데, 공교롭게도 서문을 쓴 시간인 민국(民國) 7년 4월 2일은 「광인일기」를 발표한 시간과 일치한다. 이것은 무엇을 의미하는가? 이러한 시간 설정으로 화자는 「광인일기」를 쓴 '현재'의 시점에서 광인의 이야기를 과거의 사건으로 대상화하고, 의도적으로 본문의 이야기와 '서사적 거리'를 둠으로써 자신의 '무관'함을 부각시킨다. 화자는 '의학자들에게 연구 자료를 제공하려고 한다'는 언술에서도 드러나듯이 이러한 미학적 장치를 통해 끊임없이 자기를 은폐한다. 이러한 무관함과 은폐로 인해 화자는 냉정한 관찰자의 위치에 서게 되는데, 이것은 얽매임 없는 '반성의 공간'을 확보하기 위함이다. 이러한 서술 의도로 볼 때 서문은 광인의 이야기에 대한 반성적 관찰을 지향한다고 할 수 있다. 그러나 그 반성은 '무언'으로 진행하고 있어서 독자의 해석에 '여백'만을 남겨놓을 따름이다.

광인은 왜 관리 후보로 변신하여 그토록 혐오하던 혼미한 세계 속으로 다시 돌아온 것인가? 광인과 관리 후보가 별개의 인물이 아니라면 그 변신은 우연한 선택이기보다는 광인 내부의 모종의 변화를 통해 이루어진 방향 전환일 것이다. 다시 말하면, 광인이 단순히 계몽의 실패로 인한 충격 때문에 돌변한 것이 아니라, 광인 자체에 변신의 기미들이 내포되어 있고 그것이 관리 후보라는 상반된 길을 걷게 만든다는 것이다. 이 문제는 광인은 어떻게 하여 병이 나았는가 하는 물음과 연관되어 있다. 광인에게 광기가 사라지고 나면 그는 평범한 인간과 다름없이 일상 세계에서 생존하기 위하여 그 세계의 논리에 따르지 않을 수 없다. 광인은 자의식의 세계 속에서 광기를 먹고 살 수 있지만, 일상인은 현실의 굴레를 벗어나서는 살 수가 없기 때문이다.

그러면 광인이 추구한 계몽의 내면풍경에 관해 살펴보자. 광인의 계몽은 식인에 대한 확신을 가지면서 시작된다. 이러한 확신은 감금된 어두운 방에서 자신의 체험과 기억을 근거로 사유하고 연구하여 형성된 것이다. 감금된 방이라는 억압적 조건과 식인의 위협하에서 사유를 확장하고 생의 보존을 가능케하는 동력은 바로 내면의 의지이다. 확신이 인식을 뒷받침하는 힘이라면 의지는 실천을 추동하는 힘이다. 이러한 확신과 의지가 결합하여 자의식이 형성되며, 주체는 이러한 자의식을 통해 세계를 접촉한다. 이때 사물은 그 자체로 의미를 지니지 못하며 자의식 속에 투영되어 해석될 때 비로소 의미화된 사물이 된다. 자의식 '밖'은 허위성이 가득한 세계이며 자의식 '안'만이 진실을 담지한 세계이다. 그래서 자의식이 밖의 세계와 마주칠수록 안과 밖의 '대립'은 더욱 고조된다. 자의식이 과잉된 배타적 공간에서는 타자의 음성이 들리지 않으며, 오히려 타자와 접촉할수록 타자에 대한 적대감만이 증가할 뿐이다. 이러한 몇 겹의 닫힘 속에서, 다시 말하면 세계에 의한 감금과 자의식에 의한 배타성 속에서 주체는 두려움, 갑갑함, 격막감, 역겨움, 힘겨움, 저주, 복수 등의 감정이 생기며, 이 닫힌 세상에 존재하는 것은 살아가는 것이 아니라 '버텨냄(挣扎)' 그 자체이다. 이러한 생의 조건하에서 주체는 자신의 생을 보존하기 위하여 '광기'를 발한다. 광기는 인식의 눈이자 버텨냄의 의지이다. 광인은 바로 이러한 광기를 먹고 고립무원의 벌판에서 생존해가는 자이다.

  이러한 광인이 벌이는 세계 구원의 계몽은 어떠한 성격을 띠는가? 광인은 스스로를 식인 세계를 벗어난 '예외자'로 설정하며 식인 세계와 자신의 '경계'를 뚜렷하게 구분 짓는다. 광인은 경계 밖에 위치하며 그곳에서 안 세계를 쏘아본다. 이러한 안과 밖의 경계는 광인이 세계에 관여하는 지점을 나타낼 뿐 아니라 광인과 식인 세계의 군상 사이에 감정의 벽을 공고화한다. 그 감정 소통을 불능케하는 벽이 바로 '격막감(隔膜感)'이다. 광인은 세계의 안이 아니라 밖에서, 그 속의 사람들과 의사 소통이 부재한 채 세계에 대한 계몽을 시도한다. 그의 계몽은 계몽대상 내부에서 계몽대상과의 끊임없는 접촉을 통해 수행되기보다는, 계몽대상의 밖에서 계몽대상과의 접촉이 금지되고 그들을 저주하는 관계 속에서 진행된다. 그래서 계몽대상과의 접촉(계몽)이 진행될수록 오히려 계몽대상과의 격막이 더욱 높아지고 광인은 매번 감금당한다. 광인의 계몽은 계몽대상에 스며들어 감염되기보다는 그 벽에 부딪쳐 튕겨나오며, 그럴수록 광인의 위치는 더욱더 세계 밖으로 내몰리고, 세계를 향해 자의식 밖으로 나온 계몽의 목소리는 좌절의 고통을 매단 채 자의식 안으로 다시 회귀한다. 이것은 우선적으로 식인 세계가 공고하기 때문이다. 그러나 이러한 외적 요인과 아울러 광인의 계몽방식 자체에 대한 반성이 전제될 때 광인의 계몽이 실패한 근본 원인에 대해 이해할 수 있을 것이다.

  광인이 위치하는 곳인 세계 밖은 다름 아닌 광인의 자의식 속이다.

광인은 이 안에서 식인의 역사를 발견하고 세계의 구원을 결심한다. 광인에게 자의식은 식인의 흔적이 없는 유일한 공간이자 식인 세계에 포획되지 않은 순수 세계이다. 그러나 이 세계 역시 식인 세계와 무관하게 존재하는 곳은 아니다. 광인은 식인의 역사를 발견할수록 '잡아먹힘'에 대한 두려움이 증가한다. 자의식의 세계가 식인 세계에 대해 완전한 우월성을 지닌다면, 식인 세계의 타락성이 드러날수록 그 세계 밖으로 탈주해야 할 것이다. 그런데 자의식의 세계로 돌아온 광인은 식인 세계의 일을 망각하지 않고 오히려 그 세계에 대한 기억을 더듬는다. 이것은 자신이 세계 밖에 위치한다 하더라도 자신의 생존 기반은 어쩔 수 없이 그 세계 안임을 무의식적으로 감지하고 있기 때문이다. 스스로를 세계 밖에 위치시키는 것은 현실이 아니라 '생각' 속에서만 가능한 일이다. 여기에 광인의 자기모순이 또 하나 내포되어 있다. 자신은 세계 밖에 위치한다고 생각하지만 결코 그 세계로부터 자유로울 수 없는 것이다. 광인이 혼미한 세계에서 분리되어 나온 것은 세계를 객관적으로 바라보기 위함이다.

그런데 광인의 인식은 결코 객관적이지 않다. 그 인식은 자신의 살해위협과 연관되어 있기 때문이다. 식인에 대한 확신이 커질수록 그 정보는 식인 세계의 구체적 원리나 전체에 대한 객관적 통찰로 향하기보다는 살해위협이라는 자아의 두려움으로 변환된다. 이것이 바로 피해망상증이다. 피해망상증은 세계에 대한 객관적 인식을 장애하고 자아의 주관 속으로 침잠하게 만든다. 피해망상증과 결합된 계몽은 계몽대상과 융합하지 못하고 '내성화'될 뿐이다. 내성화된 계몽은 계몽 주체의 심한 자기 고통과 상처를 동반한다. 그래서 그 계몽은 타락한 세계에 대한 개혁이라는 공적인 차원을 넘어 계몽자 자신의 죽음의 그림자를 떨쳐버리기 위한 자기 위안의 요소를 내포하고 있다. 이러한 맥락에서 볼 때 광인의 계몽은 식인세계에 대한 해체와 살해 위협에 대한 공포가 결합되어 있다고 할 수 있다.

그렇지만 계몽이 외부로 확산되지 않고 내성화 경향을 띠면, 세계에 의해 패배하고 좌절할 때 자의식 속으로 도피하여 계몽의지를 상실하거나 좌절의 허무함을 견디지 못하고 자포자기하기 쉽다. 그것은 외부 세계와 자아가 소통할 수 있는 매개가 단절됨으로써 더 이상 자아가 계몽을 추구할 수 있는 가능성이 사라지기 때문이다. 계몽의 내성화는 바로 계몽의 실패를 의미한다. 더군다나 광인과 같이 자신의 식인 가능성을 발견하여 회귀할 수 있는 순수 세계를 상실하고 계몽의 목적과 주체를 동시에 부정할 경우, 좌절감은 더욱 극심해지며 그 어디에도 안주할 곳이 없게 된다. 이제 외부 세계와 구별되는 진실의 세계이자 계몽을 추동하는 의지의 공간인 자의식을 스스로 부정함으로써 세계와 자의식 사이에 그어진 경계가 사라진다. 다시 말하면, 타락한 세계와 자의식 사이에 구별이 없어지고 자의식이 다시 세계 안으로 귀착됨으로써 자기모순이 세계의 승리로 해소되어버린 것이다. 이때 그가 선택할 수 있는 길은 무엇인가? 자아는 우월자인 세계 속에서 살아남기 위하여 자아 우월적 입장에서 세계를 부정하던 계몽의 기억을 떨쳐버리고, 세계의 논리에 따르지 않을 수 없다. 자아가 세계에서 분리되어 있다가 회귀하는 과정은 광인이 발광하다가 다시 광기가 제거되는 시간에 다름 아니다. 광기 없는 광인은 더 이상 광인이 아니라 일상인이다. 일상인은 현실의 생존경쟁에 순응하지 않을 수 없다. 광인이 치유되어 관리 후보의 길을 간 것[19]은 바로 이러한 내부 변모에서 연원

---

19) 루쉰은 그의 두 번째 소설집인 『방황(彷徨)』에서 계몽에 좌절하여 현실로 되돌아간 광인들이 겪는 정신적 고통과 삶에 대해 다루고 있다. 이 부분에 대해서는 졸저 『근대 중국의 문학적 사유 읽기』(소명, 2005) 제4절 '루쉰의 문학적 사유' '3.변

하는 것이다.

묵묵하고 끈기 있는 전투

그렇다면 루쉰은 계몽이 실패하여 관리 후보로 떠난 광인을 바라보고 무엇을 생각한 것일까? 이 물음은 루쉰이 중국 대중과 계몽주체로서 신문화운동 세대 사이의 소통의 위기를 통해 무엇을 사유하고 있는지의 문제와 연계되어 있다. 이 물음에 접근하기 위하여 루쉰이 1923년 12월 26일에 베이징여자고등사범학교 문예회에서 강연한 「노라는 가출한 후 어떻게 되었나(娜拉走後怎樣)」라는 글을 주목할 필요가 있다. 물론 이 글은 「광인일기」와 5년이라는 시차가 존재하지만 '문제적 개인'으로서 광인과 노라 사이에는 어떠한 유사성이 잠재되어 있다. 그래서 유사한 인물을 바라보는 루쉰의 시선을 역추적함으로써 광인에 대한 루쉰의 무언의 사유를 짐작할 수 있을 것이다. 주지하듯이 노라는 가정의 굴레를 벗어나 개인의 자유를 추구하기 위하여 한밤중에 가출한 인물이다. 루쉰은 노라의 현실 인식의 문제보다는 노라가 가출하고 난 후 어떻게 되었는가, 라는 텍스트 밖의 문제에 주목한다. 루쉰은 노라가 자신의 인식을 현실 속에서 실천하기 위한 어떠한 응전력도 소유하지 못한 채 가출하였기 때문에 '타락하든지 아니면 집으로 돌아가는' 두 가지 길을 상정한다. 이러한 두 가지 길은 노라의 깨달음이 세계 속에 수용되는 것이 아니라 오히려 자아가 세계에 패배하여 희생(죽음)으로 전락하는 것이다. 여기서 루쉰은 노라의 길을 보면서 노라의 현실 응전력 부재와 일시적 희생의 무의미성에 대해 문제 제기한다.

신의 상상력과 박탈의 이야기' 참고.

다시 말하면 노라의 가출은 억압적 현실 속에서 인식한 바를 어떻게 실천할 것인가의 문제를 간과하여, 대중을 위한 일시적인 희생이 되어 버릴 것이라는 추측이다. 루쉰은 이러한 노라식 희생(계몽)을 지양하고 새로운 전투의 길을 탐색한다.

> 대중—특히 중국의—이란 것은 영원히 연극의 관객입니다. 희생이 등 장했다고 합시다. 만약 그 희생이 용감하다면 그들은 비극을 본 것이 되고 비겁하다면 희극을 본 것이 됩니다. 베이징의 양육점(羊肉店) 앞 에는 언제나 몇 사람인가 모여 양의 가죽을 벗기는 것을 재미있다는 듯이 구경합니다. 인간의 희생이 그들에게 안겨주는 유익함도 그런 것에 지나지 않을지 모릅니다. 더군다나 일이 끝나버리면 두세 걸음 도 걷기 전에 얼마 되지 않는 즐거움마저 잊어버립니다. 그와 같은 대 중에 대해서는 그들이 보는 연극을 없애는 것 이외의 다른 방법이 없 으며 그러는 편이 오히려 구제가 됩니다. 다시 말하면, 일시적으로 짧 게 놀라게 하는 희생은 아무런 소용이 없으며 묵묵하고(深沈的) 끈기 있는(韌性的) 전투를 하는 쪽이 효과가 있다는 것입니다.[20]

여기서 루쉰은 묵묵하고 끈기 있는 전투를 제기한다. 루쉰이 모색하 는 이러한 전투는 어떠한 것인가? 이것은 노라식 희생이 희생자의 모 습을 전면에 부각시키는 것과 달리 자기의 모습을 드러내지 않고 신중 히 사유하며(深沈), 대중을 일시적으로 진동시키다 좌절에 빠지는 것 과 달리 조급해하거나 쉽사리 절망하지 않고 끝까지 반항의 의지를 밀고나가는(韌性) 전투를 의미한다. 즉, 루쉰은 이러한 전투가 바로 노

---

20) 루쉰, 「노라는 가출한 후 어떻게 되었나」, 앞의 책, 163~164쪽.

라식 희생의 한계를 탈피하여 영원한 연극의 관객인 중국의 대중과 맞서는 효과적인 방식이라고 본 것이다.

여기서 우리는 노라식 희생과 광인식 계몽을 연관 지어 생각해볼 필요가 있다. 앞에서 살펴보았듯이 식인한 이의 양심에 호소하는 광인의 계몽방법은 현실 앞에 무기력하며, 광인의 계몽은 대중의 의식에 스며들지 못하고 오히려 그들의 구경거리를 제공하는 일시적 희생으로 종결된다. 광인 역시 무기력한 실천과 일시적 희생이라는 면에서 노라와 유사성을 지닌다. 그리고 가출 이후의 길과 관리 후보의 길은 모두 전투해야 할 현실을 비켜난 자기 위안적 행위—루쉰의 사유 속에서는 노라의 가출 역시 현실 전투적인 행위가 아니다—라고 볼 수 있다. 루쉰은 어쩌면 노라가 가출하고 난 이후의 일을 생각할 때 광인이 관리 후보로 간 일을 떠올리고 두 인물의 비극적 운명과 한계를 직감했는지도 모른다. 그렇다면 루쉰이 광인의 계몽을 반성적으로 사유하며 모색한 출로는 바로 묵묵하고 끈기 있는 전투라고 볼 수 있다. 루쉰은 광인이 관리 후보로 간 것에 대해 아쉬워하거나 미련을 두기보다는 현실 밖에서 진행하는 내성화된 계몽의 실패를 선언하고, 이러한 '침묵'의 전투를 통해 식인 세계의 해체 가능성을 모색했던 것이다. 이것은 세상과의 격막감을 지니며 구조 밖에서 반항의 전투를 하던 광인식 계몽이 아니라, 구조 속으로 깊숙이 침투하여 자신의 모습을 숨긴 채 은폐된 구조의 작동원리를 들추어내는 우회적 전투라고 할 수 있다. 자신의 모습은 표면에 드러나지 않지만 그의 '눈'만은 작품의 보이지 않는 곳에서 번뜩거리며 암흑을 파헤친다. 그는 이 황폐한 세계를 먼발치에서 구경하는 것이 아니다. 그 속으로 들어가 통찰의 '눈'을 부릅뜨고 등급의 그물망 속에 포획되어 사멸해가는 영혼과 그 무의식적 징후들을 포착한다. 일상 속에서 이러한 현상들은 식인 구조의 자기 보호장치(동일성과 망각)에 의해 가리워진 것인데, 루쉰의 '눈'은 풍자의 칼을 들고 구조의 그물을 찢어발김으로써 그 속에 썩어 있는 분비물들을 지면 위로 쏟아낸다.

이것이 바로 『외침』이란 이름의 저주스런 이야기이다. 그 속에서 루쉰은 「광인일기」의 광인처럼 식인한 이들을 깨우치기 위해 직접 소리치지 않고, 일정한 거리를 유지하며 일상세계를 지배하는 선험적 구조의 작동원리를 파헤친다. 그래서 『외침』에는 동일성과 망각의 장치에 의해 숨겨진 식인 사회시스템의 실체만이 냉정하게 드러날 뿐 그것을 직접 파괴할 주체가 등장하지 않는다. 루쉰은 바로 「광인일기」의 광인과의 반성적 대화를 통해 내성화된 계몽에서 벗어나 묵묵하고 끈기 있는 전투로 방향을 전환하고 있었던 것이다. 이러한 창조적 전환은 계몽에 대한 루쉰의 현실주의적 고뇌가 있었기에 가능했던 일이다.

5장

구경꾼의 반란은 혁명이 아니다

근본과 정신

국민성 담론 속에서 우매하고 나약한 이들로 인식되던 중국인들이 5·4 운동을 자발적으로 벌여나가면서 지식인들 내부에 분화가 생겨나기 시작하였다. 민중의 자발적 혁명 에너지에 고무되어 직접적인 정치활동으로 나아가는 이들도 있었고, 이와 달리 혁명의 환멸감으로 인해 퇴행의 길을 걸어가는 이들도 있었다. 그런데 만청 국민성 담론이 거아 운동과 국회청원운동이 일어나면서 1907년 이후 지상에서 거의 사라졌던 것처럼, 신문화운동 시기의 국민성 담론도 5·4 운동을 계기로 논쟁의 중심에서 밀려나게 되었다. 정치운동의 시급성과 민중의 자발적 등장으로 인해 현실 속 중국인을 국민성 개조의 대상이 아니라 당당한 혁명 주체로 인정해야 하는 현실적 필요성이 대두됨에 따라, 국민성 담론이 전제하고 있는 중국인의 결함이 더 이상 문제의 소지가 될 수 없었기 때문이다. 문화대혁명이 종결된 이후 1980년대에 국민성 담론이 다시 흥기했다가 90년대 들어 민족주의에 자리를 내주는 상황까지 고려한다면, 20세기 중국의 국민성 담론은 정치운동이 실패하고 그 문제점을 반성하는 시기에 출현했다가, 새로운 현실운동이 시작되면 곧이어 사라져버리는 일시적인 지식인 운동에 불과했던 것인가?

이러한 의문에서 자유로운 사람이 있다면 아마도 국민성 비판을 '영원한 혁명' 차원에서 인식한 루쉰 정도일 것이다. 루쉰이 국민성 문제에 관심을 가지게 된 것은 량치차오 등의 만청 국민성 비판론자들과 마찬가지의 시점인 일본 유학시기에, 일본 지식계에서 벌어진 국민성 논쟁과 관련 자료들을 접하면서부터였다. 1902년 도쿄 코오분 학원에 입학한 후 루쉰은 국민성에 관한 토론을 하며, "첫째, 가장 이상적인 인성은 어떤 것인가? 둘째, 중국인의 국민성에 가장 결핍된 것은 무엇인가? 셋째, 그 병폐의 근원은 무엇인가?"라는 세 가지 문제에 대해 탐구하기 시작하였다.[1] 그러나 당시 루쉰은 만청 국민성 담론이 국민국가 건설의 주체로서 '신민'을 양성하는 데 목적이 있었던 것과 달리, 개인과 개성의 개념을 중심으로 '이상적인 인성'과 인간의 존재이유에 관한 근원적인 물음을 던지고 있다. 이러한 루쉰의 사유 속에서 만청의 국민성 담론은 진실한 인간 탐구를 하지 않은 채 국민을 정치적 목적을 위해 이용하는 사이비 담론이라고 비판된다. 루쉰은 만청 국민성 담론이 서구문화의 근저에 인간(개인)이 있다는 사실을 망각한 채 다수의 힘에 의지하여 정치권력을 획득하려는 욕망에 불과하다고 인식한다. 루쉰이 왜 그렇게 비판한 것인지 「문화편지론」의 논리를 따라가 보자.

　19세기는 프랑스 대혁명 이후 정치권력이 민중에게 복귀되고 자유평등의 이념과 사회민주 사상이 파급되면서 문벌과 사회적 차별을 제거하였다. 그래서 19세기의 '다수'는 민심을 잃고 개인의 사적 욕망에 편향된 교황과 군주의 권력을 대체하는 타자로서 시대정신을 구현하

---

1)　이 점에 대해서는 林非, 방준호 옮김, 「루쉰, 국민성을 논하다」(『중국어문론역총간』 제28집, 2011) 496쪽 참고. 이 글의 원제는 『魯迅和中國文化』(學苑出版社, 2000) 제1절 國民性界說.

고 있었다. 그런데 19세기 말에 이르러 이 다수는 개인의 지혜와 창조력을 존중하지 않고 다수의 폭력적 힘으로 세계를 지배함으로써 인간의 내면정신을 억압하였다. "대세가 옳다고 하면 옳은 것으로 여기고 혼자만이 옳다고 하면 바람직하지 않은 것으로 알게 되어 다수의 힘으로 천하를 지배하고 특이한 자를 억압하는 것이 주류를 이루었다."[2] 19세기 말의 다수는 그 존립근거인 인생의 근본을 잃고 타락함으로써 지엽적 차원으로 편향된 것이었다. 주관과 자각의 생활에 기반한 개인은 19세기 말의 편향된 다수를 교정하는 타자로서 20세기의 근간을 이루는 사조가 되었다. 이러한 맥락에서 루쉰은 "구미의 열강이 물질과 다수 면에서 모두 세계에 빛을 밝게 드리우고 있는데, 이것의 근저에는 인간이 놓여 있다. 물질과 다수는 말단적인 현상에 지나지 않는다."[3]고 인식하였다.

또「파악성론(破惡聲論)」에서는 "근본이 무너지고 정신이 방황하고 있어 중국은 장차 후손들의 내분으로 인해 스스로 말라죽을 것이다. 그런데 천하를 통틀어 충직한 말 한마디 없으니 정치는 적막하고 천지는 닫혀 있을 뿐"[4]인데, 현재의 그 틈새를 사이비 지식인의 거짓된 목소리(악성)가 채우고 있어서 위기를 더욱 가중시킨다고 인식한다. 그들은 "영혼이 황량하고 오염되어 있어 헛되이 들은 지식에 대해 현란하게 자랑함으로써 사람들을 속이고 있을 뿐이다."[5] 루쉰은 사이비 지식인이 서구문명의 근본에 대한 통찰없는 표피적인 지식으로 천박한 공리를 숭상하고 개인의 사욕만을 채울 뿐, 어떻게 중국을 위기에

---

2) 魯迅,「文化偏至論」,『魯迅全集』第8卷, 人民文學出版社, 1991, 48쪽.
3) 魯迅,「文化偏至論」, 56쪽.
4) 魯迅,「破惡聲論」, 23쪽.
5) 魯迅,「破惡聲論」, 25쪽.

서 구제할 것인지에 대한 사고가 없다고 비판한다. 루쉰의 사유 속에는 항상 인간의 삶의 근본이 무엇인가에 대한 물음이 따라다닌다. 루쉰은 이러한 물음을 통해 지엽과 사욕에 치우친 각종 담론과 일정한 거리를 유지하면서 정신이 바로 인간의 근본이라고 인식한다. 이것이 바로 인간이 인간으로 존재할 수 있는 근본 조건이자 전 역사를 관통하는 보편성을 지니는 개념인 것이다. 다시 말하면 루쉰은 정신의 공백 상태에서 중국의 위기가 비롯되며 그 공백을 진실한 목소리로 메우는 일이 바로 중국을 구원하는 길이라고 인식한다는 것이다. 그래서 루쉰은 정신의 유무를 기준으로 내요(內曜)와 악성(惡性)을 구분하며, 그 무너지고 타락한 틈새를 지자(知者), 현자(賢者), 명철지사(明哲之士)의 내요로 비추고 자각과 지혜에서 울려나오는 진실한 목소리로 메워서 근본을 다시 세우려고 한다. 루쉰에게 있어서 당면한 중국의 위기를 극복할 주체는 바로 근본을 통찰하고 진실한 정신을 소유한 개인이었던 것이다.

국민성 개조

일본 유학시기 루쉰의 국민성 담론은 "이상적인 인성"의 문제와 그것을 실천할 이상적 개인(영웅)의 문제를 중심으로 사유하고 있었다. 루쉰이 이 문제와 더불어 탐구했던 "중국인의 결함과 그 병근"의 문제가 사유의 중심이 되고 또 국민성 개조를 위해 고투하던 시점은 신해혁명이 좌절된 후 오랜 침묵의 시간을 거쳐 신문화운동에 합류하면서부터였다.[6] 신문화운동 시기는 위의 글을 쓴 지 10년이 지난 시점인데, 중

---

6) 루쉰이 국민성이라는 말을 처음으로 쓴 글은 「마라시역설」이지만, 여기서는 주

국인의 결함과 국민성에 대한 비판의 목소리가 마치 일본 유학시기처럼 쏟아져나오고 있었다. 신문화운동 시기 반전통주의 담론이 바로 그것이었다. 루쉰의 입장에서 볼 때 국민성 비판 작업은 량치차오 등의 변법파 지식인들에 의해 주도되었다가 정파운동으로 변질되어버린 씁쓸한 기억이 있는 일이면서, 또 신해혁명이 근본적으로 실패할 수밖에 없었던 원인이 되는 문제이기도 했다. "가장 중요한 것은 국민성을 개조하는 것으로, 만주족을 배척하는 최초의 개혁은 쉽게 달성할 수 있었지만, 국민이 자신의 나쁜 근성을 개조하는 두 번째 개혁은 수긍하지 않을 것이다. 따라서 앞으로 가장 중요한 것은 국민성을 개조하는 일이며, 그렇지 않다면 전제이든 공화이든 간판은 바뀌었지만 예전 그대로라 모두 쓸모없는 것이 될 것이다."[7]

루쉰에게는 신문화운동에 합류하는 것이 두 번째 국민성 비판 작업에 참여하는 셈이다. 그래서 루쉰은 천두슈나 후스 같은 신문화운동 세대가 겪지 못한 쓰라린 실패의 경험을 통해 지식인들의 국민성 담론이 지니고 있던 급진성에 대해 감지하고 있었을 뿐 아니라, 중국 국민성의 심각한 결함으로 인해 그 개조 작업은 단기간의 계몽운동을 통해 효과를 볼 수 있는 일이 아니라 장기간 끈기 있게 실천해야 하는 것[8]이라는 교훈을 체득하고 있었다. 그렇다면 신문화운동 지식인

로 국민정신의 발양에 기여한 악마파 시인의 영웅적 역할에 주목하며 중국 국민성의 결함에 대한 구체적인 분석은 생략되어 있다.

7) 루쉰, 노신문학회 편역, 「양지서」 8, 『노신선집』 4, 여강출판사, 1998, 441~442쪽.

8) 루쉰, 「양지서」 10, 앞의 책, 447~448쪽. "대동세계란 단시일 내에 도달할 것 같지 않습니다. 설혹 도래한다 하더라도 중국의 지금과 같은 민족은 틀림없이 대동의 문밖에 밀려나고야 말 것입니다. 그러므로 어떻게 하든 개혁을 해야만 한다고 생각합니다. 그러나 개혁을 제일 빨리 할 수 있는 것은 역시 화약과 검입니다. 순원

들과 달리 루쉰의 마음속에 깊이 각인되어 있던 중국인의 결함은 무엇인가?

미생물을 가르치는 방법이 지금은 어느 만큼 진보하였는지 잘 모른다. 어떻든 당시에는 환등기를 사용해서 미생물의 형태를 비춰 보여주었다. 강의가 끝나고 나서도 시간이 남을 때면 교수는 풍경이나 시사에 관계되는 필름을 학생에게 보여주며 남은 시간을 때우곤 했다. 그때는 마침 러일전쟁 중이어서 당연히 전쟁에 관한 필름이 비교적 많았다. 나는 강당에서 늘 동급생의 박수갈채에 장단을 맞춰야 했다. 한번은 화면에서 오래전에 헤어졌던 많은 중국인을 갑자기 만나게 되었다. 가운데에 한 사람이 묶여 있고 주위엔 많은 이들이 둘러서 있는 장면이었다. 모두들 건장한 체격이었지만 넋이 빠진 듯 멍청한 표정들이었다. 해설에 따르면, 묶여 있는 자는 러시아를 위해 군사상의 스파이 행위를 했고 그래서 본보기로 일본군이 참수하려 한다는 것이었

이 한평생을 분주히 서둘렀으나 중국이 여전히 그대로 있게 된 것은 그에게 당의 군대가 없어서 무력을 가진 다른 사람에게 양보하지 않을 수 없는 것이 제일 큰 원인이 되고 있습니다. 최근 수년간 그들도 각성을 했는지 군관학교를 운영하고 있으나 유감스럽게도 너무 늦었습니다. 중국의 타락한 국민성은 결코 집을 생각하는 데에서 기인한 것은 아니라고 생각합니다. 그들이 집을 위해서 신경을 쓴다고 할 수도 없습니다. 가장 큰 병근은 멀리 내다보지 못하는데다가 비겁하고 탐욕스럽기까지 한 것인데, 그것은 오랜 세월을 두고 양성된 것이므로 일시에 제거해버리기가 쉽지 않습니다. 나는 이러한 병근을 숙청해버리기 위한 사업에서 내가 할 만한 일이 있다면 의연히 손을 떼지 않을 작정입니다. 그런데 그것이 설혹 효력을 발생하게 된다 하더라도 그것은 아주 오랜 이후의 일이어서 나 자신은 보지 못할 것 같습니다. 내 생각엔 다만 그렇게 느껴질 뿐이지 그 이유는 말하지 못하겠습니다. 지금의 압제와 암흑이 더 심해지기는 하겠지만 이로 인해 보다 치열하게 반항하며 불평불만을 품은 새 사람들이 나타나서 미래의 새로운 변천을 위한 씨앗이 될 것 같습니다."

다. 둘러선 사람들은 이 대단한 본보기를 구경하러 온 사람들이라는 것이다.

학년이 채 끝나기도 전에 나는 도쿄로 나와버렸다. 그 사건 이후로는 의학이란 것이 그다지 중요하지 않은 일이라고 여겨졌기 때문이다. 어리석고 나약한 국민은 체격이 아무리 건장하다고 해도 하잘 것 없는 본보기의 재료나 관객밖에 될 수 없었다. 병으로 죽어가는 사람이 아무리 많다 해도 그런 일은 불행이라고 할 수도 없는 것이었다. 우리들이 첫 번째로 해야 할 일은 그들의 정신을 개조하는 것이었다. 정신 상태를 개조하는 데 가장 효과적인 것으로 당시 나는 문예를 들어야 한다고 생각했다. 그래서 문예운동을 제창하리라고 작정한 것이다.[9]

위 구절은 소위 '환등기 사건'으로 인해 루쉰이 의학공부에서 국민성 개조를 위한 문학활동으로 전환하게 된 과정을 서술한 유명한 단락이다. 즉 러시아군의 스파이 노릇을 한 중국인이 일본군에 잡혀 참수를 당하는데, 동족의 중국인들이 그 장면을 구경하기 위해 모여드는 환등기 속의 장면이 의학도 루쉰을 중국인의 정신 개조를 위한 문학 계몽가로 변신하게 만들었다는 이야기다. 구경꾼의 '무관심의 폭력'에 대해 회고하고 있는 이 구절은 루쉰이 의학도에서 문학가로 전환하게 된 이유 그리고 루쉰 작품 속에 등장하는 혁명가의 조리돌림을 구경하는 중국 군중의 원형이 되는 전기적 사실로 자주 인용되곤 한다. 그래서 루쉰 연구자들은 이 문제의 슬라이드를 찾아내기 위해 노력했고, 1983년에는 일본 학자 오오타 쓰스무가 1905년이라는 연도가 명시된 그다지 선명하지 않은 사진 한 장을 공개했다. 그 사진 옆에는 작은 활

---

9)　루쉰, 김시준 옮김, 「납함자서」, 『루쉰소설전집』, 한겨레, 1986, 14~15쪽.

자로 "러시아의 밀정에 대한 처형. 구경꾼 중에는 웃고 있는 군인들도 있다(1905년 3월 20일, 만주 개원의 교외에서 찍다)."라고 적혀 있었다.[10] 그러나 이 사진은 루쉰의 환등기 사건과 유사하기는 하지만 여전히 이에 대해 의심을 표명하는 견해들이 제기되어 둘 사이의 관계를 아직 확정하지 못하고 있는 상태다. 이러한 정황 속에서 연구자들은 환등기 사건의 사실성 여부보다는 루쉰이 이 사건을 허구적으로 재구성했을 가능성과 그 서사 목적이 무엇인지에 더 초점을 맞추고 있다.[11]

그러나 환등기 사건을 루쉰의 개인적인 체험과 서사의 영역을 넘어 중국인의 결함인 구경꾼 문제에 대한 인식의 과정 위에 놓고 이해한다면, 이 사건과 연계되어 있는 다음의 이야기를 발견할 수 있을 것이다.

가) 외국인들의 발길이 잘 닿지 않는 그 어느 곳에서나 우리는 늘 성가시게도 호기심으로 가득 찬 중국인들에게 둘러싸인다. 만약 수시로 우리가 그들을 쫓아버리지 않는다면 우리는 미쳐버리게 될 것 같다. 그런데 이 사람들은 그저 동정심이 없이 우리를 관찰할 뿐 결코 우리에게 그 어떤 상해도 주지 않는다. 그러나 중국인들은 서양인의 이런 본능으로부터 나온 감각을 완전히 이해하지 못한다. 중국인은 얼마나 많은 사람들이 자신을 보고 있는지 또 얼마나 긴 시간을 보고 있는지에 대해 전혀 상관하지 않는다. 그들은 다른 사람이 보는 데 대해 강렬한 반감을 갖고 있는 사람들이 정말 병이 있는 것이라고

---

10)   리디아 리우, 민정기 옮김, 『언어횡단적 실천』, 119~120쪽 참고.

11)   이 문제에 대해서는 레이 초우 『원시적 열정』(정재서 옮김, 이산, 2004) 20~30쪽, 리디아 리우의 앞의 책 119~120쪽, 이보경 「루쉰의 글쓰기와 치유」(『중국현대문학』 51집) 참고.

생각한다.[12]

나) 영국 군대가 홍콩에서 출병할 때 많은 광둥인 짐꾼을 고용하였다. 영국 군대가 톈진의 따구에 진격하여 신화청을 점령하고 수많은 중국 병사를 살해하였다. 그리하여 성문 앞 들판에는 병사들의 시체가 널려 있었는데, 혹은 사지가 찢겨지고 혹은 죽기 직전의 상태라 거기서 울부짖는 소리는 우리 외국인이 보고 듣기에도 매우 가슴이 아플 정도였으니 중국인들은 어떠했겠는가? 그런데 그 짐꾼들은 자기 동포의 이러한 모습을 보고도 조금도 괴로워하지 않고 오히려 그들을 손가락질하며 웃는가 하면 혹자는 죽은 자의 주머니에서 물건을 약탈하는 자도 있었다.[13]

가)는 아더 스미스의 『중국인의 성격』 가운데 '무신경함'에 나오는 구절이다. 아더 스미스는 서양인이 사물을 신경질적이고 과민하게 대하는 것에 비해 중국인은 어떠한 외부반응에도 무신경하게 대하는 성격이 있다고 인식한다. 이것은 앵글로 색슨인 가운데서도 증기기관이나 전기 시대에 살고 있는 사람과 정기 우편선박과 우편배달 마차를 사용하는 오래되고 느린 사회에서 생활하는 사람 사이의 차이와 마찬가지이며, 심지어 포대기 속의 중국 아이는 서양 아이처럼 태어나자마자 마음대로 버둥거리지 않고 미동도 없이 누워 있다고 말한다. 이렇게 천성이 돼버린 무신경한 성격으로 인해 중국인은 대인관계에서 타인을 아무렇지 않게 지켜보는 것을 좋아하며 자신 역시 타인이 쳐다보

---

12)   아더 스미스, *Chinese Characteristics*, 上海三聯書店, 2007, 110쪽.
13)   1904년 1월 2일자 『俄事警聞』 기사. 차태근의 「타자의 시선과 근대 중국」(『중국 근대의 풍경』, 그린비, 2008) 62~63쪽에서 재인용.

는 것을 개의치 않는다. 특히 낯선 사람이나 외국인이 나타나면 호기심에 가득 찬 중국인들이 그 사람을 둘러싸고 구경을 하는데, 이러한 중국인의 동정심 없는 관찰이 해를 끼치는 것은 아니지만 관찰당하는 사람이 외국인처럼 성격이 민감한 경우 쫓아버리지 않으면 미쳐버릴 정도라고 인식한다.

나)는 1860년 제2차 중영전쟁 시기 영국과 프랑스의 연합군이 베이징을 공격할 때 쓴 영국인의 일기 속에 등장하는 장면이다. 저자는 전쟁 당시 영국군이 톈진에서 중국인 병사를 잔혹하게 살해했는데, 영국군에 고용된 광둥인 짐꾼들은 동포 병사가 심각한 고통을 호소하거나 죽은 모습을 보고도 슬퍼하기보다는 도리어 손가락질하며 웃거나, 심지어 죽은 병사들의 소지품을 약탈했다고 기록하고 있다. 영국인인 저자의 눈으로 볼 때 이 장면은 중국인들이 같은 민족으로서의 동질감을 지니지 못한 것은 물론이고, 적군의 입장에서도 가슴 아픈 광경을 아무렇지 않게 쳐다보는 것이 중국인들에게 최소한의 인간적인 동정심조차 결핍되어 있다고 생각하게 만든다.

가)의 글은 아더 스미스의 글로 루쉰이 친숙하게 알고 있던 내용이다. 나)의 글은 러일전쟁이 일어나기 직전인 1904년에 일간지 『아사경문(俄事警聞)』에서 중국 국민의 대외적 경각심을 불러일으키기 위해 실린 글인데다가, 또한 아더 스미스의 『중국인의 성격』 가운데 '공공정신 결핍'에서 제2차 중영전쟁 시기에 벌어진 이와 유사한 사례[14]가 실

---

14) 1860년 베이징을 진공할 때 영국군의 장비에는 산둥 사람의 손에서 사온 노새 한 마리가 있었다. 톈진과 퉁저우는 각자 이익에서 출발하여 영국인과 프랑스인이 이 두 도시에 들어와 교란하지 않으면 그들이 요구한 모든 물건을 제공할 의향이 있다고 대답하였다. 외국 연합군에게 없어서는 안 될 대부분의 막일들은 역시 중국 홍콩으로부터 고용해 온 일꾼에 의해 완성되었다. 이런 일꾼들이 중국 군대의 포로가 되면 영국군으로 송환할 때 모두 머리가 잘린다.-만약 중국에 애국주의와 공공

려 있는 것으로 보아, 루쉰 역시 이러한 중국인의 이야기에 대해 잘 알고 있었다 해도 과언은 아닐 것이다. 그렇다면 루쉰이 두 글에서 제기하고 있는 중국인의 구경꾼 본능과 살해당한 동포를 구경거리로 대하는 중국인의 비인간성을 결합하여 이를 중국 국민성의 병근으로 이미지화 하는 것은 완전히 새로운 상상력은 아닌 셈이다. 다만 아더 스미스는 중국인의 구경꾼 본능을 "어떠한 상해도 주지 않는" 동정심 없는 관찰로 이해하고 있는 데 반해, 루쉰은 이것을 중국사회의 개혁을 불가능하게 만들고 힘없는 민중들을 죽음으로 내모는 비정한 폭력으로 인식하고 있다. 이것은 관찰자인 아더 스미스나 영국인, 더 나아가 슬라이드를 보고 박수갈채를 보내는 일본인 동급생과 달리, 문제 당사자로서 루쉰이 중국인으로 존재한다는 것이 무엇인지에 대해 심각하게 고뇌하고 있었기 때문일 것이다.

이런 맥락에서 볼 때 구경꾼의 문제는 환등기 사건의 실재성 여부를 떠나 루쉰의 우연한 발견이라기보다 서구 근대세계와의 충돌 과정에서 외부인(일본인 포함)의 시선에 의해 발견되어진 중국인의 결함이면서, 또 루쉰이 그것을 관찰대상이 아닌 국민성 개조의 차원에서 주체적으로 재구성한 것이라고 할 수 있을 것이다. 중국인의 구경꾼 의식의 문제를 이러한 시각에서 볼 때 연계 지어 생각할 필요가 있는 것이 바로 마르크스가 제기한 농민의 '야만적 이기주의' 개념이다.[15]

인도와 프랑스의 농민에 대한 마르크스의 비판적 시각에 근거하자면, 농민은 동서양을 막론하고 자신이 처한 소농경제적 생산조건으로

의식이 있다 해도 그 의의는 앵글로색슨인과 다르다는 것을 어렵지 않게 알 수 있다(Chinese Characteristics 110쪽).

15) 마르크스의 '야만적 이기주의' 개념에 대해서는 본서 1장 '루쉰의 유언과 아더 스미스' 참고.

인해 보수적 관념 및 그로 인한 방관자적 기질을 지닌다고 볼 수 있다. 이러한 맥락에서 보면 구경꾼으로서 중국인의 결함은 중국인만의 고유한 속성이 아니라 농민 계층이 보편적으로 지니고 있는 존재적 한계에 해당한다고 할 수 있을 것이다. 아더 스미스가 관찰한 『중국인의 성격』 역시 대체로 '야만적 이기주의', '부대 속의 감자'의 개념을 통해 설명 가능한 농민의 속성이라고 보인다. 그렇다면 중국인의 구경꾼 의식은 근대사회로의 이행과정에서 나타나는 보편적인 농민 문제와 연계되어 있으며, 루쉰의 국민성 비판은 이러한 세계사적 차원의 문제상황 속에서 그 개혁방안을 모색하는 지적 실천이었다고 할 수 있을 것이다.

구경꾼

그렇지만 루쉰의 구경꾼 개념 속에는 마르크스의 비유처럼 농민의 이기적 생존방식을 지칭하는 측면과 아울러, 농민을 넘어 전 중국인에게 공통적으로 나타나는 속성이 내재되어 있다는 점을 주목할 필요가 있다. 즉 최하등인인 빈농에서 최상등인 신사-지주 계층에 이르기까지, 중국사회의 관행화된 습속으로서 구경꾼 의식이 전 중국인의 영혼에 깊숙이 뿌리박혀 있다는 점을 루쉰이 통찰하고 있다는 것이다.[16] 앞서 살펴보았듯이 루쉰은 「광인일기」를 통해 이 문제가 바로 식인예교와 등급의식에 의한 것이라는 점을 통찰하고 있다. 루쉰은 이러한 통찰을 바탕으로 중국인의 구경꾼 의식이 마르크스식의 야만적 이기

---

16) 이 문제에 대해서는 쑤원·친후이 『전원시와 광시곡』(유용태 옮김, 이산, 2000) 5장 '속박과 보호의 협주곡' 참고.

주의를 넘어 예치사회의 등급의식에서 근원하는 것이라고 인식한다. 야만적 이기주의가 고립되고 분산된 소농경제적 생산조건하에서 자연스럽게 형성된 생존본능이라고 한다면, 등급의식은 중국이란 고대 문명국이 인의도덕의 예치시스템을 통해 인위적으로 배양한 집단의식이라고 할 수 있을 것이다. 등급의식을 집단의식으로 이해하는 것은 자신이 소속된 등급에 맞게 살아가며, 그것을 이탈하여 공동체 내부의 분란이 일어나는 행위를 하지 않으려는 태도가 내재되어 있기 때문이다.

일반적으로 중국인이 공공정신이 결핍되어 흩어진 모래로 살아간다고 하는 것은 바로 야만적 이기주의에 근거한 것이다. 그러나 당시 중국인들이 국가에 대한 소속감이나 국민의식이 결여되어 있었던 것은 사실이지만, 종족이나 동향, 동업 등 자신의 이해관계가 걸려있는 집단에 대한 소속감 혹은 공동체의식마저 부재했던 것은 아니었다. 중국인들은 자신의 이해관계가 걸린 집단을 매우 중시하였는데, 이러한 집단이 바로 자신의 생존과 안전을 보호해주는 기능을 수행하고 있었기 때문이다. 따라서 공공정신이 결핍되어 있다는 말은 중국인들에게 집단의식 자체가 없었다는 의미가 아니라, 역대 중국 왕조들이 국가적 차원에서 수행해야 할 국민 보호의 역할을 주로 이해관계 집단이 수행함에 따라 국가 혹은 왕조와 직접적으로 연계된 공공정신이 결여되어 있었다는 측면으로 이해해야 할 것이다

루쉰에게 구경꾼은 바로 이러한 생존본능과 등급화된 집단의식을 무의식적이면서도 공격적으로 표출하는 군상으로 인식된다. 구경꾼의 행위에는 두 가지가 있는데, 하나는 자신의 생존과 직접적인 이해관계가 없거나 무료한 일상에서 벗어난 대상을 동정심 없이 쳐다보는 행위이고, 다른 하나는 공동체에 소속되지 않는 외부인이나 내부인이 출현

하여 공동체의 등급질서를 혼란시키는 행위를 구경거리로 삼아 그 진보적 의미를 무화시켜버리는 행위이다. 가령 환등기 사건에서 참수당하는 중국인과 그것을 구경하는 중국인들이, 구경꾼과 구경거리의 관계가 된 것은 우선적으로 동포로서의 동질감이 없기 때문이지만, 인간적 차원에서도 동정심 없이 구경만 하고 있는 것은 자신의 생존과 무관한 대상에 방관적인 태도를 보이는 야만적 이기주의가 표출된 결과라고 할 수 있을 것이다. 루쉰은 이것을 "어리석고 나약한 국민성"의 문제라고 생각하지만, 만일 환등기 사건이 벌어질 당시 그들 사이에 아직 국민으로서 혹은 종족집단으로서의 동질감이 형성되지 않은 상태[17]라고 한다면, 사건 속의 중국인들의 행위는 흩어진 모래로서의 국민성보다는 구경거리를 즐기려는 관행화된 습성에 이끌린 것에 가깝다고 할 수 있지 않을까. 이 점을 고려해야 하는 것은 구경꾼의 속성이 소농경제적 생존조건과 밀접히 관련되어 있기 때문에, 이 문제를 해결하기 위해선 국민성 개조만으로 가능한 일이 아니라 생존환경의 변혁이 수반되어야 한다는 점을 인식할 필요가 있기 때문이다.

루쉰 문학의 주요 주제의 하나인 중국인의 구경꾼 의식과 이에 대한 비판은 대개의 경우 중국 민중이 구경하기 좋아하는 행위를 문제 삼고 있다. 즉 루쉰이 타인의 고통과 불행에는 전혀 무관심한 채, 딱딱하게

---

17)   요시자와 세이치로는 『중국 애국주의의 형성』(정지호 옮김, 논형, 2006)에서 "본래 '중국인'이라는 용어가 빈번하게 사용되기 시작한 것은 청조 말기, 그것도 20세기에 들어서이다. 그것이 격렬하게 표현된 것은 미국이 이민을 제한하면서 일어난 1905년의 반미운동이었다. 이 운동을 통해서 '중국인'이라는 단어가 유행어처럼 널리 사용되었다."고 하며, 중국인으로서 정체성이 대중적으로 형성되는 계기로 1905년의 반미운동이라고 주장한다. 그렇지만 이것은 주로 대도시에서의 상황이며, 중국 농촌에서 민족적 정체성이 대중적으로 형성되는 것은 1930년대에 시작된 항일전쟁 시기라고 할 수 있다.

마비된 정신과 굳은 감정으로 그냥 시끌벅적한 것을 즐기는, 물성화된 비인간적 행태에 대해 분노하는 점이다.[18] 이러한 본능적 구경행위와 아울러 루쉰이 더욱 심각하게 비판하고 있는 것이 바로 역사적 사건을 일시적 구경거리로 만드는 행위이다. 이에 관해서 루쉰은 「약」, 「조리돌림」, 「복수」 등의 글에서 혁명가를 구경거리로 만들어버리는 중국인의 구경꾼 문제를 비판한 바 있는데, 이 문제를 가장 극명하게 묘사하고 있는 「아큐정전」에서 아큐가 처형을 당하기 직전의 장면을 통해 루쉰의 시각을 읽어보자.

그는 깨달았다. 이것은 멀리 돌아서 형장으로 가는 길이다. 틀림없이 싹둑 하고 목이 잘리는 것이다. 그가 경황 없이 좌우를 둘러보니까 인파가 개미처럼 따르고 있었다. 뜻밖에도 길가의 사람 무리 속에서 우마의 모습을 발견했다. 정말 오래간만이었다. 그녀는 성안에서 일하고 있었던 것이다. 아큐는 갑자기 자기가 배짱이 없어 노래 몇 마디 부르지 못하는 것이 부끄러웠다. 그의 사념이 회오리바람처럼 소용돌이쳤다. '청상과부의 성묘'는 당당하지가 못하고, '용호상쟁' 중의 '후회해도 소용없다……'도 힘차지 않다. 역시 '손에 무쇠채찍을 들고 네놈을 치리라'로 하자. 그는 동시에 손을 쳐들려고 했으나, 비로소 손이 묶여 있음을 상기했다. 그래서 '무쇠채찍을 들고'도 부르지 못했다.

"20년만 지나면 또 한 사람……."

---

18)   유세종, 「루쉰식 '혁명'의 현재 의미」, 『루쉰식 혁명과 근대중국』, 한신대학교출판부, 2008, 297쪽. 그리고 루쉰 문학 속에 나타난 조리돌림의 一對多 圓陣構圖에 대해서는 유중하 『魯迅前期文學研究』(연세대박사논문, 1993) 제4장 제2절 '一對多'의 '圓陣構圖' 참고.

아큐는 정신이 없는 중에도 이제까지 한 번도 입에 담아본 적이 없는 말이 스승처럼 스스로 통달한 듯이 저절로 입에서 튀어나왔다.

"잘한다!"

군중 속에서 늑대의 울부짖음 같은 소리가 들려왔다.

수레는 쉬지 않고 전진했다. 아큐는 갈채소리 가운데서 눈알을 굴려 우마를 찾았다. 그녀는 조금도 그를 보지 않고 있는 듯했으며 그저 병정들이 메고 있는 총만을 정신없이 바라보고 있었다.

아큐는 그래서 환호하는 사람들을 주욱 둘러보았다.

이 찰나 그의 사념은 또 회오리바람처럼 뇌리에 소용돌이쳤다. 사 년 전, 그는 산기슭에서 굶주린 늑대 한 마리를 만났었다. 늑대는 가까이 오지도 않고 멀리 떨어지지도 않은 채 어디까지고 그의 뒤를 따라와 그의 고기를 먹으려고 했다. 그는 그때 무서워서 거의 죽을 것 같았다. 다행히 손에 도끼 한 자루를 들고 있었으므로 그것을 믿고 담이 세어져 간신히 미장까지 이르렀다. 그러나 그 늑대의 눈알은 영원히 기억에 남았다. 그것은 흉측하고도 무서웠으며 반짝반짝 빛나는 도깨비불처럼 두 눈이 멀리서도 그의 육체를 꿰뚫을 것 같았다. 그런데 이번에 그는 여태껏 보지 못했던 더욱 두려운 눈을 본 것이다. 그것은 둔하고 또 날카로워 벌써 그의 말을 씹어 먹었을 뿐 아니라 또 그의 육체 이외의 무엇인가를 씹어 먹으려는 듯 언제까지고 멀지도 가깝지도 않게 그의 뒤를 따라오는 것이었다.

이 눈알들이 하나로 이어졌나 싶더니 벌써 그곳에서 그의 영혼을 물어뜯고 있었다.[19]

---

19)   루쉰, 김시준 옮김, 『아큐정전』, 『루쉰소설전집』, 한겨레, 1986, 149~150쪽.

위 장면은 형장으로 향하고 있다는 사실을 깨달은 아큐가 자신의 처형을 구경하기 위해 몰려든 군중과 대면하는 상황이다. 그런데 아큐는 자신의 목숨이 경각에 달려 있는 급박한 시점임에도 불구하고, 자신을 위한 걱정보다는 자신을 구경거리로 삼는 군중들을 실망시키지 않기 위해 노래를 들려주려고 애를 쓴다. 그래서 아큐는 자신이 가극에 나오는 노래를 배운 적이 없음을 후회하며 이것은 평생 조리돌림 하는 장면을 익숙하게 구경해온 아큐가, 처형자는 어떻게 해야 구경꾼들에게 볼거리를 제공하고 그로 인해 처형자로서의 체면이 세워지는가에 대해 본능적으로 잘 알고 있었기 때문이다. 그래서 아큐는 자신이 가극에 나오는 노래를 배운 적이 없음을 후회하며 적당한 노래를 찾다가, 정신이 없는 중에도 이제까지 한 번도 입에 담아본 적이 없는 말이 튀어나와 결국 군중들의 환호성을 자아내게 된다. 하지만 그 순간 아큐는 자신을 쳐다보는 군중들의 눈이 예전에 자신을 잡아먹기 위해 쫓아오던 굶주린 늑대의 눈보다 더 날카롭고, 또 그 군중들의 눈이 이어져 자신의 영혼을 뜯어먹고 있다는 점을 깨닫는다. 그렇다면 아큐의 동향 사람들이자 구경꾼으로서의 동질감을 지니고 있던 이들이 왜 이렇게 아큐를 조금의 동정도 없이 식인의 눈빛으로 구경하고 있는 것일까? 환등기 사건에 등장한 구경꾼이 동족 혹은 동향으로서의 동질감이 형성되지 않은 상황에서 본능적으로 구경을 하는 것이라면, 아큐와 미장 마을 사람들 사이에는 적어도 동향으로서의 인간관계가 형성된 상태라고 볼 수 있을 것이다. 그런데도 군중들이 아큐를 식인의 눈빛으로 바라보는 것은 바로 아큐가 동향인의 동정으로 감쌀 수 없는 불경한 범죄, 즉 공동체의 등급질서를 분란시키는 모반(혁명)

의 죄를 지었기 때문이다.[20]

물론 아큐는 진정한 의미의 혁명을 한 것은 아니다. 아큐가 혁명을 하려고 결심한 것은 미장 마을의 억압에 불만을 품고 최상등인의 재산을 자신의 것으로 만들어 그동안 받아왔던 모멸감에 대해 분풀이하기 위해서였다.[21] 아큐가 미장 마을의 신분 질서 내에서 생존이 가능한 시기에는 어떠한 모멸을 받더라도 정신승리법을 통해 공동체 내적인 생존의 길을 모색했으나, 그러한 모멸이 한도를 넘어 생존의 위협을 느끼게 된 순간 혁명의 유혹에 빠져들게 된 것이다. 구경꾼이 혁명에 참여하게 되는 것은 바로 아큐와 같은 처지에 빠질 때, 즉 공동체 질서를 지키며 살아가던 자가 더 이상 공동체의 보호를 받지 못하고 생존의 위협을 느낀 순간이다. 그러나 구경꾼은 혁명을 통해 자립의 길을 걸어가는 것이 아니라 자신을 보호해줄 새로운 세력에 편승하여 생존을 모색할 수밖에 없다. 아큐에게 그 세력은 혁명당이었다. 그러나 혁명이 실패함에 따라 아큐는 공동체 질서의 수호를 위해 처형을 당하게 되고, 군중들은 혁명의 진정성 여부에 상관없이 모반의 죄는 사형에 처해져야 한다는 점을 암묵적으로 수긍하며 그것을 식인의 눈빛으로 표출한 것이다. 공동체 질서를 태평하게 유지하는 것이 바로 군중들 자신의 생존을 보호하는 길이라고 인식하기 때문이다.

이 지점에서 루쉰은 「아큐정전」 속의 미장 마을과 같은 구경꾼 사회

---

20) 루쉰, 앞의 책, 150쪽. "여론으로 말하자면 미장에서는 별로 이의도 없었고 물론 모두들 아큐를 나쁘다고 말했다. "총살당한 것은 그가 나쁘다는 증거지! 그가 나쁘지 않았다면 무엇 때문에 총살을 당한단 말인가?"

21) 루쉰, 앞의 책, 135쪽. "물건은…… 곧장 들어가 상자를 열고, 금덩어리, 은화, 옥양목 셔츠…… 수재 마누라의 영파식 침대부터 우선 사당으로 옮겨다 놔야지. 아니면 조씨 집 것도 괜찮아. 나는 손대지 말고 샤오D를 시켜야겠다. 빨리 옮기도록 해야지, 만약 빨리 옮기지 않으면 따귀를 갈길 테다."

에서 혁명은 무엇인지에 대해 다음과 같이 추궁하고 있다.

내 생각으로는 만약 중국이 혁명을 하지 않는다면 아큐도 안 하겠지만 혁명을 한다면 아큐도 할 것이다. 나의 아큐의 운명도 그와 같을 수밖에 없으며, 그의 성격도 결코 앞뒤가 맞지 않는 것은 아닐 것이다. 중화민국 원년은 이미 지나가 버려 추적할 수도 없다. 하지만 이후에 다시 개혁이 있다면 아큐와 같은 혁명당이 분명 나타나리라 믿는다. 나도 소설 속 이야기가 말하듯이 지금보다 먼저 일어난 시기의 일이길 바란다. 하지만 내가 본 것은 현대 이전에 일어난 일이 아니라 현대 이후에 일어난 일이거나 어쩌면 20~30년 후에 일어날 일일지도 모르겠다.[22]

아큐식 혁명이 신해혁명 시기에만 국한되지 않고 중국사회에서 지속 반복될 것이라는 루쉰의 예언은, 1920년대 말 상하이에서 무산계급 문학운동이 유행처럼 번지고 있을 때 혁명문학을 주창하는 지식인들에 대한 비판으로 이어지고 있다. 그들은 현 사회를 직시하거나 사회의 내막을 통찰하지 못한 채 무산계급문학을 권력을 장악하는 방편이나 생계의 수단으로 생각함으로써, 그들이 주창하는 혁명문학 속에는 오히려 혁명의 주체인 무산계급이 배제되어 있다. 다시 말하면 무산계급문학을 주창하기 위해선 무산계급의 생활과 의식에 대해 친숙하게 알고 있어야 함에도 불구하고 그들은 무산계급이나 혁명의 구호만을 제창하며 상대방을 공격하고 권력을 장악하는 무기로 이용하고 있을

---

22) 루쉰, 노신문학회 편역, 「아큐정전의 유래」, 『노신선집』 2, 여강출판사, 1998, 446쪽.

뿐이다. 이러한 지식인은 아큐가 편승했던 허위적인 '혁명당'의 모습에 다름 아니다. 루쉰은 아큐와 같은 민중에서 지식인 그리고 통치계급에 이르기까지 자신의 이기적 목적에서 출발한 혁명은 낡은 의자 빼앗기에 불과한 행위[23]라고 비판하는데, 이것은 권력의 주인만이 바뀔 뿐 사회의 구조적 모순을 양산하는 신분질서를 지속·강화시키는 결과를 초래하기 때문이다. 개인이 사회적 억압으로부터 해방되는 일은 그 사회에서 벗어나 독립된 상태로 존재하거나 혹은 지배 권력을 장악하는 것으로 완성되는 것이 아니라, 그 사회의 지배질서를 해방적이고 자유로운 상태로 바꾸는 작업이 선행되어야 가능한 일이다. 이것은 그 사회의 지배집단을 교체하는 일만으로 해결되는 것이 아니며 무엇보다 지배자와 피지배자의 억압적 관계를 양산하는 그 사회의 불합리한 질서와 관습을 개혁하는 일이 수반되어야 한다. 이 점이 바로 아큐식 구경꾼 혁명과 구별되는 진정한 혁명의 방향일 것이다.

영원한 혁명

그렇다면 중국과 같은 구경꾼 사회에서 진정한 혁명은 어떻게 가능

---

23)   루쉰, 노신문학회 편역, 「상해문예의 개관」, 『노신선집』 3, 여강출판사, 1998, 98~99쪽. "이러한 상황은 지금까지 통치 계급의 혁명이라는 게 그저 낡은 의자 빼앗기에 불과했다는 것을 말해준다. 뒤엎을 때는 그 의자를 증오하는 것 같지만, 일단 손에 넣고 나면 보배로 여기고, 자신도 그 낡은 것과 하나라고 여긴다. 20여 년 전에 다들 주원장을 가리켜 민족혁명가라고 했는데, 사실은 그렇지 않다. 그는 자신이 황제가 되자 몽고 왕조를 大元이라고 불렀고, 몽고인들보다 더 심하게 한족을 죽였다. 노예가 주인이 되면 결코 나라라는 호칭을 없애려 하지 않는다. 우쭐대는 폼이 과거 주인보다 더하고 더 우스꽝스럽다. 마치 상하이의 노동자가 얼마간 돈을 모아 작은 공장을 경영하게 되면 오히려 노동자를 더욱 철저하게 학대하는 것과 같다."

한 일인가? 이에 대한 루쉰의 생각을 엿볼 수 있는 글이 잡문 「모래」 (1933)와 「관습과 개혁」(1930)이다. 흩어진 모래라는 말은 이기적이고 단결하지 않는 중국인의 결함을 비유하는 것으로 원래 서양인들이 중국인을 비하하기 위해 사용하던 외래어였는데, 량치차오가 「十種德性相反相生義」(1901)에서 '散沙'로 번역 소개한 후 국민성 비판론자뿐만 아니라 순원, 마오쩌둥 등의 정치가들까지도 널리 사용하면서 중국인의 결함을 상징하는 대표적 수식어가 되었다. 루쉰 역시 이 말을 즐겨 사용하지는 않았으나 구경꾼 의식에 대한 비판을 통해 이 말이 뜻하는 중국인의 결함에 대해 공감하고 있었다는 사실을 알 수 있다. 중국을 낙후하고 허약하게 만든 원인이 군사력이나 과학기술, 제도와 같은 외부적 요인보다는 중국 민중 내부의 결함에서 근원한다고 생각하는 국민성 개조론자의 입장에서 보면 이 비유가 자신의 담론을 대변하는 선명한 말로 인식되었을 것이다.

그런데 「모래」에서 루쉰은 그동안 진실처럼 받아들이던 이 비유를 중국이 불행하게 된 책임을 대중에게 전가하는 것에 불과하다고 비판한다. 민중들은 본래 흩어진 모래로 살아온 것이 아니라 자신의 이해관계를 감지하게 되면 곧잘 뭉칠 줄 알고 있다. 그러나 통치자들이 자신의 사리사욕을 채우기 위해 민중들이 뭉치지 못하도록 온갖 방법을 동원하여 뿔뿔이 흩어진 모래로 만든 것이다. 따라서 단결하지 않고 모래알로 존재하는 것은 민중들이 아니라 재물에 눈이 어두워 이기적으로 살아가는 통치자들이다. 이러한 "모래 황제가 민중을 다스리다 보니 온 중국이 흩어진 모래가 되어버렸다."[24] 또 이들은 외세가

---

24) 루쉰, 노신문학회 편역, 「모래(沙)」, 『노신선집』 3, 여강출판사, 1998, 222~224
      쪽 참고.

침입할 때에도 단결하여 싸우지 않고 제 살길만을 찾으면서도 오히려 그 책임을 민중들에게 돌리기 위해 이 말을 사용하는 것일 뿐이다. 여기서 루쉰은 흩어진 모래의 비유를 전복시켜, 통치자들이 바로 사리사욕으로 인해 단결할 줄 모르는 모래이며 민중들은 자신의 이해관계를 알기만 하면 단결할 수 있는 존재로 반전시키고 있다.

이러한 반전을 통해 루쉰은 민중의 정신적 결함을 담론적 전제로 삼고 있는 국민성 개조론을 넘어서게 된다. 즉 중국 민중이 이기적으로 파편화된 것은 선천적으로 그러한 것이 아니라 통치자의 술책에 의해 정치적으로 길들여진 것이며, 나아가 민중이 자신의 이해관계를 자각하는 상황이 도래하면 과거에 궤향, 민란, 반역, 청원 등의 집단적 저항 행위를 한 것처럼 단결할 가능성을 지니고 있다는 점을 승인하는 것이다. 영원한 관객으로서 중국 민중의 마비된 영혼에 분노하던 신문화운동 시기에 비한다면 이는 민중에 대한 인식상의 진전이라고 할 수 있다. 물론 루쉰이 민중의 자기기만적인 의식에 대해 지속적으로 비판하고 혁명 주체로서 민중의 가능성에 대해 끊임없이 회의하기는 하지만, 적어도 민중의 자발적 혁명에너지 자체에 대해서는 수긍한 것이라고 볼 수 있을 것이다. 이는 루쉰이 민중의 존재를 추상적 국민성 담론이 아니라 현실적 이해관계 속에서 통찰하고 있기 때문에 가능한 일이라고 생각된다.

이제 루쉰은 구경꾼으로서 민중에 대한 가차없는 비판을 넘어, 민중의 이해관계에 밀접하게 영향을 끼치는 현실적 삶의 조건 즉 풍속과 관습의 문제를 통해 "민중의 마음을 깊이 알고 방법을 찾아" 개혁의 길로 나아가게 하는 문제를 고민하게 된다. 체질과 정신이 굳어진 민중은 극히 사소한 개혁에 대해서도 방해하지 않는 일이 없기 때문이다. 그래서 "광범한 민중 속에 깊이 들어가 그들의 풍속과 관습을 연구하고 해부하여 좋고 나쁨을 구별한 다음 존속과 폐지의 기준을 세우고, 존속시킬 방법과 폐지시킬 방법을 신중하게 선택하여 실시하지 않는 다면, 아무리 훌륭한 개혁이라 해도 관습의 암석에 부딪쳐 박살이 나고 말거나 표면에서 한동안 떠돌게 될 것이다."[25] 다시 말하면 민중을 개혁을 이루어나가는 주체로 형성하기 위해선 무엇보다 그들의 관습과 풍속을 잘 연구하여 개혁의 방안이 그들의 이해관계와 상충하지 않도록 하고, 나아가 개혁에 장애가 되는 나쁜 관습을 폐지하는 일이 우선되어야 한다는 것이다.

이러한 맥락 속에서 루쉰은 일본 유학 시기 개인과 개성의 개념을 중심으로 다수의 개념에 내재된 정치적 논리를 비판하던 때의 다수와는 다른 맥락에서, "다수의 힘은 위대하고 중요하다."고 인식한다. 현실적으로 볼 때 이러한 인식은 민중대연합을 기반으로 중국의 사회혁명이 진행되고 또 제국주의 침략이 민중의 생존과 절박한 이해관계를 지니게 되는 상황과 연계되어 있는 것이다. 그렇다면 루쉰의 이러한 인식은 중국 민중이 이해관계를 감지할 경우 구경꾼에서 혁명의 주체로 변신할 가능성이 있다는 점을 승인하는 것인가? 민중이 자신의 이해관계를 감지하게 되면 곧잘 뭉칠 줄 안다고 한 것이 민중의 현실 자각을 의미한다면, 이러한 민중을 아큐와 같은 사리사욕이 아니라 올바른 개혁의 길로 나아가게 하는 것은 민중 자신의 자각만으로 가능한 일인가? 민중의 각성과 조직화가 필요하다면 민중의 생존적 이해관계와 중국혁명을 접목시킬 수 있는 혁명가의 역할이 요청되는 것은 아닌가?

---

25)   루쉰, 노신문학회 편역, 「관습과 개혁(慣習與改革)」, 『노신선집』 3, 여강출판사, 1998, 47~50쪽 참고.

이 지점에서 루쉰의 고뇌는 농민의 자발적 혁명에너지를 발견하고 농민동원을 혁명승리를 위한 중요한 전략으로 삼은 마오쩌둥과 만나고 있었다.

제2부　　　　　중국은 어디로 가야 하는가

6장

마오쩌둥, 농민의 힘을 발견하다

5·4 운동과 민중 대연합

반전통주의 담론 내부에서 '주체'의 문제를 곤혹스럽게 사유하던 지
식인들이 실제 중국 현실 속에 뛰어들어 선도적인 역할을 수행하게 된
것은, 그들의 담론 외부에 존재하던 현실 중국인들이 사회적 실천 활
동에 직접 참여하는 모습을 발견한 이후라고 할 수 있다. 그러한 전환
의 계기가 된 사건이 바로 5·4 운동이다. 5·4 운동을 목격하기 이전
중국 지식인들은 중국인의 고질적인 결함이 중국을 정체하게 만든 중
요한 원인 가운데 하나라고 인식하며 현실 속의 중국인들을 부정적으
로 이해함으로써 그들 자체적으로 변혁 주체가 될 가능성을 닫아놓고
있었다. 그러나 5·4 운동을 통해 지식인 담론과 현실 중국인 사이의
간극이 좁혀짐에 따라, 모리스 마이스너의 평가처럼 5·4 시기는 중국
국민혁명이 실제로 시작하는 "인텔리겐치아의 역사가 평민의 역사와
합쳐지게 되는 시점"이 될 수 있었다.

　근대 중국혁명의 진정한 시작을 알렸던 그날, 베이징에 있는 3천여
명의 대학생들이 베르사유 강화회의에서 서구의 민주국가들이 산둥에
있는 독일 조차지를 전리품으로 일본에 양도한다는 결정을 내리자 이
에 반대하는 시위를 벌였다. 시위는 일본의 돈을 받은 베이징 정부 관

료들의 집과 사무실을 공격하면서 극에 달했다. 경찰과의 폭력적 충돌과 뒤이은 체포로 인해 무능하고 부패한 중국정부와 오랫동안 중국을 약탈하고 모욕해온 외국 정부 모두에 저항하는 국민적 분노가 일어났다. 시위는 점점 커졌고 더욱 투쟁적이 되었으며 중국의 주요 대도시로 빠르게 확산되었다.

5·4 운동의 역사적 의미는 저항의 주체가 학생들에게만 국한되지 않았다는 데에 있다. 베이징 대학의 많은 교수와 노동자, 상인협회가 곧바로 학생들의 시위대열에 합류했다. 대중의 대규모 시위와 파업, 외국상품 불매운동 그리고 정부당국과의 폭력적인 충돌이 중국의 많은 도시로 확산되었다. 5·4 운동은 오랫동안 변하지 않고 잠들어 있는 것 같은 사회에 정치적 각성을 촉발시켰다. 반제국주의의 거대한 파도가 각 도시를 휩쓸었고 많은 지역들(농촌은 아직 포함되지 않았다)이 정치적 지적 동요로 끓어오르고 있었다.[1]

물론 5·4 운동 이전에 평민(민중)의 존재에 대해 주목한 지식인들이 없었던 것은 아니다. 1913년 8월 무정부주의자 류스푸는 '평민의 소리'라는 부제가 붙은 『해명록』 창간호에서 "평민의 소리를 자신의 임무로 하며 그 언론은 평민의 기관이다. 천하의 평민생활의 모든 행복은 모조리 강권에게 강탈당해서 평민은 형언할 수 없는 고통과 오욕의 신세가 되고 말았다. 그렇게 된 원인이 사회조직의 잘못에서 왔다는 것을 쉽사리 알 수 있다. 이러한 평민의 피해를 구제하고자 한다면 세계혁명을 철저히 실행하고 현사회의 모든 강권을 쳐부수어 올바른 진리에 의해 새로운 사회를 개조해야 한다."[2]며 평민의 개념을 실천

1)   모리스 마이스너, 김수영 옮김, 『마오의 중국과 그 이후』 1, 이산, 2004, 43쪽.
2)   劉思復, 「海鳴錄創刊宣言」(김정화 옮김, 『오사운동의 사상사』, 일월서각, 1983), 144쪽.

의 중심에 놓고 있다.

그리고 신문화운동 시기의 대표적 지식인인 천두슈, 후스, 저우쮜런 등은 모두 낡고 형식적인 귀족문학을 해체하고 새롭고 진실된 '평민' 문학을 신문학으로 확립해야 한다는 주장을 공통적으로 펼치고 있다. 특히 중국 최초의 공산주의자로 알려진 리다자오는 1919년 2월에 쓴 「청년과 농촌」에서 중국혁명은 농민혁명이어야 함을 예언하며, "입헌주의를 주장하는 젊은이들! 여러분들이 만약 입헌정치의 수립을 원한다면 여러분들은 먼저 입헌주의적 민중이 되어야 한다. 여러분들이 만약 입헌주의적 민중이 되고자 원한다면 여러분들은 먼저 어두운 농촌을 밝은 농촌으로 바꾸어야만 하고, 전제주의에 지배되고 있는 농촌을 입헌주의적 농촌으로 바꾸어야만 한다. 현대의 젊은이들이 농촌에서 현대문명의 진보노선을 추구하려 한다면, 농민은 그들의 선거권을 포기해서는 안 되고 선거권을 남용해서는 안 되며, 도시의 부랑자나 지방의 향신들에게 기만을 당해서도 안 된다. (…) 그렇게 될 때 평민의 소리를 대변하기 위하여 국회에 나서는 자는 스스로 평민이 될 것"[3]이라고 주장하고 있다.

이러한 주장들로 볼 때 평민이 5·4운동 이전의 진보적 담론에서도 중심 개념으로 작용하고 있다는 점을 알 수 있다. 하지만 이들이 말하는 평민은 무정부주의나 공산주의 사상을 통해 발견한 담론 속의 주체에 가까우며, 5·4운동 과정에서 강권을 타도하기 위해 등장한 중국 현실 속의 평민과 동일한 존재라고 볼 수는 없을 것이다. 5·4운동 이전까지 현실 속의 평민은 반전통주의적 중국인 담론 속에서 정체되고 낙후한 개조되어야 할 부정적 인간으로 이해되었지만, 5·4운동을

---

3) 李大釗, 「青年與農村」, 『李大釗全集』第二卷, 人民出版社, 2006, 306~307쪽.

통해 잠재되어 있던 변혁 에너지가 분출됨에 따라 담론 속에서 상상하던 주체가 아닌 현실 속의 실천 주체로 부상하게 된 것이다.

이러한 상황에 대해 쉬더헝은 5·4운동을 겪은 후인 1919년 11월에 쓴 「5·4운동과 청년의 각오」에서 학생, 상인, 노동자 등의 자결(自決)과 희생은 "중화민국이라는 황금색 간판을 내건 이 나라에서 처음 막을 올린 것"이며, 그 영향으로 "중국 사회에는 농민, 노동자, 상인, 학생이 있지만 서로 자연스럽거나 또는 필요한 접촉을 하는 이외에 평상시에는 단순히 노동과 교역을 할 따름이며 각 단체가 서로 연합조직을 갖지 못했다. 서로 간에 연합된 조직이 없었을 뿐 아니라 늙어 죽을 때까지 왕래하지 않아 아무런 인연도 없었다. 이번 운동이 시작되면서 비로소 한 가닥 구멍이 뚫려 민중대연합의 길이 열렸다."[4]라고 평가하고 있다. 즉 5·4운동을 흩어진 모래라고 여겨지던 중국인들이 강권에 대항하기 위해 자발적으로 민중 연합의 가능성을 표출한 획기적 사건으로 인식하고 있는 것이다.

5·4운동에 대한 이러한 역사적 의미에 공감하며 민중 대연합에 열렬히 호응하던 청년들 가운데 한 사람이 바로 마오쩌둥이다. 신문화운동을 주도한 「신청년」의 깊은 세례를 받았을 뿐 아니라 「체육의 연구」란 글을 투고하기도 했던 청년 마오는 5·4운동 이전까지 청말 변법운동과 같은 정치운동에 거리를 두며 사상 문화 중심의 계몽운동에 관심을 두고 있었다. 이러한 경향성으로 인해 「신청년」 세대로 성장하던 시절 마오는 중국 인민의 무한한 가능성을 신뢰하며 신민주주의 혁명을 주도하던 때와 달리, 현실 속의 중국인을 흩어진 모래와 같은 이기적 존재로 인식하는 반전통주의적 담론을 공유하고 있었다.

---

4) 許德珩, 「5·4운동과 청년의 각오」, 앞의 책, 215~216쪽.

그들에게는 조직적인 사회는 존재하지 않으며 사람들은 제각기 뿔뿔이 흩어져 생활을 영위하고 있다. 그들은 범위가 가장 좁은 자신들만의 일과 가장 짧은 한때의 일밖에 알지 못하며, 공동으로 살아가는 일과 미래의 일등은 꿈에서도 그려 본 적이 없다. 그들 속에서의 정치는 동의한다든가 철저하게 해결한다든가 하는 일은 존재하지 않으며, 단지 사사로운 싸움만이 있을 뿐이다.[5]

우리들의 이 4천 년 문명을 가진 고국(古國)은 마치 국가가 없는 상황과 같은 것이다. 국가라고 해도 텅 빈 가옥의 뼈대일 뿐이다. 그 내부에는 아무것도 없다. 인민이 혹시 그 내부에 있지 않을까라고 말해도 인민은 뿔뿔이 흩어져 있을 뿐이다. 그것은 마치 "흩어진 모래"와 같은 것이며 정말로 한심하기 짝이 없는 노릇이다.[6]

위의 두 글은 5·4 운동을 목도한 이후 정치적 실천 활동을 위해 쓴 것임에도 불구하고 여전히 중국인의 결함에 대한 상투적인 인식이 강하게 남아 있다. 어쩌면 이것은 일상적으로 접해온 후난의 고향 농민들의 낙후성에 대한 짙은 인상에서 아직 벗어나지 못한 점을 반영할 뿐 아니라, 5·4 운동이 민중대연합의 출발 시점에 불과하며 향후 고난스럽고 장기적인 중국혁명의 과정이 수반되어야 한다는 점을 직감하고 있었던 것으로 볼 수도 있을 것이다. 하지만 청년 마오에게 5·4 운동이 현실 속의 중국인의 잠재력을 재인식할 수 있는 역사적 계기가

---

5) 마오쩌둥, 다케우치 미노루 편저, 신현승 옮김, 「상강평론 창간선언」, 『청년 모택동』, 논형, 2005, 168쪽.

6) 마오쩌둥, 「통일에 반대한다」, 앞의 책, 216쪽.

되었다는 점은 부정할 수 없는 사실로 보인다.

마오는 「민중 대연합」에서 "우리나라의 민중 대연합에 관하여 도대체 우리들은 그러한 자각을 하고 있는 것인가"라는 물음을 던지며 강권에 저항하는 중국 민중의 자각의 과정을 탐색하고 있다. 여기서 주목할 점은 마오가 5·4 운동의 민중 대연합을 과거와 단절된 독보적인 사건이라기보다는 신해혁명 시기부터 국내외의 정치운동에 대한 자각이 누적되어 가능했던 일로 이해하고 있다는 것이다. 신해혁명을 통해 혁명이 민중연합처럼 보이지만 실제로는 대부분의 민중과 전혀 관계없는 사건이라는 점과 황제 권력이라 하더라도 무너뜨릴 수 있다는 자각을 얻었으며, 1916년에 황제가 되려던 위안스카이를 저지한 사건을 통해 위풍이 하늘을 찌르는 권력자라도 타도할 수 있다는 자각을 얻었고, 1917년에는 북양군벌과 서남군벌 사이에 벌어진 남북전쟁을 통해 관료·군인·정객이 민중에게 해악을 끼치는 존재라는 점을 자각하였다. 그리고 제1차 세계대전을 통해 각국의 민중이 생활고 문제로 많은 활동을 일으켰는데, 러시아에서는 귀족과 부자를 타도하고 노동자와 농민 두 계층이 협력하여 위원회정부를 수립하였으며, 헝가리에서는 참신한 노농정부가 출현하였고, 독일인, 오스트리아인, 체코인들이 여기에 호응하여 자국 내의 적대당과 대결하고 있으며, 영국, 프랑스, 이탈리아, 미국에서는 대형 파업이 발생했고, 인도와 조선에서는 대혁명이 일어났다는 사실을 자각하였다. 5·4 운동은 바로 이러한 국내외의 정치활동에 대한 자각을 통해 발생한 사건이며, 민중은 이러한 과정에서 중국은 자신의 국가이며 민중의 대연합을 추진해야 한다는 사실을 깨닫게 된 것이다.[7]

---

7) 마오쩌둥, 「민중 대연합」, 앞의 책, 189~191쪽.

다음으로 마오는 "우리나라의 민중 대연합은 이미 그 동기가 존재하는가"라는 질문을 던지며 민중 대연합의 근원을 청말 자의국 설립 및 혁명당 결성에 두고 있다. 자의국 설립으로 각 성의 자의국이 연합하여 국회의 조기 개설을 청원할 수 있었고 혁명당 결성으로 배만(排滿)을 위한 거병을 국내외에 호소할 수 있었는데, 후에 혁명당은 국민당으로 바뀌고 자의국은 진보당으로 바뀐다. 이것이 바로 중화민족 정당의 시작이다. 그 후 민국이 성립하여 중앙에서는 국회를 소집하고 각 성에서는 성의회를 소집하였으며, 또 각 성에는 성교육회, 성상회, 성농회 등이 설립되었고, 그 밖의 제 방면에서 각각의 정세와 지위에 적합하게 조직된 각종의 단체가 결성되었는데, 이 모두가 근래의 정치 해방, 사상해방의 산물로서 독재정치의 시대에는 결코 허가되지 않는 것이다. 5·4 전후에 이르러 정치의 혼란과 외환의 압박에 의한 자각이 한층 고조됨에 따라 대연합의 동기가 생겨나 평민과 학생들이 주도하는 각 직업의 공회, 각종의 학회 연구회, 학생 연합회, 각계 연합회 등이 결성되었는데, 이것은 국내외의 강권자에 대항하는 한층 순수한 민중 대연합이라고 할 수 있다.[8]

민중의 자각과 민중 대연합의 동기에 대해 긍정적인 탐색을 한 후 마오는 "우리나라의 민중 대연합을 추진함에 있어 우리들에게 과연 그러한 능력이 있으며 또한 성공할 수 있는 것인가"라는 질문을 던진다. 앞의 두 문제에 대해 긍정적인 논조를 띠는 것과 달리 이 문제에 대해서 마오는 냉정하고 신중한 입장을 취한다. 그것은 중국인들이 각자 마음대로이며 가장 수지가 맞지 않는 일을 하고 가장 변변치 못한 행동을 하며 사리 추구에만 관심이 있어서, 민중 대연합의 능력이 있는

---

8) 마오쩌둥, 「민중 대연합」, 앞의 책, 191~193쪽.

지 의문이 들기 때문이다. 상업에 종사하는 자는 회사 설립법을 알지 못하고 노동자는 노동당 설립법을 알지 못하며, 학문하는 자는 옛 방법만을 고수하며 공동연구의 방법을 알지 못하고, 대규모의 조직적인 사업에는 전혀 손을 대지 못한다. 정치는 말할 것도 없고 경제는 외국의 도움이 없으면 유지하기 힘들며, 교육 자치, 가정도 순조롭게 운영되지 못하며 자신의 신체조차 온전히 보전하지 못하는 형편이다. 이러한 상황에서는 민중 대연합을 이야기하거나 견고하게 뿌리를 내린 강권자에게 대항하는 것은 매우 어려운 일이다. 민중들이 이렇게 무능하게 된 것은 민중들의 몇천 년에 걸친 노예생활과 더불어, 주인인 황제가 민중들에게 능력을 기르는 훈련과 아울러 자신들의 사상과 조직을 가지는 훈련을 허용치 않았기 때문이다.[9]

하지만 마오는 5·4 운동 이후 사상, 정치, 경제, 남녀관계, 교육 등 제 방면에서 해방의 기운이 싹트고 있다고 인식하며, "우리 중화민족에게는 위대한 능력이 있었던 것이다. 압박이 강해지면 강해질수록 그것에 대한 반동이 커져만 갔다. 오랫동안 비축되었던 것이 일단 시작되면 상당히 빠른 속도로 진행"되어 "우리들 황금의 세계, 영광 찬란한 세계가 우리 눈앞에 있다."[10]는 모호하지만 낙관적인 정서를 강렬하게 표출하고 있다. 마오의 예감대로 1920년대에 들어서면서 노동자, 농민, 상인, 학생 조직 그리고 향후 중국혁명을 주도하게 될 중국 공산당이 결성되는 등 중국 현실 속에서 민중 대연합을 구현하기 위한 실천 활동들이 급진적으로 진행되는데, 아이러니하게도 마오의 존재가 빛을 드러내기 시작한 것은 기대했던 도시의 급진적 운동들이 실패하

---

9)　마오쩌둥, 「민중 대연합」, 앞의 책, 193~195쪽.

10)　마오쩌둥, 「민중 대연합」, 앞의 책, 195쪽.

고 혁명의 주체로서 농민을 발견하게 된 1927년 이후의 일이었다.

농민의 발견

1921년 중국 공산당을 결성한 지식인들은 대도시의 노동자를 조직하여 파업과 폭동을 통해 사회주의 혁명을 구현하는 것을 주요한 임무로 생각하였다. 그들은 이러한 목적의식적인 활동을 통해 대도시의 공업 노동자뿐만 아니라, 외곽지역의 철도노동자들을 빠르게 조직하였다. 노동자들의 파업이 늘어났으며, 파업은 좀 더 나은 노동조건과 생활을 요구했을 뿐 아니라 더 나아가 정치적 목적과 반제국주의 정서가 그 동기로 작용하였다. 몇 년 안에 공산주의 활동가들은 50만 노동자를 대표하는 전국적 노동연맹을 조직하고 전투적인 노동절 시위를 위해 수십만을 집결시킬 수 있게 되었다.

그들은 이러한 대도시 노동자 중심의 사회주의 혁명이 마르크스주의에 충실한 실천전략이자 러시아 혁명을 계승하여 국제사회주의 혁명에 동참하는 과정이라고 인식하였다. 이러한 경향성으로 인해 1925~27년 광둥과 후난의 농촌을 중심으로 농민협회가 결성되고 도시의 노동자운동 못지않은 급진적인 농민봉기가 일어났을 때, 공산당 내부에서는 오히려 농민운동의 혁명적 의미에 대해 고찰하기보다는 그 한계를 부각시키는 입장—국민혁명의 과정에 있던 당시 국민당과의 합작을 강조하는 입장과 도시의 노동운동만을 중시하는 입장—이 지배하고 있었다. 이것은 농민을 "야만적 이기주의" 속성을 지닌 계급이라고 비판한 마르크스주의의 입장에서 중국 농민의 자발적인 혁명 에너지가 사회주의 혁명을 위한 동력으로 전화할 가능성을 인정하지 않은 결과라고 할 수 있다.

당내에 이러한 입장이 만연한 가운데, 자신의 토지 소유에만 집착하는 마르크스적 의미의 "야만적 이기주의"에 대한 편견을 시정하고 중국 농민의 혁명적 잠재력과 농민운동의 실정을 알려준 글이 바로 마오의 「후난농민운동 시찰보고」이다. 마오는 1927년 1월 4일부터 2월 5일까지 32일간 후난성의 샹탄, 샹샹, 헝산, 리링, 창사 등 5개 현을 시찰하며, 농민과 농민운동 일꾼을 소집하여 조사회를 열었다. 또한 그들의 보고와 자료조사를 통해, "단시일 내에 수억 명의 농민들이 중국의 중부 남부 북부의 각 성에서 일어날 것인데 그 기세는 그야말로 폭풍우 같이 급격하고도 맹렬하여 어떠한 힘으로도 억누르지 못할 것"이라고 인식하며, 이는 "순원 선생이 40년간이나 국민혁명에 힘쓰면서 하려고 하다가 결국 성취하지 못한 일을 농민들은 몇 달 동안 해낸 것"[11]이라고 평가한다. 도대체 마오는 후난 농민의 어떠한 모습을 목격하였기에 이렇게 열광하고 있는 것인가?

후난 농민들은 1926년 1월부터 9월까지 농민협회를 조직하여 200만 명의 회원을 확보하고 직접 영도할 수 있는 대중이 1,000만 명으로 증가하여 후난성 전체 농민의 거의 절반을 조직한 후 즉시 행동을 개시하여 10월부터 4개월에 걸친 거대한 농촌 대혁명을 일으켰다. 농민들의 주 공격목표는 토호열신(지방의 신사와 지주)과 불법지주 계층이며, 나아가 각종 가부장적인 사상과 제도, 도시의 탐관오리, 농촌의 악습까지 타파하였다. 가부장적이고 봉건적인 토호열신과 불법지주 계층은 수천 년간 계속된 전제정치의 토대로서, 신해혁명을 통해서도 변혁하지 못했던 것이다. 이런 점에 비추어 볼 때 농민들이 이러한 낡은

---

11)   마오쩌둥, 김승일 옮김, 「후난농민운동 시찰보고」, 『모택동선집』 1, 범우사, 20013, 33쪽.

봉건적 질서를 단기간에 전복시킨 일은 혁명적인 사건이라 해도 과언이 아닐 것이다. 4개월 만에 일반사람들에게 멸시받던 농민협회가 지금은 가장 영예로운 조직이 되었고, 이전에는 신사와 지주의 권력 앞에 무릎을 꿇던 사람들이 지금은 농민의 권력 앞에 무릎을 꿇는, 완전히 딴 세상이 열리게 된 것이다. 오랜 시간 동안 경제적 약자였을 뿐아니라 인간적 차원에서도 신사와 지주로부터 멸시받아왔던 농민들은 그들의 투박하고 거무칙칙한 손처럼 다분히 과격하면서도 감정적인 방식으로 기존 질서와 신분관계를 전복시킨다.

절대적인 권력을 가진 농민협회가 지주에게는 발언권을 주지 않는 등지주의 위풍을 여지없이 꺾어놓고 있는데, 이것은 곧 지주를 땅바닥에 엎어놓고 발로 밟는 격이다. 또한 '너를 별책에 올리겠다'고 하여토호열신들에게서 벌금과 기부금을 받아내며 그들이 타고 다니는 가마를 때려 부순다. 농민협회를 반대하는 토호열신의 집에 떼를 지어몰려 들어가 돼지를 잡고 곡식을 내놓게 한다. 심지어 토호열신의 어린 딸과 부인의 화려한 침상에 뛰어 올라가 뒹굴기도 하며 걸핏하면그들을 잡아다가 큰 고깔을 씌운 뒤 "열신들아, 이제야 알겠지!"라고하면서 온 마을로 끌고 다닌다.[12]

농민들의 이러한 전복방식에는 '불한당 운동'의 측면과 '혁명의 선봉'의 측면이 모두 내재되어 있다. 농민들이 불한당 운동으로 흘러 "함부로 하는 경향이 있는 게 사실이며", 극단적인 경우 문화대혁명 당시 반혁명분자에게 모욕을 주어 비극적 상황에 이르게 한 것처럼, 농민협회

---

12) 마오쩌둥, 「후난농민운동 시찰보고」, 앞의 책, 34쪽.

에 잡혀가서 고깔을 쓰고 온 마을로 끌려 다닌 지주 가운데 자살한 이들도 있었다. 그리고 농민운동에 가장 적극적인 빈농출신 지도자 가운데는 과거 그릇된 행동을 하던 이들도 많아 '농민협회의 규율을 정돈하자'는 구호하에 교육시켜야 할 필요성도 있었다. 이런 '불한당 운동'의 측면은 「아큐정전」에서 미장 마을의 억압에 불만을 품은 아큐가 혁명을 하기로 결심하며 꿈꾸었던 "물건은…… 곧장 들어가 상자를 열고, 금덩어리, 은화, 옥양목 셔츠…… 수재 마누라의 영파식 침대부터 우선 사당으로 옮겨다 놔야지. 아니면 조씨 집 것도 괜찮아. 나는 손대지 말고 샤오D를 시켜야겠다. 빨리 옮기도록 해야지, 만약 빨리 옮기지 않으면 따귀를 갈길 테다."[13]라는 욕망처럼, 신사-지주 계층의 재산을 자신의 것으로 만들고 그동안 받아왔던 모멸감에 대해 분풀이하려는 감정적 요소가 혁명의 동기로 작용한 현상이라고 할 수 있을 것이다.

마오는 농민운동의 이러한 '불한당 운동'의 측면을 신사-지주 계층이 초래한 혁명의 불가피성이라고 인식하며, 농민들이 민주주의적 농촌질서를 수립하기 위해 '혁명의 선봉'에서 수행한 14가지 대사업에 대해 주목한다.

1. 농민을 조직하여 농민협회를 결성한 일
2. 정치적으로 지주를 타격한 일
3. 경제적으로 지주를 타격한 일
4. 토호열신의 봉건적 통치를 전복시킨 일
5. 지주의 무장력을 전복시키고 농민의 무장력을 건립한 일
6. 현감과 관속들의 정권을 정복한 일

---

13) 루쉰, 김시준 옮김, 「아큐정전」, 『노신소설전집』, 한겨레, 1986, 135쪽.

7. 사당 문장의 족권과 서낭신 지신의 신권 및 남편의 남권을 전복시킨 일

8. 정치적 선전을 보급시킨 일

9. 농민들에게 여러 가지 금지령을 내린 일

10. 비적을 숙청한 일

11. 잡세를 가혹하게 거두는 것을 폐지한 일

12. 문화운동을 벌인 일

13. 합작사 운동을 한 일

14. 길을 닦고 저수지를 수축한 일

위의 사업은 대체로 신사-지주 계층의 권력적 기반을 전복시켜 농민 중심의 경제관계를 정립하는 일과 농민의 악습을 금지시키고 새로운 제도와 문화운동을 시행하는 일로 나누어 볼 수 있다. 앞의 일은 농촌사회에서 지배적 위치에 있는 신사-지주의 권력을 전복시키고 농민의 권력을 상승시켜 향후 소작료 인하와 이자의 인하 및 토지를 비롯한 생산수단을 위한 경제투쟁에서 유리한 위치를 차지하기 위한 운동이다. 농민은 정치적으로 지주에게 타격을 가하기 위해, 지주가 착복한 공금 청산하기, 벌금 물리기, 기부금 걷기, 가볍게 힐문하기, 농민들이 한꺼번에 몰려가 시위하기, 높은 고깔을 씌워 온 마을로 끌고 다니기, 현 감옥에 가두기, 총살 등의 방법을 사용하였으며, 경제적으로 지주를 타격하기 위해, 양곡반출 금지, 곡가인상 금지, 매점매석의 투기 금지, 소작료와 소작보증금 인상 금지, 소작료와 소작보증금 인하를 위한 선전, 소작지 회수 금지, 이자 인하 등의 방법을 사용하였다. 그리고 신사-지주 계층이 장악하고 있던 농촌의 권력기구를 전복시켜 임의적인 재정 징수권과 농민을 마음대로 체포, 감금, 심문, 처벌할 수

있는 사법권을 무력화시켰다. 농민들은 농촌사회의 타락한 지배질서를 전복시켰을 뿐만 아니라 농민들 자신의 악습인 마작, 골패, 투전 등의 패놀이, 도박, 아편을 금지시키고 비경제적인 풍속을 제한하는 등 규율을 지키는 농촌사회를 정립하기 위한 자정운동을 수행하였다. 그리고 농민학교를 설립하여 문화수준을 향상시키고 소비, 판매, 신용 등의 합작사운동을 펼쳐 경제적 자립도를 높이며, 길을 닦고 저수지를 수축하는 등 근대적 농촌사회를 만들기 위한 운동을 시행하였다.

마오의 「후난농민 시찰보고」 속에 출현한 농민은 국민성 담론 속의 농민과 확연히 다른 존재로 전화되어 있다. 즉 마르크스로부터 야만적 이기주의를 지니고 '부대 속의 감자'로 살아가는 존재라고 비판받고, 또 루쉰으로부터 혁명을 구경거리로 변질시키는 자기기만적인 존재라고 인식되던 농민이 어떻게 이러한 혁명적인 운동을 벌여나갈 수 있었던 것인가? 어느 혁명문학 비평가가 루쉰을 이미 지나가버린 아큐 시대의 인물이라고 비판한 것처럼, 루쉰의 국민성 담론이 중국 현실의 변화 앞에 무용한 것으로 전락해버린 것인가? 하지만 분명한 사실은 신사-지주 계층의 권위에 눌려 순종적인 태도를 지니고 혁명을 단순히 물질적 욕망을 충족시키는 것으로 이해하는 아큐와 같은 농민들이 이러한 운동을 자발적으로 수행하기는 힘들다는 점이다. 후난 농민운동의 중심에는 농민들의 혁명 에너지를 결집시키고 경제적 불만을 민주적 농촌질서 건설의 방향으로 발전시켜나가는 역할을 수행한 농민협회가 있었다. 농민협회는 1920년대에 국민혁명이 시작되면서 '민중 속으로'라는 구호하에 농촌에서 활동하던 진보적 지식인들의 계몽운동과 농민운동이 연대한 조직이라고 할 수 있다.[14] 그러나 당시 후난

---

14) 정치선전이 농촌에 보급된 것은 전적으로 공산당과 농민협회의 공로라 할 수

의 농민운동은 "폭풍우 같이 급격하고도 맹렬"하다는 마오의 표현처럼 공산당과 농민협회의 예측을 훨씬 뛰어넘는 자발적 혁명 에너지를 발산하여 급속도로 확산되는 추세에 있었다. 이런 정황을 감안한다면 사회주의 혁명이 농민을 발견한 것이 아니라 농민의 혁명에너지[15]가 중국혁명의 성격을 변하게 만들었다고 해야 하지 않을까.

그러나 농민의 이러한 사회혁명은 국공합작을 통해 국가의 통일을 목표로 하던 국민혁명과 양립할 수 없는 것이었다. 때마침 코민테른 요원이 중국공산당 지도자들에게 건네준 스탈린의 메시지는 대중의 급진주의를 진정시키고 어떤 대가를 치르더라도 정치적 동맹을 유지하라는 것이었다. 따라서 중국공산당 지도부는 대중의 과격성을 촉진하기보다는 오히려 억제해야 하고 폭동을 일으키는 대중의 선봉에 서기보다는 혁명의 불길을 꺼야 하는 당혹스럽고 혼란한 입장에 놓이게 되었다. 하지만 대중혁명은 (특히 농촌에서) 이미 당이 조절할 수 있는

있다. 간단한 표어 그림 강연들을 통해 농민들을 정치학교에서 공부시킨 것처럼 넓은 지역에서 아주 빠른 효과를 거두었던 것이다. 농촌에서 사업을 하고 있는 동지들의 보고에 의하면 반영시위, 10월혁명 기념, 북벌승리경축 등 3차례의 군중집회 때, 정치선전이 대단히 효과적으로 진행되었다고 한다. 농민협회가 있는 지방에서는 이런 집회를 통해 일반적으로 정치선전을 진행함으로써 전 농촌이 일어나게 했으며 그 효과도 매우 컸다.(마오쩌둥, 「후난농민운동 시찰보고」, 57쪽)

15) 농민의 혁명 에너지에 대해 보수적으로 평가하는 비앙코의 입장에 대해서도 주목할 필요가 있을 것이다. 비앙코는 지방사회 내부에서 발생하는 다양한 농민행동들을 검토하면서도, 그 가운데 지주와 소작인 간의 계급충돌은 지역사회 외부에서 오는 정부(특히 세금 인상 혹은 신설의 행정적 조치)의 압력에 대한 저항에 비하여 빈도수에서 매우 희소하며, 매우 지방적인 차원에 국한된 것이었고, 규모면에서도 제한적이었고, 능동적이기보다는 반응적이었으며 비조직적이었다고 분석한다. 그에 따르면 계급의식보다는 오히려 촌락 전체를 아우르는 집단의식이 촌락사회를 지배했다. 비앙코의 이러한 시각에 대해서는 박상수, 「루시앵 비앙코, 중국 농민의 자발적 집단행동」,『역사와문화』15, 문화사학회, 2008 참고.

한계를 넘어서 어떤 자기 고유의 관성을 획득하고 있었다. 많은 공산주의자들이 개별적으로 이 운동을 이끌어보려고 시도했으나 당은 전반적인 혼란에 빠져서 제대로 움직이지 않았다. 그 결과 폭동을 일으킨 대중은 그들을 진압하기 위해 만반의 태세를 갖춘 조직화된 반혁명세력 앞에서 지도자도 없이 무방비상태로 남게 되었다. 1927년 초 몇 달 동안 국민혁명군이 중국 남부와 중부의 각 성에서 승전행진을 벌이며 우월한 군사력을 과시하고 있을 때 대중의 혁명운동은 최고조에 달했다. 이는 국민당의 내셔널리즘적 목표와 대중의 사회혁명적 열망 사이의 긴장이 파열점에 도달했음을 의미했다. 그것이 바로 국민당의 4·12 백색테러 사태였다.[16] 그로 인해 도시의 노동조합과 학생조직이 궤멸되어 정치의 장에서 사라지고 더 이상 국민당이 지배하는 도시에서 활동할 수 없는 상황 속에서 농민의 혁명 잠재력에 대한 새로운 각성이 일어났으며, 중국 공산주의자들은 농민의 혁명적 한계를 말하는 정통 마르크스-레닌주의 이론에 얽매이지 않고 궁벽한 농촌에서 농민에 기반한 새로운 중국혁명을 준비하고 있었다.

항일운동과 농민동원

1927년 10월 마오는 국민당의 공세를 피해 징장산에 들어가 패잔병들과 유랑농민, 산적의 군대와 연합하여 군사기지를 만들고, 토지분배정책을 통해 지역 농민들을 결집시켜 1931년 마침내 쟝시성 루이진을 수도로 하는 중화소비에트 공화국을 수립하였다. 중화소비에트 공화국의 역사는 짧고 그 실험도 실패했지만 향후 연안시기를 대비하는 중

---

16)   모리스 마이스너, 앞의 책, 56쪽.

요한 교훈인 농민을 정치적 사회적으로 동원하기 위한 전제조건이 무엇인지에 대해 깨닫게 해주었다. 다시 말하면 토지혁명의 전제는 홍군의 군사적 우세와 그것이 보장하는 안전이라는 점을 배웠는데, 농민은 자기가 살고 있는 환경을 변화시키기 위해 기꺼이 희생을 감수하려 하지만 희망이 전혀 없다고 생각될 때나 반혁명세력의 보복이 두려운 상황에서는 그렇게 하지 않으려 했기 때문이다. 또한 일괄적인 사회적 평등화를 추진하는 급진적인 정책은 생산성이 높은 중농을 위협하고, 이는 결국 최저 생활수준을 유지하던 농촌사회에서 광범위한 대중의 지지를 얻는 데 있어 정치·경제적으로 역효과를 낳는다는 사실을 인식하였다. 나아가 토지개혁이 의미를 갖기 위해서는 관료조직의 법령에 의해 위로부터 추진될 것이 아니라 각 마을에서 농민의 조직과 참여를 통해 성취되어야만 한다는 점을 깨달을 수 있었다.

그러나 1934년 중화소비에트 공화국은 국민당 군대의 공격으로 붕괴되고, 1년에 걸친 고난에 찬 대장정을 거쳐 산시(陝西) 북부지역에 도착하였다. 1936년 말 산간닝(陝甘寧) 변구의 행정수도를 옌안으로 정한 공산당은 물질적 자원이 부족한 고립된 농촌지역에서 국민당의 공세와 1937년 일본의 중국 침략에 직면하면서도 항일 전쟁을 승리로 이끌었을 뿐 아니라 국민당과의 내전에서 승리할 수 있는 정치적 군사적 토대를 마련하였다. 열악한 조건 속에서 이런 결과를 이끌어낼 수 있었던 동력을 꼽으라면 무엇보다 구국항전을 위한 민족주의적 호소를 바탕으로 농민대중을 동원할 수 있었다는 점일 것이다.[17]

---

17) 이에 관해 루시앵 비앙코는 다음과 같이 말하고 있다. "사회적 문제를 뒷전에 두고 공산당은 민족 항전을 강조하며 끊임없이 구국의 필요성을 일깨웠다. 1940년 출판된 「신민주주의에 관하여」란 저서에서 마오쩌둥은 그 자신이 쑨원의 충실한 추종자이며 정당한 계승자임을 암암리에 시사했다. 그는 쑨원의 가르침이 자신

일본의 침략으로 국민당은 자신들의 재정적 정치적 지원의 주요 원천이었던 대도시에서 쫓겨남에 따라 정권의 기반을 상실하게 되었다. 전쟁은 국민당에게 걷잡을 수 없는 경제적 혼란과 관료의 부패, 그리고 결국에는 전반적인 도덕적 타락을 가져다주었다. 더욱 중요한 것은 농촌에서 국민당의 행정적 권위가 대부분 무너졌다는 사실이다. 허약한 국민당 정권이 의지하고 있던 신사층은 농촌지역을 버리고 도망치거나 그렇지 않으면 군사적 정치적 무방비 상태로 남아 있을 수밖에 없었다. 반면 이미 농촌 내 활동과 게릴라전에 익숙해진 공산주의자들은 광활한 농촌으로 접근할 수 있는 기회를 얻었다. 일본군은 도시는 점령할 수 있었지만 농촌 지역을 효과적으로 통치할 인력을 확보하지 못했다. 이로 인해 전쟁기간에 농촌지역에서 공산당 게릴라의 근거지가 빠르게 확산되었다. 국민당 군대가 서쪽으로 퇴각하고 국민당 정부의 권위가 중국 대부분 지역에서 무너짐에 따라 공산주의자들은 산시의 은신처에서 나와 중국의 북부와 중부 농촌지역의 광대한 영역으로 그들의 군사적 정치적 영향력을 확장시킬 수 있었다. 옌안 근거지가 아직은 혁명의 정치적 사상적 중심으로 남아 있었지만, 공산당 간부들은 중국농촌의 여러 지역에서 활동하면서 수천만 농민의 정치적 지지를 확보하고 있었고 일본군의 전선후방을 교란하는 게릴라전을

___

의 시대를 올바르게 파악하고 그 시대에 적합했지만, 그 교리를 현대 세계에 적용시킬 수 있는 한 가지 사항을 결여하고 있었다고 주장했다. 즉 거기에는 대중 동원 문제가 빠져 있었다. 중국 공산당이 강조한 민족 항전과 더불어 농민 동원이야말로 전쟁 기간 중 중국 공산당이 급성장한 이유이다. 애국심에 호소하는 정치 선전은 여러 해 전에 내세운 토지 혁명보다 농민들에게 성공적으로 먹혀들었다. 농민 계층은 변구 정부의 중공군을 지지했으며, 무엇보다 중공군 병력을 원활히 공급해 주었다."(이윤재 옮김, 『중국 혁명의 기원: 1915~1949』, 종로서적, 1982, 145쪽.)

수행하기 위해 수많은 농민을 조직해나갔다.[18]

　일본의 점령은 농촌의 위기를 더 악화시켰을 뿐 아니라 농민들 사이에 거센 반외세 감정을 불러일으켰다. 공산주의자들은 이런 반외세의 감정을 근대적 민족주의 운동으로 전환시켜 혁명적인 정치 목적을 위해 활용할 수 있었다. 이런 새로운 정치적 기회는 무자비한 일본의 정책 즉 약탈하고 응징할 수는 있었으나 점령하고 지킬 수는 없었던 중국 북부와 중부의 농촌 마을에서 일본군이 자행한 잔인하고 무차별적인 군사침략에 의해 더욱 촉진되었다. 일본군의 잔학한 행동으로 농민들은 절망적인 상황에 빠졌고 그 결과 중공군의 보호에 의존하는 방법 외에 다른 길이 없었다. 게릴라전과 암살 그리고 사보타지에 대해 일본군은 조직적인 파괴와 무차별적 학살로 맞섰다. 일본군은 게릴라 출몰지구에 대해 소탕 작전을 개시했는데, 이 작전은 삼광정책(모조리 태우고 약탈하며 살해하는 정책)에 따른 결과였다. 심지어 어떤 지역에서 일본군은 주민들이 숨어 있는 동굴 속에 독가스를 뿜어 넣기도 했다.(화베이의 어느 촌락 주민 800명이 1942년 어느 무더운 여름날 이런 식으로 질사했다.) 전시 화베이 지역 농민들은 밤낮을 교대로 일본군과 공산당의 명령을 받았다. 농민들은 두 종류의 세금을 지불했으며, 낮과 밤의 주인에 대체하기 위해 두 종류의 농촌 지도자 집단을 조직했고, 반대편의 명령을 수행했다는 이유로 각각의 주인들로부터 보복을 받아야 하는 시련을 겪었다. 공산주의자들은 종종 촌락에 침입하여 무력을 사용해 지배하기도 했지만, 곧 애국적인 전쟁 수행을 통해 민족주의를 대표하는 상징이 되었다. 이러한 극단적 상황 속에서 중국 전선은 국민당이 통치하는 남서부와 일본군이 점령한 남동 사이의 전선과 같이

---

18)　모리스 마이스너, 앞의 책, 72~73쪽.

지리적인 것이 아니라, 페어뱅크의 말을 빌리자면, "어디에나 퍼져 있는 인민 저항의 사회전선"이 되었다.[19)]

항일전쟁과 아울러 농민의 자각의식 형성에 있어 중요한 계기가 된 것이 바로 토지개혁이다. 농민동원을 위한 민족주의 운동도 농민의 사회경제적 불만을 누그러뜨리거나 토지개혁에 대한 공산주의자들의 약속이 갖는 호소력을 약화시키지는 못했다. 전쟁은 이미 극단적 상태에 놓여 있던 농민의 경제적 부담을 더욱 가중시켰으며, 공산주의자들의 토지개혁이 주는 매력은 더욱 커졌다. 옌안 시기의 공식 토지정책은 쟝시 소비에트 시절과 비교할 때 상대적으로 온건했다. 지주의 재산을 완전히 몰수하고 분배하는 대신 소작률을 인하는 정책이 채택되었는데, 일본과의 투쟁에서 빈농과 중농 대중뿐만 아니라 지주와 부농의 지원도 끌어들이기 위해서였다. 그리고 추수한 곡식의 1/3을 넘지 않도록 소작료를 인하하고 지주와 관료들이 농민을 착취해왔던 비합법적 수단을 폐지한 일은 오랫 동안 정치경제적 압력에 굴복해온 농민에게 호소력을 가질 수밖에 없었다.

하지만 농촌의 지역적 상황에 따라 동민동원이 토지개혁 정책에 의해서가 아니라 다른 우회적 방법을 통해 실현되었다는 점도 주목해야 한다. 비밀결사는 농민 동원의 중요한 수단 가운데 하나였는데, 다수의 지역 주민이 이에 가입해 있었기 때문이었다. 산간닝의 게릴라들은 가로회와의 연합을 통해 새로운 대원들을 충원했고 가로회를 통해 농민에 다가가려고 했다. 활동가들은 거의 영향력이 없던 농민협회를 소도회로 개조한다거나 소도회 내부로 침투해 들어갔다. 공산당에 의해 지도되던 폭동들은 거의 예외없이 소도회와의 관계를 통해서야 가능

---

19)   루시앵 비앙코, 앞의 책, 146쪽.

한 일이었다.

　이것은 공산주의자들의 입장에서 볼 때 불가피한 선택의 측면이 있었다. 농민대중은 공산당이 호소하는 사회·경제적 정의에 따라 곧바로 동원되지 않았다. 압도적인 적 앞에 취약성을 드러내고 있던 공산당을 농민대중은 쉽게 신뢰하지 않았던 것이다. 진정한 농민의 동원은 공산당 근거지의 건설과 그것의 공고화 이후에나 가능하였다. 그러한 수준에 도달하기 위해 공산당은 또 다른 단계를 거쳐야 했다. 그것은 지역 엘리트와의 연합이었다. 최소한 그들의 저항을 중화(중립)시켜야 했는데, 이러한 사실은 특히 장수 북부의 경우에서 확인된다. 지역 엘리트의 공산당에 대한 태도는 일반 농민들에게 커다란 영향을 주었다. 지역 내에 필요한 기반을 결여하고 있던 공산당이 뿌리를 내리기 위해서는 이러한 기존의 지방 권력구조를 제거해야 했다. 그러나 공산당의 힘이 약하여 지역 엘리트의 지지획득이 공산당의 세력 확대에 필수불가결한 요소로 간주되었다. 결국 이 지역에서 공산당은 먼저 사회 상층과 연합한 후 중간층과 연합을 하였고 대중은 맨 마지막에 동원되었다.

　또 산간닝 변구는 지역 고유의 특징인 희소한 인구에 대비한 토지 여유분의 상대적 과다로 인해 토지의 분배 호소가 농민대중의 열정을 거의 끌어내지 못했다. 이 지역에서 공산당이 농민을 동원한 것은 주로 농촌 인구의 회복, 생산의 조직, 황무지 개간 등을 위해서였으며, 이러한 과정에서 공산당은 분해된 농촌사회의 재건이라는 역할의 자임을 통해 농민의 지지를 획득했던 것이다.[20]

　이렇게 항일 민족주의운동과 토지개혁을 통해 중국 농민은, 제2차

---

20)　박상수, 『중국혁명과 비밀결사』, 심산, 2006, 428~429쪽.

중영전쟁, 환등기 사건 그리고 「아큐정전」 등에서처럼 동족의 죽음을 동정심 없이 구경하기에 익숙하던, 그리고 외국인들로부터 애국심이 없는 동아병부라 비웃음을 받던 존재에서 벗어나, 샤오훙의 『생사장』이나 자오수리의 『리쟈좡의 변천』의 인물들처럼 일본군의 무자비한 동족 살상에 분노하며 격렬한 저항운동을 주체적으로 벌일 수 있었다. 그리고 그동안 지역적이고 방어적인 성격을 띠던 농민의 자발적 행동은 항일전쟁 과정에서 전국적으로 용맹한 무장투쟁으로 발전하여 항일전쟁에서 승리하는 주력군이 되었을 뿐 아니라, 국민국가의 주도권을 놓고 국민당과 벌인 내전에서 공산당이 승리하여 사회주의 국가를 건설하게 만든 민중대연합의 주연이 되었다. 이것은 5·4운동 당시 청년 마오가 민중대연합의 구상을 하며 "황금의 세계, 영광 찬란한 세계"를 꿈꾼 지 30년 만의 일이었다. 그의 꿈은 흩어진 모래를 민족주의로 통합하여 거대한 사막으로 만들 줄 아는 탁월한 능력을 통해 이루어진 것이었다. 그러나 그가 건설한 중화인민공화국은 인민이 주인이 되는 사회주의 국가의 형태를 띠었지만, 정작 인민공화국의 주체로서 사회주의 이상을 실현시켜나갈 수 있는 인민은 결핍되어 있었다. 이제 마오에게는 항일전쟁 과정에서 농민을 동원하는 일과는 차원이 다른, 사회주의 국가를 이끌어나갈 인민을 배양하는 일이 시급한 과제로 남겨졌다.

7장

인민, 안락한 삶과 해방의 꿈

인민민주주의

1949년 10월 1일 농민대중의 민족주의 혁명을 통해 중화인민공화국
을 건설한 중국공산당은 궁극적인 혁명의 목표로 계급과 국가 그리고
당이 소멸되어 만인이 평등하고 풍족하게 살아가는 대동사회의 실현
에 대한 이상을 간직하고 있었다. 그러나 그들이 직면한 현실은, 국내
적으로 볼 때 장기간의 전쟁으로 인해 성장의 기반이 파괴되고, 국제
적으로 볼 때 제2차 세계대전 이후 세계가 자본주의와 공산주의 양대
진영의 냉전 시대로 진입하는 등, 사회주의적 이상을 지속적으로 추구
하기 어려운 불안전한 상황이었다. 교조적인 이론보다는 특유의 현실
주의적 방식을 통해 무수한 난관을 극복하며 혁명에 성공한 중국공산
당은 국가권력을 장악한 이후에도 이러한 당면 정세를 직시하며 사회
주의 건설을 위한 효율적인 방법을 모색하고 있었다.

　마오는 신중국 창립 3개월 전인 1949년 6월 30일, 중국공산당 창건
28주년을 기념하며 쓴 「인민민주주의 독재에 대하여」에서 향후 중국
사회주의가 나아가야 할 길에 대한 시각을 드러내고 있다. 여기서 마
오는 제국주의와 국내의 반동파가 아직 존재하는 불안전한 정세 속에
서 중국공산당이 무엇보다 우선해야 할 당면과업으로 인민의 국가기

구를 강화하는 일을 설정하고 있다. 그것은 인민의 군대, 인민의 경찰, 인민의 법정을 강화하여 국방을 튼튼히 하고 인민의 이익을 보호하는 것을 뜻하는데, 이는 제국주의의 침략을 방어할 수 있는 군사력을 배양하고 국내의 반동세력(독점자본, 지주 등)으로부터 인민의 이익을 보호할 수 있는 물적 기반을 확립하려는 것이다. 그리고 이러한 국가적 보호 장치를 확립한 조건 위에서 신중국이 농업국에서 공업국으로, 신민주주의사회에서 사회주의사회로 이행하여 궁극적으로 계급이 소멸된 대동 사회를 실현할 수 있다고 인식한다.[1]

마오가 제기하고 있는 인민민주주의 독재[2]는 바로 사회주의로의 이행을 실현하기 위한 과도기적인 정치형식이라고 할 수 있다. 이 당시 마오가 구상한 인민민주주의 독재는 대약진운동 시기나 문화대혁명 시기처럼 자본주의와 사회주의를 대립시키는 계급투쟁의 방식이 아니라 효율적인 경제건설을 위해 자본주의적 유산을 수용하는 계급협력적 방식으로 진행된 것이었다. 물론 독점자본가나 국민당 세력의 재산을 몰수하여 국유화하는 과정을 거치기는 했지만 소상공인이나

---

1) 마오쩌둥, 김승일 옮김, 「인민민주주의 독재에 대하여」, 『모택동선집』 4, 범우사, 2008, 398쪽.

2) 마르크스주의에서 말하는 프롤레타리아 독재에서 독재를 지칭하는 단어 dictatorship은 평상시의 통치방식과 구별되는 일시적이고 제한적인 동안의 권력사용이라는 의미로 19세기 초중반에는 지배(rule)나 특정 집단의 우세라는 말과 동의어로 사용되었다. 이 말은 본래 부정적인 의미의 독재를 지칭하는 despotism, tranny, absoution, autocracy 등의 단어와는 다른 의미를 지니고 있었다. 그래서 프롤레타리아 독재는 프롤레타리아가 지배하는 정부 혹은 프롤레타리아가 지배 세력인 정치체제를 뜻한다고 할 수 있다. 이 독재라는 말이 부정적으로 사용되기 시작한 것은 러시아혁명 이후 반공주의자들이 러시아혁명을 비판하기 위해 dictatorship이라는 용어를 '반민주적이고 폭력적인 수단에 주로 의존하는 전제정치'라는 의미로 사용하면서부터. 이에 대해서는 한형식, 『맑스주의 역사강의』, 그린비, 2010, 34~35쪽 참고.

민족자본가의 자산에 대해서 소유권을 그대로 인정해주었으며, 농촌에서는 토지개혁을 통해 농민들에게 농토를 분배해줌으로써 자영농의 토지소유권을 보장해주었다.

경제 부흥의 목표와 자본주의적 유산의 수용, 계급협력 등의 유화정책으로 인해 인민공화국의 구성원인 인민에 포함될 수 있는 범위는 비교적 개방적이었다. 마오는 이러한 당면과제에 대한 승인 속에서 인민의 범주를 "현 단계에서는 노동자계급, 농민계급, 도시소자산계급, 민족자산계급"[3]이라고 규정하고, 노동자계급과 공산당의 영도하에 이러한 계급들의 연대를 통해 국가와 정부를 구성하여 인민 내부에서는 민주제도를 실시하고 이에 반하는 적대세력(착취계급)에 대해서는 정치적 통제를 가하는 것이 인민민주주의 독재라고 인식하였다. 항일민족주의와 사회주의 혁명을 통해 국가권력을 잡은 중국공산당의 입장에서 볼 때 이러한 정치적 시각을 지니는 것은 당연한 일이라고 할 수 있지만, 사회주의를 급진적으로 추진하는 과정에서 이것이 동지와 적을 대립시키는 전쟁문화, 계급투쟁 문화로 재생산되어 대동사회로 나아가는 데 부정적인 기능을 수행하게 된다. 이러한 상황이 발생하게 된 주요 원인 가운데 하나가 바로 마오의 인민 개념 자체에 정치적 입장에 따라 자의적 판단을 할 수 있는 모호함이 내재되어 있기 때문이다.

마오는 경제회복을 위한 계급협력을 강조하면서도 적대세력에 의한 권력 탈취의 위협에 대해 경계를 늦추지 않았으며, 사회주의 건설을 위한 인민민주주의 독재를 역설하면서도 그 주체인 인민이 현실 속에 아직 형성되지 않아 새롭게 배양해야 하는 시급한 과제에 직면하고 있

---

3) 마오쩌둥, 앞의 책, 397쪽.

었다. 이러한 두 가지 측면 가운데 적대세력에 대한 정치적 통제는 실제적인 권력을 활용하여 수행할 수 있는 비교적 가시적인 일이었지만, 정작 인민을 양성하는 일은 새로운 사회적 토대 속에서 새로운 주체를 형성해나가야 하는 장기적이고도 복잡한 과정을 요하는 일이었다. 그러나 이러한 인민을 배양하는 일이 구체적으로 어떠한 과정을 거쳐 가능한 것인지에 대해서는 마오 역시 모호하게 인식하고 있었던 것으로 보인다.

> 인민의 국가는 인민을 보호한다. 인민의 국가가 있어야 비로소 인민은 전국적인 범위에서 그리고 전체적인 규모로 민주적 방법에 의해 자신을 교육시키고 개조할 수 있다. 이것을 통해 국내외 반동파의 영향(이 영향은 지금도 아직 매우 크고, 앞으로도 장기간 존재할 것이며, 빨리 제거할 수 없다.)에서 벗어나고, 낡은 사회에서 얻은 나쁜 관습이나 나쁜 사상을 고치며, 반동파가 끌어들이는 잘못된 길로 들어서지 않고 계속 전진하면서 사회주의 사회, 공산주의 사회를 향해 나아갈 수 있다.[4]

여기서 마오는 인민의 국가의 보호 속에서 민주적 방법을 통해 자신을 교육하고 개조하여 반동파가 지배하던 낡은 사회에서 얻은 나쁜 사상과 관습에서 벗어나는 일을 제기한다. 마오가 말하는 민주적 방법은 강제적 실시보다는 설득의 방법을 통해 인민을 새로운 사상 문화를 지닌 주체로 교육시키는 것을 뜻하는 것인데, 그렇다면 사회주의 주체로서 인민이 배양해야 할 새로운 사상문화는 무엇인가? 마오

---

4) 마오쩌둥, 앞의 책, 398~399쪽.

는 인민민주주의 독재를 통해 독점자산계급을 궁극적으로 소멸시키고 나면 민족자산계급만 남게 되는데, "장차 사회주의를 실행할 경우 즉 사영기업을 국유화할 때 그들을 상대로 한 단계 더 강화된 교육 개조 사업을 해나갈 것"이라고 말한다. 또 농민의 교육에 관해서는 "농민의 경제는 분산되어 있다. 소련의 경험에 따르면 농업의 사회화는 매우 긴 시간과 세심한 활동이 필요하다. 농업사회화 없이는 전면적인 공고한 사회주의는 있을 수 없다."[5]라고 인식한다. 다시 말하면, 마오는 경제회복을 위해 한시적으로 사적 소유권 및 자본주의적 생산방식을 허용하고 있지만, 장기적으로 볼 때 생산의 사회화(혹은 국유화)를 통해 사회주의로 나아가야 하며, 이러한 과정에서 설득의 방법을 통해 이해 당사자들이 사적 소유의식에서 벗어나 사회화를 수용할 수 있는 사상을 지니도록 교육 개조하는 일이 필수적이라고 이해하는 것이다. 이런 맥락에서 볼 때 사회주의 주체로서 인민이 우선적으로 배양해야 할 덕목은 바로 사회화에 대한 확고한 의식인 셈이다.

인민의 조건

신중국 성립 이후 3년간의 경제 회복기를 통해 내전으로 파괴된 경제성장의 기반을 재건하고 토지개혁을 진행하면서 사회주의로 이행할 수 있는 물적 토대를 마련하게 되지만, 자본주의적 발전을 허용하면서 사회화와 상반되는 소생산자 의식 및 사회적 불평등 현상이 불가피하게 나타날 수밖에 없었다. 사회주의 이행과정상에서 볼 때 경제회복기의 국가자본주의적 발전방식을 지속시켜 도시의 공업화와 농업 생산

---

5) 마오쩌둥, 앞의 책, 399쪽.

력을 제고하는 일이 다음 단계에서 실현해야 할 과제였지만, 이에 따라 광범위하게 존재하는 자본주의적 발전과 부르주아적 요소를 어떻게 중국사회에 위협이 되지 않도록 통제할 것인가의 문제가 동시에 대두되기 시작하였다. 당시 중국사회에는 상호 모순적으로 보이는 이러한 두 가지 현상이 공존하고 있었는데, 공산당은 한편으로 생산력 발전을 추진하기 위해 중공업 육성을 목적으로 하는 제1차 5개년계획 (1953~1957)을 시행하면서도, 다른 한편으로 자본주의적 해악을 통제하기 위해 사상개조운동, 삼반(三反) 운동, 오반(五反) 운동[6]을 추진하였다.

그러나 후자의 운동은 적어도 1955년 7월 마오가 「농업합작화 문제에 관하여」라는 연설을 통해 농업사회주의의 길을 제기하기 전까지는 지배적인 노선이 아니었다고 해야 할 것이다. 가령 제1차 5개년계획의 방침을 보면, 중공업 발전에 주요 역량을 집중하여 국가의 공업화와 국방현대화의 기초를 건립하는 것, 이에 상응하여 교통 운수업, 경공업, 농업과 상업을 발전시키는 것, 이에 상응하여 인재를 배양하고 건립하는 것, 점차 농업과 수공업의 합작화를 촉진하는 것, 자본주의적 공상업의 개조를 계속 진행하는 것, 국민경제 중의 사회주의 성분의 비중을 점차 증가시킴과 동시에 개체경제, 소공업과 자본주의적 공상업의 작용을 정확히 발휘하도록 하는 것, 생산을 발전시키는 기초 위에서 점차 인민의 물질생활과 문화생활 수준의 제고를 보증하는 것

---

6)   이것은 도시주민 가운데 정치적으로 가장 믿을 수 없다고 생각되는 부류에 대해 정치적 통제를 가하기 위해 1951년 말부터 시작한 운동이다. 사상개조운동은 지식인의 부르주아 사상을 비판한 것이고, 삼반운동은 관료의 부정, 낭비, 관료주의를 비판한 것이며, 오반운동은 뇌물, 세금기피, 부정행위, 정부자산의 유용과 국가경제 기밀누설을 한 부르주아를 비판하기 위한 운동이다.

등이었다.[7] 마오의 경우에도 이 시기의 "당의 총노선과 총임무는 상당히 긴 기간을 거쳐, 국가의 공업화 및 농업, 수공업 자본주의적 공상업의 사회주의적 개조를 기본적으로 실현하는 것"[8]이라고 인식하고 있었다.

제1차 5개년계획의 방침과 마오의 과도기 총노선으로 볼 때, 중국공산당이 지속적으로 "국가의 공업화" 즉 중공업 육성을 위한 국가자본주의적 발전을 우선하고 있으며, 사적 소유가 허용되고 있는 농업, 수공업, 자본주의적 공상업에 대해서는 "상당히 긴 기간" 혹은 점진적인 과정을 통해 사회화를 진행하려 했다는 점을 알 수 있다. 그리고 장기간의 점진적인 과정이 필요하기는 하지만, 사회주의 건설을 위한 핵심적 내용으로 사적 소유제를 사회주의적 소유제로 개조하는 일로 인식하고 있다는 사실을 살펴볼 수 있다. 이 시기에는 자본주의적 요소를 활용하기 위해 국가자본주의를 강조하는 시각과 사회주의로의 이행의 핵심을 소유제의 사회주의적 개조로 보는 시각이 혼재되어 있었으나, 점차 후자가 우위에 서게 되면서 전자의 관점은 거의 배제된다. 즉 사회주의 이행기의 과제를 정치적 헤게모니를 강화해 사적 소유제를 전면적으로 철폐하여 사회주의적 소유제를 확립하는 것으로 이해했다는 것이다. 이렇게 될 경우 "상당히 긴 시간"이라는 것은 정치적 조건에 따라 급속히 단축될 수 있으며, 이행기에 요구되는 독자적이고 복잡한 과제(전국적 회계와 통제, 국가자본주의, 기술혁명, 계급협력 등)는 소유제의 사회주의적 개조라는 특정한 범주의 일로 한정될 수

7) 周恩來,「把我國建設成爲强大的社會主義的現代化的工業國家」,『周恩來選集』下卷, 人民出版社, 133쪽.

8) 毛澤東,「黨在過渡期的總路線」,『毛澤東選集』第五卷, 人民出版社, 1991, 89쪽.

밖에 없다.[9]

이행기에 관한 두 가지 시각이 공존하던 상황에서 소유제의 사회주의적 개조로의 급진적 전환을 일어나게 만든 사건이 바로 마오의 「농업합작화 문제에 관하여」라는 연설이다. 먼저 마오가 어떠한 문제의식에서 이 연설을 하게 된 것인지 살펴보자.

현재 농촌에 존재하고 있는 것은 부농의 자본주의 소유제와 망망대해와도 같은 개체농민 소유제이다. 최근 몇 년간 농촌에서 자본주의의 자발적 세력이 매일매일 발전해가고 있고, 신부농이 이미 도처에서 출현하고 있으며, 수많은 부유중농이 자신을 부농으로 변화시키려고 온 힘을 다하고 있다는 것을 모두 보았다. 수많은 빈농들은 생산수단이 부족하기 때문에 여전히 빈곤한 지위에 있고, 어떤 사람들은 빚을 지고, 어떤 사람들은 토지를 팔아버리고, 어떤 사람들은 토지를 남에게 빌려주고 있다. 이러한 상황을 그대로 발전하도록 놓아두면 농촌에서의 양극화 현상은 날로 엄중해질 것이다.…… 이러한 상황에서 노동자와 농민의 동맹이 계속 공고해질 수 있겠는가? 당연히 그럴 수 없을 것이다. 이 문제는 단지 새로운 기초 위에서만 해결될 수 있다.[10]

여기서 마오가 언급하고 있는 '개체농민 소유제'는 토지개혁을 통해 신사-지주 계급의 토지를 농민들에게 분배하여 자영농이 증가하는 과정에서 형성된 소유제로서, 정부는 새 토지 소유자에게 땅문서를 발급

---

9) 이 점에 대해서는 백승욱, 「중국의 신민주주의 혁명에서 사회주의 성장전화과정」, 『현실과 과학』 5호, 1990 참고.
10) 毛澤東, 「關于農業合作化問題」, 앞의 책, 187쪽.

하여 땅문서를 발급받은 사람들은 법적으로 자유롭게 땅을 매매·임대할 수 있었다. 이는 농촌에서의 경제적 민주화와 생산성 향상을 위해 취해진 정책이었는데, 소유제 차원에서 볼 때는 사회주의적이라기보다는 오히려 사적 소유제를 공식적으로 인정하는 조치에 가깝다고 할 수 있다. 그래서 사회 변혁적 측면에서 토지개혁의 의미는 사회주의적 토대의 건설에 있는 것이 아니라 오랜 시간 농촌사회를 지배해오던 신사-지주 시스템을 붕괴시켜 새로운 사회로 나아갈 수 있는 기반을 조성한 점에 있다고 해야 할 것이다.

마오는 농민(특히 빈농)의 자발적 혁명에너지에 대해 무한한 신뢰를 보내면서도, 사회주의 건설과정에서는 농민의 계급적 성향에 대한 개조의 필요성을 제기하고 있었다. 이것은 농민이 양면적 성격, 즉 자신의 노동을 통해 생산을 하는 프롤레타리아적 측면과 토지 소유자로서의 부르주아적 측면을 동시에 지니고 있어서, 노동자로서의 농민은 사회주의적 주체로 성장 전화될 수 있지만 사유자로서의 농민은 오히려 자본주의적 길로 나아갈 수 있는 보수성이 잠재되어 있기 때문이었다. 게다가 "농민의 경제는 분산되어" 있어서 농업사회화로 나아가기 위해선 "매우 긴 시간과 세심한 활동"을 필요로 했기 때문에, 인민공화국 건설 과정에서 노동자계급의 주요한 동맹대상으로 인식되기는 하지만 노동자계급처럼 사회를 영도할 수 있는 주도적 계급으로 인정받지는 못하였다.

실제로 개체농민 소유제가 확립된 이후 부유한 농민들은 더욱 부유해지기 위해 빈농들의 땅을 사들이고, 빈농들은 생산수단이 부족하여 빚을 지거나 아예 땅을 팔아버리는 등 양극화 현상이 심각해져, 마오의 우려가 현실이 되고 있었다. 이는 마오가 해체하려고 했던 신사-지주 사회의 불평등한 모습과 질적으로 차이가 없는 것이라고 할 수 있다. 마오는 이러한 자본주의적인 현상이 발생하게 된 근본원인으로 개체농민 소유제를 지목하며 이 문제는 "새로운 기초" 위에서만이 해결될 수 있다고 주장한다. 이 새로운 기초가 바로 개체농민 소유제에서 농업합작화로 전환하여 집단적 소유제를 확립해나가는 길이었다.

농촌에서의 합작 조직의 수준은 농민들의 합작방식에 따라 몇 단계로 나누어진다. 가장 초보적인 합작화운동의 성격을 띠는 것은 계절에 따라 혹은 연중에 걸쳐 상호협동을 하는 노동호조가 있고, 다음으로 토지의 공동 출자를 특징으로 하는 초급합작사가 있다. 호조조가 노동의 차원에서만 합작을 하는 데 반해, 초급합작사는 개인 소유의 토지, 생산에 쓰이는 가축·농기구를 공동 출자하는 것이어서 개인 사유제적 요소와 집단 소유제적 요소가 혼재하는 형태이다. 그다음 단계로 생산수단을 집단적 소유로 하고 합작사원은 노동에 따라 보수를 받는 형태인 고급합작사가 있다. 신중국 성립 초기에는, 농업 생산력 향상이 우선적인 일이고 통일적인 농업계획의 수립이 불가능하기 때문에 농촌에 대한 과도한 간섭은 금물이라는 판단하에 초급 합작사를 설립하는 데 중점이 놓여 있었다. 그러나 농촌에서 마오가 지적한 양극화 현상이 심각하게 대두되면서, 농업합작화를 통해 개체농민 소유제를 개조해나가야만이 비로소 농민이 사회주의적 주체로 성장하고 농촌이 사회주의 사회로 이행해나갈 수 있다는 정책으로 전환된 것이다.

경제회복기와 제1차 5개년계획 기간은 사회주의적 인간의 양성보다는 사회주의로의 이행을 위한 물적 기반을 조성하기 위한 과정이었다고 할 수 있다. 그러나 마오의 농업합작화운동에 대한 연설 이후 소유제의 사회주의적 개조를 가속화시키고 이에 상응하여 사회주의적 주체를 배양하려는 대중운동이 본격적으로 일어나게 된다. 이러한 맥락에서 볼 때 인민공화국의 주체로서 인민은 신중국 건립 당시보다는 농업합작화운동이 광범위하게 일어나는 과정에서 급진적으로 만들어지기 시작한 것이라고 할 수 있을 것이다.

그렇다면 사회주의적 소유제 개조 과정에서 양성된 인민은 어떠한 생활문화와 의식을 지니게 되는 것인가? 또 이러한 인민은 신중국 이전의 중국인과 확연히 다른 새로운 인간으로 탄생한 것이라고 볼 수 있는 것일까? 이러한 문제들을 살펴보기 위하여 농촌의 합작화운동 과정을 사실적으로 재현하고 있는 저우리보(周立波)[11]의 『산향거변』의 세계 속으로 들어가 보자.

합작사와 집단의식

『산향거변』은 농업합작화에 관한 마오의 연설이 진행된 이후인 1955년 초겨울, 후난성의 궁벽한 산촌인 칭시향에 농업생산합작사가 건립되는 과정에서 어떠한 거대한 변화가 일어나는지에 관해 묘사한 소설이다. 합작사가 건립될 당시 이 마을은 신중국 성립 이후 6여 년의 시간이 흘렀음에도 불구하고 여전히 구세계의 사상과 관습이 잔존해 있다. 토지신, 재신 등의 전통적인 미신이 마을사람들의 의식에 영향력을 행사하고 있으며, 농민들은 개인(가족)의 근면 성실한 삶을 통해 빈곤을 벗어나 부농이 되려는 꿈을 간직하고 있다. 물론 이 마을에 신사-지주 계급의 지배구조가 사라진 것은 분명하지만, 구세계와 확연히 구

---

11) 저우리보(1908~1979)는 후난성 이양현에서 태어나 상하이노동대학 경제과에서 공부했다. 1932년 1·28사변 후 파업에 참가했다가 실형을 선고받았고, 1934년 출옥한 뒤 좌련에 참가, 본격적인 문학활동을 시작했으며, 공산당에 가입하였다. 토지개혁운동을 묘사한 소설 『폭풍취우』(1948)로 1951년 스탈린 문학상을 받았으며, 『산향거변』은 『폭풍취우』의 속편으로, 토지개혁 이후 농촌에서 합작사가 건립되는 과정을 사실적으로 묘사한 작품이다.

분되는 새로운 사상과 관습이 형성되지 못한 채 신구의 세계가 혼재된 양상을 띠고 있는 것이다. 이 마을의 향 정부가 있는 건물은 본래 사당이었던 곳을 개조하여 사용하고 있으며, 신상을 모시던 곳에 마오쩌둥, 류샤오치, 저우언라이, 주더의 커다란 초상이 걸려 있는 것은 이러한 혼재성을 잘 드러내고 있다.

이 마을의 거대한 변화는 현 위원회에서 파견한 덩슈메이가 등장하여 합작사를 건설하면서부터 시작된다. 사실 덩슈메이가 출현하기 전에도 이 마을에는 이미 낮은 수준의 합작방식인 호조조 운동이 진행되고 있었다. 그러나 호조조 활동을 경험한 나이 지긋한 농민들은 "철 맞춰 일하고, 유리한 때 볼 맞추는 게 모두 거지 볼 쐬듯 하니, 자기 것들만 챙겨. 어느 집이고 양보하려 하지 않는다."[12]고 불평하며 합작의 효율성에 대해 회의적인 태도를 지니고 있었다. 이들은 조상이 물려준 땅이나 자신이 피땀 흘려 개간한 땅에 대해 목숨과도 같은 애착을 가지며 이 땅을 성실하게 경작하여 가족의 생계를 책임지려는 전통적인 농민의식을 지니고 있었다. 이들에게 땅은 가족의 생계와 안전을 보장하는 자산이었기 때문에 가족의 복지를 책임질 수 있는 사회적 안전망이 불확실한 상태에서 자신의 땅을 집단적 소유로 전환하는 것에 주저할 수밖에 없었다. "일이 잘못되면 우리 식구는 누구에게 의지하지?"[13]라는 생각은 당시 농민이라면 누구나 지니고 있던 염려라고 할 것이다. 합작사 건립은 이러한 호조조 운동의 내부 갈등과 농민들의 강한 토지애를 극복해야 실현가능한 일이었다.

농민들의 합작사 입사를 설득하기 위해 당 간부들이 주로 제기하는

---

12) 저우리보, 조관희·이우정 옮김, 『산향거변』 상, 중앙일보사, 1989, 26~27쪽.
13) 저우리보, 앞의 책, 170쪽.

논리가 합작사의 생산력 증대와 풍요로운 미래에 대한 약속인 것은 바로 이러한 이유에서였다. 생산력 증대방법으로 합작사는 고립·분산된 자작농이나 소규모의 호조조와 달리 사람이 많고 역량이 크기 때문에 공동경작을 통해 이모작을 할 수 있고, 공동으로 저주지를 만들어 황폐한 전답을 비옥한 전답으로 만들며, 철우(트랙터), 종자개량 등과 같은 기술혁명을 통해 농업 생산력을 획기적으로 높일 수 있다고 선전한다. 그리고 이러한 합작생산방식을 장기간 추진하게 되면 가난한 농촌의 모습을 탈피하여 도시 못지않은 부유한 미래가 다가올 것이라는 낙관적 기대감을 심어준다.

> 5년이나 10년도 안 돼서 그렇게 될 거야. 그때가 되면 우리들 농업사의 저축금을 가지고 트럭을 한 대 사서 너희 여자들은 차를 타고 도시에 연극을 보러 갈 수 있어. 전등, 전화, 트럭, 트랙터가 모두 준비된 뒤에는 우리들의 생활은 도시보다 훨씬 편안할 거야. 우리 마을은 산수도 좋고 공기도 신선하기 때문이지. 일 년 사계절, 미처 다 피지 못한 꽃들과 미처 먹지 못한 과일, 도토리, 밤알 등이 모든 산과 골짜기에 가득할 거야.[14)]

---

14) 저우리보, 앞의 책, 202~203쪽. 이 구절은 마르크스가 꿈꾸던 공산주의 사회의 이미지로 널리 알려진 다음의 구절을 떠오르게 한다. "아무도 하나의 배타적인 활동의 영역을 갖지 않으며 모든 사람이 그가 원하는 분야에서 자신을 도야할 수 있는 공산주의 사회에서는 사회가 전반적 생산을 규제하게 되고 바로 이를 통하여 내가 하고 싶은 그대로 오늘은 이 일 내일은 저 일을 하는 것, 아침에는 사냥하고 오후에는 낚시하고 저녁에는 소를 치며 저녁식사 후에는 비평을 하면서도 사냥꾼으로도 어부로도 목동으로도 비평가로도 되지 않는 일이 가능하게 된다." 그런데 이 구절은 마르크스의 생각이라고 알려져 있지만, 사실은 생시몽주의자들이나 푸리에주의자들이 했던 말을 마르크스가 옮겨놓은 것이다.

이러한 미래에 대한 희망과 증산의 약속 덕분에 자작농들은 자신의 토지를 들고 합작사에 찾아가 입사를 결심하게 된다. 궁극적으로 이들이 토지를 소유하려는 목적은 생계 걱정없이 가족들과 안락한 삶을 누리는 것인데 이를 합작사에서 더 잘 보장해준다면 자작농을 고집할 필요가 없었던 것이다. 당시 농촌에서 단시간 내에 개체 소유제에서 집단 소유제로 전환하여 합작사가 건설될 수 있었던 것도 이러한 약속에 대한 농민들의 기대감이 있었고, 이는 그 약속을 실현할 주체로서 공산당이 항일 민족운동과 토지개혁 과정에서 보여준 헌신적 활동에 대한 믿음이 남아 있었기 때문일 것이다. 이러한 맥락에서 볼 때 농민들이 합작사에 가입한 주된 목적은 농산물 증산을 통해 부유한 가정 및 농촌사회를 건설하기 위한 것이었다고 해야 할 것이다. 즉 사유제가 착취와 빈부격차의 원천이라는 이데올로기적 차원을 넘어 합작화가 개인적인 농경보다 생산력을 높여 삶을 좀 더 풍요롭게 만들 수 있는 희망적 방식이라는 점에 기대를 걸었던 것이다.

　집단소유제를 선택하여 합작사에 입사한 농민들은 자작농 시절과 다른 새로운 일상생활을 습득하기 시작한다. 공산당의 입장에서 볼 때 이것이 사회주의적 인민을 형성하는 과정이라고 한다면, 농민의 입장에서 볼 때는 낯선 생활방식에 적응하는 과정이라고 할 수 있다. 무엇보다 농민들이 곤혹스러워 한 것은, 자신의 토지를 경작할 때는 자신의 오랜 농사 경험과 습관에 따라 생활한 것인 데 반해 대규모의 합작사 토지를 공동 경작할 때는 간부의 작업지시에 따라 필요한 곳에 배치된다는 점이었다. 이는 고립·분산적으로 운영되던 소농 경작에서 벗어나 대규모 집단 경작을 수행하는 과정에서 발생할 수밖에 없는 일이었다. 나아가 개인적으로 생활해온 농민들을 집단경작 속에 배치하여 노동의 효율성을 높이기 위해선 엄격한 규율이 요구되었다. 초창기에 이러한 작업방식에 익숙지 않은 합작사 농민들은, 개인의 습관에 따라 경작해나가는 자작농과 달리 어찌해야 할 바를 몰라 간부의 지시만을 기다리는 자신들의 모습에 당혹스러움을 느꼈다. 그러나 농민들 개개인의 전문성을 활용하여 작업에 배치하고, 소규모의 개인 경작이 따라올 수 없는 대규모 경작의 장점을 극대화하고 아울러 간부들의 헌신적 활동과 정부의 지원을 통해 생산력 향상이 실현되면서 점차 합작사가 농민들의 생활공동체로 자리하게 되었다.

이러한 과정에서 농민들은 합작사를 공동의 생계를 책임지는 대가정과 같은 공간으로 인식하고 그 구성원들에게 가족과 같은 연대감을 느끼게 된다. 가령 개인 가정에 해결해야 할 일이나 어려운 일이 생기면 집안의 어른이나 친구들과 상의하기보다 합작사의 간부들을 찾아갔고, 합작사의 간부들도 사원들의 가정에 각별한 관심을 가지면서 어떠한 문제가 생기면 솔선하여 문제 해결에 도움을 준다. 이로 인해 루쉰의 소설 속에 등장하는 구경꾼처럼 타인의 불행을 구경거리로 삼아 쾌락을 즐기는 이들의 모습은 사라지고 생활공동체에 소속된 구성원으로서의 유대감이 점차 확산되어간다. 즉 공동으로 난관을 극복하고 풍년을 위해 솔선수범하며 행복한 미래를 건설하기 위해 노력하는 과정에서 대가족과 같은 집단의식이 배양된 것이다.

하지만 합작사 내부의 집단의식을 이해할 때 간과해서는 안 될 점이 있다. 구성원의 사생활에 대한 지나친 관심과 공개화로 인해 개인이나 가족의 사적 영역이 보호받지 못하고 간섭받을 가능성이 내재되어 있으며, 특히 출신 성분과 가계 혈통이 의심스러운 사람들은 요주의 인물로 지목되어 집중적인 감시의 대상이 된다는 것이다. 이는 구성원 내부의 결속을 강화하고 합작사의 단합을 파괴할 수 있는 외부세력을 차단하려는 보호의식에서 비롯된 현상이라고 할 수 있다. 이러한 자기

보호적인 집단의식으로 인해 내부 구성원의 개인적이고 돌출적인 행위는 비판의 대상이 되고, 외부에서 온 새로운 요소나 낯선 사람은 경계의 대상이 되어, 집단 내부의 경쟁이나 외적 개방을 추구하기 어렵게 만든다. 집단의식 내부에 내재한 이러한 위기는 가시적인 증산을 통해 낙관적인 기대감이 지속될 때에는 봉합이 되어 있지만, 생산물의 공정한 분배를 둘러싸고 갈등이 생기거나 만족할 만한 수준의 증산이 이루어지지 않아 생계의 위협이 느껴질 때에 표면 위로 부상한다.

실제로 대규모 경작이 그 효과를 발휘하기 위해선 반드시 농업기술 혁명과 현대화된 경작방식이 뒤따라야 가능한 일인데, 합작사에서는 대부분 자력갱생의 방식에 의존하여 생산력이 제고될 수 있는 범위가 한정될 수밖에 없었다. 더군다나 재분배 과정에 있어 공정한 재분배를 위한 평가 시스템을 갖추어야 했지만 국가의 지침이 모호하여 구성원 사이의 분쟁을 피하기 어려웠고, 합작사의 자산에 대한 관리 및 회계의 책임 소재가 불분명하여 효율적인 조직 운영을 하기가 힘들었으며, 예상치 못한 자연재해가 닥쳐 생산력이 하락하고 구성원 전체가 생존의 위기에 처하게 될 때에는 집단의 결속을 유지하기가 더욱 어려웠다.

이 때문에 운영의 방식에 따라 어떤 합작사는 번영을 누리고 어떤 합작사는 참담한 실패를 겪었지만, 대부분의 경우 초창기에 기대했던 경제적 성장은 이루어지지 않았다. 물론 외부로부터의 안전 보장, 빈곤층과 장애자를 위한 복지시설, 농촌지역의 교육 및 의료 시설 확충, 농촌의 공업화 시도 등과 같이 농민의 소득통계에 잡히지 않은 사회 안전망은 과거에 비해 확충되기는 했지만, 구성원들의 삶의 질이나 공동체로서의 연대감이 각별히 진전되었다고 말하기는 힘들 것이다. 이렇게 된 원인은 무엇보다 대부분의 합작사가 농민의 생산활동을 촉진

시킬 수 있는 물질적·도덕적 인센티브를 제공하는데 실패했다는 점에 있을 것이다.[15]

단위와 자족적 인간

농촌에서의 사회주의적 소유제 개조와 인민의 배양이 합작화 운동 및 합작사의 급진적 형식인 인민공사를 통해 진행되고 있었다면, 도시에서는 단위라는 조직형태를 통해 이루어지고 있었다고 할 수 있다. 단위는 농촌에서의 인민공사와 마찬가지로 생산을 중심으로 하는 경제적 공간인 동시에 노동자 개인과 그 가족의 생활복지 및 행정관리를 포괄하는 복합적 체제였다. 본래 단위는 사회주의 공유제 체제 내부의 구성원을 관리하기 위해 설립한 조직형식이었으나, 1960~1961년의 짧은 시간동안 존재했던 도시의 인민공사를 모델로 삼아 확대 개편한 체제라고 할 수 있을 것이다.

주지하듯이 농촌혁명을 주도로 이루어진 중국혁명에서 도시는 혁명의 중심지가 아닌 외각 지대였으며, 고전적 사회주의 혁명의 주력부대인 노동자계급 역시 중국혁명에서는 특별한 역할을 수행하지 못하고 농민들이 그 주도적 역할을 담당하였다. 항일 민족주의 운동의 성격을 띤 중국혁명에서는 변혁세력 내부의 통합이 우선시되어 계급 간의 심각한 갈등이 표출되지 않았으나, 신중국 성립 이후 사회주의 국가를 건설하는 과정에서는 노동자계급의 취약한 기반이 딜레마가 되지 않을 수 없었다.

마오는 「인민민주주의 독재에 대하여」에서 "인민민주주의 독재는

---

15)   모리스 마이스너, 앞의 책, 217쪽.

노동자계급의 영도가 필요하다. 노동자계급만이 가장 멀리 볼 수 있고 공평무사하며 혁명의 철저성을 지니고 있기 때문이다."[16]라고 하며 사회주의 건설에 있어서 노동자계급의 영도성을 주창하고 있다. 이에 반해 중국혁명의 주체였던 농민들에 대해서는 영도계급이라는 찬사를 쓰지 않는 것은 물론이고, 오히려 그 계급적 성향으로 인해 사회주의 교육을 받아야 하는 개조대상으로 인식하고 있다. 당시 중국혁명에 별다른 기여를 하지 않아 정치적 영향력이 미비하고 또 도시에서 근대적 산업화가 뒤처져 대규모의 노동자계급이 형성되지 않은 상태에서 노동자계급의 영도성을 주창하는 것은 신중국의 지향성을 공표하는 정치적 수사에 불과할 수밖에 없었을 것이다.

이런 맥락에서 볼 때 향후 사회주의 건설 과정에서 노동자계급을 양성하는 일은 경제적 생산자로서 뿐만 아니라 사회주의적 지향성을 지닌 정치적 계급을 육성하는 중대한 과제였다고 할 수 있을 것이다. 그러나 신중국 초기의 경제 회복기 및 제1차 5개년계획의 공업화 정책은 건강한 노동자계급의 양성목표와 상반되어 보이는 현상들을 발생하게 만들었다. 즉 경제건설과 공업화를 추진하기 위해서는 일반적인 생산노동자보다는 전문적인 경영능력과 고급기술을 지닌 엘리트가 더욱 요청되었던 것이다. 노동자에게 공업화의 추진은 오히려 더욱 엄격해지는 노동규율에 복종함을 의미했다. 또한 이는 동료들 사이에 서로 다른 임금과 직위가 점점 더 많이 생겨남을 의미한 것이기도 했다. 숙련노동자는 공장의 작업조를 관장하거나 자신의 동료였던 노동자들에게 권위를 행사하는 현장감독이 되었다. 임금정책의 경우 기술·전문성·생산성을 제고시킨 노동자에게 상여금을 지급하는 식으로 물

---

16)   마오쩌둥, 『모택동선집』 4, 401쪽.

질적 인센티브를 주는 방법이 점점 더 강조되었다. 이런 임금정책은 1956년 '임금개혁'으로 절정에 달했다. 이로써 마침내 기술과 생산량에 기초한 광범위한 차별적 임금을 공식적으로 승인한 셈이 되었다. 노동자는 공업화로 인해 경제적 물질적 이익을 얻었지만 공업화가 수반된 방식은 오히려 중국노동자가 자본주의 국가의 노동자보다 공장 운영에 대해 발언권을 가질 수 없게 만들었다. 권위주의적 관리제도는 공업에 대한 노동자의 지배라는 사회주의 원칙을 실현하고자 하는 어떤 희망도 인정하지 않았다. 이와 동시에 정치생활의 전반적 관료화는 노동계급을 정치권력의 중심—이론상으로는 노동계급이 '영도하는' 국가와 프롤레타리아 당인 공산당—에서 멀찌감치 밀어냈다.[17]

마오가 「농업합작화 문제에 관하여」라는 연설을 통해 농업 합작화 운동을 가속화한 데에는 농촌에서의 양극화 현상뿐만 아니라 도시에서 심각하게 나타나기 시작한 관료화의 문제가 배경으로 작용했다. 농촌에서의 합작화 운동에 조응하여 도시에서도 1956년에 이르면 규모가 큰 공업기업과 상업기업들은 모두 국유화되어 개인이 혼자 일하는 수공업노동자, 직인, 소점포주, 행상인 등을 제외하면 사적 경제부문은 더 이상 존재하지 않게 되었다. 도시에서 소유제의 사회주의적 개조가 완성되면서 한시적으로 허용하던 시장 메커니즘이 실질적으로 사라지고 국가가 모든 경제적 자원을 독점함에 따라, 행정적 방식에 의한 '노동력의 수요와 공급의 통일 관리체계(統包統配)'가 정착되기 시작하였다. 국가가 통일적으로 노동력을 관리하려는 목표는 도시에서 가능한 한 실업이 없는 완전고용 상태를 유지하고, 노동자 및 그 가족에게 생활복지를 제공하여 평균주의적 분배를 실현하는 것이었다.

---

17)   모리스 마이스너, 앞의 책, 176~177쪽.

국가의 이러한 노동력 관리는 단위라는 조직적 매개를 통해 실행되었는데, 단위 체제라고 부를 수 있는 독립적이고 자족적인 조직체는 대약진운동과 문화대혁명을 거치면서 국가 중심의 중앙 집중적 관리 체제가 붕괴되고 그 권한이 대폭 단위로 이전되는 과정에서 정착된 역사적 산물이라고 할 수 있다. 단위는 노동자에게 종신적 고용을 보장하고, 안정된 임금을 지불하고, 사회보장을 제공하는 틀이 되는 동시에, 각자의 신원을 보장하고, 일상생활을 영위케 하며, 문화교육의 기회를 부여하고, 정치적 통제를 관철하는 제도이기도 했다. 국가와 지역정부를 대신해 단위가 맡은 주요한 사회적 기능에 오포(五包)라 부르는 것이 있는데, 이는 종업원 자녀의 교육, 종업원에 주택 공급, 종업원 자녀 취업 알선, 종업원 가족의 의료·위생 책임, 종업원 가족의 집단 복리후생 등을 정부를 대신해 단위가 책임진다는 것이다. 단위가 수행한 이러한 사회적 기능으로 인해 단위는 광범한 정부 기능과 행정 업무를 포함하여 복합적인 역할을 담당한 '소사회'였고 국가는 단위를 통해 경제적, 정치적, 사회적 통제를 달성할 수 있었다.[18] 중국의 저명한 인문학자 이중톈은 중국인에게 단위가 지니는 독특한 문화적 의미를 다음과 같이 설명하고 있다.

더욱 중요한 것은 단위가 밥그릇뿐만 아니라 체면이고 인정이며, 부모이고 가정이며, 심지어 요람이자 포대기라는 점이다. 개혁개방 이전 중국에서 중등 규모의 단위는 모두 업무, 학업, 생활, 오락, 관혼상제, 자녀양육, 자료 보존, 심지어 가족계획 기능까지 있었다. 또한 남

---

18) 단위의 사회정치적 기능에 대해서는 장영지, 「중국 단위제도와 변화 분석 연구」, 서울대학교 박사논문, 2009, 제3장 '중국 단위제도의 형성과 기능 그리고 영향' 참고.

녀를 불문하고, 어떤 일이든지 모두 단위에서 책임을 졌다. 이를테면, 부부싸움을 했을 때는 단위에 가서 소란을 피웠고, 이웃 간에 문제가 생겼을 때는 단위에서 화해시켰으며, 사고를 치고 파출소에 억류되면 단위에서 나서야만 문제를 해결할 수 있었다. 물론 상부의 표창을 받는 사람은 단위에서 자동차를 내주거나 상을 받으러 갈 수 있도록 경비를 지출했다. 요컨대 단위는 한 사람의 의식주, 생로병사, 희로애락에 이르기까지 모든 '책임'을 졌으며, '세세한 것까지 아우르는 세심한 관심'을 보여주었다. 지나친 요구와 관심만 없다면, 지나친 '자유'와 '주장'을 할 생각이 아니라면, 단위에서 어머니의 품과 같은 따스함을 느낄 수 있었다.[19]

단위는 농촌의 합작사가 농민들에게 생활공동체와 같은 사회안전망을 제공한 것처럼, 도시 주민들에게 대가족의 어머니 품과 같은 보호 역할을 수행하였다. 이것은 단위가 따궈판(大鍋飯)의 비유처럼 개개인의 능력이나 실적에 상관없이 큰 솥의 밥을 공평하게 나누어 먹고, 톄판완(鐵飯碗)의 비유처럼 한번 취업하면 깨어지지 않는 철밥통처럼 평생 고용이 보장되는 제도였기 때문이다. 생활공동체로서 단위의 이러한 역할로 인해 구성원들은 노동 생산에 관한 공적인 문제뿐만 아니라 개인적인 사생활의 문제도 단위에 상의하게 되었고, 단위에서는 구성원들의 사사로운 문제까지 가족처럼 챙겨주는 관행이 만연하게 되었다. 이중톈의 말처럼 개인적인 "지나친 '자유'와 '주장'을 할 생각이 아니라면", 단위는 더할 수 없이 편안하고 자족적인 공간이 될 수 있었다. 이 때문에 개인 중심의 고립된 생활이 주를 이루는 일반적인 도시

19) 이중톈, 박경숙 옮김, 『이중톈, 중국인을 말하다』, 은행나무, 2008, 271쪽.

의 풍경과 달리, 중국의 단위에서는 구성원들의 생활이 서로 밀착되어 있는 집단적인 형태를 띠게 된 것이다.

그러나 이러한 혜택은 신중국 인민들에게 균등하게 제공되는 것이 아니라 도시의 국영 단위에 국한된 것이었다는 점을 주목할 필요가 있다. 단위체제는 호구 제도를 통해 농촌에서 도시로 이주하는 것을 철저히 억제하고 농민에 비해 소수인 도시 주민을 상대적으로 우월한 수혜자로 유지하여, 이들에게만 단위를 통해 국가의 지원을 간접적으로 제공했던 것이다. 이는 신중국 건립 이후 도시의 공업화를 위한 자본을 농촌의 생산물 수탈을 통해 마련하고, 또 도시의 실업문제를 해결하기 위해 호구 제도를 통해 농촌 인구의 도시 유입을 막는 등 도농 간의 차별정책을 시행하는 과정에서 정착된 현상이라고 할 수 있다. 결국 도시 단위에 제공된 혜택은 농민들에 대한 차별과 소외를 바탕으로 이루어진 일이라고 해야 할 것이다.

단위는 국가가 담당해야 할 재생산의 임무가 단위에 의탁·이전된 형태이기 때문에, 임무 수행 능력의 상당 정도를 단위 자체의 역량에 의존할 수밖에 없었다. 이로 인해 단위 내부에서는 비교적 평등한 분배가 이루어지더라도, 상이한 단위들 사이에는 불평등한 관계가 지속되는 이중 체제가 형성되었다. 또 상급 기관은 단위 지도자에 대한 임명권을 보유하며 단위가 이용할 수 있는 자원과 기회에 대한 배분의 권한을 지니고 있었기 때문에, 단위와 단위의 지도자들은 상급기관에 의존적이 되었고 상급기관과 단위 사이에는 온정주의적 관계가 형성되었다. 즉 단위들 간의 독립성이 높고 단위가 자체 직공의 생활을 책임져야 한다는 것이 단위가 상급기관으로부터 자율적인 조직이 된다는 것을 의미하지 않았다. 단위는 '독립체'로 인식되지 않았고 상급기관은 수많은 '시어머니들'로 간주되었다. 단위와 상급기관 간의 관계에서 중요한 것은 공식적 관계보다 비공식적 관계였으며, 단위의 관리자는 상급 주관 관료와의 공식적·비공식적 관계망을 통해 필요한 각종 자원의 확보량을 늘릴 수 있었다.

단위는 구성원들의 조직 인사, 생활복지 및 개인의 합법적 지위를 보장해주는 등 삶의 모든 측면을 보장하고 있었기 때문에, 도시에서 개인의 삶은 단위를 벗어나 의존할 수 있는 공간이 없었다. 또한 단위가 모든 자원에 대한 분배를 맡고 있었기 때문에 자원 분배 과정에서 내부에 불균등한 권력관계가 형성되었다. 작업장 내에서 위계적 관리체제가 존속되는 동시에 단위 중심의 고용, 배분 및 복지 체제가 유지됨에 따라 '온정주의'나 '피후견주의'라고 하는 상호의존적인 권력망이 형성되었던 것이다.[20]

신중국 건립 이후 지속된 도시 공업화 정책 및 단위 노동자의 사회복지 덕분에 중국은 1952~1977년 사이의 '공업' 생산이 연평균 11.3%씩 증가했는데, 이는 근대 세계역사에서 비슷한 시기의 다른 어떤 나라에서 이룩한 것보다도 훨씬 빠른 공업화 속도였다. 마오 시대 전체를 보면, 중국의 물질순생산에서 '공업'이 차지하는 비중이 23%에서 50%로 증가했으며 농업의 비중은 58%에서 34%로 감소했다.[21] 이러한 통계는 마오의 농민사회주의와 인민민주주의 독재에도 불구하고, 중국 사회주의의 방향이 인민의 평등화보다는 도시의 공업화 쪽으

20)　백승욱, 『중국의 노동자와 노동 정책: '단위체제'의 해체』, 문학과지성사, 2001, 38~39쪽. 단위 내부에서 구성원 사이의 권력관계가 어떻게 작동하고 있고, 이러한 과정에서 구성원들이 어떻게 권력적이면서도 자족적인 모습으로 변모하고 있는지를 이해하려면 류전윈의 소설 「직장[單位]」(김영철 옮김, 『중국 현대 신사실주의 대표작가 소설선』, 책이있는마을, 2001)을 참고할 것.

21)　모리스 마이스너, 앞의 책, 583쪽.

로 흘러갔다는 점을 역설하고 있다. 마오는 사회주의를 통해 노동자와 농민, 도시와 농촌, 정신노동과 육체노동의 '3대 차별'을 해소하여 서구 자본주의사회와 다른 평등하고 풍요로운 사회를 건설하려고 의도했으나, 그에 반하는 정치적 관료화와 계급격차 그리고 지역차별의 결과를 낳고 말았다. 그리고 인민공화국의 주체로서 인민을 배양하려는 목표 역시 급진적 집단화 과정으로 인해 공공정신을 지닌 사회적 인간보다는 집단의 보호 속에 자족하는 인간을 양산하는 결과를 초래하였다.

　　　　　　　　　　사회주의, 평등과 권력의 불협화음

문혁비판

그렇다면 중국인들에게 사회주의는 어떠한 의미를 지니고 있는 것인
가? 개혁개방 당시 중국 사회주의를 바라보는 주된 시선은 문혁에 대
한 비판을 통해 중국의 새로운 출로를 모색하는 사회주의 반성 담론
이었다. 관방(官方)과 비판적 지식인들은 사회주의에 대한 평가와 새로
운 출로에 대한 시각 차이를 지니고 있었지만 문혁비판을 담론의 전제
로 삼는다는 점에서는 공통적인 입장을 견지하고 있었다. 먼저 관방의
입장에 대해 살펴보자.

　1978년 12월 중국 공산당은 제11기 중앙위원회 제3차 전체회의(11
기 3중전회)를 통해 문혁시기의 정치체제에서 벗어나 덩샤오핑의 개혁
개방 노선을 공식 승인하였다. 그러나 사회주의를 유지하면서 세계 자
본주의체제에 편입하는 새로운 노선의 정당성을 확립하기 위해선 신
중국 성립 이래 사회주의 역사와 그 지도이념인 마오사상에 대한 이론
적 평가를 내려야 하는 곤혹스러움에 직면하고 있었다. 그 곤혹스러움
은 문혁을 비판하면서도 중국 사회주의의 정당성을 확립해야 하고, 문
혁을 유발한 마오사상을 비판하면서도 중국 사회주의의 지도사상으
로서 마오사상의 정체성을 확립해야 하는 난제에서 비롯된 것이었다.

중국 공산당의 이러한 딜레마를 이론적으로 정리하여 개혁개방 노선의 정당성을 확립한 문건이 바로 1981년 6월 11기 6중전회에서 만장일치로 채택한 「건국 이래 당의 약간의 역사문제에 관한 결의(關于建國以來黨的若干歷史問題的決議)」였다.[1] 이 문건을 통해 중국 공산당은 근현대 중국의 역사와 과제에 대한 당내의 합의를 이끌어내어 개혁개방 이후 사회주의 건설을 위한 이론적 토대를 마련하였다.

문건은 먼저 1921년 중국공산당 창당에서 1949년 신중국 건립 이전의 28년 역사를 회고하며 "당이 인민을 영도하여 추진한 신민주주의 혁명 투쟁"의 역사적 의미를 정리한 후, 신중국 건립 이후 당대에 이르는 사회주의 32년 역사에 대한 기본적인 평가를 내리고 있다. 그 주요 내용은 다음과 같다. ①노동자계급이 영도하는 노동동맹을 기초로 한 인민민주주의 독재 즉 무산계급 독재의 국가권력을 수립하고 공고하게 하였다. 이는 중국 역사상 일찍이 없었던 인민이 주인인 새로운 형태의 정권이며 부강하고 민주적이고 문명적인 사회주의 현대화 국가를 건설하는 근본적인 보증이다. ②전국적 범위(대만 등 섬을 제외하고)에서 국가통일을 실현하고 공고히 하여 구중국의 사분오열된 국면을 근본적으로 바꾸었다. ③제국주의와 패권주의의 침략을 물리치고 국가의 안전과 독립을 수호하였다. ④사회주의 경제를 건립·발전시키고 생산수단의 공유제와 노동에 따른 분배를 기본적으로 실현하였다. ⑤공업건설에서 중대한 성과를 거두었고 점차 독립적이고 완전한 국민경제체계를 건립하였다. ⑥농업 생산조건이 현저히 개선되고 생산수준이 높아졌다. ⑦도시와 농촌의 상업과 대외무역이 크게 발전하였

---

[1] 이 문건의 번역은 「건국 이래 당의 약간의 역사문제에 대한 결의」(중공중앙문헌연구실 편, 허원 옮김, 『정통 중국현대사』, 사계절, 1990) 참고.

다. ⑧교육, 과학, 문화, 위생, 체육 등의 사업에서 커다란 발전이 있었다. ⑨인민해방군은 새로운 역사적 조건에서 양적·질적으로 증강되었다. ⑩국제관계에서 무산계급 국제주의를 견지하여 각국 인민과의 우의를 발전시켰고 피억압민족의 해방사업과 신생독립국가들의 건설사업을 지지하고 원조하였다.

문건은 이상의 열 가지 측면에서 중국 사회주의의 역사적 의미를 평가한 후, 시기적으로 세분하여 신중국 건립에서 1956년의 시기를 사회주의적 개조를 기본적으로 완성한 7년으로, 1956년에서 1966년의 시기를 전면적으로 사회주의 건설을 시작한 10년으로 규정하며, 이 두 시기는 사회주의적 개조와 건설에 있어서 전반적으로 긍정적인 성과를 거두었지만 반우파투쟁, 대약진 등의 좌경적 오류가 제때에 시정되지 못하여 문혁으로 이어지는 단초가 되었다고 평가한다. 그리고 1966년 5월부터 1976년 10월에 걸친 문화대혁명 10년으로 당과 국가와 인민이 신중국 건립 이래 가장 심각한 좌절과 손실을 맛보았으며, 마오가 일으킨 문혁의 좌경오류 관점은 마르크스-레닌주의의 보편적 원리와 중국혁명의 구체적인 실천을 결부시킨 마오사상의 궤도에서 이탈해 있음이 분명하므로 마오사상과는 완전히 구별해야 한다고 평가한다.

문건의 평가로 볼 때 중국 정부는 사회주의 신중국의 성격을 중국 역사상 최초로 인민이 주인이 된 민주적인 문명국가라고 인식하며 과거 정권과의 획기적인 차별성을 부각시킨다. 그리고 중국 사회주의 시기를 문혁 전후로 구별하여 문혁 이전의 시기에는 사회주의적 개조와 건설을 비교적 성공리에 추진하여 긍정적인 성과를 얻었으며, 문혁 시기에 좌경적 오류가 극단적으로 발동되어 사회주의 체제가 위기에 직면하게 된 것이라고 인식한다. 마오사상에 대한 평가에 있어서도 신중국 건립과 사회주의 건설을 영도한 보편적 원리로서의 마오사상과 문혁을 일으켜 좌경적 오류에 빠진 마오사상을 구별하여, 문혁 시기의 마오사상은 보편적인 마오사상의 궤도에서 이탈하여 "당과 국가와 각 민족 인민에게 심각한 재난을 가져다준 내란"으로 작동되었다고 규정한다. 중국 정부가 사회주의와 마오사상에 대해 이러한 이원적 평가를 내린 것은 사회주의와 마오사상의 보편적 정통성을 재확립하는 한편, 문혁 시기의 좌경적 오류는 마오의 영도상의 일시적인 오류이며 이를 극복하고 문혁으로 단절된 사회주의 건설을 당대적 조건하에서 지속·발전시켜 나가기 위해 개혁개방을 추진한다는 역사적·이론적 정당성을 마련하기 위한 전략이라고 할 수 있다.

중국 정부는 사회주의의 정통성과 지속성을 확립한 토대 위에서 11기 3중전회를 통해 "역사의 위대한 전환"인 개혁개방을 시작하여, 주요 목표를 과거의 계급투쟁에서 탈피하여 사회주의 현대화 건설과 국민경제의 심각한 불균형 해결로 설정한다. 즉 현대적 농업, 현대적 공업, 현대적 국방, 현대적 과학기술을 갖추고 고도의 민주주의와 고도의 문명을 가진 사회주의 강국을 건설해나간다는 것이다. 이러한 목표는 개혁개방 시기만의 독자적인 것이 아니다. 이는 사회주의적 개조가 완성된 후 해결해야 할 주요 모순이었지만 문혁에 의해 유보되었던, "나날이 증대하는 인민의 물질적·문화적 욕망과 낙후한 사회적 생산 사이의 모순"을 당대적 조건에서 해결하는 연속성의 과정이라고 할 수 있다. 이러한 맥락에서 볼 때 개혁개방은 당과 국가의 사업 중점을 경제건설을 중심으로 하는 사회주의 현대화 건설로 옮김으로써 사회생산력을 크게 발전시키고, 이러한 기초 위에서 인민의 물질적 문화적 생활을 점차 개선시켜나가는 중국 사회주의의 목표 실현과정인 셈이다. 중국 정부가 자본주의적 발전방식을 통해 경제성장을 이룩하고 또 '선부론(先富論)'을 통해 인민 내부의 빈부격차를 허용하면서도 개혁개방 이후의 체제를 명명할 때 지속적으로 사회주의를 내세우는 것 또한, 중국이 이미 사회주의적 개조를 완성하여 시장경제를 성장의 수단으로 활용할 수 있는 토대가 형성되어 있고 선부론이 인민의 물질적 문화적 욕망을 충족시킬 수 있다는 '평가'에서 기인한다고 해야 할 것이다. 그러나 '선부론'은 본래 '아랫목이 따뜻해지면 윗목도 자연스레 따뜻해질 것'이라는 확산효과를 기대하며 주장한 것이었지만, 향후 나타나게 될 현실은 덩샤오핑이 미처 예상하지 못할 정도의 불평등과 빈부격차가 만연한 사회였다.

계몽과 구망의 이중변주

관방의 담론이 사회주의와 문혁에 대한 이원적 평가를 통해 개혁개방에 중국 사회주의의 정통성과 지속성을 부여했다면, 비판적 지식인들은 문혁을 포함한 사회주의 자체를, 나아가 20세기 중국 혁명운동 전체를 집단주의와 봉건주의의 산물이라고 비판하는 급진적인 입장을 취하고 있다. 이들은 대체로 중국 사회주의를 근대 자본주의적 발전을 거치치 않은 봉건주의이며, 이러한 낡은 전통에 대한 반성과 서구 근대적 가치의 수용을 통해 중국사회를 근본적으로 개혁해야 한다고 주장한다. 이러한 주장은 반전통주의와 서구적 근대화의 길을 추구한다는 맥락에서 5·4 계몽주의 담론과 유사한 측면을 지니고 있는데, 그 대표적인 시각이 바로 리저허우의 '계몽과 구망의 이중변주'이다.

사실 20세기 중국사를 계몽과 구망의 문제틀로 해석하는 것은 리저허우의 새로운 시각이 아니라 마오의 신민주주의론에서 비롯된다. 신민주주의론은 중국의 근현대사를 반제반봉건의 역사로 해석하며, 계몽과 구망을 근대 중국이 실천해야 하는 양대 과제로 인식한다. 이또 토라마루(伊藤好丸)의 말을 빌리면, 이것은 "자아집착(반제)을 매개로 하여 자아혁명(반봉건)을 진행하고 새로운 자아를 발현하는 과정"[2]이 된다. 리저허우는 신민주주의론이 중국의 주요 모순을 민족모순으로 설정하여, 현실적 실천 속에서는 반제 애국혁명운동이 우선적인 과제로 인식되고 반봉건의 문제는 부차적인 것으로 밀려난다고 비판하며, 20세기 중국사를 '계몽과 구망의 이중 변주'의 과정으로 해석한다.

근대 중국은 제국주의의 침략에 저항하기 위한 구국(반제)의 과제와 봉건적 이데올로기에서 벗어나 자유, 평등, 민주, 민권 등 인간성의 이념을 구현하기 위한 계몽(반봉건)의 과제가 공존한다. 그러나 이 두 가지 과제는, 개인주의의 기초 위에서 서구문화를 소개하고 전통을 타도하던 5·4시기에 '상호 촉진'되었을 뿐이며, 5·30운동, 북벌전쟁, 10년 내전, 항일전쟁 등의 시대적 흐름 속에서 계몽의 과제가 구망의 과제에 '압도'당한다. 그래서 개인의 존엄과 권리에 대한 사상은 구망의 정세, 국가의 이익, 인민의 기아와 고통에 떠밀리어 그 정당한 가치가 부차적인 것으로 유보된다. 국가의 독립과 부강, 인민의 의식주의 해결, 외국 침략자의 압박과 모욕을 더 이상 받지 않겠다는 의지 등이 주선율이 되어 근대 중국인의 영혼을 지배한다. 그래서 5·4 전후의 '우주관에서 인생관까지, 개인의 이상에서 인류의 미래까지'라는 계몽 특유의 사색, 곤혹, 번뇌, 그리고 유교(孔敎)문제, 여성문제에서 노동문제, 사회개조문제, 문자상의 문학문제와 인생관 개조문제 등이 주변부로 밀려나게 된다.[3] 이러한 현상은 1949년 중화인민공화국 건설 이후에

---

2) 伊藤好丸,「亞洲的'近代'與'現代'-關于中國近現代文學史的分期問題」,『二十一世紀』, 1992年 12月號(總14期).

3) 리저허우, 김형종 옮김,「계몽과 구망의 이중 변주」,『중국현대사상사의 굴절』,

서 현 중국에 이르기까지 지속되어 중국사회 저변에 흐르고 있다. 결국 계몽과 구망의 과제는 조화로운 변주를 이루지 못하고, 계몽이 구망에 압도된 채 미완성의 기획으로 남겨진다. 리저허우는 이러한 인식을 바탕으로 구망에 압도되어 주변부로 밀려난 계몽을 실천하는 일이 현재의 시급한 과제라고 인식한다.

리저허우의 이러한 관점은 계몽과 구망 사이의 모순관계를 파헤쳐 중국 사회주의의 편향이 발생하게 된 역사적 원인을 밝힌다는 점에서 커다란 의미를 지닌다. 그러나 이러한 사유 속에는 근대 중국의 문제를 구망이 계몽을 압도하는 시대적 상황으로 돌려버릴 위험성이 내포되어 있다. 이것은 리저허우의 문제의식을 시대 환원론 정도로 오해할 수 있는 빌미를 제공한다. 하지만 리저허우의 문제의식 속에는 간단히 시대환원론으로 치부하기 어려운, 또 다른 문제가 내포되어 있다.

공산당 깃발 아래 수많은 지식 청년들은 노동자 농민을 영도하여 중국혁명의 승리를 획득하였다. 이러한 고난에 찬 승리 투쟁 속에서, 당 창립에서 항일전쟁 승리 전야의 정풍운동에 이르기까지 무정부주의가 고취한 절대적 개인주의, 자유주의가 제창하고 추구한 각종 개인의 자유, 개성해방 등 자본주의 계몽사상 체계 내에 속하는 수많은 것들은 이론적 실천적으로 끊임없이 철저한 부정을 당했다. 이러한 부정과 비판은 주로 구망-혁명-전쟁의 현실적 요구때문이었지 진정으로 학술적인 이론의 선택은 아니었다…… 제국주의와 반동군벌에 반대하는 장기적 혁명전쟁 속에서 그 밖의 모든 것들은 대단히 부차적이고 종속적인 지위로 밀려날 수밖에 없었다. 이론적으로나 실제적으

_____

지식산업사, 1994, 45쪽.

로나 개인의 자유나 개성해방 따위의 문제를 연구하고 선전하는 것역시 말할 필요도 없었다. 5·4 시기에 계몽과 구망이 서로 어긋나지않고 병행하면서 오히려 서로를 두드러지게 해주었던 국면은 결코 오랫동안 지속되지 못하였으며, 시대의 위태로운 상황과 극렬한 현실투쟁은 정치 구망의 주제로 하여금 다시 한 번 사상 계몽의 주제를 압도하게 하였다.[4]

리저허우는 계몽을 개인주의 사상에 근거한 반봉건적 인간해방운동으로 이해하며, 구망은 반제적인 민족해방운동뿐만 아니라 마르크스주의에 입각한 계급투쟁까지 포함한다. 다시 말하면, 리저허우의 사유속에서 계몽은 반봉건의 문제를 의미하지만 구망은 반제의 문제를 넘어 계급투쟁의 문제까지 포괄하는 셈이다. 엄밀하게 보자면, 계급투쟁은 민족갈등과 관계되는 구망의 영역이라기보다는 민족 내부의 계급의식에 기반한 반봉건의 범주에 속한다고 할 수 있다. 그렇다면 리저허우가 이러한 범주의 혼란을 무릅쓰면서 계몽과 구망의 이중 변주로중국 근현대사를 해석하려고 한 이유는 어디에 있는 것인가? 리저허우 역시 구망의 문제가 근대 중국인이 시급하게 해결해야 할 최우선적인 과제임을 부정하지는 않는다. 다만 그가 문제 삼는 것은 구망이 계몽을 압도하여 인간성의 이념이 소멸되어버리는 현실이다. 리저허우는 계몽을 개인의 자유와 권리에 대한 자각으로 이해하며, 이러한 계몽에 기반하는 구망이 진정한 의미의 구망이라고 인식한다. 그런데 근대 중국의 구망은 이러한 계몽에 기반하지 않을 뿐 아니라, 오히려 개인주의를 부정해야 할 대상으로 취급한다. 이것은 근대 중국의 구망

---

4) 리저허우, 앞의 책, 43~44쪽.

은 국가, 민족, 인민, 계급의 이익을 우선하는 집단주의 사상에 근간함에 따라 개인주의를 추구하는 계몽과 배치되기 때문이다. 그래서 리저허우는 이러한 구망을 '봉건주의적 집단주의'가 탈바꿈한 것이라고 비판한다. 리저허우의 사유 속에서 계몽과 구망의 모순관계는 반봉건과 반제의 모순관계이기 이전에, 실천주체가 기반하고 있는 개인주의 사상과 집단주의 사상 사이의 모순이라고 할 수 있을 것이다. 이 때문에 리저허우가 계급투쟁을 구망의 범주에 귀속시키면서도 별다른 혼돈을 느끼지 못하고, 오히려 구망이 개인주의 사상을 부정하는 유효한 근거로 삼는 것이다. 결국 리저허우가 구망이라는 문제적 상황 자체보다는 집단주의가 지니고 있는 권력적·배타적 속성을 비판하며, 계몽과 구망의 이중 변주의 논리를 통해 개인주의 사상의 복원을 의도한다고 할 수 있다.

이런 맥락에서 볼 때, 신민주주의론과 리저허우 관점의 차이는 계몽과 구망의 관계를 어떻게 이해하느냐의 문제보다는, 어떠한 주체와 사상에 입각하여 계몽과 구망을 사유하고 실천하느냐에 있다고 할 수 있다. 리저허우의 비판과 달리 신민주주의론 역시 계몽과 구망의 문제를 분리시켜 사고하지 않으며, 집단주의와 계급적 주체를 확립하는 것을 반제와 반봉건의 문제를 통일적으로 실천하는 방법이라고 인식한다. 신민주주의론 내에서 이것은 계몽과 구망의 모순 관계가 아니라 통합적 실천의 매개고리인 셈이다. 이런 맥락에서 볼 때 리저허우의 관점에서 우리가 주목해야 할 지점은 계몽과 구망의 이중변주의 관계설정이라기보다는, 계급투쟁을 중심으로 하는 중국화된 마르크스주의가 어떻게 민족적 위기감(구망) 속에서 개인의 자유주의적 권리를 추구하는 실천방식들(계몽)을 소외시키고 권력적 담론으로 작동하는가의 문제라고 해야 할 것이다.

봉건주의와 지식인

계몽과 구망의 이중 변주에 내재한 중국화된 마르크스주의 비판과 아울러 주목해야 할 또 다른 측면이 있다. 그것은 바로 중국사회를 정체하게 만든 전통으로서 봉건주의가 무엇을 뜻하며, 중국 현실 속에서 그러한 봉건주의를 극복할 주체를 어떻게 설정하고 있는가의 문제이다. 먼저 리저허우의 다음의 글을 읽어보자.

> 중국공산당은 이미 1927년에 "국민혁명은 무엇보다 우선 농민혁명이어야 한다."고 지적하고 있었다. 마오쩌둥·스탈린 역시 민족문제는 실질적으로는 농민문제이며, 중국혁명은 실질적으로 농민을 주력으로 하는 혁명전쟁이라고 새삼 강조하여 말한 바 있었다. 이 전쟁은 천신만고 끝에 승리를 거두었지만 이 전쟁의 영도자·참가자가 된 지식인들은 또한 현실 속에서 이 전쟁에 의해 정복당해버렸다. 오랜 전통을 가지고 있는 농민 소생산자의 이데올로기 형태와 심리구조는 그들이 원래 가지고 있던 보잘것없던 민주주의·계몽의 관념을 몰아내버렸을 뿐 아니라, 이러한 농민의식과 전통적 문화심리구조 역시 의식적 무의식적으로 이제 막 배워온 마르크스주의 사상 속에 침투하게 되었다. 특히 혁명적 투쟁의 임무는 마르크스의 중국화를 요구하고, 각종 방면(문화와 문예의 영역도 포함하여)에서도 민족적 형식을 강조하는 형세 아래 있었다. 따라서 북벌 초기이건 항전 초기이건 간에 민주 계몽류의 운동은 오랫동안 지속될 수 없었고, 곧바로 농민전쟁을 주체로 하는 혁명적 요구와 현실투쟁에 의해 뒤덮여버리거나 매몰

될 수밖에 없었다.[5]

　여기서 리저허우는 부정해야 할 중국 전통으로 농민의 소농의식과 문화심리구조를 제기하고 있는데, 이러한 농민의 소농의식은 중국혁명 시기뿐만 아니라 사회주의 건설기에도 집단주의의 이름으로 내부에 스며들어 부정적 기능을 수행한다. 리저허우가 말하는 소농의식은 아더 스미스에서 량치차오, 루쉰에 이르기까지 근대 개혁적 지식인들에 의해 중국 국민성을 낙후하게 만든 근본원인으로 끊임없이 제기된 것이다. 그리고 마오 역시 사회주의 인민을 배양함에 있어 농민의 소농의식을 개조하는 일을 중대한 문제라고 인식하며, 합작화 운동 및 인민공사를 통해 사회주의적 집단의식을 함양하고자 하였다. 그렇지만 리저허우는 마오의 이러한 농민개조운동을 근대적 주체를 형성하는 과정이 아니라 오히려 봉건적 소농의식을 재생산하는 결과만을 초래했다고 비판한다. 그 원인은 정치상에서 마오의 봉건적 전제통치가 시행되고 사회경제적 체제상에서 근대적 공업화를 이룩하지 못하고 소농경제가 지속되었기 때문이다.

　하지만 마오의 사회주의가 왕후이가 말한 '현대성에 반대하는 현대성'[6]의 수준으로 성숙하지 못했다 하더라도, 전통시대와 같은 소농경제와 봉건의식이 지배하는 그런 시대였다고 단정하기는 힘들어 보인다. 다시 말하면, 중국이 마르크스적 의미의 사회주의적 발전단계로 진입하지 못한 것은 분명하지만, 그렇다고 봉건시대의 사회체제가 지배적인 시대라고 말할 수 없는, 오히려 사회주의적 측면과 자본주의적

---

5)　리저허우, 앞의 책, 46~47쪽.

6)　이 문제에 대해서는 본서 11장 '중국굴기와 그 이후: 왕후이의 시각을 중심으로' 참고.

측면이 혼합되어 있는 모호한 정체성을 지니고 있었다는 것이다. 사회주의 시기 인민의 낙후성 문제를 봉건의식의 잔재만으로 바라보기보다는 마오의 사회주의적 발전방식 내부의 위기에서 초래된 현상으로 이해할 필요가 있다. 사회주의 시기의 경험에 대한 세밀한 고찰이 부재한 상태에서 이를 봉건주의의 연속선으로 인식한다면, 그 문제 해결 방안은 5·4 반전통주의와 같은 지식인 중심의 계몽운동이 될 수밖에 없을 것이다.

이러한 봉건주의 비판 담론은 당시 진보적 지식인은 물론이고 문화대혁명을 공식적으로 부정한 공산당 내부에서도 마오의 사회주의의 오류를 비판하기 위해 공유하고 있던 논리였다. 앞에서 살펴본 「건국 이래 당의 약간의 역사문제에 대한 결의」에서도 "중국은 봉건의 역사가 매우 긴 나라이다. …… (우리 당의 철저한 반봉건투쟁에도 불구하고) 장기간에 걸친 봉건 전제주의가 사상·정치면에서 남긴 해독은 쉽게 일소할 수 없었다."[7]라고 규정하고 있다. 이러한 공산당의 공식적인 승인 속에서 80년대 지식인들은 문혁에 대한 자신의 부정적 체험과 기억을 바탕으로 중국 봉건주의 비판을 매우 절실하고 현실적인 문제로 제기하고 있다.

문화대혁명이 발생했을 때 우리는 모두 베이징 대학의 학생이었다. 현실에서의 잔혹한 투쟁과 이상과의 괴리로 우리는 심각한 환멸과 고뇌에 빠졌다. 당시의 언어로 말하면 중국 봉건 전제사회의 모든 병폐가 현실생활에서 드러났다. 신문화운동 시기에 우리의 할아버지들

---

7) 중공중앙문헌연구실 편, 허원 옮김, 「건국 이래 당의 약간의 역사문제에 대한 결의」, 『정통 중국현대사』, 사계절, 1990, 42쪽.

은 일찍이 계몽의 가치를 높이 드날리며 아무것도 두려워하지 않고 중국 전통문화를 비판하였다. 그들은 그만큼 위대한 세대였다. 그러나 그들은 결코 계몽의 역사적 사명을 완성하지 못했으며, 우리들로 하여금 청춘시대에 다시 한 번 '봉건' 사상이 그처럼 완고하게 현대 중국인의 사상과 행위를 지배하고 있다는 사실을 통절하게 체험하도록 하였다.[8]

리저허우와 더불어 80년대를 상징하는 대표적 지식인인 진관타오는 위의 글에서 봉건 사상에 지배된 중국 사회주의에 대한 환멸과 고뇌를 표출하고 있다. 진관타오는 자신의 이러한 부정적 체험과 서구의 시스템이론을 기반으로 중국에 왜 봉건사회가 장기적으로 지속되었는지의 문제를 제기한다. 즉 중국 사회는 인간의 주지주의적 의지를 통해 변하지 않는 초안정구조 및 이를 지탱하고 있는 종법동형(宗法同形) 구조의 조직(일체화된 관료기구)과 봉건의식을 지니고 있어서, 주기적으로 농민 대동란이 발생하여 왕조가 교체되는 변화가 있지만 결국 초안정구조의 상태로 되돌아가는 악순환만이 반복된다는 것이다.[9] 진관타오는 중국의 전체 역사를 이러한 초안정구조론의 시각을 통해 해석함으로써 중국 사회주의 시기 역시 진보적 발전단계 아니라 중국의 정체된 역사 과정의 일부임을 암시하고 있다. 다시 말하면, 마오가 농민혁명을 통해 사회주의를 건설한 것은 주기적인 농민 대반란이 발생하여 왕조가 교체된 것과 연계되어 있고, 공산당의 통치방식은 봉건 왕조와

---

8)   진관타오·류칭펑, 양일모 외 옮김, 『관념사란 무엇인가』 1, 푸른역사, 2010, 70~71쪽.
9)   진관타오가 주장하는 중국사회의 초안정구조에 대해서는 『중국사의 시스템이론적 분석: 초안정적 중국봉건사회론』(진관타오, 하세봉 옮김, 신서원, 1995) 참고.

같은 일체화된 관료기구를 통해 이루어진 것이며, 사회주의 시기에 형성된 집단의식은 소농경제에 기반한 농민의 봉건의식과 상통하여, 결국 사회주의 시기는 중국사회의 초안정구조를 해체하지 못하고 봉건사회의 상태를 답습하는 정체된 시간으로 해석될 수 있다는 것이다.

진관타오의 이러한 시각은 1988년 6월 CCTV를 통해 전국에 방영되어 중국 지식계의 '문화열'을 고조시킨 다큐멘터리 「하상(河殤)」에 잘 집약되어 있다. 「하상」은 중국문명의 요람인 황하를 민족의 긍정적인 유산이 아니라, 농민을 기반으로 하는 내향적인 사회의 뿌리 깊은 보수성과 낙후성의 상징으로 묘사한다. 정태적이고 파괴적인 황하는 중국역사에 대한 은유로, 중국은 사회경제 질서가 폭력적 힘에 의해 정기적으로 와해되면, 불변하는 낡은 가치체계와 부합하는 낡은 기초 위에서 질서가 재건되는 역사를 반복했다는 것이다. 「하상」은 사회주의 혁명과 그 혁명을 만든 사람들을 대부분 무시하거나 부정적으로 묘사하며, 농민에 대해서는 시대에 뒤떨어진 전통과 봉건적 사상의 사회적 전달자라고 비판한다. 이는 현재 사회주의 체제가 안고 있는 문제가 사회주의 혁명이 낳은 새로운 사회정치적 질서가 아니라 잔존하는 중국 봉건 전통에서 기인한다는 점을 암시하는 것이다. 「하상」에서 황하의 안티테제는 힘차게 역동하는 푸른 바다로서, 이는 근대의 과학·공업·민주주의의 역동적인 고향인 자본주의 서구의 외향적인 대양문화의 상징이다.

「하상」의 마지막 회에는 '짙은 남색'이라는 제목하에 서구의 선진 자본주의 국가를 매력적으로 묘사하고 있는데, 이러한 학습대상으로서의 서구라는 존재 덕분에 중국은 비참한 상태와 낙후된 전통에도 불구하고, 천 년간의 '초안정구조'를 깨트리고 도약할 준비가 되어 있다는 희망을 제시한다. 이는 정체된 중국 사회를 외부적 충격, 즉 서구 자본주의 및 서구 근현대 사상과의 융합을 통해 철저히 재건해야 한다고 주장하는 것이다. 「하상」에서는 이러한 국가적 대사를 수행할 주체로서 지식인의 존재를 부각시키고 있다.

> 중국 역사는 중산계급이 과학과 민주의 승리를 후원해야 한다고 중국인에게 알려주지 않았으며, 중국문화도 국민의식을 배양하지 못했다. 반대로 중국문화는 국민 심리를 교화하여 역경을 순수히 받아들이고 복종하는 국민과 위험을 무릅쓰고 따르는 광신자만을 만들어내었다. 그러나 역사는 중국인에게 지식인이라는 아주 독특한 집단을 만들어 주었다.
> 그들은 통일된 경제이익과 독립된 정치 주장을 하기가 어려웠으며, 몇 천 년이 지나오는 동안 모두 종속되어 버렸다.
> 그들은 견실한 사회의 실체를 이룰 수는 없었지만, 강력한 경제력으로 구 사회에 대하여 날카로운 비판을 가하였다.
> 그들의 재주는 이용당할 수 있고 그들의 의지는 변질될 수 있으며 그들의 영혼은 거세될 수 있고 그들의 척추는 구부러질 수 있으며 그들의 육체는 소멸될 수 있었다.
> 그러나 그들 손으로 우매와 미신을 타파하고 해양문명과 직접 대화할 수 있는 것도 그들이다.
> 과학과 민주라는 짙은 남빛 감로수를 황토 위에 적셔줄 수 있는 것도 그들이 아닌가![10]

---

10)   蘇曉康·王魯湘, 홍희 옮김, 『河殤』, 동문선, 1989, 144쪽.

추악한 중국인

전통을 봉건주의와 동일시하고 근대 서구적 가치의 수용을 통해 중국 사회를 개혁하려는 사유방식은 80년대 지식인들이 공유하고 있던 특성이라고 할 수 있다. 그들은 5·4 지식인처럼 봉건의식에 젖은 중국 인민의 계몽자로 자처하며, 중국을 정체하게 만든 주요 원인이 낙후한 국민성에서 비롯된다고 인식하였다. 이러한 현상은 현실적으로 볼 때 사회주의적 집단주의를 농민의 봉건적 소농의식이 변형된 상태라고 이해하며, 이런 낙후한 중국인의 의식을 개조하는 일이 당면 과제라고 인식한 점에서 기인한다고 할 수 있다.

80년대 지식인들이 사회주의의 오류를 중국 국민성과 연계지어 사유하며 반성하게 만든 계기로 작용한 사건이 바로 1985년 보양(柏楊)의 『추악한 중국인』이 대륙에 출판되면서 일어나기 시작한 '보양 열풍'이다. 대만의 소설가이자 문화비평가인 보양은 1984년 미국 아이오와 대학에서 '추악한 중국인'이라는 유명한 강연회를 가졌다. 여기서 그는 "광대한 중국 대륙에서 반우파 투쟁에 이어 천지를 뒤엎는 문화대혁명이 일어났다. 인류 역사가 시작된 이래 이렇게 엄청난 인위적 재앙은 흔치 않을 것이다. 생명의 손실보다 더 큰 손실은 인간성의 말살과 고귀한 품성에 대한 모욕이다. 인간이 인간으로서 고귀한 품성을 버리고 나면 짐승과 뭐가 다르겠는가? 10년에 걸친 재앙은 수많은 사람을 금수로 만들었다. 한 민족의 품성이 그 지경으로까지 추락하고서야 어떻게 다시 일어설 수 있겠는가?"[11]라고 비판했는데, 그에 따른 격렬한 반응은 곧바로 대륙에 파급되었다. 보양의 국민성 비판은 마침 대륙에서 고조되고 있던 문화반성운동과 시의적절하게 호응했고, 그리하여

---

11)   보양, 김영수 옮김, 『추악한 중국인』, 창해, 2005, 29쪽.

1980년대 약 6백만 학생, 다시 말해 '80년대인' 치고 보양과 『추악한 중국인』에 대해 토론하고 읽지 않은 사람은 거의 없었을 정도였다고 한다.[12]

보양은 추악한 중국인의 특징으로 더럽고 무질서하고 시끄럽다, 내분이 되어 단결하지 못한다, 죽어도 잘못을 인정하지 않는다, 절대적으로 자기를 비하하거나 자만한다는 등의 낯익은 요인을 거론하며, "중국 전통문화에 있는 전염성 바이러스가 자손을 감염시켰는데 지금까지 치료하지 못하고 있다."고 비판한다. 보양은 이러한 전통문화를 깊이 고여 죽은 물로 가득한 '장독'에 비유하며 장독에서 나는 냄새가 중국인을 못나고 속 좁게 만든 것인데, 이 장독은 도저히 깊이를 헤아릴 수 없기 때문에 수많은 문제를 자신의 사고로 해결하지 못하고 남의 생각을 이용하여 이끌어나갈 뿐이다. 이런 죽은 물, 이런 장독은 달콤한 수밀도를 던져넣어도 금방 마른 변으로 변해버리기 때문에, 중국인은 진하고 독한 장독 속에 빠진 족속이라는 사실을 자각해야 한다고 강력하게 경고한다.[13]

중국 대륙 밖에서 살아온 이방인이, 적어도 중국 사회주의 운동을 현장에서 체험하지 않은 대만인이 제기한 국민성 비판이 대륙에서 상당한 반향을 일으킨 점은, 1920년대 버트런드 러셀이 중국을 방문하여 중국인의 근본적 결함에 대해 지적했을 때 지식인들이 이를 반박하기보다 오히려 국민성 비판의 정당성을 위해 활용했던 일[14]을 떠오르

---

12)   주홍하이, 「'때맞추어 나타난' 보양」, 앞의 책, 325쪽.

13)   보양, 앞의 책, 61쪽.

14)   이에 대해서는 리디아 리우, 『언어횡단적 실천』(민정기 옮김, 소명출판, 2005) 91~94쪽 참고. 중국인의 결함에 대한 러셀의 이야기는 다음과 같다. "내가 중국을 떠나기 얼마 전, 명망 있는 중국 문인 한 사람이 중국인의 가장 큰 결함이 무엇이

게 한다. 본래 중국 국민성 담론은 외국인 선교사인 아더 스미스에 의해 제기되어 중국 지식인들이 이를 자각의 근거로 삼은 것이고, 또 역사적으로 볼 때 정치 개혁이 실패한 후 그 원인을 낙후한 국민성에 찾으려는 시도들이 주기적으로 반복되어왔다는 사실을 감안한다면, 80년대 대륙에서의 '보양 열풍' 역시 이러한 국민성 담론의 역사 속에서 그 의의를 찾아야 할 것이다.

보양 열풍과 문화열의 맥락 속에서 중국 국민성 문제를 학술적으로 제기한 저작들이 출현하기 시작하는데, 그 근저에는 '중국인은 도대체 무엇이 문제인가?'라는 20세기 내내 중국 지식인들을 곤혹스럽게 만든 물음이 깔려 있다.[15] 그 가운데 가장 급진적으로 중국 국민성 문제를 재론하고 있는 글이 류자이푸의 『전통과 중국인』(1987)이다. 류자이푸는 「문학의 주체성을 논함」을 발표하여, 칸트의 비판철학에 대한

라고 생각하는지 말해달라고 부탁했다. 다소간의 주저 끝에 나는 세 가지를 언급했다. 탐욕스러움, 비겁함, 무정함. 이상한 일이었지만, 질문자는 화를 내기는커녕 내 비판의 정당성을 인정하더니 가능한 교정 방법에 대해 논의하기 시작했다. 중국인의 가장 큰 미덕 가운데 하나인 지적 성실성의 좋은 예다." 이 글이 실려 있는 러셀의 저서 *The Problem of China*는 『러셀, 북경에 가다』(이순희 옮김, 천지인, 2009)라는 제목으로 번역되었다.

15)   리디아 리우는 20세기 중국 지식인들의 국민성 담론 속에 내재한 공유된 전제에 대해 "그의(루쉰: 인용자) 카리스마적 영향력을 통해 한 세기 가까이 중국 지식인의 상상 속에 집단적 강박의 형태로 굳건히 자리잡았다. 그들은 중국 국민성을 규정하고 변별하고 비판하고 개조하는 데 몰두했기에, 대부분의 경우 국민성 담론 자체를 문제시한다거나 그 자체의 역사적 타당성의 우연성에 대해 숙고하는 데에는 이르지 못했다. 최근이라고 할 수 있는 1980년대에 와서, 포스트 마오쩌둥 지식인들은 한 세기 묵은 질문을 다시금 제기했다. "중국 국민성에는 무슨 문제가 있는 것인가?" 마치 누군가 정말로 참된 대답을 내놓을 수나 있는 것처럼 말이다. 물론 이 질문 자체가 심문의 대상이 되기 전에는 누구라도 근대 중국사와 중국문학에 관한 대안적 질문을 제기하는 것이 쉽지 않다."고 말하고 있다.(리디아 리우, 앞의 책, 101~102쪽)

연구를 통해 주체성 문제를 제기한 러저허우와 더불어 인간의 존엄, 인도주의 그리고 주체성 문제를 80년대의 시대적 이슈로 만든 비평가이다. 류자이푸는 문화사상적 유산으로서 5·4 국민성 담론의 의의를 높이 평가하여, "현대 '인간'의 기준과 척도로 국민성의 약점들을 드러내 보임으로써, 중국 민족으로 하여금 가치관과 국민성 등 제 방면에 대한 전면적인 개혁을 단행하지 않을 수 없도록 만들었다."[16]고 인식한다. 그러나 5·4 이후 정세 변화로 인해 국민성에 대한 탐구가 쇠미해져가고, 또 신중국 성립 이후에는 새 제도의 창조로 국민성 문제가 해소되었다고 생각하는데, 이는 문화적 차원의 문제를 정권 교체의 문제로 단순화시킨 결과인 것이다. 류자이푸의 담론 속에는 5·4 이후 단절된 국민성 비판 운동을 80년대로 접속하여 '진정한 중국인'을 배양하기 위한 미완의 기획을 완성하려는 욕망이 내재되어 있다. 이러한 맥락에서 류자이푸는 루쉰의 담론을 논의의 출발점으로 삼아, 중국의 국민성을 '상전근성과 노예근성', '아큐심리', '구도덕의 어두운 그림자', '천조(天朝) 콤플렉스'로 재론한 후, 이러한 중국 국민성 속에 전통문화의 유전인자가 얼마나 뿌리 깊게 자리 잡고 있는지를 비판하고 있는 것이다.

여기서 우리는 류자이푸의 담론이 5·4 시기와 접속하는 과정에서 이중의 단절이 일어나고 있다는 점을 주목할 필요가 있다. 그 하나는 전통과의 단절이고, 다른 하나는 20세기 중국혁명 및 사회주의와의 단절이다. 이러한 이중의 단절 덕분에 류자이푸의 담론은 계몽의 논리를 선명하게 드러내고 있지만, 그것은 담론 대상에 대한 실증적인 분석을 통해서라기보다는 현실 개혁에 대한 열정적인 태도에서 비롯된다고

---

16)   류자이푸 · 린강, 오윤숙 옮김, 『전통과 중국인』, 플래닛, 2007, 23쪽.

해야 할 것이다.[17] 즉 전통 역시 객관적으로 사고하고 연구하기보다는 우매한 국민성을 양산하는 근원으로서의 봉건주의로 일괄 규정하고 있으며, 중국혁명과 사회주의 운동 역시 이러한 봉건주의가 변형된 현재적 상태로 저열한 국민성을 지속적으로 재생산하는 과정으로 인식한다는 것이다. 이러한 이중의 단절로 인해 80년대 국민성담론은 현실 속의 중국인이 처한 구체적인 생존 조건 및 중국사회가 급변하는 과정에서 새로운 존재로 성장·전화할 가능성에 대한 탐구를 소홀히 하여 80년대 말 이후 점차 담론의 중심에서 멀어지게 되었다. 이 문제에 대한 성찰을 위해 장하준의 아래의 글을 살펴볼 필요가 있을 것이다.

> 문제는 이들 문화주의자들에게 있어서 문화적인 변화란 『저개발은 정신 상태다』의 저자인 로렌스 해리슨의 말을 빌려 표현하자면, '진보적인 가치관과 태도를 촉진하는 활동'이라고 믿는 경향이 있다는 것이다. 그러나 이데올로기적인 설득만으로 이룰 수 있는 변화에는 한계가 있다. 일자리가 충분치 않은 사회라면 열심히 일하라는 설교만으로는 사람들의 일하는 습관을 바꿀 수 없다. 공업이 충분히 발전하지 않은 사회라면 기술과 관련된 직업을 경멸하는 것은 옳지 않다는 말을 아무리 되풀이한다 해도 기술 관련 직업을 선택하는 젊은이들이

---

17) 류자이푸는 2002년도에 발행한 『전통과 중국인』 홍콩 옥스퍼드 판 후기에서 이 점을 고백하며 다음과 같이 말하고 있다. "『전통과 중국인』을 쓸 때에는 이와 같은 초연함으로 당시의 구체적인 상황을 대한 것은 아니었다. 우리는 당시 우리가 하는 일을 알지 못했으며, 사실상 냉정하고 객관적으로 전통에 대해 사고하고 연구하지 못했다. 엄격히 말해 전통에 대해 사고하는 면도 있기는 했지만, 현실과 대화하는 요소가 더욱 컸다. …… 지금 보아도 그러한 열정이 없었더라면 아마 『전통과 중국인』은 세상에 나올 수 없었을 것이다. 바로 이렇게 현실과 대화하고자 했던 열정이 우리로 하여금 5·4 신사조와 유사한 비판형 학술의 방법으로 전통과 국민성의 문제에 대해 토론하도록 만들었다."(류자이푸, 앞의 책, 600~601쪽)

많지 않을 것이다. 노동자들이 열악한 대우를 받는 사회라면 협동이 중요하다는 설득은 (냉소까지는 아니라도) 무관심한 반응에 부닥치게 될 것이다. 따라서 태도의 변화는 경제 활동과 각종 제도, 그리고 정책 같은 현실적인 변화에 의해 뒷받침될 필요가 있다. …… 문화를 (경제 정책, 제도 수립 그리고 이데올로기적인 캠페인을 통해) 계획적으로 변화시킬 수 있다는 사실은 우리에게 희망을 던져준다. 어떤 나라도 그들의 문화 때문에 발전하지 못한다고 할 수는 없기 때문이다. 하지만 동시에 문화를 우리가 원하는 대로 재발명할 수는 없다는 사실을 잊지 말아야 한다. 공산주의 치하에서 '새로운 인간'을 창조하려다 실패한 것이 그 좋은 증거이다. '문화 개혁자'는 여전히 현재의 문화적 태도 및 상징들을 가지고 일해야만 하는 것이다. 우리는 경제발전에서 문화가 담당하는 복잡하고도 중요한 역할을 이해해야 한다. 문화는 복잡하고 정의하기 어려운 것이다. 문화는 경제 발전에 영향을 미치지만, 경제 발전은 문화에 더 많은 영향을 미친다. 문화는 고정불변의 것이 아니다. 문화는 변화될 수 있다. 경제발전과의 상호 작용과 이데올로기적 설득 그리고 특정한 행동 양식을 장려하고 장기적으로는 그것을 문화적 특성으로 바뀌게 하는 보완적인 정책과 제도들을 통해서 말이다.[18]

  20세기 중국은 근대성을 실현하기 위해 사상문화의 개혁을 우선하는 문화혁명의 입장을 취하여왔다. 이것은 경제발전에 적합한 민족성과 문화가 있기 때문에 경제발전을 위해선 먼저 그러한 민족성과 문

---

18) 장하준, 이순희 옮김, 「게으른 일본인과 도둑질 잘하는 독일인: 경제발전에 유리한 민족성이 있는가?」, 『나쁜 사마리아인들』, 부키, 2007, 303~304쪽.

화로 개조해야 한다고 주장하는 문화주의자들의 입장과 실천방식 면에서 상통한다고 할 수 있다. 즉 근대국가를 건설하기 위해 먼저 민족성을 개조하여 국민을 양성해야 한다거나 사회주의를 건설하기 위해 먼저 봉건적이거나 부르주아적인 사상 문화를 개조하여 인민을 양성해야 한다는 입장이 실천방식 면에서 문화주의자들의 입장과 동질적이라는 것이다. 이러한 입장은 종종 문화와 경제의 권력을 소유한 자들이 타자를 소외시키거나 현실을 임의적으로 재단하는 결과를 초래하였다. 가령 신해혁명 이후 수립된 공화정에서 선거인 자격에 미달한 국민에게 선거권을 부여하지 않았고, 사회주의 시기에는 출신 성분과 혈통에 따라 정치적 차별을 가하였고, 현재의 당-국가 체제에서는 국민의 소질 부족을 이유로 인민의 정치참여를 제한하는 현상들이 출현하였다. 이는 국민성 담론이 본래의 의도와 달리 국민의 자격이나 소질이 미흡하다는 이유를 내세워 국민의 정치적 권리에 대한 제한을 정당화하는 논리로 작동할 수 있다는 점을 반증한다. 그리고 20세기 중국의 문화혁명은 표면적으로 근대적이거나 사회주의적인 사상문화로의 개조를 내세우면서도 정치적으로 특정 집단의 권력을 대변하는 논리로 기능함에 따라 결국 목표로 하던 새로운 주체 형성이나 국가건설을 이루는 데 실패하고 말았다.

오히려 그들이 낙후한 국민성을 지니고 있다고 비판했던 중국인들은 담론 속의 상상과는 달리, 개혁개방의 변화된 세계에 신속하게 적응하며 그동안 억눌려 있던 물질적 욕망을 분출하고 있었다. 민중들은 더 이상 시대의 구경꾼이 아니라 부자의 꿈을 향해 질주하는 '반란' 세력으로 변모해가고 있었던 것이다.

9장

개혁개방과 발전의 위기

부자의 꿈

1981년 중국이 세계를 향해 선전, 주하이, 샤먼, 산토우를 경제특구로 개방했을 때, 이 지역은 국제적 대도시 홍콩에 인접한 가난하고 낙후한 작은 촌락에 불과했다. 거리상으로 볼 때 선전과 홍콩은 차로 1시간도 걸리지 않는 근방에 위치하고 있지만, 생활수준에서는 선전의 1인당 연간 소득이 홍콩의 10분의 1에도 미치지 못하는 격차가 있었다. 이러한 사정은 20세기 초 '동양의 파리'라 불리며 국제적 번영을 누리던 상하이의 경우도 마찬가지여서, 1949년 신중국 건설 이후 상하이는 과거의 영예를 홍콩에 넘겨준 채 쇠락의 길을 걷고 있었다. 이는 중국이 농업과 균등분배를 중심으로 한 관념적인 계획경제를 추진하여, 극도의 저생산과 비효율이 지배하는 정체된 사회에 머물러 있었기 때문이다.

개혁개방 이전 중국은 소위 따궈판과 톄판완으로 상징되는 사회체제를 유지하고 있었다. 따궈판은 큰 솥에 담긴 밥이라는 뜻으로 개개인의 능력이나 실적에 상관없이 큰 솥의 밥을 공평하게 나누어 먹는다는 균등분배 제도를 지칭하며, 톄판완은 철밥통이라는 뜻으로 한 번 취업하면 깨어지지 않는 철밥통처럼 평생 고용이 보장되는 제도를 지칭한다. 중국 정부는 이러한 제도를 바탕으로 종신 직장이라 할 수 있는 단위에 국민들을 배치하여, 노동에 대한 임금뿐만 아니라 사회복지에 관련된 물품과 비용을 지원하였다. 그렇지만 이러한 평등주의적 사회제도는 결국 개개인의 노동생산의 동기를 상실케 함으로써 국가 전체를 빈곤의 악순환에 허덕이게 만들었다.

중국은 이러한 상태에서 벗어나기 위하여 먼저 인구의 80%가 몰려 있던 농촌을 개혁하기 시작했다. 당시 농촌은 집단 경작을 통해 국가가 정한 생산량을 달성하는 인민공사 체제에 편제되어 있어서 생산성보다는 무사안일의 태도가 지배하고 있었다. 그래서 이를 책임 생산제의 방식으로 변경하여 할당된 양 이외의 농산물을 시장에 내다 팔 수 있게 함으로써 농민들의 생산의욕을 고취시켰다. 이로 인해 농촌의 생산력이 급격하게 향상되어 시장에 농산물이 넘쳐나는 사태가 벌어졌다.

또 농촌 인근 지역에 지방정부와 농민들이 합자하여 일용품을 생산하는 향진기업[1]을 건설함으로써 농촌의 공업화가 동시에 진행되었다. 이러한 변화에 따라 잉여 농산물 판매를 통해 고소득을 올리거나 향진기업을 효율적으로 운영하여 부자가 된 농민들이 늘어나 농촌에 개혁개방의 청신호가 울리기 시작하였다.

소위 완위안후(萬元戶)라 하여 당시에 거금으로 통하던 1만 위안의 소득을 올리는 가정이 등장하여 지금의 백만장자에 비견될 만한 부의

[1] 향진기업은 중국의 개혁개방운동에 따라 1978년부터 각 지역 특색에 맞게 육성되기 시작한 소규모 농촌기업으로, 우리의 읍면에 해당하는 향진(鄕鎭) 소속 주민들이 중소기업을 세워 경영과 생산 및 판매를 자율적으로 결정하였다. 이 향진기업은 마을 주민들이 공장을 공동소유하고 재투자액을 제외한 모든 이윤을 마을 주민들에게 분배하며, 균등임금을 지불하는 국영기업과는 달리 고급 기술인력과 경영 관리자에게 더 많은 배당을 주고 기술자들도 능력에 따라 차등 임금을 받았다.

상징어가 되었다. 부자의 꿈을 실현한 완위안후가 유행처럼 번지면서 농민들 가운데 농사를 그만두고 기업 활동에 종사하거나 아예 도시로 이주하는 이들이 증가하였다. 이렇게 급변하는 농촌의 현실을 풍자라도 하듯, 90년대 초 중국 관영방송의 음력 설 오락프로그램에서는 부자가 된 농민 출신의 기업가를 상표를 떼지 않은 고급양복에 비싼 운동화를 신고 커다란 핸드폰을 들고 큰 소리로 떠들어대는 인물로 묘사하여 한바탕 웃음을 자아내었다.

농촌에서 시장경제의 실험이 일정한 성과를 거둔 후 개혁개방의 흐름이 도시로 이어졌다. 도시에는 중국경제를 정체하게 만든 국유기업이 대거 몰려 있어서 이에 대한 개혁이 우선적인 대상으로 인식되었다. 하지만 급격한 개혁은 대규모의 실업이 사회 불안정을 불러올 수 있었기 때문에 이는 섣불리 건드릴 수 없는 난제 가운데 하나였다. 이 때문에 도시에서 시장경제로의 변화를 실감할 수 있었던 것은 민간부문의 경제활동을 공식 허용한 일이었다.

개혁개방 초기 도시에는 문화대혁명 시기에 농촌이나 오지로 하방당했다 돌아온 젊은이들로 넘쳐났다. 이들은 일자리가 없어 실업자 신세로 전락했는데 중국 정부는 이들에게 조그마한 점포를 열어 장사를 할 수 있도록 허락해주었다. 이러한 사람들을 거티후(個體戶, 자영업자)라고 부르는데, 이후 거티후의 수가 폭발적으로 늘어나 도시의 새로운 활력이 되었다.

거티후 가운데 장사가 잘되어 종업원을 고용하는 이들도 생겨나 종업원이 8명 이상인 거티후를 사영기업[2]이라고 불렀다. 이들은 당시

---

2) 개혁개방 이후 중국의 기업형태는 소유 주체에 따라 국가가 소유하는 국유기업, 지방정부가 소유하는 집체기업, 개인이 소유하는 사영기업 그리고 외국인이 합작, 합자, 단독의 방식으로 소유에 관계하는 삼자(三資)기업으로 구성되어 있다.

정보통신이 발달하지 않은 환경을 틈타 지역 간의 상품 교역과 시세 차이를 통해 수익을 올리거나 직접 현대화된 생산 공장을 차려 물품을 공급하는 등 다양한 상술로 부를 축적하였다. 이러한 사회적 분위기 속에서 국유기업이나 정부기관 등 안정된 일자리에 종사하던 사람들이 오히려 직장을 그만두고 창업을 하거나 사영기업에 취직하는 '샤하이(下海)' 붐이 일어났다.

민간부문의 경제활동이 활발해지자 중국 정부는 거티후를 포함한 사영기업의 필요성을 승인하여 전국적으로 민영경제의 전성시대가 열리기 시작했다. 중국 자본주의의 꽃으로 불리는 사영기업은 대부분 국가나 지방정부가 독점하던 공유재산을 민영화하는 과정에 발 빠르게 참여하여 성장을 위한 기틀을 마련하였다. 이들은 개혁개방 초기에 사회제도가 정비되지 않은 공백을 틈타 폭리를 취하거나 권력자에 접근하여 특혜를 얻는 방법을 통해 부를 축적할 수 있었다.

그 대표적인 사례가 쌍궤제(雙軌制)를 이용하거나 부동산 개발의 특혜를 받은 경우이다. 쌍궤제는 중국 정부가 계획경제 부문과 시장경제 부문을 공존시킴에 따라 계획경제 부문의 제품 가격이 시장경제 부문보다 훨씬 낮아 이중적인 가격체제가 존재하는 상황을 말한다. 개혁개방 초기 시장경제 부문은 한정된 생산능력으로 인해 공급이 부족하여 제품가격이 상대적으로 높았다. 그런데 쌍궤제를 이용한 기업들은 계획경제 부문에서 생산재료와 중간재를 싼 값으로 조달하여 시장에 내다 팔아 폭리를 취할 수 있었다. 당시 이러한 제도의 허점을 이용하여 벌어들인 차액이 최소한 6,000억 위안에 달하는 것으로 추정되고 있다.

무엇보다 사영기업의 급성장에 공헌을 한 것은 부동산업이라고 할 수 있다. 중국의 부동산은 국가가 소유권을 지니고 있어서 개발을 희망하는 업체가 토지개발계획서를 정부에 제출하여 사용허가권을 획득하는 과정을 거쳐야 한다. 개혁개방 이전에는 부동산업이 성행하지 않아 특별한 경쟁자가 없었을 뿐 아니라 정부도 개발을 촉진하기 위해 부동산 투자를 권장함에 따라 사영기업의 진출이 용이하였다. 사영기업들은 이러한 개발 붐에 편승하여 입지가 좋은 땅의 사용허가권을 얻어내거나 저가로 사용허가권을 매입하고, 또 사용허가권을 담보로 은행에서 투자자본을 대출받는 특혜를 통해 막대한 개발 차익을 얻을 수 있었다. 물론 이것은 부동산 개발 안목이 있어야 가능한 일이지만 급속한 도시화와 거대한 주택 수요, 그리고 각종 개발구 건설에 편승한 사영기업이 정부와의 공식 비공식적인 협력관계를 통해 특혜를 누렸던 것이다.

개혁개방 초기 제도상의 공백과 특혜를 통해 사영기업이 성장한 것은 사실이지만, 중국이 세계의 공장으로 성장하는 90년대에는 저임 노동력을 바탕으로 일용품을 생산하거나 교역을 통해 성장하는 기업들이 급증하기 시작했다. 특히 개혁개방 이후 가장 부자 지역으로 성장한 저장성에는 수백만 개의 사영기업이 활약하며 중국 국내뿐 아니라 세계 각지로 상권을 확장하고 있다. 이들은 저장성 특유의 상인기질을 발휘하여 부를 축적하고 있는데, 그중 경제수도인 상하이를 장악하고 있는 닝보 상인, 중국의 유대상인으로 불리며 일용품 시장을 석권하고 있는 원저우 상인, 세계적 도매시장을 형성한 이우 상인, 실크상과 차상의 메카인 항저우 상인 등이 중국 대표급 상인으로 부상하였다.

저장성 이외에도 그 지역의 비즈니스 환경과 상술 그리고 저임 노동 등을 융합하여 독자적인 상권을 구축한 이들이 등장하였다. 경제특구의 활기를 타고난 장사꾼 재능으로 승화시킨 광둥 상인, 20대 청년 사장들이 상권을 주도하는 푸젠 상인, 품질이 좋고 가격이 저렴한 가짜

상품의 천국을 만든 후베이 상인, 신용과 명예를 중시하여 최상의 품질을 보장하는 쓰촨 상인, 진상의 후예로서 금융과 회계 업무에 탁월한 산시 상인 등등, 중국 어디를 가나 부자의 꿈을 실현하기 위해 각 지역의 상인들이 활기차게 움직이고 있었다.

이들 지역 상인들이 일용품을 중심으로 상업경제를 활성화시켰다면, 대학과 연구소의 젊은 인재 및 해외 유학생은 IT 산업을 중심으로 벤처기업의 창업 붐을 조성하였다. 중국의 마이크로소프트사라 불리는 렌상은 1984년 류촨즈를 비롯한 11명의 젊은이들이 모여 창업한 벤처기업으로 처음에는 독자기술이 없어 컴퓨터 수리나 수입 컴퓨터 판매를 주로 하였다. 그러나 90년대에 들어 팬티엄 탑재기기를 개발하고 컴퓨터를 대량으로 조립 생산하면서 중국 시장점유율 1위를 기록하였고, 2000년대에는 IBM PC 사업부를 인수하고 레노버라는 브랜드로 세계 컴퓨터 시장을 공략하여 중국 신세대 벤처창업의 성공신화를 열어놓았다.

렌상에 이어 한자 입력 소프트웨어를 최초로 개발한 창청이 1986년에 창업하여 컴퓨터뿐만 아니라 광대역통신망 사업에 진출하여 시장점유율을 확장하고 있으며, 베이징대학에서 출자하여 창업한 베이따팡정은 미디어 및 상업 출판 편집시스템을 개발하여 중국어권 시장을 대부분 장악하고 있으며, 푸단대학생 차오즈강이 창업한 푸단진스다는 금융업계의 소프트웨어를 개발하여 이 분야의 항공모함으로 불리고 있다. 이 외에 퉈푸, 랑차오, 왕이, 안자 등 젊은 인재들이 창업한 벤처기업이 대기업으로 성장하면서 IT 산업의 창업 열기를 확산시켜나가고 있었다.

농민공

90년대 중반 이후 중국이 높은 성장률을 기록하며 세계의 공장으로 급부상하고 있을 때, 생산현장에서는 중국의 노동자들이 몇 년 동안 변함없는 저임금을 받으며 제품을 생산하고 있었다. 세계의 모든 할인 마트에 메이드 인 차이나가 진열되어 사상 유례없는 물질적 풍요를 누리고 있을 때, 전 세계의 소비자들은 자신들이 구매하는 가격으로 어떻게 제품이 생산될 수 있는지 궁금해하였다. 그러나 중국의 노동자는 일자리에 만족해하며 자신이 만든 제품이 자신의 임금보다 얼마나 비싼 가격으로 전 세계에 팔리고 있는지 관심을 두지 않았다. 이것이 바로 중국이 세계를 유혹한 최적의 생산여건이다.

중국의 풍부한 저임 노동력의 주인공은 대부분 농촌에서 도시로 이주한 농민들이다. 개혁개방 초기 농촌은 잉여 농산물을 시장에 내다 팔 수 있게 함으로써 빈곤 해소에 상당한 활력이 되었지만, 이후 농산물이 과잉 생산되어 가격이 급락하면서 농민들은 다시 빈곤상태에 빠져들었다. 게다가 90년대에 도시의 산업화가 가속화되면서 농촌과의 소득격차가 벌어지자 돈을 벌기 위해 도시로 이주하는 농민들의 수가 급증하기 시작했다. 이들을 농민공(農民工)이라 부르는데, 한국이 산업 근대화를 시작하던 70년대 농촌에서 도시의 공단으로 이주하여 저임금에 시달리던 '공돌이', '공순이'와 인생역정이 유사한 이들이다.

농민공은 도시에 거주할 수 있는 후커우(戶口)[3]가 없어 도시민에 비

---

3) 1958년 발표된 후커우 관리조례에 따라 실시되기 시작한 중국의 후커우 제도는 전 국민을 크게 농민 후커우와 비농업거주 후커우로 구분해, 태어날 때 부모와 동일한 후커우를 부여받도록 하고 있다. 따라서 농민 후커우를 가진 주민은 극히 예외적인 경우를 제외하고는 평생 도시 후커우를 가질 수 없어 농업인구의 도시 진입이 차단되고, 거주이전 및 직업선택의 자유가 박탈되고, 도농 간 소득격차 확대되는 등의 문제를 낳았다. 개혁개방 이후 곤궁한 농촌생활에서 벗어나려는 농민

해 불공평한 임금을 받고 타 지역 출신이라는 불신과 차별을 겪으며, 무엇보다 가족과 헤어져 지내야 하는 고통을 감수하고 있다. 이들이 최저 생활비에도 못 미치는 저임금을 받으면서도 도시로 몰려드는 이유는 그나마도 농촌의 소득수준에 비하면 훨씬 나은 편이며, 돈을 벌면 고향으로 돌아가 좋은 집을 짓고 가족과 행복하게 살려는 미래의 꿈을 간직하고 있기 때문이다. 게다가 매달 일정금액을 고향에 송금하고 있으니 이들은 정말 우리로서는 상상하기 힘든 비용으로 생활하고 있는 것이다.

현재 농민공의 수는 약 2억 명에 달하는 것으로 추정되고 있다. 여기에다 90년대 중반 이후 국유기업의 구조조정으로 인해 실업 및 잠재 실업상태[下崗]에 처한 4천만 명 이상의 도시 노동자, 매년 새롭게 사회에 진출하는 대학생 6백만 명, 그리고 농촌에 있는 실업인구 약 1억 2천만 명을 합한다면 중국은 전 세계 어느 나라도 따라갈 수 없는 풍부한 산업예비군을 보유하고 있는 셈이다. 중국은 이러한 노동력을 바탕으로 의류, 완구, 신발, 가방, 모자 등 일용품을 생산하는 노동집약적인 산업에서 일찍이 세계시장을 석권하였으며, 나아가 가전, 컴퓨터, 휴대폰 등의 제조업 분야에서도 선진국을 위협하는 수준에 도달해 있다.

유럽과 미국의 뒤를 이은 후발 자본주의 국가로서 아시아의 성장과정을 볼 때, 저임 노동력을 바탕으로 산업화를 이룩하고 가격경쟁을

들의 도시행이 끊임없이 이어지면서 후커우 제도가 사실상 농촌 출신자들을 차별하는 족쇄에 불과하다는 불만이 점차 커져왔다. 후커우 제도가 현대판 신분제라는 비판이 일어남에 따라 허베이, 랴오닝, 저장성 등의 지역에서는 후커우 제도를 폐지하여 농촌 출신자들이 취업 등에서 차별을 받는 일이 없게 만들었다.

통해 수출을 증대하는 방식은 중국만의 특수성이 아니라 일본, 한국, 대만, 홍콩, 싱가포르, 동남아 국가의 공통된 특징이라고 할 수 있다. 일본의 경우 경제개발을 시작한 50년대 선진국인 미국, 유럽에 비해 낮은 임금과 저가 제품으로 수출시장을 확대하였고, 70~80년대 아시아의 사소룡(四小龍. 한국, 대만, 홍콩, 싱가포르) 역시 동일한 방식으로 일본이 장악하고 있던 시장을 점유하였으며, 90년대 동남아도 저가경쟁을 통해 사소룡이 차지하고 있던 시장을 잠식하였다. 그리고 후발주자에게 저가 시장을 내준 상위 국가들은 산업고도화를 통해 고부가가치 산업을 육성하여 세계시장과 후발국가의 신흥시장을 공략하였다.

그런데 중국의 등장으로 기러기 행렬 모식으로 상징되던 아시아경제 및 통상적인 세계경제의 분업구조가 커다란 도전에 직면하게 되었다. 세계경제에 문호를 개방한지 30년이 되는 시점에서 중국은 국내총생산(GDP)이 미국, 일본, 독일에 이어 세계 4위 국가로 성장하였고, 2013년 현재 세계 2위를 기록하고 있다. 그러나 임금수준은 선진국과 비할 때 그 상승폭이 아직 미미한 편이다. 일본의 경우 경제개발을 시작한 30년 후인 80년대에 미국과 임금이 대등한 수준으로 상승했으며, 사소룡의 경우도 30년이 지난 오늘날 동일한 상황에 처해 있다는 점을 감안한다면 중국은 아직도 저임금 상태에 머물러 있다고 해야 할 것이다.

이는 중국이 저임 노동력의 장점을 발휘할 수 있는 엄청난 규모의 산업예비군을 지니고 있기 때문이다. 이러한 장점이 얼마나 지속될지 예측할 수 없을 정도로, 중국이라는 거대한 기러기는 아직도 양 날개를 완전히 펼치지 않은 채 비상하고 있는 것이다. 이 거대한 기러기는 세계경제의 판도를 자신의 품 안으로 끌어들일 수 있는 규모와 속도를 지니고 있고, 위협적으로 추적해오는 기러기가 없는 실정이어서 머지않아 앞서가는 기러기(미국)를 따라잡을 것으로 보인다.

게다가 중국은 선진국을 추격하기 위해 이미 산업고도화 정책을 통해 성장 동력을 첨단산업 중심으로 전환하고 있으며, 대학과 연구소에서 배출한 전문인재 및 해외 유학생 등의 고급인력이 그것을 뒷받침할 수 있을 정도로 풍부히 양성되어 있는 상태다. 이들 고급인력 역시 선진국에 비해 임금이 매우 낮은 수준이어서 인력 방면으로 볼 때 중국은 앞으로도 상당 기간 성장을 지속할 수 있는 힘을 비축한 셈이다.

이 점은 다른 후발자본주의 국가가 지니지 못한 중국만의 특성으로 지속적 성장을 가능케 하는 힘으로 작용한다. 그렇지만 산업예비군은 잠재적 실업 상태에 놓여 있기 때문에 그대로 방치할 경우 사회적 위협이 되기에 충분하다. 이들을 경제주체로 활용하기 위해선 반드시 그에 상응하는 일자리가 창출되어야 한다. 그렇게 되려면 고도성장을 지속적으로 추진해야 하는데 그에 따른 국가재정과 경기과열의 문제를 해결해야 하며, 또 산업고도화 정책을 시행하면 상대적으로 저임 노동자의 일자리가 없어지기 마련인데 그에 따른 실업사태와 사회복지 문제를 해결해야 하는 난제가 도사리고 있다. 이러한 난제를 극복하는 일이 향후 중국의 최대 과제로서, 거대한 기러기의 비상은 바로 제 몸무게를 견딜 수 있는 양 날개의 활력을 어떻게 지속시켜나가느냐에 달려 있다고 할 것이다.[4]

---

4) 중국은 이 문제를 해결하기 위해 도시화 발전전략을 취하고 있다. 이것은 농업 잉여 노동력을 질서 있게 도시로 이전하여 산업구조를 고도화한다는 소극적인 성격을 넘어, 실업문제, 내수시장 확대, 지역격차 해소, 산업구조 조정, 지역개발, 법치와 인구소양의 제고, 사회적 불평등의 완화, 지속가능한 발전 등의 문제와 연계되어 있다. 실제로 중국은 현대화된 국가를 만들기 위해 2050년까지 도시화율을 70~80%로 끌어올리려 하고 있는데, 도시를 어떻게 재편할 것인가의 문제는 중국의 산업정책과 사회정책의 중요한 요소로 등장했고 구체적으로는 종합적 도시 발

중국계층의 재구성

90년대 이후 개혁개방과 시장경제의 도입으로 기존의 제도적 장벽이 허물어짐에 따라, 단순한 계층에 속해 있던 중국인들이 다양한 사회계층으로 분화되는 현상이 출현하기 시작했다. 그중 다른 계층으로의 변동이 가장 많이 나타나고 있는 이들이 농민이다. 개혁개방 당시 농민이 취업 총 인구에서 차지하는 비중은 67.4%였으나 1999년에는 44%로 낮아졌다. 외지로 나가 일자리를 얻거나 상업에 종사하기도 하며, 향진기업을 운영하기도 하고, 소수이기는 하지만 고등교육을 받고 기술자가 되었다. 특히 도시화는 중국 농민의 사회 이동을 촉진하는 중요한 요인으로 작용하고 있다. 하지만 중국 농민이 전체 계층에서 차지하는 비중은 여전히 높은 편이며, 다수의 농민이 아직 소농경제에 종사하고 있다.

개혁개방 이후 경제자원을 관리하거나 운영하는 계층이 형성되어 꾸준히 확대되고 있다. 중국에서 상층에 속하는 국가와 사회 관리자, 사영기업주와 경영자는 모두 경제능력을 소유한 사람들이다. 사영기업주가 전체 계층구조에서 차지하는 비율은 아직 높은 편은 아니지만 중국경제의 성장에 따라 꾸준히 상승할 것으로 보인다. 가령 대도시 선전의 경우(2001) 경영자 계층과 사영주 계층이 전체 계층에서 차지하는 비율은 각각 6.7%와 4.2%였다. 또한 도시화 추진과 국가의 사회 관리 능력의 확장으로 인해 국가와 사회 관리자 계층의 비율도 상승하는 추세에 있다.

전전략, 최적 도시문제, 도시 혁신 문제가 중요한 고려사항이 되고 있다.

정치권력을 지닌 간부 계층은 개혁개방 이후에도 여전히 우세한 지위를 지니고 있다. 국유자산을 시장경제로 재분배하는 과정에서 새로운 권력의 변화가 수반되지 않았고, 기존 정치세력이 자신의 지위를 이용하여 국유자산을 사유화하는 불균등 분배가 현상이 벌어졌기 때문이다. 이러한 과정에서 성장한 시장은 재분배 권력을 가진 사람에게 가장 유리하게 작용했으며 그들의 경제적 혜택은 시장의 발전에 따라 감소되는 것이 아니라 오히려 강화되는 현상이 나타나고 있다.

중간계층의 규모도 개혁개방 이전과 달리 빠르게 성장하고 있다. 중간계층은 두 가지 부분으로 구성되는데, 하나는 구사회중간층으로 중소 사영기업주, 자영업자와 부유한 자영농이다. 신사회중간층은 전문기술자, 경영인, 관리자, 사무직, 서비스직과 기술 노동자 등이다. 전국적 범위에서 중간층은 확대되고 있지만 전체적 비율에서는 여전히 낮은 상태이며, 그 가운데서도 전통적 중간계층의 비율이 현대적 중간계층의 비율에 비해 아직 높은 편이다. 이는 개혁개방의 과정에서 정치·경제적 자본 및 문화적 자본을 독점한 소수의 엘리트 계층이 출현하여 과도하게 국가자원을 독점함에 따라 많은 사회계층의 이익을 제약하기 때문인 것으로 보인다.

그리고 개혁개방 이후 사회계층의 지역적 차이가 현저하게 나타나기 시작했다. 경제가 발달하지 않은 중서부 지역일수록 사회계층 구조는 단순하고 중간계층 규모는 작은 반면, 경제가 발달한 동부 지역일수록 사회계층 구조는 복잡하고 현대적 사회계층 구조의 특징을 지닌다. 각 지역들마다 산업과 각종 소유제 점유 비율이 상이함에 따라 투자, 취업, 사회보장에 있어서도 정책적 차이가 생기며 이는 해당 지역

에 거주하는 사람들의 계층 형성에 영향을 끼치고 있는 것이다.[5]

개혁개방 이후 이러한 사회계층의 변화에 따라, 중국사회과학원의 「당대 중국 사회계층 연구보고」(2001. 12)[6]에서는 중국인을 10대 사회계층으로 재구성하고 있다. 즉 상층인 국가 및 사회 관리층(2.1%)과 기업 관리층(1.5%), 중상층인 민간 기업주(0.6%)와 전문직(5.1%), 중중층인 사무직(4.8%)과 자영업자(4.2%), 중하층인 상업 서비스업 종사자(12%)와 산업 노동자(22.6%), 하층인 농업 노동자(44%)와 실업자(3.1%)로 구분하고 있다. 이 보고에 따르면 상위 20%와 하위 80% 사이의 양극화 현상이 뚜렷하며, 민간 기업주, 전문직, 사무직, 자영업자 등의 '중간층'이 새로운 계층을 형성하고 있는데, 이러한 중간층은 직종에 따라 차이는 있지만 대체로 하층 노동자의 비해 높은 소득을 올리며 문화생활을 향유하고 있는 것으로 보인다.

발전의 위기

개혁개방의 총설계자라 불리는 덩샤오핑은 '흑묘백묘론(黑猫白猫論)'을 통해 중국을 현재와 같은 시장경제 사회로 바꾸어놓았다. '흑묘백묘론'은 검은 고양이든 흰 고양이든 쥐를 잘 잡는 고양이가 좋은 고양이라는 뜻으로, 사회주의든 자본주의든 인민을 잘 살게 만드는 체제로 전환해나가겠다는 논리이다. 이러한 실용주의적 노선 덕분에 중국은 이념과 분배가 중심이 된 사회에서 자본과 성장을 위주로 하는 사

---

5) 김도희, 『전환시대의 중국 사회계층』, 폴리테이아, 2007, 39~42쪽.
6) 중국사회과학원의 이 보고서는 루쉐이가 주도적 역할을 수행한 것이다. 중국사회 계층의 변화에 관한 자세한 분석은 루쉐이의 『21세기 중국사회의 전망』(김성희 옮김, 주류성, 2001) 참고.

회로 변모할 수 있었다.

개혁개방 이후 중국 정부는 연평균 7%대 이상의 고도성장을 목표로 생산과 수출 부문을 성장 동력으로 삼아 재정을 집중 투자하고, 파격적인 지원 정책을 실시하였다. 이에 따라 중국 전역에 저임금을 바탕으로 한 제조업 생산 공장이 건설되고, 능력 있는 사람이 먼저 돈을 벌 수 있도록 사영기업을 육성하고, 수출을 장려하기 위하여 수출부가가치세 환급제도와 같은 장려책을 시행하고, 외국기업을 유치하기 위하여 대대적인 세제 감면과 금융 혜택을 제공하였다. 그 결과, 정부의 목표치를 초과한 연평균 9.6%의 고속성장을 이루었을 뿐만 아니라, 'made in China'가 세계시장을 석권하는 경제대국으로 급부상하게 되었다.

하지만 세계를 놀라게 한 성장지표와 무한한 가능성에도 불구하고 90년대 중국의 모습은 덩샤오핑이 궁극적으로 의도한 발전궤도에서 상당히 어긋나 있다. 덩샤오핑은 흑묘백묘론을 통해 중국을 실용적인 사회체제로 전환한 다음, 원바오(溫飽)-샤오캉(小康)-따퉁(大同)의 단계로 발전해나가는 장기적 비전을 제시하였다. 원바오는 생존을 위한 기본적인 의식주를 해결하는 단계이며, 샤오캉은 경제발전과 소득증대를 바탕으로 가전제품, 주택, 자동차를 구입하여 안락하게 생활하는 단계이며, 따퉁은 사회구성원 전체가 현대적 생활을 영위하는 복지사회의 단계를 나타낸다. 90년대 중국은 1인당 GDP 1000달러를 목표로 한 원바오 단계를 뛰어넘어 '전면적 샤오캉' 시대로 진입하였다. 그러나 수단과 방법을 가리지 않고 쥐를 잡는 고양이처럼, 중국은 성장만을 위한 발전주의의 함정에 빠져 혹독한 성장통을 앓고 있었다. 무엇보다, 능력 있는 사람이 먼저 부자가 되어도 좋다는 '선부론(先富論)'은 본래 '아랫목이 따뜻해지면 윗목도 자연스레 따뜻해질 것'이라는 확산효과를 기대하며 주창한 것인데, 이것이 부정적으로 작용하여 빈부격차와 지역 간의 불균형이 갈수록 심화되었다. 이는 덩샤오핑이 미처 예상하지 못한 일로, 개혁개방을 통해 이상적인 복지사회로 나가려는 의도가 성장의 덫에 걸려 심각히 굴절된 것이다.

후진타오 시대에 들어 중국은 외형적 성장에 치중해온 발전과정을 반성하며 질적인 성장을 이루어나갈 수 있는 방안을 모색하였다. 2006년부터 시작한 11차 5개년 계획에서, 후진타오는 과학발전관을 통해 그간의 양적인 성장을 벗어나 지속 가능한 질적인 성장을 하고, 계층 간 지역 간 불균형에서 벗어나 사회구성원 전체가 소외되지 않는 균형발전을 함으로써 인간이 중심이 된 조화사회로 나아가는 것을 새로운 목표로 설정하였다.

후진타오 시대의 이러한 방향 전환은 '발전의 위기'에 대한 정부적 차원의 대응이라고 할 수 있다. 주지하듯이 1989년 천안문사태 이후 중국은 덩샤오핑의 남순강화를 통해 정치적 통제 아래 추진되는 시장화 개혁의 모델을 창조하였다. 그리고 그 결과 신자유주의적 지향성을 지닌 대규모 개혁이 전개되었다. 이 과정에서 추진된 국유기업의 사유화는 노동자들의 대규모 실직 사태와 제도적 부패를 초래했다. 지지부진한 농촌개혁은 광범위한 삼농위기를 불러왔고, 시장화 사유화를 지향했던 사회보장체계(의료보장체계를 포함하여) 개혁은 보장체계의 전면적인 위기를 가져왔다. 빈부, 도농, 지역 간 격차가 심화되었으며, 심각한 생태 위기 역시 초래되었다. 이 모든 것들은 그야말로 전형적인 신자유주의 개혁정책의 후과였다.[7]

7)   왕후이, 성근제 옮김, 「충칭사건-밀실정치와 신자유주의의 권토중래」, 『역사비평』 여름호, 역사비평사, 2012, 168쪽. 아울러 이 글은 유럽외교관계위원회 위원장 마크 래너드가 편한 *CHINA 3.0*(2012. 11)에 "Political repression and the

한편 중국 지식계와 시민사회는 이러한 위기에 직면하면서 신자유주의적 개혁에 대해 저항하기 시작했다. 2000년 삼농위기에 대한 대토론을 통해 농업세 감면과 신농촌 건설운동을 이끌어냈고, 2003년 사스(SARS)를 계기로 의료보장체계에 관한 공개적인 토론을 통해 사회보장제도 수립을 위한 동력을 제공했고, 2005년 국유기업에 관한 란셴핑-구추쥔 논쟁을 통해 국유기업 개혁에 긍정적인 역할을 수행했고, 의료·주거·교육의 세 가지 난제에 관한 토론을 통해 민생을 위한 여론이 형성되었다. 이러한 여론에 대한 반응으로 중국공산당의 정강 조정이 시작되었으며, '사회적 공평을 더욱 중시하는' 정강의 기조가 '효율을 우선으로 하되 공평을 동시에 고려한다'는 90년대의 정강을 대체하게 되었고, '민생 중시' 역시 최근 중국공산당의 핵심 주장으로 점차 자리를 잡아갔다.[8] 후진타오 시대의 신정치, 즉 조화사회론, 과학발전관, 포용적 성장 등은 바로 이러한 기층의 민의를 정책에 반영한 것이라고 할 수 있다.

개혁개방 이후 중국의 급성장은 신자유주의적 시장개혁이 사회주의 시기의 계급투쟁이나 문화혁명보다 더 효과적인 근대화 전략이었음을 증명하고 있다. 그러나 중국의 경제발전주의는 시장만능과 승자독식을 추구하는 신자유주의 이데올로기에 의해 주도된 것이다. 이는 사회주의 시기의 비효율적인 상호부조와 공동체 윤리에 대한 반작용 속에서 수용된 것이지만, 현재 중국은 우승열패의 생존경쟁이 가속화되어 사회적 불평등이 심각한 상태에 처해 있다. 경제가 성장할수록 사회적 불평등이 심각해지는 사태에 직면하면서 중국은 성장 일변도에서 벗

---

resurgence of neoliberalism in China"라는 제목으로 요약 소개되어 있다.

8)   왕후이, 앞의 글, 169쪽.

어나 사회보장제도를 통한 민생정책를 시행하고 있지만, 진정한 의미의 공동체사회는 정책제도의 시행만으로 이룰 수 있는 것이 아니며 국민 내부의 공동체 의식이 기반이 되어야 실현 가능한 일이다. 우승열패의 이데올로기에 지배되어 공공정신이 결핍되어 있고, 지역 간 계층 간 민족 간 빈부 격차가 심하여 사회적 연대의식이 형성되지 못한 상태에서, 조화사회의 목표를 추진할 수 있는 주체와 재원을 확립하기가 어렵기 때문이다.

이러한 사회에서 루쉰이 '유언'으로 말한 "중국인으로 존재한다는 것"은 무슨 의미가 있는 것일까? 주체 형성의 관점에서 볼 때, 20세기 중국은 개인의 물질적 이익과 사사로운 자유만을 아는 '흩어진 모래'에서 벗어나 공공정신을 지니면서 구성원들과 더불어 자유를 향유할 줄 아는 국민을 양성하는 과정이었다. 실제로 20세기 중국은 공공정신을 외치면서도 정치적 경제적 기반이 형성되지 않아 윤리도덕에 호소하는 수준이었지만, 독립된 주권국가를 바탕으로 세계 최고의 국부를 축적한 21세기 중국은 공공정신을 확립할 기반이 조성되어 있다 해도 과언이 아니다. 그러나 개혁개방 30여 년 동안 개개인이 부자의 꿈에 매달려 살아온 지금이 20세기 중국보다 공공정신의 수준이 더 높아진 것인지 묻는다면 대답이 그리 긍정적이지만은 않을 것이다. 물론 이는 권리와 의무를 가지고 정치에 참여할 수 있는 자유는 제한된 채 경제적 자유만이 허용된 당-국가 체제와 밀접히 관련되어 있는 문제다. 그렇다면 21세기에도 중국인은 여전히 '흩어진 모래'로 존재할 수밖에 없는 것인가?

중국식 복지사회

세계는 지금 글로벌 경제 차원에서 기업과 산업의 끊임없는 구조조정과 산업고도화가 진행되는 시기이다. 유망한 산업과 직종이 순식간에 사양 산업과 사양 직종으로 되는 일이 일상적으로 벌어져 노동자들의 삶이 극도로 불안정해지고 있다. 산업고도화는 무엇보다 창의적 노동을 필요로 하기 때문에, 창의적 노동력의 풍부한 공급은 국민경제와 자본 그리고 노동이 함께 발전할 수 있는 필수조건이 된다. 하지만 산업과 일자리의 끊임없는 구조조정과 함께 일자리와 소득의 불안정 문제를 낳는데, 이 문제는 자본주의적 시장 스스로 해결할 수 없는 것이다. 사회는 일자리를 잃은 노동자들이 그 휴지기 동안 기본적인 생계유지에 필요한 실직수당을 받을 수 있도록 하고(소극적 노동시장 정책), 나아가 그들이 보다 고도화된 산업 부문에서 보다 숙련된 노동자로 근무할 수 있도록 직무훈련 및 교육을 제공함으로써(적극적 노동시장 정책), 시장경제의 역동성을 보장해야 한다.

산업고도화가 내포하고 있는 이러한 양면성 때문에 이것이 지속성장을 위한 전략으로 기능하기 위해서는 시장경쟁에서 이탈한 이들을 구제하고 재교육할 수 있는 사회안전망의 구축이 필수적이다. 그리고 내수를 새로운 성장동력을 삼고 있는 시진핑 시대에 내수의 안정적 성장을 위해 반드시 정립되어야 할 과제이기도 하다. 이점은 충칭모델을 넘어 중국 모든 지역의 성장모델이 해결해야 할 문제라고 할 수 있다.

현재 충칭모델과 광둥모델이 신좌파와 자유주의의 이념을 제도적으로 실천하고 있는 모델인 것처럼 비교되는 경향이 있다.[9] 그러나 그

---

9) 광둥모델과 충칭모델에 대해 김재관은 「21세기 국가-사회관계에 관한 중국지식인의 인식」에서 철학사상적 기준, 주요 동력 및 행위자, 역점 사항, 추진자원 및 방법 등을 기준으로 대체적인 경향성을 비교하고 있으며, 김태욱은 「광둥의 봄-광

내부를 들여다보면 시장조정자로서 정부의 역할, 국유기업과 민간기업의 혼합경제, 수출과 내수, 사회복지 등에 있어 상대적인 차이가 있을 뿐 각 지역의 조건에 따른 사회주의시장경제 범주의 성장모델이라는 점에서는 동일해 보인다.[10] 광둥모델이 주목받게 된 것은 2007년 충칭시 당서기였던 왕양이 광둥성 당서기로 부임하면서 후진타오의 과학발전관에 따라 기존의 발전모델을 쇄신하면서부터인데, 이 시기는 공교롭게도 보시라이가 충칭시 당서기로 부임하여 충칭실험을 개시한 시점과 겹친다.[11] 본래 광둥모델은 개혁개방 초기 개방적 지역조건과 세계화의 이점, 즉 외자유치와 가공생산 그리고 수출을 통해 급성장을 이루어 중국모델 가운데 가장 성공적인 사례로 꼽혔다. 그러나

둥모델을 중심으로」에서 광둥모델과 충칭모델을 민주주의의 가능성 측면에서 비교하며 광둥모델의 우월성을 주장하고 있고, 한우덕은 『우리가 아는 중국은 없다』에서 충칭모델과 광둥모델을 국가주의와 자유주의의 대립으로 이해하며 광둥모델의 승리를 역설하고 있다. 두 모델에 대한 이러한 비교 속에 의식적 무의식적으로 신좌파와 자유주의의 이념적 대립을 설정하고 있는 것으로 보인다.

10)   츄핑은 「廣東模式與重慶模式的政治意涵」에서 개혁개방 이후 중국이 모든 지역에서 중산층의 권리와 정치참여의 요구 및 빈부격차의 성장통을 겪고 있는데, 광둥모델은 개혁개방의 선도지역에서 나타나는 중산층의 권리와 정치참여의 요구를 구현하는 대표 사례로, 충칭모델은 개혁개방 후발지역에서 나타나는 빈부격차 해소에 중점을 두는 대표 사례라고 이해하며, 두 모델을 대립시키기보다는 개혁개방 이후 나타난 중국의 양대 문제를 해결해나가는 보완적 성장모델로 인식하고 있다.

11)   두 모델이 부상하기 시작하는 2008년 전후는 영미식 신자유주의 체제의 대안으로서 중국모델의 가능성이 주목받는 시기이기도 하지만, 기존의 중국모델이 발전의 위기를 드러내며 새로운 성장모델을 모색하는 시기이기도 하다. 즉 충칭모델은 3대 격차가 극심한 부작용을 극복하고 도농통합형 내수 성장방식을 모색하기 위한 것이며, 광둥모델은 위기에 처한 대외수출 방식에서 고도산업화와 내수를 동력으로 하는 성장방식을 모색하기 위한 것으로, 두 모델 모두 중국이 직면한 발전의 위기를 각각의 지역적 조건에 조응하는 성장방식을 통해 극복하려고 한다는 점에서 동일하다고 할 수 있다.

빈부격차와 사회적 불평등을 조성했을 뿐만 아니라 2008년 금융위기 이후 미국과 유럽 시장으로의 수출이 저하되면서 성장의 위기와 대량 실업 사태에 직면하게 되었다. 이러한 상황 속에서 왕양은 광둥모델의 성장방식을 저임노동에 기반한 수출에서 산업고도화와 내수로 전환해나가고, 정부 일방이 주도하는 관료체제에서 법치, 예산 공개, 인터넷을 통한 정책 개발 등을 통해 시민사회의 참여를 유도하는 사회체제를 형성하여, 시장경쟁과 협치를 핵심으로 하는 새로운 성장모델을 추진하려고 하였다.[12]

광둥모델이 시장화가 진행된 개혁개방 선도지역에서 발전 이후의 단계를 모색하는 과정이라면, 충칭모델은 개혁개방의 후발주자로서 상대적으로 풍부하게 보존되어 있는 국유자산(국유기업, 토지)과 내수를 활용하여 경제성장과 민생안정을 균형적으로 추구해나가는 과정이라고 할 수 있다. 이런 맥락에서 볼 때 시장화가 진행되어 국유자산이 상당 부분 민영화(토지사용권의 매각을 포함하여)되고 사회계층이 복잡하게 분화된 발전 이후 지역에서는 충칭모델의 장점을 부분적으로 수용할 수밖에 없으며, 시장경제 축적의 조건에 기반한 새로운 성장모델을 구상해야 한다고 할 것이다.

현재 광둥지역은 경제발전 단계로 볼 때 산업고도화를 선도적으로 추진해야 하는 지역이다. 그런데 산업고도화를 추진하기 위해 반드시 수반되어야 하는 사회안전망이 가장 취약한 곳이기도 하다. 광둥은 GDP 규모에서 볼 때 중국 최고의 수준을 기록하고 있지만 사회안전망의 수준을 반영하는 사회보험에 있어서는, 정부가 주도하는 공공부

---

12) 광둥모델의 특성에 대해서는 Xiao Bin, "The Guangdong model in transition", *CHINA 3.0* 참고

조보다 개인이 시장원리에 따라 보험금을 부담하는 개인보험 위주여서 공공부조비가 전국 최저 상태에 처해 있다. 광둥지역이 기층민중의 저항 사태가 가장 심각한 것은 이러한 불균등한 사회조건을 반영하는 것이다.[13] 왕양은 '행복광둥'을 구호로 내세우고 있지만 이러한 사회조건하에서는 산업고도화와 내수를 동시적으로 이루어나가기가 쉽지 않을 수 있다.

실제로 광둥지역은 산업고도화를 주로 임금인상에 기반한 시장의 압박에 의지하고 있어서 독창적 기술개발과 창의적 인재 양성의 난제에 직면하고 있으며, 정치개혁이 불완전하여 지방정부의 권력독점이 지속될 뿐 아니라 법치와 민주주의는 여전히 제도화되지 못한 상태이며, 사회보장제도에서 연금보험, 건강보험, 고용보험, 산재보험과 같은 민간 사회보험 가입률은 중국에서 가장 높은 반면 사회구제, 사회복지, 특수치료와 취업알선 체계와 같은 정부 차원의 사회보장은 매우 취약한 실정이다. 이 점이 바로 광둥지역이 시장원리에 충실한 왕양의 방식을 넘어 성장과 복지가 선순환하는 새로운 성장모델을 모색해야 하는 이유이다. 광둥지역과 같이 시장경제와 개인 중심적 사회문화가 형성된 곳에서는 생산적 복지사회 모델[14]을 참조할 필요가 있다고 생

---

13) 농민공의 문제와 연관하여 중국의 불평등한 사회조건 해소방안을 모색할 때 이중의 벽에 부딪치게 된다. 기본적으로 지방정부는 지역발전을 위해 해외를 포함한 역외 투자자의 유치를 위해 경쟁적으로 노력하고 있다. 기업 유치 시 지방정부는 조세수입과 일자리 창출의 이익을 볼 수 있지만 농민공에게 호구를 부여해 사회보험의 적용을 받게 하면 기업에게 경제적 부담을 주고 지방정부의 재정지출도 늘어나 적극적인 정책을 시행하지 않는다. 그리고 농민공들도 국가가 운영하는 사회보험을 신뢰하지 않기 때문에 사회보험의 확대적용에 적극적이지 않으며, 특히 민간기업의 농민공은 자신이 납부한 보험료가 관료들의 부패로 인해 제대로 관리되지 않을까 우려하고 있는 실정이다.

14) 향후 중국은 성장과 복지의 선순환을 강조하면서도 성장 중심의 정책을 지속

각한다.

생산적 복지사회를 추진하기 위해서는 무엇보다 수평적·수직적 차원의 사회적 연대 원리가 공유되어야 한다. 소득이 많은 이는 누진적으로 더 많은 세금을 내고, 소득이 적은 이는 더 적게 내지만, 평균적으로는 모든 이들이 보편적 복지가 심화되는 것에 상응하여 각자의 시장소득의 일부를 자신을 포함한 모든 시민을 위해 세금 또는 사회보험금으로 내는 제도가 정착되어 한다. 그리고 빈부격차를 막론하고 모든 시민은 동등한 복지 수혜권을 가질 수 있으며, 누진적 세금과 사회보험금을 재원으로 하는 생산적 복지사회를 통해 각 개인은 자본과 시장으로부터 최대한 독립하여 생애 전체에 걸쳐 기본 필요를 충족하는 인간존엄성에 걸맞은 삶이 가능해질 것이다.[15] 광둥지역이 시민의 협의 및 누진적 세금과 사회보험금을 바탕으로 한 생산적 복지사회를 건설하고 이것이 산업고도화와 내수를 진작시키는 새로운 성장모델로 전환할 수 있는 길을 열어나간다면, 개혁개방 선도지역들이 새로운 개혁방향을 모색하는 데 있어 중요한 참조가 될 수 있을 것이다.

현재 중국은, 왕후이의 지적대로 "지방의 개혁과 각 지방의 서로 다른 모델 사이에 전개 된 경쟁"이 지속적 발전을 위한 동력으로 작용하

적으로 추구할 것으로 보인다. 특히 광둥은 시장화 원리에 따른 사회개혁을 추진하고 있고 개인주의 문화가 강한 지역이기 때문에 광둥에 적합한 생산적 복지사회 모델을 논의할 때는 이러한 지역적 특성을 반드시 고려해야 한다. 이를 위해 독점자본과 복지국가 공존의 시각에서 스웨덴이 어떻게 효율성과 경제성장을 성취하여 분배와 조화를 이루어왔는지의 문제는 김인춘『스웨덴 모델, 독점자본과 복지국가의 공존』(삼성경제연구소, 2007)을 참고하고, 개인주의 성향이 강했던 스웨덴이 어떻게 사회에 대한 높은 신뢰성을 지니는 복지국가로 성장한 것인지에 대해서는 레그란드 츠카구치 도시히코 엮음,『스웨덴 스타일』(강내영 외 옮김, 이매진, 2013)을 참고할 것.

15) 조원희·정승일,『사회민주주의 선언』, 홍진북스, 2012, 72쪽.

고 있다. 그러나 '중국모델'이 신자유주의 체제의 대안으로 공유되기 위해서는 지역 발전모델 사이의 경쟁을 넘어 중국사회 전체가 공동으로 추구해나갈 목표와 개혁방향에 관한 논의가 수반되어야 한다. 필자는 중국이 선택할 수 있는 대안 가운데 하나가 복지사회 모델이며, 그를 위해 중앙정부 차원에서는 자본에 대한 효율적 관리와 분배 능력의 불균형 상태를 조정하여 성공의 위기를 극복할 수 있는 복지사회의 패러다임을 정립하고, 지역에서는 좌우의 이념대립과 발전주의를 넘어 삶의 질을 추구하는 복지사회 패러다임을 통해 신자유주의적 발전방식을 극복할 수 있는 다양한 실험들이 진행되어야 한다고 생각한다. 가령 공유제와 민생정책을 통해 공동체사회를 추구해나가는 충칭모델, 시장경제에 기반한 생산적 복지사회를 건설해나가는 광둥모델, 그리고 각 지역에서 자신의 실정에 부합하는 사회복지 방식을 결합하여 새로운 성장모델을 정립한다면, 개혁개방 초기의 신자유주의적인 사회주의시장경제에서 사회주의복지사회로 혹은 시장사회주의에서 복지사회주의로 중국이 전환해나가는 길을 열어갈 수 있을 것이다.

중국 정부도 현재 '중국식 사회주의 복지사회' 건설을 목표로 2011년 사회보험법[16]을 수립하는 등 단계적 발전전략을 마련해놓은 상태다. 먼저 제도의 결함을 개선하고, 도시 주민과 농촌 주민들을 대상으로 하는 사회보장 체계의 수립으로부터 공평·보편적인 혜택, 지속가능한 방향으로 발전하도록 적극적이고 점진적으로 추진한다. 그리고 국민들의 생활 걱정을 해결함과 동시에 삶의 질과 만족감을 지속적으로 향상시키고, 국민의 자유·평등·존엄을 보호하며, 중화인민공화국

---

16) 중국의 사회보험법 제정 배경과 경과 및 주요 내용에 대해서는 김동하, 「중국 사회보험법 제정과 그 정책적 함의」, 『중국학』 제37집, 2010 참고.

수립 100주년이 되는 2049년에는 중국식 사회주의 복지사회를 수립
하려고 한다. 구체적으로 2020년까지 전면적인 샤오캉사회의 수립은
국가 발전에 있어서 이미 확정된 목표인데, 도시 주민과 농촌 주민들
을 대상으로 하는 사회보장 체계를 수립하고, 모든 사람들이 사회보
장의 혜택을 누릴 수 있도록 주력할 것으로 보인다. 현실적인 욕구와
발전 가능성에 근거하여 중 사회보장 발전 전략을 다음과 같이 3단계
로 구분할 수 있다. 1) 불완전한 사회보장 체계에서 건전하고 완비된
제도로 발전하는 단계, 2) 선별적인 사회보장에서 공평하고 보편적인
제도로 발전하는 단계, 3) 개인의 생존보장에서 인간의 자유·평등·
존엄을 보호하는 제도로 발전하는 단계.[17]

개혁개방 이후 정착된 불평등한 정치경제적 여건으로 볼 때 향후 중
국은 '중국식 사회주의 복지사회'를 실현하는 과정에서 힘겨운 과제를
짊어지게 될 것이다. 현재 복지재정이 GDP의 6~7%를 차지하는 수준
에서 20% 이상으로 확충해야 하는 난제를 해결해야 하는데, 복지사
회를 추진할 주체로서 인민의 정치적 참여가 제한되고 정부가 자본을
민주적으로 통제할 의지가 없다면 복지사회 구현에 소요되는 재정을
마련할 방안이 없기 때문이다. 이 점은 중국식 복지사회가 국가 주도
의 시혜가 아니라 인민이 주체가 되는 정치발전(20세기식 인민동원의 정
치가 아닌 시민권에 기반한 사회민주주의 정치)과 공동체윤리를 통해야 실현
가능하다는 사실을 역설하고 있다.

그런데 중국은 북유럽 복지국가를 세계적으로 높은 수준의 복지와

---

17) 중국의 사회복지 전략과 목표에 대해서는 쩡꿍청, 『중국 사회보장 개혁과 발
전전략』(김병철 옮김, 한국보건사회연구원, 2010) 제3장 '전략 목표와 절차 그리고
조치' 및 김병철, 「중국 사회보장제도의 개혁과 발전전략」, 『국제노동브리프』 2011
년 9월호 참고.

국가경쟁력을 갖추고 있다는 점을 승인하면서도 복지국가를 중국이 따라야 할 모델로 삼지는 않는다. 중국은 아직 북유럽 수준의 복지서비스를 제공할 만한 경제력이 부족하다는 이유를 대고 있지만,[18] 필자가 보기에 이는 경제력의 차이 때문만이 아니라 중국 정부의 분배능력 결핍과 연관되어 있는 문제라고 생각한다. 북유럽 복지국가는 수직적·수평적 연대의 원리를 바탕으로 국가가 주도적으로 공공서비스를 제공하고, 시장을 민주적으로 통제하여 누진적 조세제도를 통한 재분배를 실현하며, 경제민주화를 통해 국민 모두가 보편적 복지를 향유하는 사회공동체를 추구하고 있다. 이에 비해 중국의 사회복지는 국가 주도적인 공공서비스보다는 기업과 개인이 보험금을 분담하는 사회보험 중심으로 이루어져 있고, 복지재원은 누진적 세금제도와 같은 재분배방식보다 임금상승에 의존하는 일차 분배 중심이며, 도농 간 계층 간 복지 서비스에 커다란 격차가 생기는 불평등 구조를 지니고 있다. 이러한 차이는 경제력의 문제가 아니라 신자유주의적 개혁으로 인해 자본에 대한 민주적 통제와 재분배시스템이 구축되지 못한 사회조건에서 비롯된 일이라고 할 수 있다. 이러한 요인 때문에 중국의 사회보장시스템에는 재분배 기능이 미약하다. 중국의 사회보장은 보험·재분배 측면보다는 개인주의적·자본주의적 접근을 하고 있어서 소득 재분배 기능을 해야 할 사회보장이 오히려 소득역진적인 성격을 지니게 된다. 시장 소득에 사회적 급여(사회보험, 교육, 보건의료 등)를 합할 경우

---

18) 쩡꽁청의 경우도 이와 같은 입장을 취하고 있다. "중국은 인구가 많고 자원이 풍부하지 않을 뿐 아니라 물질적인 축적이 매우 제한되어 있는 개발도상국에 속한다. 인구와 자원적 요소는 단기간에 바뀌기 어렵고, 물질적인 부도 여전히 장기적인 발전과 노력을 거쳐야만 풍부해질 수 있다. 이러한 국내 실정은 중국이 빠른 시일 내에 북유럽 복지국가들과 동일한 경로를 선택할 수 없는 현실적 여건이다." (『중국 사회보장 개혁과 발전전략』, 68쪽)

지니계수가 더 악화되며, 소득이 높을수록 사회적 급여를 더 많이 분배받는 실정이다. 이는 도농 간 이중 복지체제와 호구제도의 불가피한 결과라고 할 수 있다. 또 중국이 추진하고 있는 개인계정 중심의 연금 개혁도 소득역진적이며 상위 소득계층에게 유리한 방안이라는 비판도 피하기 힘들어 보인다.[19]

경제적 불평등과 아울러 사회복지시스템의 재분배 기능 미비로 인해 현재 중국의 사회적 불평등은 심각한 상태에 처해 있다. 후진타오는 조화사회론, 과학발전관, 포용적 성장 등을 제기하며 불평등 해소를 위한 정책을 추진했지만 후진타오 시대 역시 불평등이 완화되기보다 더 심화되어갔다. 이는 불평등을 재생산하는 구조가 근본적으로 개혁되지 않은 상태에서, 왕후이의 우려대로 당-국가가 특권 계층의 이익을 대변하는 계급정당으로 변질되어간 점과 밀접한 관련이 있다. 즉 인민의 보편적 이익을 대변하는 정치개혁이 이루어지지 않은 상태에서 당-국가가 자본을 효율적으로 관리함으로써 GDP 규모는 커졌으나, 분배시스템의 미비로 인해 국부가 특권 계층에 집중되는 불균등 현상이 지속되고 있다는 것이다. 이 문제는 신자유주의의 부활에 대한 우려만으로 해결될 수 있는 것이 아니며 중국사회 구조를 신자유주의 체제에서 복지사회 패러다임으로 바꾸어나가는 정치적 비전과 그것을 추진해나갈 정치세력이 존재해야 가능한 일이다.

인민의 정치참여가 제한된 중국과 같은 당-국가 체제에서는 장기적으로 민주공화국 건설을 위한 사회운동을 추진하면서 단기적으로는 복지사회의 전망을 지닌 세력들이 국가에 개입하여 적극적이면서도 현실적인 정책 수립의 역할을 수행할 때 가능한 일이라고 생각된

---

19) 원석조, 「중국 복지체제의 성격」, 『보건사회연구』 30집, 2010, 436쪽.

다. 복지사회는 이념대립이 아닌 생활정치 속에서 인민의 이익을 대변할 수 있는 현실적이고 개혁적인 정책을 추진하는 과정에서 건설될 수 있다. 왕후이의 경우 정협위원이 되어 국가에 개입할 수 있는 기회가 주어진 만큼, 북유럽의 사회민주주의자들[20]처럼 생활정치를 통해 사회의 불평등구조를 개혁하고 인민의 신뢰를 얻을 수 있는 민주공화국 건설에 기여해야 할 것이다. 이는 중국 발전의 특수성을 강조하는 자주성의 논리로는 불가하며 자본의 민주적 통제와 복지사회 구현을 위한 중장기적인 생활정치의 비전과 전략[21]을 마련해야 가능한 일이다. 장기적으로 중국이 이러한 사회운동을 추진해나갈 때 비로소 성공의 위기를 넘어 진정한 의미의 인민 공동부유(共同富裕) 사회를 이룩하고, 또한 이러한 과정을 통해 중국인이 '흩어진 모래' 콤플렉스에서 벗어나 공동체윤리를 지니는 문명시민으로 성숙할 수 있을 것이다.

---

20)　특히 스웨덴 복지국가 건설의 주역인 비그포르스를 참고할 필요가 있다. 이에 대해서는 홍기빈, 『비그포르스, 복지국가와 잠정적 유토피아』, 책세상, 2011 참고.
21)　이 점에 관해서는 토니 주트, 김일년 옮김, 『더 나은 삶을 상상하라: 자유시장과 복지국가 사이에서』, 플래닛, 2011 참고.

10장

중국, 축제인가 혼돈인가
-위화의 『형제』를 중심으로

물질과 육체의 욕망

2005년 위화는 개혁개방 이후 부자의 꿈과 군상들의 타락과정을 신랄하게 파헤친 소설 『형제』[1]를 발표하였다. 90년대 위화의 소설세계에 익숙한 독자라면 아마도 이 작품을 읽고 적잖은 당혹감을 느꼈을 것이다. 특히 『살아간다는 것』이나 『쉬산관매혈기』[2]처럼 절망적 상황 속에서도 기억과 온정을 통해 삶의 의미를 되찾고 그것을 세계와 타인에 대한 관용으로 확장해나가는 훈훈한 이야기를 기대했다면 그 당혹감은 훨씬 배가되었을 것이다. 그렇다면 『형제』의 어떠한 점이 독자들을 이토록 당혹스럽게 만든 것일까? 『형제』가 이전 작품에 비해 달라진 점이 있다면, 무엇보다 그동안 작품 속에서 상징적 배경으로 처리되던 중국 현대사가 작품 전면으로 부각되고 이에 대한 작가의 가치평가가 개입되어 있다는 사실을 꼽아야 할 것이다.

사실 『형제』 이전의 작품 속에서 위화의 주된 관심은 현대사에 대한

---

1) 『兄弟』上·下部(上海文藝出版社)는 중국에서 2005년에 출간되었으며, 한국에서는 최용만이 3권으로 번역하여 2007년 휴머니스트에서 출간되었다.
2) 한국에서는 『허삼관매혈기』(최용만 옮김, 푸른숲, 2007)로 번역되어 출간되었다.

해석이 아니었다. 물론 그 작품들에서도 문화대혁명이 등장하고 있지만 그것은 푸구이나 쉬싼관의 인생 역정 속에 위치하며 그들이 삶에 대한 성숙된 태도를 형성하게 되는 사건 가운데 하나로 기능하고 있다. 이는 『형제』에서 문화대혁명이 "정신의 광기, 본능을 억압하는 처참한 운명의 시대"라는 정치적 사건으로 부정되는 것과는 차원이 다른 설정이다. 이렇게 변모된 데에는 과거의 사건에 대한 위화의 기억방식이 달라졌기 때문인 것으로 보인다.

인간의 기억은 실제로 일어난 일이 아니라 자신의 체험과 가치평가를 통해 굴절된 것이며, 특히 현재에 대한 문제의식에 의해 재구성되는 것이다. 이는 "모든 역사는 현대사"(크로체)라는 말과 상통하는 것으로, 과거사에 대한 위화의 기억방식 역시 이러한 차원에서 해석되어야 한다. 그렇다면 『형제』에 대한 해석에서 관건이 되는 지점은 바로 위화가 자신의 현재인 개혁개방 시대를 어떻게 인식하고 있느냐의 문제가 될 것이다.

천쓰허(陳思和)는 「형제에 대한 나의 독해(我對『兄弟』的解讀)」란 글에서 위화의 『형제』가 동시대 문단에 던져준 충격을 평가하면서, 미하일 바흐찐이 「라블레의 창작과 중세, 르네상스 시기의 민간문화」에서 언급한 바 있는, 라블레의 『가르강튀아와 팡타그뤼엘』이 르네상스 이래 고전주의 문학의 흐름과 확연히 다른 민간문화의 전통을 계승하여 '그로테스크한 사실주의'를 창조했던 현상과 유사하다는 의견을 제기하였다.[3] 이에 대해 위화는 『위화의 형제 작가노트』에서 "『형제』의 2, 3권의 경우는 써놓고 보니 라블레의 『가르강튀아와 팡타그뤼엘』의 방식으로 썼다. 중국 푸단대학 천쓰허의 글을 보고 알았다. 예전에 이 작

---

3) 陳思和, 「我對『兄弟』的解讀」, 『文藝爭鳴』, 2007.

품을 읽고서 친구인 소설가 거페이에게 이런 소설을 한번 쓰겠다고 했는데, 그것을 실현한 것이다."[4]라고 하며 동감을 표하였다.

라블레 소설을 처음 읽는 독자라면 누구나 전개방향을 예측할 수 없을 정도로 끊임없이 지속되는 이야기꾼의 사설, 외설적이라 할만한 노골적 묘사와 현학적 지식, 갖가지 말의 유희 등이 혼란스럽게 뒤섞인 글쓰기 방식으로 당혹스러움을 느끼게 될 것이다. 라블레 소설 속에는 고전주의 문학의 균형과 절제, 사건 중심의 이야기 전개, 사실적인 표현 등에 익숙해 있는 독자들에게는 충격적이라 할 수밖에 없는 무절제한 말의 남용과 기괴한 이미지들의 결합이 계속 이어지고, 일반적으로 문학 작품에서 자세히 언급하기를 꺼리는 성적 결합, 출산, 배설 등의 장면이 자연스럽게 묘사되어 있다. 바흐찐은 라블레 소설의 이러한 특징이 카니발로 대표되는 민중의 축제의 세계와 직결되어 있다고 인식한다. 카니발은 종교적 축제나 국가의 경축행사처럼 각자가 자신의 계급이나 사회적 신분에 따라 참여하는 폐쇄적이고 공식적인 축제와 구별된다. 그것은 전통적인 권위나 가치체계에 대한 풍자와 조롱이 용인되고, 종교적 규율, 신분상의 제약, 사회적 규범과 금기로부터 해방되어 누구나 동등한 자격으로 참여하는 보편성을 지닌 민중의 축제이다. 또한 카니발의 세계는 육체를 가진 인간의 본성을 무시하고 금욕과 고행을 강요하는 정화된 형식의 세계가 아니라, 아무리 추한 것일지라도 인간 본연의 모습을 외면하지 않고 현세적 삶의 가치를 인정하며 그것을 즐기려는 긍정적 가치가 지배하는 세계이다. 그것은 절대화를 부정하고 모든 것을 포용하며, 부정적 가치마저 희화시키고 용해시키는 힘찬 생명력을 갖춘 상대성의 세계인 것이다. 바흐찐은 이

---

4)   위화, 『위화의 형제 작가노트』, 휴머니스트, 2007, 12쪽.

러한 민중문화의 전통을 계승한 라블레의 소설이 우주와 사회, 물질과 육체가 긴밀히 소통하는 육화된 세계를 묘사한 것이라고 인식한다.[5]

천쓰허는 이러한 바흐찐의 이론을 바탕으로, 위화의『형제』에 여자 화장실 훔쳐보기, 음담패설, 노골적 성 묘사, 처녀미인대회, 인공처녀 막 사기사건 등 기존의 문학관습에서 이탈한 글쓰기가 전면에 등장하고 있고, 특히 주인공 리광터우는 상식을 초월한 각종 악행을 저지르고 저속한 졸부 이미지를 드러내고 있음에도 불구하고 당대 사회가 선망하는 집단무의식을 반영하고 있는 점이 라블레적 의미를 지닌다고 평가한다. 또 이러한 파격으로 인해『형제』가 5·4 신문학 이래의 문학전통과 계몽담론에 젖어 있는 당대 문단에 커다란 반향을 불러일으키고 있지만, 문학사적으로 볼 때 이는 상업적 영합이나 타락이 아니라 개혁개방 이후 물질과 육체의 가치가 지배하는 중국 당대 사회를 그로테스크하게 반영하는 새로운 문학적 글쓰기의 출현으로 이해해야 한다고 인식한다.

천쓰허의 주장과 이에 대한 위화의 동감에 나타나듯이『형제』에는 분명 라블레적 의미의 글쓰기를 엿볼 수 있는 게 사실이다. 그래서 이러한 글쓰기에 당황하거나 혐오스러워하는 중국 비평가들은 라블레 당대의 비평가들과 마찬가지로『형제』를 문학으로 인정하지 않으려는 거부감을 강하게 드러내고 있다. 그 주된 이유는『형제』가 민간사회에 떠도는 황당한 사건을 문학적 여과장치 없이 '직접' 서술하고 있어서 문학이라 부를 만한 절제된 이야기와 묘사가 없고 아울러 서술하고 있는 사건도 실제에 기반하지 않는 과장된 이야기라는 점이다.[6]

---

5) 이 책의 한국어 번역본은『프랑수아 라블레의 작품과 중세 및 르네상스의 민중 문화』(이덕형·최건영 옮김, 아카넷, 2001) 참고.

6) 중국 문단에서의『형제』비평에 관해서는 潘盛,「綜述:關于『兄弟』的批評意見」

하지만 이러한 부정적 논의는 차치하더라도 『형제』가 라블레 작품의 현상적 유사성을 넘어 진정한 의미의 '그로테스크한 사실주의' 작품으로 해석되기 위해 우선적으로 짚어보아야 할 문제가 있다. 라블레의 작품이 인간의 본성과 물질적 욕망을 억압하는 중세적 상황에서, 그것의 허위성을 들추어내고 금욕 너머에 존재하는 민중들의 희극적이고 생기발랄한 카니발의 세계를 묘사한 데 반해, 『형제』의 개혁개방시대는 중세의 금욕적 상황과 달리 오히려 물질과 육체의 욕망을 민중들이 미친 듯이 갈구하는 '광환(狂歡)'[7]의 계절이라는 점이다. 문혁시대가 배경인 『형제』 상권에서 묘사된 여자화장실 훔쳐보는 사건이나 엉덩이 이야기를 팔아 음식을 얻어먹는 리광터우의 수완 그리고 류진 남자들의 성욕 등이 어느 정도 웃음과 이완의 효과를 발휘하는 것은 그 배경이 되고 있는 문혁의 억압적 상황과 긴장관계를 유지하고 있기 때문이다. 그러나 개혁개방 시대가 배경인 『형제』 하권에서 묘사된 류진인들의 일본 폐품 양복 이야기, 리광터우의 비대한 성욕, 처녀미인대회, 노골적 성 관계, 처녀막 사기사건, 린홍과의 불륜 등은 카니발의 해방과 웃음의 기능을 발산하기보다는 씁쓸한 냉소를 자아낼 뿐이다. 이러한 묘사들은 분명 '광환' 시대의 허위성을 비꼬고 있지만 이것은 전제 권력에 의해 억압되어 있는 해방의 이야기가 아니라 시대의 조류를 타고 떠돌고 있는 추문을 희극적으로 엮어놓은 것에 가깝다. 왜냐하면 『형제』 속의 민중은 이미 인간의 본성에 따라 삶을 즐기는 주체가 아니라 물질과 육체의 욕망에 휩쓸려 생기를 잃어버린 관객으로 전

(『文藝爭鳴』, 2007) 참고.

7) 개혁개방 이후 중국 소비대중의 등장 및 소비문화 '광환(狂歡)'성에 대해서는 孟繁華 『衆神狂歡』(김태만 · 이종민 옮김, 『중국, 축제인가 혼돈인가』, 예담, 2002) 참고.

락되었기 때문이다. 이러한 민중은 더 이상 라블레적 의미의 카니발의 세계를 창조할 수 없는, 루쉰적 의미의 구경꾼[8]과 유사하다고 해야 할 것이다.

그렇다면 라블레적 의미의 글쓰기를 추구함에도 불구하고 위화는 왜 그와 상반된 이야기를 서술할 수밖에 없었던 것일까? 그 이유를 찾아 『형제』의 개혁개방의 시대로 들어가보자.

리광터우 성공신화의 내막

리광터우를 류진의 초특급 갑부로 성장하게 만든 개혁개방은 국가가 독점하던 생산수단의 소유권과 사용권을 분리하여, 국가는 소유권을 갖고 그 사용권은 시장에 넘기는 체제 전환의 과정이었다. 하지만 공정한 시장제도가 정립되어 있지 않던 상태에서 국유재산의 사용권은 국가권력과 결탁한 개인에게 특혜의 형식으로 분배되었으며, 개인의 사용권 획득은 사실상 사유화를 의미하는 것이었다. 이러한 국유재산의 시장화 과정에 재빠르게 편승한 이들은 단기간에 막대한 이득을 올릴 수 있었으며, 특히 국가가 시장화를 주도하는 상황에서 국가권력을 이용하거나 그에 접근할 수 있었던 사람들은 더욱 손쉽게 부를 축적할 수 있었다.

개혁개방 이후 류진에서 부자가 된 이들 역시 이러한 시장화 과정에 적극 참여하여 이득을 챙긴 자들이다. 류진의 개혁개방의 과정을 들여다볼 때 가장 먼저 부자의 행렬에 들어선 이는 리광터우가 아니라 통철장, 장 재봉, 관 가새, 위 뽑치, 왕 케키, 만두가게 수씨 아줌마처럼

---

8)　루쉰이 비판한 중국인의 국민성 및 구경꾼 기질에 대해서는 졸저 『근대 중국의 문학적 사유 읽기』(소명출판, 2004) 제6장 '루쉰의 문학적 사유' 참고.

개인사업을 하던 '거티후(個體戶)'들이다. 이들은 리광터우가 창업을 할 때 사업자금을 투자했던 자영업자로 개혁개방 초기 제일 먼저 돈을 벌기 시작한 이들이다. 본래 거티후는 문화대혁명 시기에 농촌이나 오지로 하방 당했다 돌아온 젊은이들로 도시가 넘쳐나자, 정부가 실업자로 전락한 이들에게 조그마한 점포를 열어 장사를 하도록 허락해준 데서 생겨난 민간경제의 영역이다. 류진의 거티후 가운데 특히 개체사업자협회 주석을 맡은 동 철장은 리광터우의 사업자금으로 4천 위안의 거금을 투자한 것으로 보아 당시 부자의 상징이었던 완위안후(萬元戶)에 근접한 인물이라고 볼 수 있다.

후발주자로서 리광터우가 사업에 뛰어든 시점은 "바야흐로 개혁개방정책이 전 인민의 경제생활에 스며들기 시작한 때"로, 국유기업이나 정부기관 등 안정된 일자리에 종사하던 사람들이 오히려 직장을 그만두고 창업을 하거나 사영기업에 취직하던 소위 '샤하이(下海)' 붐에 편승하여 복지공장을 그만두면서부터다. 처음에 창업한 의류가공 사업에 실패한 리광터우는 기발한 사업수완을 발휘하여 '폐품대왕'의 자리에 오르고, 나아가 일본의 폐품 양복을 수입 유통시킴으로써 향후 중국 자본주의의 꽃으로 불리는 사영기업가로 성장할 수 있는 자본 축적을 이룩하였다. 사영기업은 거티후 가운데 장사가 잘 되어 종업원 8명 이상을 고용한 사업체를 칭하는데, 이들은 당시 정보통신이 발달하지 않은 환경을 틈타 지역 간의 상품 교역과 시세 차이를 통해 수익을 올리거나 직접 현대화된 생산 공장을 차려 물품을 공급하는 등 다양한 상술로 부를 축적하였다.

리광터우보다 앞서 개인사업을 한 류진의 거티후들이 소규모 영세 자영업의 범위에서 벗어나지 못한 데 반해, 리광터우는 개혁개방의 이점을 최대로 활용한 국내외의 교역을 통해 사업을 확장해나갔다. 하지만 리광터우가 이들과 달리 류진의 초특급 거부로 성장할 수 있었던 요인은 무엇보다 현장인 타오칭과 손을 잡고 류진의 도시개발사업을 독점할 수 있었다는 점에 있을 것이다. 사업에 성공하여 류진 현 지도부의 총아로 부상한 리광터우는 현 인민대표대회 상임위원으로 발탁되는데, 이때부터 리광터우는 순수한 사영기업가의 신분을 벗어나 '새로운 류진' 건설을 위한 현 정부의 사업파트너로 변신하였다. 그후 리광터우는 류진의 도로 건설에서 아파트와 빌딩 건축, 백화점, 사우나, 식당, 생산, 유통, 수입 그리고 화장장과 묘지에 이르기까지 류진의 모든 이권 사업을 독점하며 도시 전체의 GDP를 책임질 정도로 급부상하게 되었다.

실제로 개혁개방 이후 급성장한 사영기업가의 내막을 들여다보면 그 비결이 대부분 부동산개발을 통해 거두어들인 막대한 시세차익에 있었다.[9] 급속한 도시화와 거대한 주택 수요 그리고 각종 개발구 건설에 편승한 사영기업가가 정부와의 공식 비공식적인 협력관계를 통해 특혜를 누렸던 것이다. 리광터우 역시 사영기업가로 초특급 성장을 하는 과정에서 부동산 개발 특혜가 결정적인 공헌을 한 것으로 보인다. 리광터우는 자신의 사업수완과 정부의 특혜를 적절하게 이용함으로써 류진의 다른 거티후들과 달리 거부의 반열에 오를 수 있었던 것이다. 이러한 정경유착의 과정은 국유재산의 시장화 민영화가 본격적인 궤도에 진입하는 80년대 중후반 이후 심화되기 시작하여 빈부의 '거대한 간극'을 초래하는 근본원인으로 작용하였다. 개혁개방 초기에는 책임생산제와 시장화로 인해 전 인민적 차원에서 부가 재분배

---

9) 부동산 특혜에 의한 빈부격차 확대에 대해서는 何淸漣, 『중국은 지금 몇 시인가』 (김화숙·김성해 옮김, 홍익출판사, 2004) 제2장 '권력자들만의 파티, 토지구획 운동' 참고.

되고 경제가 활성화되는 성과를 거두었지만, 시장제도의 공백을 틈타 국유재산의 불공정 분배가 가속화된 이후에는 지역 간 계층 간의 빈부격차가 심화되어 중국사회의 안정적 성장을 방해하는 주요인이 되었던 것이다.

하지만 『형제』에서는 이 부분에 대한 묘사가 하권 247~248쪽에서 간략한 서술[10]로만 처리되어 리광터우 성공신화의 사회적 내막이 잘 드러나지 않는다. 오히려 이보다는 마음만 먹으면 해내지 못하는 일이 없는 리광터우의 전지전능한 사업수완(물론 권력의 특혜를 받는 것도 사업수완 중의 하나이지만)에 초점이 맞추어져 있어서, 위화가 『형제』를 통해 쓰려고 했던 중국사회의 '거대한 간극'이 자칫 개인적인 능력의 차이에서 비롯된 것으로 읽힐 수 있다. 만약 위화의 글쓰기 목적이 류진에서 거대한 간극이 벌어진 원인을 묘사하는 데 있었다면 아마도 이야기 갈래 가운데 하나는 사영기업가로서 리광터우와 국가권력으로서 타오칭이 맞잡은 '보이지 않는 손'이 어떻게 사회적 불평등을 조장하는가에 대한 문제로 나아가야 했을 것이다. 그러나 『형제』에서는 이문제보다는 리광터우가 사영기업가로 성장하기 이전의 자본축적 과정인 폐품사업과 일본 폐품양복 수입 이야기, 그리고 곧바로 거부가 된 이후로 넘어가 성공신화 만들기와 처녀미인대회, 린훙과의 불륜 등 리광터우의 엽기적 행각에 대한 묘사로 이어져, 결국 거대한 간극을 일으킨 본질적인 요인에 대한 물음이 빠진 채 리광터우 개인의 편력만이 나열되어 있을 뿐이다.

---

10)　『兄弟』下部, 247~248쪽, "李光頭折掉了舊劉鎭, 建起了新劉鎭. 也就是五年時間, 大街寬廣了, 小巷也寬敞了, 一 幢幢新樓房撥地而起,……李光頭爲我們劉鎭群衆從吃到穿, 從住到用, 從生到死, 提供了托拉斯一條龍服務. 誰都知道他做的生意究竟有多少? 誰也不知道他一年究竟掙多少?"

물론 문학 속의 이야기는 실제 현실과는 다르며,『형제』의 이야기 역시 작가의 기억에 투영된 허구라는 점에서 반드시 중국 경제성장의 실제과정과 일치할 필요는 없다. 오히려 작가의 기억은 허구적 이야기를 만들어내기 위해 재구성된 것이기 때문에, 결코 순수한 기억으로 보아선 안 되며 그 속에 개입된 작가의 가치평가와 연관지어 해석해야 한다. 이러한 점에서 볼 때 문학적 이야기에서 중요한 것은 실제와의 일치성보다는 작가가 재구성한 이야기가 독자들에게 얼마나 공감을 줄 수 있는지 여부가 되어야 한다. 위화 자신도 이 점을 의식하여 자신의 이야기가 단순한 허구가 아니라 개혁개방 당시 실제로 성공한 사업가들의 이야기에서 소재를 취했다는 점을 밝히고 있다.[11]

필자가 리광터우 성공신화에서 주목하는 점도 바로 류진의 초특급 갑부로 성장한 리광터우 이야기가 독자들의 공감을 받을 만한 소설적 리얼리티를 얼마나 확보하고 있느냐 하는 문제이다. 사실 인구가 몇 만밖에 되지 않는 현급 마을을 리광터우와 같은 초특급 갑부가 탄생하는 소설적 공간으로 설정한 것은 현실성이 떨어지는 일이다. 그럼에도 불구하고 소설의 무대를 류진으로 설정한 것은 작가의 특정한 의도가 있는 것으로 보이는데, 이 점은 리광터우 성공신화를 사회구조적 문제보다는 개인적 기질에 초점을 맞춰 묘사하는 것과 연관되어 있다. 위화의『형제』는 '리광터우전'이라 부를 수 있을 정도로 리광터우란 인물의 개성 창조에 중점이 놓여 있는데, 이러한 인물을 창조하는

---

11) 위화,『위화의 형제 작가노트』, 47쪽. "폐품 양복은 중국의 1980년대를 상징하고 미인대회는 1990년대를 상징한다. 폐품 양복이 유행한 것은 나 자신이 경험했던 중국사회의 1980년대 풍경이다. 폐품 유통으로 백만장자가 된 사람이 실제로 중국에 있다.〈포브스〉에서 폐품으로 부자된 사람이 전 세계 화제의 인물 1위로 뽑힌 적이 있었다."

데는 사회가 복잡하고 인간관계가 소원한 현대화된 대도시보다는 대가족처럼 공동생활을 하며 소농경제적인 생활방식이 남아 있는 중소도시가 적합했다는 점이다. 이러한 설정 덕분에 물질적 욕망을 성취한 리광터우의 개성은 수월하게 부각될 수 있지만, 거대한 간극을 일으킨 주범으로서 리광터우가 탄생한 사회적 내막은 모호하게 처리될 수밖에 없는 것이다. 이 점은 개혁개방의 그늘 속에 살아가는 숭강과 류진 사람들에 대한 묘사에서도 이어지고 있다.

선부론의 그늘

개혁개방 이후 리광터우가 안정적인 일자리를 버리고 사업가로서 모험의 길을 걸어가는 데 반해 숭강은 국유기업 노동자로서 '철밥그릇'을 지키며 안정적인 삶의 길을 선택하였다. 개혁개방의 시류에 편승하여 '먼저 부자가 되려는' 일군의 사람들과 달리, 숭강은 여전히 평생 고용과 복지를 보장해줄 것이라 믿은 '단위'의 보호망에 기대어 개혁개방이 가져다준 류진의 급격한 변화와 리광터우의 성공신화에 대해 거리를 둔 채 '영구표' 자전거를 타고 출퇴근을 반복하였다. 그러나 효율성과 시장성을 앞세운 개혁개방은 균등분배에 기초한 안정적 삶을 더 이상 허용치 않아, 숭강과 같은 다수의 사람들은 자신의 삶의 기반을 잃어버릴 위기에 내몰리게 된다. 부의 확산효과를 기대하며 주창했던 '선부론(先富論)'의 본래 취지와는 달리 국유재산이 시장화, 민영화되는 실제 과정에서는 리광터우 같은 능력 있는 소수에게만 '특혜 분배'가 이루어짐에 따라 부의 확산보다는 오히려 독점이 성행하게 되었다. 개혁개방 이전에 전 인민의 소유였던 국유재산이 이제는 소수의 사유재산으로 변질돼버린 것이다. 이런 맥락에서 볼 때 리광터우가 류진의 초특급 갑부로 성장하는 그 순간, 숭강이 '철밥그릇'으로 의지했던 금속공장이 파산하면서 실업자 신세로 전락한 것은 의미있는 설정[12]이라 할 것이다.

소위 샤깡(下崗)이라 불리는 해고 노동자는 부실 국유기업의 민영화 과정에서 대량으로 배출된 이들인데, 샤깡은 완전한 해고와 달리 회사에 소속이 살아 있어 일정 기간 동안 출근하지 않아도 최소한의 급여는 나오지만 정해진 기간 내에 복직이 되지 않으면 그때 완전히 해고되는 제도이다. 그들은 나이가 대체로 35세 이상으로 가족 부양의 책임을 지고 있어서 해고가 가족 전체의 빈곤으로 이어지는 경우가 많았다. 또 중국에서는 직장에서 노동인건비뿐만 아니라 국가가 책임져야 할 의료, 교육, 주택, 양로 등의 복지까지 떠맡고 있는 실정이었기 때문에, 실업은 월급만의 문제를 넘어 복지 혜택으로부터의 소외를 의미한다. 실제로 샤깡 노동자들이 가장 고통스러워하는 부분은 생활비보다는 복지 혜택을 받지 못하는 의료, 교육 등의 지출비용을 감당할 수 없다는 점에 있다. 게다가 그들은 대부분 중등 교육을 받은 단순 기술자여서 현재 중국에서 새롭게 창출되고 있는 일자리인 전문직 분야에 재취업될 가능성도 거의 없다는 점에서 그들의 고통은 더욱 가중되고 있는 상태다.[13]

숭강 역시 여느 샤깡 노동자와 마찬가지로 특별한 전문기술이 없어서 안정된 일자리를 얻지 못하고 일용직 임시노동에 종사할 수 있을

---

12) 『兄弟』下部, 247~248쪽에서 리광터우가 류진의 초특급 갑부로 성장한 사실을 서술한 후 249쪽에서 숭강이 다니던 금속공장이 파산하여 실업자 신세가 되었다는 이야기가 이어지고 있다.

13) 중국의 실업문제에 대해서는 쑨리핑, 『단절』(김창경 옮김, 산지니, 2007) 344~347쪽 참고.

뿐이다. 그나마도 도시로 들어온 농민공이나 새롭게 사회에 진출한 청년세대 그리고 숭강과 같은 샤깡 노동자 사이의 경쟁이 치열하여 일자리를 쉽게 찾을 수 있는 형편도 아니다. 숭강은 마침 부두 하역 일을 찾아 노동을 시작했지만 곧바로 허리를 다치면서 병원에서 제대로 치료도 받지 않고 집에서 요양한다. 그러다가 결국 현실의 압박을 견디지 못하고 희대의 사기꾼 저우여우를 따라 인공 처녀막, 음경증강환, 쭉빵 유방크림 등 가짜 보건제품을 팔러 돌아다니면서 3만 위안을 벌어 귀향하지만 그동안 벌어진 린홍과 리광터우의 불륜으로 삶의 의욕을 잃고 자살하는 비극적 운명을 맞는다.

그런데 『형제』를 읽다 보면 이러한 결과가 주로 숭강 개인의 무능력과 답답함에서 비롯된 듯한 인상을 심어주고 있다. 이는 리광터우의 성공신화가 개인적인 탁월한 능력에 초점을 맞춰 서술되는 것과 상통하는 부분이다. 하지만 이 문제는 중국에 개혁개방의 충격을 흡수할 수 있는 사회안전망이 구축되지 않아 실직자들이 생존의 위협을 받을 수밖에 없다는 점과 밀착되어 있는 것이다. 가령 단순기술을 지닌 샤깡 노동자들의 경우 재취업을 위해선 전문기술을 습득하거나 기능 전환을 할 수 있는 교육을 받아야 하지만 그러한 기회가 주어져 있지 않고, 숭강처럼 부상을 당한 경우에는 의료보험의 혜택을 받지 못해 치료비를 감당할 수 없어서 치료 자체를 포기하는 처지에 몰리게 된다. 그래서 숭강의 비극은 개인적인 능력의 문제로만 치환될 수 없으며 국가적 차원의 복지정책 부재의 문제와 연결지어 생각해야 할 것이다.

이러한 삶의 불안정으로 인해 『형제』에 등장하는 류진 사람들을 들여다보면 모두 물질과 육체의 욕망을 우선하여 생의 의미를 망각한 채 살아가는 이들로 그려져 있다. 모든 생존의 문제가 개인에게 맡겨진 류진의 상황에서 인격적 고상함을 기대한다는 것 자체가 딴 세상의 일처럼 느껴질 정도다. 가령 린훙이 리광터우의 유혹에 넘어가 불륜을 벌이다 숭강이 자살한 후에는 매춘을 알선하는 미장원 사장이 되고, 류작가는 리광터우의 욕망을 채워주는 대변인이 되고, 통 철장은 성적 쾌락을 위해 린훙 미장원의 단골 손님이 되고, 리광터우 역시 애정 결핍을 충족하기 위해 엽기적으로 성욕을 소비하는 등, 문혁시대의 숭판펑이나 리란과 같이 삶과 인간의 가치를 지켜나가는 인물이 보이지 않는다. 다시 말하면 류진 사람들은 먼저 부자가 되기 위해 수단을 가리지 않고 돈 벌기에 열중하거나 자신의 생존수단을 마련하기 위해 돈이 되는 일이면 무엇이든 서슴지 않으며, 이 과정에서 일어나는 생의 결핍감을 성욕의 충족을 통해 대리 해소하는 그늘진 삶을 살아가고 있는 것이다.

이는 분명 돈과 성의 노예가 돼버린 현실 중국에 대한 절망의 목소리를 드러내고 있는 것이지만, 류진 사람들을 '병자'로 전락하게 만든 사회적 요인, 즉 공정한 시장제도 및 사회안전망 부재의 문제와 더불어 생각해보아야 균형있는 성찰이 가능하지 않겠는가? 그런데도 작가가 류진 사람들을 이렇게 절망적으로 묘사한 것은 이러한 점들이 중국인의 변하지 않는 본성이라고 인식하기 때문인가 아니면 선부론의 그늘에서 빠져나올 출로를 찾지 못해서 그러한 것일까?

개혁개방, 구경꾼의 반란

위화는 한국어 번역본 서문인 「한국의 독자에게」에서 "나는 『형제』에서 거대한 간극에 대해 썼습니다. 문화대혁명 시대와 오늘날의 간극은 역사적 간극일 테고, 리광터우와 숭강 사이의 간극은 현실적 간극일 것입니다. 역사적 간극은 한 중국인에게 유럽에서는 사백 년 동안 겪었을 천태만상의 경험을 단 사십 년 만에 경험하게 했고, 현실적 간극은 앞에서 말한 베이징의 사내아이와 서북지역의 여자아이처럼 동시대의 중국 사람들을 완전히 다른 시대의 사람들인 것처럼 갈라놓았습니다. …… 우리의 삶이 이러합니다. 우리는 현실과 역사가 중첩되는 거대한 간극 속에서 살고 있는 것입니다."[14]라고 하면서, 이것이 『형제』를 통해 보여주고자 한 중국의 실상이라고 밝히고 있다.

위화의 말대로 현재 중국의 모습을 들여다보면 문혁 시대에서 개혁개방 시대로 이행하는 과정에서 나타난 정치·경제상의 거대한 간극, 개혁개방 이후 사회적 불평등으로 인한 계층 간 지역 간의 거대한 간극 그리고 이로 인해 빚어진 어린아이들이 가진 꿈의 극단적 간극을 쉽게 목도할 수 있다. 그런데 정작 『형제』를 읽다 보면 중국사회의 거대한 간극과 아울러 이러한 간극조차 동질적으로 보이게 만드는 '영원한 지속'의 힘이 류진 마을을 지배하고 있다는 점을 느낄 수 있다. 문혁과 개혁개방이 정치·경제상에서 완전히 상반된 제도이지만 본능을 억압하는 '광'기의 시대와 욕망을 분출하는 '광'환의 시대를 연출한다는 점에서는 동질적이며, 또 류진 사람들의 경우 생활상의 대변화를 겪지만 변화하는 현실에 순응하며 현세적 가치를 추구한다는 점에서는 과거나 지금이나 변함이 없다. 리광터우와 숭강도 능력과 성격 면에서 상당한 차이를 지니지만 이러한 류진 사회의 속성을 체현하고 있다는 점에서는 다름이 없다. 이러한 맥락에서 볼 때 류진 사람들은 현실과 역사가 중첩되는 거대한 간극과 아울러 현실과 역사의 변화를 무화시키는 영원한 지속 속에서 살아간다고 해야 할 것이다.[15]

---

14)   위화, 「한국의 독자에게」, 『형제』 1, 휴머니스트, 2007.
15)   조경란도 『현대 중국사상과 동아시아』(태학사, 2008) 머리말에서 위화의 『형제』에 대해 다음과 같은 말을 하고 있다. "이런 현재의 중국 상황을 두고 중국의 유

중국사회의 영원한 지속이라는 측면에서 볼 때 우리는 20세기 초 루쉰이 비판한 '영원한 관객(구경꾼)'으로서 중국인의 형상을 떠올릴 수 있을 것이다. 사회의 거대한 변혁을 스쳐지나가는 풍파로 만들고 또 그러한 풍파에 휩쓸려 생의 의미를 망각한 채 구경꾼으로 살아가는 중국인. 『형제』 속에서 만난 류진 사람들은 바로 이러한 중국인의 피가 흐르고 있다. 그들은 문혁이라는 거대한 광풍이 불어올 때는 지주와 자본주의를 몰아내려고 휩쓸려 다니지만, 문혁의 풍파가 물러나고 개혁개방의 바람이 불어오자 이번에는 먼저 부자가 되려는 열풍에 휩쓸려 돈과 성의 노예가 된다. 그들에게는 문혁에 대한 반성과 개혁개방이 불러온 사회적 불평등에 대한 의문이 없으며 눈앞의 거대한 풍파에 순응하며 살아남기 위한 생존본능만이 지속될 뿐이다. 문혁과 개혁개방은 류진 사람들의 생존본능을 변화시키지 못하며 단지 생존본능의 방향을 바꾸어주는 물꼬로 작용하고 있다. 오히려 거대한 풍파가 생존본능에 의해 본래적 의미를 잃고 무기력하게 사라질 운명에 처한다.

또 류진 사람들은 남의 집 침실까지 엿볼 정도로 호기심이 많고 남의 일에 끼어들어 참견하기 좋아하지만, 그것은 남에 대한 진정한 관심과 동정이 아니라 남의 일과 불행을 통해 자신의 즐거움을 찾으려는 구경꾼의 시선이다. 이러한 구경꾼으로서 류진 사람들은 『형제』 곳곳

명 소설가 위화는 자신의 작품 『형제』를 설명하면서 '경제 성장을 추구하는 지금도 문화대혁명기와 다를 바 없이 미쳐 있고 공허하며 사람들은 돈을 벌지만 무엇을 해야 할지 모른다'고 한 적이 있다. 그렇다! 중국인들은 미쳐 있다. 문화혁명기와는 다른 방향으로 미쳐 있다. 평등을 인위적으로 실현하려 했던 것이 바로 문화대혁명이고, 역설적으로 문혁의 극단적인 평균주의의 반발력으로 진행된 개혁개방은 30년이 지난 지금, 문혁이라는 인위적 극단과는 또 다른 극단의 상황을 연출하고 있다.'

에 등장하여 이야기를 끌어가는 중요한 성원으로 기능하며, 특히 숭판 핑이 죽은 후 리란에 대해 내뱉는 말이나 실직자가 된 숭강을 바라보는 구경꾼의 시선은 그들의 불행을 동정하는 것이 아니라 오히려 그들을 더욱 궁지로 내모는 주범이 되고 있다. 구경꾼의 지나친 호기심은 바로 이기주의의 극치이자 타인의 불행에 대한 무관심인 것이다. 류진 마을에는 이러한 구경꾼들이 쏟아내는 추문으로 넘실대고 있어서 생기발랄하고 따스한 이야기들이 잘 들리지 않는다.

　이러한 영원한 지속의 힘이 류진 마을을 지배하고 있는 한, 어떠한 거대한 풍파가 불어오더라도 류진 마을을 진정으로 변화시킬 가능성은 없어 보인다. 거대한 간극의 이야기 이외에 위화가 『형제』를 통해 쓰려고 했던 또 하나의 이야기가 바로 영원한 지속의 이야기가 아니었을까. 이 점은 『형제』의 무대로 류진이라는 현급 마을을 설정한 데서도 잘 드러나 있다. 앞서 언급했듯이 인구가 몇만밖에 되지 않는 류진 마을은 리광터우라는 초특급 갑부를 탄생시키거나 개혁개방의 급격한 변화를 보여줄 수 있는 허구적 공간으로 적합하지 않다. 개혁개방의 발단은 농촌의 개혁과 주변 마을에 향진기업을 건설하면서부터 시작되지만 정책의 중심이 도시로 넘어간 이후에는 오히려 개혁으로부터 소외되고 있었기 때문이다. 따라서 개혁개방의 실상을 다루기에는 현급 마을보다는 대도시가 더 적합한 공간임에도 불구하고 작품의 공간을 류진으로 설정한 것은 작가의 또 다른 의도가 개입되어 있는 것으로 보인다. 그것은 위화의 말대로 "『형제』에 묘사된 군중의 행태는 전형적인 중국 지방 소도시의 모습"[16]에 잘 어울린다는 얘기다. 바로 거대한 지속의 이야기를 전개하는 데 류진과 같은 소도시가 가장 적

16)　위화, 『위화의 형제 작가노트』, 52쪽.

합하다는 것이다.

하지만 이 점이 오히려 위화를 딜레마에 빠지게 만든다. 개혁개방 이후 거대한 간극이 생겨난 현재적 모습이 류진 마을을 지배하는 전통적인 영원한 지속의 힘에 의해 가려질 수 있기 때문이다. 다시 말하면 중국인의 변하지 않는 구경꾼 기질이 당면하는 사회적 모순 위에 위치하여, 결국 거대한 간극을 만든 근본 원인은 중국인의 기질 문제라는 인식으로 귀결된다는 것이다. 그 순간 개혁개방 시대를 살아가는 『형제』 속의 류진 사람들은 봉건시대를 살아가는 『아큐정전』 속의 미장 사람들과 등치되며, 작가는 국민성 개조를 위한 근대 계몽주의자의 신분으로 회귀하고 만다. 그렇다면 류진처럼 봉건적인 습속(habitus), 사회주의적인 습속, 자본주의적인 습속과 그 모순이 공존하는 개혁개방 시대 중국에서 국민성 개조라는 근대적 해법은 그 출로가 될 수 있을 것인가?

『형제』, 냉소인가 풍자인가

위화는 「위화의 형제 작가 노트」에서 자신의 작품세계가 "1990년대 들어 장편을 쓰면서 나의 서사 형식이 바뀌었다. 그것은 소설 속 인물을 대하는 태도가 달라졌기 때문이다. 과거에 나는 작가는 모든 것을 안다는 태도로 소설을 썼다. 신처럼 모든 것을 알고 모든 것을 창조할 수 있다고 생각한 것이다. 그런데 1990년대 이후 소설 속 인물들이 자기의 목소리를 가지고 있다는 것을 문득 발견하였다. 그들 스스로 말을 할 줄 안다는 것이다. 그래서 인물들이 스스로 길을 가고 말을 하게 하였다. 인물들을 통제하고 지배하는 것을 포기하였다. 예전에 나는 독재자였지만 이런 서사 방식을 택한 뒤 나는 민주주의자로 바뀌었다.[17]"라고 말하고 있다. 그리고 이러한 입장을 바탕으로 『형제』가 기존의 소설과 다르다는 평가에 대해 자신의 소설관이 바뀐 것이 아니라 소설 속의 주인공 리광터우가 그렇게 만든 것이라고 답변한다.

『형제』의 개혁개방 시대에는 분명 위화 특유의 서사 문법이었던, 극단적 상황 속에서도 절망에 빠지지 않고 삶의 균형을 찾아나가는 '중용'과 가족에 대한 책임을 끝까지 지켜나가려는 '온정'의 서사가 보이지 않는다.[18] 이러한 현상은 위화의 말대로 리광터우의 목소리를 살려나가기 위한 선택의 결과였겠지만, 작가의 글쓰기 방식이 기존의 소설과 달라져 있다는 점 역시 간과할 수 없을 것이다. 위화가 기존의 글쓰기 방식에 입각하여 개혁개방의 문제를 다루었다면 아마도 문혁을 통과한 '쉬산관의 아들 세대'가 농민공이 되어 도시로 흘러들어간 이후 그곳에서 겪게 되는 사회적 불평등과 고향에 대한 그리움, 그리고 그에 좌절하지 않고 새로운 삶의 희망을 찾아가는 이야기가 그려지지 않았을까. 이러한 이야기를 통해서도 위화가 의도했던 개혁개방 이후 빚어진 중국사회의 거대한 간극을 충분히 보여줄 수가 있었을 것이다.

그러나 위화는 이와 다른 글쓰기를 선택하였다. 물질과 육체의 욕망을 미친 듯이 갈구하여 삶의 중용이 무너지고 눈앞의 자신의 생존에 급급하여 가족과 타인에 대한 온정이 사라진 '광환'의 서사를 취했던 것이다. 위화는 이러한 글쓰기를 『형제』를 쓰고 난 후 천쓰허의 의견을 수용하여 라블레적 방식이라 칭했다. 하지만 『형제』는 라블레의 작품세계와도 사뭇 다르다. 물질과 육체의 가치를 거침없이 내뱉는다는 점에서는 비슷하지만 라블레의 그것은 중세의 금욕제도에 의해 억

---

17) 위화, 『위화의 형제 작가노트』, 13쪽.
18) 『형제』가 창작되기 이전 90년대 위화의 장편소설의 세계에 대해서는 심혜영 「1990년대 위화 소설의 휴머니즘과 미학」(『중국현대문학』 제39호, 2006) 참고.

눌려 있던 본성을 해방하는 이야기라는 면에서 『형제』의 미친 환락 사회의 이야기와는 차원을 달리한다. 또 라블레의 『가르강튀아와 팡타그뤼엘』에 등장하는 거인왕들은 육체 못지않게 정신적으로도 거인의 면모를 갖추고 있는 인물이다. 술에 취해서 잠든 술꾼들의 입안에 소금을 뿌리고 다닌다고 알려진, 중세 전설에 나오는 장난꾸러기 악마에서 유래한 팡타그뤼엘이라는 이름에 작가가 목마른 자들의 지배자라는 상징적 의미를 부여한 것이다. 이 갈증은 보다 나은 삶을 누리고자 하는 욕망, 인간의 무한한 가능성에 대한 기대를 의미하는 것이기도 하다. 이러한 의미에서 거인왕들은 이 시대가 염원하던 이상적 인간형, 즉 모든 면에서 뛰어난 능력을 발휘할 수 있는 전인적 인간을 형상화한 것이라고 할 수 있다.[19]

하지만 『형제』의 리광터우는 사업수완과 성욕의 면에서는 거인과 같은 비대한 능력을 지니고 있으나 정신적 차원에서 르네상스의 이상적 가치를 지닌 라블레의 거인왕들과 비교할 수 없는 속물적 인간이다. 실제로 『형제』의 개혁개방 시대에는 이상적 인물이 등장하지 않을 뿐 아니라 미래적 희망을 암시하는 어린아이조차 찾아볼 수 없다. 리광터우의 경우 정관수술을 하여 생식능력을 상실한 상태이고 숭강과 린홍 사이에도 아기가 태어나지 않았다. 이 점에서 보면 『형제』는 가족이 와해되고 세대를 이어나갈 후손이 없는, 절망적으로 타락한 사회의 이야기를 다룬 세태소설에 가깝다면, 라블레의 소설은 르네상스적 가치를 추구하는 이상소설에 속한다는 점에서 두 소설은 오히려 상반된 글쓰기 양상을 보인다고 할 수 있다.

---

19) 이 작품의 한국어 번역본은 『가르강튀아 팡타그뤼엘』(유석호 옮김, 문학과지성사, 2004) 참고.

그렇다면 위화가 새롭게 선택한 이러한 글쓰기 방식이 본인이 의도한 중국사회의 거대한 간극을 드러내는 데 유효하게 작용한 것일까? 기존의 중용과 온정의 서사로 거대한 간극의 실체를 밝히기에는 당연히 제한적일 수밖에 없다. 왜냐하면 기존의 위화의 소설에서는 전제적 억압현실이 상징적인 배경으로 처리되어 있고 주인공은 중용과 온정의 정신적 태도로 그러한 환경에 적응하여 생의 의미를 찾아가는 과정이 서사의 중심축이 되어왔기 때문이다. 그러나 『형제』에서 위화는 기존의 소설과 달리 사회적 불평등의 실체를 직접 드러내는 새로운 서사를 시도하고 있다. 이것은 분명 위화에게 또 하나의 도전이자 자신의 상상세계를 넓혀나가는 실험대인 셈이다.

여기서 그 실험의 결과를 묻는다면 필자의 대답은 그리 긍정적이라 할 수 없다. 거대한 간극의 실체를 드러내려면 무엇보다 중국사회의 은폐된 내부를 들춰내는 총체적 인식과, 파헤친 모순들과 육박전을 벌이며 그것을 지면 위에 쏟아내는 전투적 상상력을 겸비하고 있어야 하기 때문이다. 그러나 위화가 선택한 광환의 서사는 사회적 불평등을 조장한 국가-자본의 결탁구조, 사회적 약자에 대한 정책과 제도의 공백 등의 문제보다는 주로 개인의 능력과 성격의 차이 및 도덕과 윤리의식의 부재, 중국인의 구경꾼 기질 등의 인간적 문제를 부각함으로써 균형 있는 성찰로 나아가지 못하고 있다. 특히 사회가 전반적으로 광환하는 시대에서 물질적 욕망을 거침없이 드러내는 것은 낯설음이 아니라 현실의 직접적인 인용에 가까워 세태적 상상력에 머물고 있다는 비판도 가능하다. 오히려 대중이 모두 물질적 욕망을 갈구하지만 사회적 자원이 불균등하게 분배되어 개인의 삶을 불안정하고 타락하게 만드는 근본 원인에 대한 통찰이 더욱 절실해 보인다. 욕망 자체만을 드러내기보다는 욕망과 제도의 상관성을 밝히는 일이 거대한 간극의 실체에 다가서는 통로가 된다는 것이다.

　광환의 서사는 결국 절망적 현실에 대한 냉소로 흐를 수밖에 없다. 소설 속의 모든 성원이 생의 의미를 망각한 채 환락에 빠져든 상황에서 미래의 희망을 기대할 방법이 없기 때문이다. 냉소는 절망적 현실에 대한 우월적 쾌감은 던져줄 수 있어도 그에 대한 냉정한 인식과 저항으로 나아가게 하지는 못한다. 이러한 시대에 필요한 것은 냉소가 아니라 풍자의 글쓰기다. 풍자는 바로 사회구조 속으로 깊숙이 침투하여 은폐된 구조의 작동원리를 들춰내며 저항의 칼을 들고 구조의 그물을 찢어발김으로써 그 속에 썩어 있는 분비물들을 지면 위로 쏟아내는 글쓰기다. 이상적 인물이 직접 등장하지 않더라도 현실을 직시할 수 있는 길을 열어준다는 의미에서 이러한 글쓰기 자체가 희망을 품고 있는 것이다.

　위화의 새로운 도전은 아직 냉소와 풍자 사이에 위치한 것으로 보인다. 향후 그의 도전의 성패 여부는 루쉰적 의미의 풍자와 라블레적 의미의 이상을 개혁개방의 현실 위에서 어떻게 접목시킬 수 있느냐에 달려 있다. 그때 비로소『형제』가 채 열지 못한 중국사회의 판도라 상자를 온전히 열어놓을 수 있을 것이다.

11장

중국 굴기와 그 이후
―왕후이의 시각을 중심으로

중국의 세기

21세기를 눈앞에 둔 90년대 말 '21세기는 중국의 세기'이며 '2020년에
는 일본을, 2050년에는 미국을 따라잡는' 빅 드래건의 꿈이 흘러나왔
을 때, 정작 중국지식계에서 그것이 조만간 실현될 것이라고 확신하
는 이들은 그리 많지 않았다.[1] 서구에서도 월스트리트 투자고문 다니
엘 버스타인(Daniel Burstein)과 미중무역위원회 대표 아르네 드 케이저
(Arne J. De Keizer)가 공동저술한 『빅 드래건*Big Dragon*』에서 "2024년이
면 포춘지가 선정하는 세계 500대 기업 가운데 100개 정도를 중국기
업이 차지하고", "중국은 빅 드래건으로 자라나 있을 것"[2]이라고 낙관
론을 펼치기는 했지만, 대체로 중국의 21세기 꿈은 소위 중국 거품론
이나 붕괴론의 그늘에 가려 있는 실정이었다.

그 후 10여 년이 지난 오늘날, 미국 금융위기 이후 G2 시대를 열어

---

1) 90년대 말에 흘러나온 '21세기는 중국의 세기' 논의는 19세기 말의 량치차오
이래 사회주의 시기에 이르기까지 서구를 따라잡겠다는 20세기 중국의 부강의 꿈
과 연계성을 지니고 있다. 이 점에 대해서는 졸고 「20세기 중국의 국가주의 사상
비판」, 『중국현대문학』 제19호, 2000 참고.
2) 『조선일보』 2000년 1월 3일 자 3면.

가고 있는 중국에 대한 서구 비평가들은 더 이상 부정적인 시선으로 그 미래를 예언하려고 하지 않는다. 오히려 최근 부상하고 있는 중국 모델론[3]은 중국의 성장방식이 서구사회와 다른 독자적인 발전 패러다임에 기반하고 있다는 점을 부각시키고 있으며, 『중국이 세계를 지배하면』의 저자 마틴 자크(Martin Jacques)는 더 나아가 중국의 부상으로 서구가 지배하고 있는 현 세계가 어떻게 변화될 것인지에 대한 과감한 상상을 펼치고 있다.[4] 물론 이러한 현상은 중국의 경제성장에 힘입은 것이지만, 긍정적인 시선의 영역이 경제를 넘어 정치 사회 체제에 대한 재평가로 확장되고 있다는 점을 주목할 필요가 있다. 『메가 트렌드 차이나』의 저자 존 나이스비트(John Naisbitt)는 비민주적 독재정치의 대명사로 비판받던 공산당 통치를 "상향식 참여가 두드러지고 결정을 내리고 실행하는 과정상의 투명성이 증가하는 수직적 민주 사회"[5]를 구현해가고 있는 것으로 평가하고 있는데, 이는 중국에 과거처럼 일당 독재체제라고 비판할 수 없는 사회시스템의 변화가 일어나고 있다는 얘기다.

이러한 중국모델론의 부상은 당대 중국지식계의 시각변화에 상당 정도 영향력을 행사하고 있다. 중국 지식계의 이론논쟁이 순수한 학술 논쟁을 넘어 기존의 당내 노선 투쟁의 기능을 수행하며 중국 정부의 정책 결정에 부분적으로 반영되고 있다는 점을 고려한다면, 지식계의 담론 변화에 내재한 문화정치적 의미가 무엇인지는 반드시 물어보아야 할 사항이다. 가령, 최근 중국 정치계의 핫이슈인 충칭 당서기 보시

3)   중국모델론에 대한 기존의 논의 검토 및 쟁점 정리에 대해서는 장윤미, 「중국 모델에 관한 담론 연구」, 『현대중국연구』 13권, 2011 참고.
4)   마틴 자크, 안세민 옮김, 『중국이 세계를 지배하면』, 부키, 2010.
5)   존 나이스비트, 안기순 옮김, 『메가트렌드 차이나』, 비즈니스북스, 2010, 88쪽.

라이의 실각 문제는 정치개혁의 주도권을 둘러싼 중국 공산당 내부의 복잡한 권력투쟁의 산물이지만, 아울러 이 문제는 지식계의 중국모델론 가운데 가장 주목받고 있는 충칭모델론 및 그 대표 논자들의 정치개혁 실험과 직접적으로 연계되어 있어서 향후 충칭모델론의 입지가 좁아질 가능성이 있다는 것이다.[6]

본 장에서 다루게 될 왕후이 역시 중국 지식계의 이러한 흐름에서 예외가 아닌 것으로 보인다. 2010년에 쓴 「중국 굴기의 경험과 그것이 직면한 도전(中國崛起的經驗及其面臨的挑戰)」[7](이하 「굴기」로 표기)에서 왕후이는 2008년 미국 금융위기 이후 전개되는 새로운 시대의 징후를 '90년대의 종언'이라고 명명하고, 중국 굴기의 성공 요인으로 중국 공산당과 정부의 긍정적 역할을 제시하는 등 기존의 자신의 관점과 상충되어 보이는 서술을 전개하고 있기 때문이다.

주지하듯이 왕후이는 중국의 비판적 지식인 가운데 한국에 가장 친숙하게 소개된 인물로, 한국에서 당대 중국의 사상동향에 대한 시각은 대체로 그의 글을 통해 정리된 것이라 해도 과언이 아닐 정도다. 이런 맥락에서 볼 때 왕후이를 둘러싼 이론논쟁은 중국 내부 사정을 넘어 한국 지식계의 중국 당대 사상 이해에도 긴밀히 연계되어 있는 만큼, 세계자본주의의 위기와 중국이 대국으로 굴기한 새로운 시점에서 왕후이의 시각(변화) 및 그 문화정치적 의미가 무엇인지에 대해 검토할

---

6)　보시라이의 신정치와 충칭모델의 관계 및 충칭모델의 실험이 향후 중국의 정치경제적 개혁방향에 미칠 영향력에 대해서는 성근제, 「중국은 어디로 가는가」, 『역사비평』 97호, 2011 참고. 그리고 보시라이 실각에 대한 해석에 대해서는 이홍규, 「보시라이의 숙청과 충칭모델의 미래」, 『현대중국연구』 14집, 2012 참고.

7)　이 글은 『文化縱橫』 2010년 2기에 발표되었으며, 한국에는 『황해문화』 2011년 여름호에 「중국 굴기의 경험과 도전」(최정섭 옮김)이란 제목으로 번역되어 있다.

필요가 있다고 생각된다.[8]

중국 굴기

왕후이에게 90년대는 일반적인 시간대로서 1990년대를 지칭하는 것이 아니라, 중국이 개혁개방을 통해 세계자본주의체제에 편입된 이후 자본주의적 모순과 그 이데올로기형식으로 신자유주의가 중국을 본격적으로 지배하고 그 영향력이 지속되는 시간을 총칭하는 개념이다. 역사적으로 볼 때 90년대는 1989년에서 1991년 사이, 즉 1989년 천안문 사건 및 그 이후 시장경제로의 전환이 공고해진 과정에서 탄생하여 지금에 이르기까지 발전해온 체제로서의 시간이라고 할 수 있다.[9]

---

8)　왕후이는 2010년 여름을 전후로 왕빈빈이 제기한 소위 '왕후이 표절사건'으로 인해 학문 윤리에 관한 논쟁에 휩싸여 있는 상황에서, 「굴기」를 발표한 이후에는 쉬지린 등의 지식인들로부터 중국 공산당과 국가의 역할을 옹호하는 국가주의자로 사상적 전향을 했다는 비판을 받고 있다. 중국 지식계 내부의 이러한 갈등은 정치개혁 방향을 둘러싼 사상적 입장의 분화로 해석할 여지가 충분하다고 할 수 있다. 하지만 그러한 정치적 판단 이전에, 「굴기」에서 나타난 시각 변화가 왕후이의 비판이론 체계 내에서 변화라고 할 만한 성격을 지니고 있는지, 그리고 변화라고 할 수 있다면 왕후이는 자신의 비판이론을 어떠한 방향으로 전환해나가고 있는지 먼저 검토해보아야 할 것이다.

9)　왕후이는 『去政治化的政治:短20世紀的終結與90年代』(三聯書店, 2008) 「序言」에서 90년대를 시장경제 체제가 공고해진 시간으로 규정하며, 이 90년대는 혁명의 세기인 "단기 20세기"에서 이탈하고 오히려 "장기 19세기"의 자본주의 특성과 친연성을 지니고 있다고 서술한다. 왕후이의 이러한 시간 구분을 통해 혁명의 세기인 "단기 20세기"가 "장기 19세기"의 자본주의를 극복하기 위한 타자로서 탄생한 것이지만, 90년대는 이러한 "단기 20세기" 역사적 의미를 부정하고 자본주의의 역사가 다시 시작되는 과정으로 이해하고 있다. 이러한 맥락에서 왕후이는 90년대를 역사의 종언이라고 명명한 후쿠야마와 달리 "역사의 새로운 시작(歷史的重新開始)"이라고 부른다.

21세기에 이르러서도 왕후이가 90년대를 주목하는 것은 90년대가 바로 중국의 현 사회체제의 모순을 배태한 근원지로서, 자신이 비판이론을 통해 그 본질을 탐문하고 극복방향을 모색해야 할 대상으로 인식하기 때문이다.

왕후이의 이러한 90년대 이해방식은 80년대에 대한 해석과 긴밀히 연계되어 있다. 왕후이는 80년대를 "사회주의 자기개혁의 방식으로 전개된 혁명 세기의 미성(尾聲)"으로서, 중국 사회주의의 실천적 특징인 '반현대성의 현대성'의 노선에서 벗어나 개혁의 방향을 자본주의적 발전주의의 길로 전환한 시대라고 인식한다. 그리고 80년대를 지배한 신계몽주의는 서구 근대적 발전 패러다임에 따라 중국사회를 개혁하려 했지만 결국 중국 정부의 경제건설 우선주의, 즉 현대화 이데올로기에 포섭되어 사회 비판능력을 상실한 채 90년대의 신자유주의 이데올로기로 분화되어나간다고 비판한다.[10] 왕후이의 입장에서 볼 때 80년대 신계몽주의가 이러한 운명을 맞이한 것은 개혁개방 이전의 중국 사회주의를 부정해야 할 봉건주의로 규정하고 서구 자본주의적 현대성의 길을 추구한 편향성에서 기인하는 것이기 때문에, 90년대 비판이론은 전 지구적 자본주의의 맥락 속에서 중국 사회주의의 유산과 경험을 활용하여 '반현대성의 현대성'의 실천방식을 모색해야 하는 시대적 사명을 지닌 셈이다.

이러한 맥락 속에서 왕후이는 90년대를 전 지구적 자본주의와 신자유주의가 사회 전반의 지배논리로 고착되어 현대성의 위기가 심화되

---

10)   80~90년대의 중국 사상동향에 관한 왕후이의 이러한 시각에 대해서는 「오늘날 중국의 사상 동향과 현대성 문제」(김택규 옮김, 『죽은 불 다시 살아나』, 삼인, 2005)와 「1989년 사회운동과 중국 '신자유주의'의 기원」(이욱연 외 옮김, 『새로운 아시아를 상상한다』, 창비, 2003) 참고.

는 과정으로 이해하며, 비판이론을 통해 국내외 자본이 어떻게 불평등한 생산방식을 강요하고, 중국 공산당과 정부가 어떻게 특정 계급의 경제적 이익을 옹호하고, 신자유주의 지식인이 어떻게 이러한 모순을 은폐하고 정당화하는가 등의 문제와 이로 인해 사회 정의와 평등이 주변화되는 현상을 분석하는 데 초점을 맞추고 있다. 90년대에 대한 이러한 이해방식 때문에 당대 중국사회를 주도하는 요소들 가운데 전 지구적 자본주의는 중국사회의 활력보다는 불평등과 빈부격차를 심화시키는 경제시스템으로, 공산당과 정부는 시장개혁의 범위와 속도를 조절하는 역할보다는 특정 계급의 이익을 보호하는 정치적 후원자로, 신자유주의 지식인은 중국사회의 다원화를 모색하는 신분보다는 자본과 권력을 합리화하는 기득권 세력으로 묘사하는 등, 왕후이는 당대 중국사회의 권력세계와 불편한 관계를 지닐 수밖에 없다. 그래서 왕후이의 비판이론 속에는 90년대를 개혁할 수 있는 동인을 현실 중국사회 내부에서 발견하는 사례가 많지 않으며, 오히려 개혁개방 이전 중국 사회주의의 경험과 교훈을 통해 그 가능성을 암시하는 방식을 취하고 있다.

그런데 「굴기」에서는 90년대에 대한 기존의 이해방식과 상이해 보이는 평가와 아울러 2008년 이후를 '90년대의 종언'이라고 명명하는 모종의 시각 변화를 드러내고 있다.

1990년대는 끝났고, 2008년은 하나의 상징이다. 이러한 포스트 1989년의 과정은 이미 몇 년 전에 끝나가는 흔적이 있었지만, 사건의 영향은 길게 이어지는 부분이 있었다. 그러나 2008년이 되자 이 과정은 비로소 끝날 수 있었는데, 그 상징은 전 지구적 범위에서 신자유주의 경제노선이 중대 위기를 맞이했고 중국에서 이 과정은 곧 일련의 사건으로부터 줄줄이 이어져 일어났다는 점이다. …… 서구사회에서 중국의 굴기에 대해 이미 한동안의 토론이 있었지만, 위기 속에서 우리는 갑자기 중국이 대면해야 할 하나의 경제체인 미국에게만 뒤질 뿐이며, 사람들의 예상 속도를 뛰어넘어 그에 상응하는 자신감을 표현하고 있다는 것을 의식하게 되었다. 이 변화는 드라마틱하며 우연의 요소가 있기는 하지만 결코 우연이 아니다. 문제는 다음과 같을 가능성이 매우 높다. 중국사회는 국제사회에서 자신의 이런 새로운 신분에 대해 아직까지는 그다지 부합하지 못하며, 중국사회가 시장화 과정 속에서 누적된 모순과 전 지구화 과정 속에서 직면한 리스크 역시 마찬가지로 공전의 것이다. 하나의 명제로서 이른바 "1990년대의 종언"의 진정한 의미는 새로운 정치, 새로운 길과 새로운 방향의 탐색과 맞물려 있다.[11]

「굴기」는 2008년 금융위기 이후 중국 굴기의 성공 요인이 세계적인 관심사로 급부상하는 과정에서 왕후이가 이에 대한 자신의 의견을 표출한 글이다. 여기서 왕후이는 개혁개방 과정에서 중국붕괴론의 예언이나 소련·동유럽 사회주의 국가들의 몰락과 달리 중국이 경제대국으로 성장한 동인을 신중국 건립 이후 사회주의 시기와 개혁개방 시기 60년 동안의 경험을 총결하여 독립적 주권, 국가의 역할, 이론논쟁을 통한 자기조정 능력, 초기 혁명과정을 통해 형성된 주체성, 개혁개방 이전 사회주의 시기에 축적된 사회자원 등의 요인을 제시한다.
　왕후이의 견해 가운데 가장 논란이 된 부분은 중국 굴기의 성공 요

---

11)　왕후이, 최정섭 옮김, 「중국굴기의 경험과 도전」, 『황해문화』 2010 여름호, 73~74쪽.

인으로서 개혁개방 이전 사회주의 시기의 경험과 국가의 능동적 역할을 꼽고 있는 점이다. "사회주의 국가는 인민의 보편적 이익을 대변한다."는 마오의 국가론이 선행했기 때문에 국가 주도 개혁이 가능했다는 사례처럼, 왕후이의 관점은 사회주의 시기에 대한 역사적 평가와 맞물려 있기 때문에 정치적 입장에 따라 당연히 논란이 생길 수밖에 없다. 하지만 사회주의 경험과 유산을 강조한 것은 왕후이가 '반현대성의 현대성'의 실천방식을 모색하는 과정에서 친숙하게 요청해온 사항이며, 국가의 역할을 강조한 점 역시 자본주의 시장은 자생적으로 발전하는 것이 아니라 국가에 의해 만들어진 것이라는 칼 폴라니의 이론을 통해 왕후이가 시장에 대한 국가의 정당한 개입을 주장한 점 등을 상기한다면, 「굴기」의 주요 논리 자체가 새로운 것이라고 보기는 힘들다.

먼저 사회주의 시기의 경험과 유산이 굴기의 성공요인이라는 점에 대해 살펴보자. 「굴기」에서 왕후이는 개혁개방 시기에 안정적인 경제성장을 이룩한 몇 가지 요인들을 제기하며 그것이 사회주의 시기의 경험과 유산을 통해 생성된 것이라고 설명하고 있다. 가령, 중국 경제성장의 밑바탕이 된 양질의 저임 노동력은 사회주의 시기 토지혁명과 토지개혁의 결과로 주체적인 농민계급이 양성되어 이들이 저임 노동력으로 전환되었기 때문이며, 또 시장개혁이 러시아처럼 급진적이지 않고 안정적으로 진행된 것은 사회주의 시기에 상이한 집단들 사이의 상호협조와 제어의 전통, 사상논쟁, 사회정책 등을 통해 이익갈등을 조정할 수 있는 사회자원이 축적되었기 때문이라는 것이다. 왕후이가 제기한 성공요인들은 직간접적으로 모두 사회주의 시기의 경험과 연계성을 지니고 있다. 이것은 왕후이가 90년대 비판이론은 사회주의 시기의 유산과 경험을 활용하여 전 지구적 자본주의 맥락에서의 '반현대성

의 현대성'의 길을 모색해야 한다고 인식하는 점과 상통하는 것으로
보인다.

반현대성의 현대성

왕후이의 이러한 논리를 이해하기 위해선 그의 사유를 추동하는 '반
현대성의 현대성'의 개념은 무엇이고 또 사회주의 경험이 중국 굴기의
자원으로 계승된 것인지 검토해볼 필요가 있다고 생각된다. 이에 관한
왕후이의 설명을 들어보자.

> 중국적 맥락에서의 현대화 개념과 현대화 이론에서의 현대화 개념은
> 다소 차이가 있다. 이는 중국의 현대화 개념이 사회주의 이데올로기
> 를 지향하기 때문이다. 마오쩌둥 같은 마르크스주의자는 역사의 진
> 보를 믿고, 중국사회가 현대화의 목표를 향해 나가도록 혁명 혹은 대
> 약진의 방식으로 이를 촉구하였다. 그가 실행한 사회주의 소유제는
> 한편으로 부강한 현대 민족국가 건립을 목표로 하였지만, 다른 한편
> 으로는 노동자와 농민, 도시와 농촌, 정신노동과 육체노동이라는 '3
> 대 차별'을 일소하고, 특히 '인민공사'를 설립해서 농업 중심의 국가에
> 서 사회적 동원이 원활하게 이루어지도록 하였고, 나아가 국가의 주
> 요 목표를 위해 사회 전체를 재조직하였다. …… 마오쩌둥의 사회주
> 의는 현대화 이데올로기이면서 동시에 유럽과 미국의 자본주의적 현
> 대화에 대한 비판이었다. 그러나 그 비판은 현대화 자체에 대한 비판
> 이 아니었다. 혁명 이데올로기와 민족주의적 입장을 바탕으로 한, 현
> 대화된 자본주의 형식이나 단계에 대한 비판이었다. 따라서 가치관과
> 역사관의 측면에서 마오쩌둥의 사회주의 사상은 자본주의적 현대성

에 반대하는 현대성 이론이었다.[12)]

　'반현대성의 현대성'은 왕후이가 중국 사회주의를 세계사적인 자본
주의 비판운동의 차원으로 해석하는 과정에서 도출된 개념이다. 즉 왕
후이는 마오의 사회주의가 부강한 현대 민족국가 건립을 목표로 하
며, 이를 자본주의적 형식이나 단계가 아닌 사회주의 소유제를 통해
달성해나가려 한 것이라고 인식한다. 왕후이는 이러한 마오의 사회주
의를 '자본주의적 현대성에 반대하는 현대성'이라고 명명하는데, 여기
에는 부강한 현대 민족국가 건립이라는 현대성의 목표를 자본주의에
반대하는 방식인 사회주의 소유제를 통해 이루어나가려 한 운동이라
는 뜻을 함축하고 있다. 마오의 사회주의가 부강한 현대 민족국가 건
립을 목표로 했다는 점은, 신중국 초기의 경제회복 정책, 제1차 5개년
계획의 중공업 육성 정책, 그리고 합작화, 대약진 및 인민공사 운동이
인민 동원과 자력갱신을 통해 궁극적으로 사회적 생산력을 향상시키
려는 의도에서 출발했다는 사실을 고려한다면 의문의 여지가 없을 것
이다. 하지만 중국 사회주의의 현대성을 실현하는 방식이 '유럽과 미
국의 자본주의적 현대화에 대한 비판' 즉 노동자와 농민, 도시와 농촌,
정신노동과 육체노동의 '3대 차별'을 일소하는 '자본주의적 현대성에
반대하는' 방식으로 수행된 것이었는지에 대해서는 논의해볼 필요가
있다고 생각된다.
　첫째, 신중국 초기 마오는 제국주의와 국내의 적대세력에 대해 경계
하고 자본주의적 발전노선에 대해 반대를 표하면서도, 경제회복을 위

---

12)　왕후이, 김택규 옮김, 「오늘날 중국의 사상 동향과 현대성 문제」, 『죽은 불 다
　　시 살아나』, 삼인, 2005, 91~92쪽.

해 도시에서 사적 소유권 및 자본주의적 생산방식을 인정하고 농촌에
서는 토지개혁을 통해 농민 개체소유제를 정착시켜나가는 방식을 통
해 상당한 경제성장의 효과를 거두었다. 이것은 정치적 수사 차원에서
의 사회주의 이데올로기와 실제 사회주의 건설과정에서의 효율적 방
법 사이의 거리가 드러나는 대목인데, 이러한 상호 모순적인 과정을
'자본주의적 현대성에 반대하는' 방식이라고 순수하게 규정하기는 힘
들어 보인다.

둘째, 1953년에 시작된 제1차 5개년개발 과정에서는 도시 중심의 공
업화를 실현하기 위해 사영기업을 점차 국유화하는 동시에 전문 관료
와 기술 엘리트를 주축으로 생산성 향상을 추진하는데, 이러한 과정
에서 오히려 '3대 차별'이 심각하게 표출되었다. 이것은 과도기 총노선
내부에서 발생한 위기적 현상으로, 향후 마오가 농업 합작화 운동을
통해 소유제의 사회주의적 개조를 급진적으로 진행시키는 계기로 작
용하였다.[13]

셋째, 소유제의 사회주의적 개조가 완료된 이후 농촌의 인민공사와
도시의 단위에서는 인민의 공동 생산방식이 정착되지만 분배과정에서
는 공정한 기준이 마련되지 않아 갈등이 생기거나 집단 내부에 새로운
권력관계가 형성되어 불평등한 분배가 존속되었다. 특히 종신고용과
평생복지의 혜택은 도시의 국영 단위 노동자에게만 제공되어 보편적
복지사회로 나아가지 못함에 따라 소외된 인민들이 풍요로운 미래에
대한 사회주의의 약속에 실망감을 느끼게 되었다.[14]

---

13) 첫 번째와 두 번째의 논점에 대해서는 모리스 마이스너의『마오의 중국과 그 이
    후』1(김수영 옮김, 이산, 2004), 2부 '새로운 질서, 1949~1955년' 참고.
14) 이 점에 대해서는 백승욱의『중국의 노동자와 노동 정책: '단위체제'의 해체』(문
    학과지성사, 2001) 34~39쪽과 장영지의「중국 단위제도와 변화 분석 연구」(서울

넷째, 사회주의의 의미를 주로 소유제의 사회주의적 개조 즉 생산자원의 국가적 통제 문제로 인식하고 있어, 생산과정을 사회주의적으로 재편하여 생산자가 자신의 노동생산품과 노동조건을 통제한다는 의미의 마르크스적 사회주의는 탈각되어버렸다. 이로 인해 중국 사회주의는 실제 생산과정에서 국가자본주의 혹은 관료자본주의적 방식으로 작동되어 인민을 동원하고 통제하는 정치적 기능을 수행하게 되었다.[15)]

다섯째, 사적 소유제에서 공유제로 전환한 중국 인민들은 소속된 집단이 제공하는 복지혜택을 누렸지만, 공유제 내부의 자원 배분의 권력에 따른 차등적 이기적 관계가 존속되어, "각자의 자유로운 발전이 모두의 자유로운 발전의 전제조건이 되는 연합체"(마르크스)를 형성하지는 못하였다. 그리고 인민들이 대체로 소속 집단에 의존하는 자족적인 삶을 향유함에 따라 개개인이 자유의지에 따라 자신의 삶을 창조해나가는 주체적 인간의 배양 가능성이 축소되었다.[16)]

이상의 문제점들을 생각해본다면 마오의 사회주의가 '자본주의적 현대성에 반대하는' 방식으로, 더 정확하게 말하면 자본주의가 조성한 해악과 모순을 일소하는 방식으로 실현되었던 것이라고 평가하기는

대학교 박사논문, 2009), 제3장 '중국 단위제도의 형성과 기능 그리고 영향' 참고.

15)   80년대 신계몽주의자들이 중국 사회주의를 봉건주의라고 비판하는 것과 달리, 정통 맑스주의에 기반한 이론가들은 이 시기를 사회주의적 발전방식이 아니라 국가자본주의 혹은 관료자본주의적 발전방식이 지배한 개발동원 체제의 시대라고 비판한다. 이 점에 대해서는 김용욱의 「'중국 모델'을 둘러싼 최근 좌파들의 논의」(『마르크스21』, 2010년 여름) 참고.

16)   단위 내부에서 구성원 사이의 권력관계가 어떻게 작동하고 있고, 이러한 과정에서 구성원들이 어떻게 권력적이면서도 자족적인 모습으로 변모하고 있는지를 이해하려면 류전윈의 소설 「직장[單位]」(김영철 옮김, 『중국 현대 신사실주의 대표작가 소설선』, 책이있는마을, 2001)을 참고할 것.

힘들어 보인다. 중국 사회주의가 지닌 이러한 현상들은 사회주의적 개혁에도 불구하고 잔존해 있는 자본주의적 모순들이라기보다는, 사회주의적 현대화를 추진하는 과정에서 발생한 새롭지만 낯익은 문제이기 때문이다.[17] 마오 시대 전체를 보면, 중국의 물질순생산에서 '공업'이 차지하는 비중이 23%에서 50%로 증가했으며 농업의 비중은 58%에서 34%로 감소하였다.[18] 이러한 통계는 마오가 농민사회주의와 인민민주주의 독재를 시행했음에도 불구하고, 중국 사회주의의 방향이 인민의 평등화보다는 도시의 공업화에 중점이 있었다는 점을 역설하고 있다. 마오는 사회주의를 통해 노동자와 농민, 도시와 농촌, 정신노동과 육체노동이라는 '3대 차별'을 해소하여 서구 자본주의사회와 다른 평등하고 풍요로운 사회를 건설하려고 의도했으나, 그에 반하는 정치적 관료화와 계급격차 그리고 지역차별의 결과를 낳고 말았던 것이다. 이런 맥락에서 볼 때 중국의 사회주의는 자본주의 형식이나 단계를 비판하고 초극한 가치로서의 사회주의 개념보다는, 생산수단의 국가적 통제를 통해 부강한 민족국가 건설을 추구한 특수한 발전방식

---

17)　왕후이는 문혁 시기 인민대중이 관료화된 당과 국가에 저항하기 위해 정치에 직접 참여한 것은, 당시의 현실이 사회주의 건설 시기에 기대했던 '3대 차별'이 해소된 인민민주 사회와 거리가 멀어졌다는 불만에서 비롯된 일이라고 주장한다. 이는 문혁이 중국의 사회주의 성장방식이 비자본주의적 인민 민주사회로 발전하려는 본래의·기획에서 벗어나, 당과 국가가 주도하는 개발동원 체제가 형성되어 그 모순이 심화되는 과정에서 발생한 사건임을 의미한다. 그러나 이 점이 문혁의 주도자로서 마오의 사회주의 기획 자체가 탈국가적이면서 개발동원체제와 다른 성격의 발전방식이었다는 점을 설명하는 것은 아니다. 마오가 비판한 것은 당과 국가가 인민을 권위적으로 지배하는 관료화된 사회였으며, 마오 역시 "인민의 보편적 이익을 대표하는" 당과 국가의 역할 및 인민의 자력갱신에 기반한 사회조직(인민공사, 단위)의 동원을 통해 발전하려는 기획을 추구했던 것이다.

18)　모리스 마이스너, 앞의 책, 583쪽.

의 하나로 볼 수 있다고 생각된다.

개혁개방을 통해 덩샤오핑이 모색한 것은 바로 마오의 사회주의에 내재한 이러한 위기를 비판하고, 새로운 세계사적 지평 위에서 소유제의 다변화와 대외개방을 통해 자기 혁신을 추진하기 위한 발전방식이었다. 덩샤오핑의 발전방식은 마오와 달랐지만 사회주의의 목적은 마오와 마찬가지로 부강한 민족국가 건설이었다.[19] 다만 덩샤오핑이 마오보다 유리했던 점은 중국 사회주의가 직면했던 새로운 세계사적 지평이 신중국 건립 당시의 냉전적 제국주의 체제가 아니라 신자유주의가 주도하는 세계 자본주의체제로 변해 있었다는 사실이다. 거대한 세계시장의 출현 가능성을 기대하며 우호적으로 다가온 신자유주의의 훈풍 속에서 중국 사회주의는 세계 자본주의의 바다로 항해하기 위한 출발점에 설 수 있었던 것이다.

「굴기」에서 왕후이는 중국 경제성장의 성공 요인으로 사회주의 시기의 경험과 유산을 강조하지만, 실제 현실에서는 덩샤오핑의 탈사회주의적 발전방식이 이것들을 성장의 기제로 전환시킨 맥락이 더욱 중요하다고 할 수 있다. 가령, 토지혁명을 통해 양성된 주체적 농민이 양질의 저임 노동력으로 전환한 것은 사회주의 기획이 의도한 결과가

---

19)   덩샤오핑의 개혁방향은 마오의 인민 민주주의적 방식과 달리, 문혁으로 인해 붕괴된 공산당의 조직규범을 재정립하고 관료통치를 합리화하는 방식을 통해 정치체제를 안정화시키고, 경제적으로 국민경제의 발전을 우선시하는 경쟁적 생산, 소유제의 다변화, 대외개방의 방식을 채택한 것이다. 덩샤오핑의 개혁개방 역시 근본적으로 부강한 민족국가 건설에 있었지만, 이러한 발전방식은 정치상에서 사회주의 민주에 관한 이념과 정책이 결핍되어 있고 경제상으로 사회적 불평등과 빈부격차가 용인되는 내적 위기가 잠재되어 있었다. 이러한 위기는 향후 왕후이가 90년대 체제의 모순이라고 비판한 문제들을 파생시키는 근본 원인으로 작용하게 된다. 이 점에 대해서는 모리스 마이스너, 앞의 책, 23장 '시장개혁과 자본주의 발전' 참고.

아니라 사회주의화 과정의 실패로 인해 빚어진 의도하지 않은 결과인 것이다. 여기서 중요한 점은 실패한 경험과 그 산물들 자체라기보다는 그것들에게 역동적 활력을 불어넣은 새로운 조건이 문제가 된다는 것이다. 즉 어떠한 경험이 상이한 역사 시기의 실천과정에서 유산이나 교훈으로 활용되기 위해선, 기획 의도나 동기 자체에 대한 강조보다는 그것의 실천과정에서 나타난 양상들에 대한 성찰을 통해 새로운 조건에서 비판적 활용 가능성이 있는지 우선적으로 검토해야 한다. 이런 맥락에서 볼 때 왕후이의 반현대성의 현대성이나 사회주의 경험을 강조하는 논리 속에는 사회주의 기획과 사회주의화 과정 사이의 간극, 다시 말하면 사회주의를 위한 기획과 그 기획을 실제 현실에서 실천하는 사회주의화 과정 사이에서 나타난 간극을 어떻게 처리해야 하는지의 문제가 곤혹스럽게 남아 있다고 할 것이다. 이러한 점에 대한 성찰 없이 기획의 본질적 의미에 방점을 두는 담론은 신념윤리의 정치에 그칠 가능성도 있다고 생각된다.

국가의 역할

다음으로 국가의 역할이 중국 굴기의 성공 요인이라는 점에 대해 살펴보자. 사실 이 문제는 중국모델론 주창자들의 공통된 견해이므로 그 자체로는 커다란 논란이 되지는 않는다. 오히려 왕후이에게 질의해야 할 점은 굴기의 성공요인으로 국가의 역할을 긍정하는 것이 90년대 체제의 형성과정에서 국가가 수행한 부정적 역할을 비판하던 기존의 시각과 어떻게 연관되는지의 문제이다. 즉 개혁개방 과정에서 인민의 보편적 이익을 대변하기보다는 특정한 시장권력의 이익을 옹호하며 현대성의 위기를 심화시킨 국가가 어떠한 과정을 통해 중국의 성장을 담지한 개혁주체로 전환되고 2008년 금융위기를 계기로 '90년대의 종언'을 가능케 한 것인지의 문제를 해명해야 한다는 것이다. 왕후이의 이론체계 내에서 국가의 역할에 대한 재평가는 자신의 개혁개방 서사를 성찰하게 하는 관건이 되기 때문이다.

「굴기」 이전에 왕후이는 개혁개방의 서사를 전 지구적 자본주의, 국가 그리고 시장권력이 공모·결탁하여 중국에 신자유주의 체제를 확립하는 과정으로 인식한다. 다시 말하면 전 지구적 자본주의가 개혁개방을 통해 중국으로 세력을 확장하고, 국가는 그 체체에 편입·적응하는 과정에서 시장세력과 결탁하여 개혁을 주도하고, 그 결과 90년대 체제가 확립되어 자본주의적 모순이 심화되어 간다는 분석이다. 이러한 서사 속에서 국가는 전 지구적 자본주의와 협력하여 시장권력을 보호하는 역할을 수행한다.

그런데 「굴기」에서는 국가가 전 지구적 관계 속에서 경제를 조절하고 대내적으로 공공토론과 정책을 통해 여러 이익집단들의 영향력을 억제하고 조정하는 역할을 수행하는 주체로 서술되고 있다. 국가의 이러한 역할을 인정한다면 기존의 개혁개방의 서사는 수정되어야 할 것으로 보인다. 특히 전 지구적 자본주의와 국가의 관계의 경우, 편입·적응 혹은 공모·결탁의 방식으로 이해하기보다는 개방의 폭과 속도를 조절하는 국가의 능동적 역할에 더 주목할 필요가 있을 것이다.

개혁개방 초기 중국 정부는 외국기업을 유치하기 위하여 각종 세제 및 금융 혜택을 제공하면서도, 중앙정부 발전개혁위원회의 엄격한 심사를 통해 외국기업의 투자규모와 기술이전 정도에 따라 사업 활동의 범위를 규제하였다. 또 사업 영역에 따라 외국기업 단독의 사업을 제한하고 중국기업과의 합자를 통해 사업을 하도록 규정함으로써, 중국기업이 외국기업의 기술과 경영기법 등 선진적인 요인을 가까이서 배울 수 있게 만들었다. 아시아 국가들이 금융위기로 IMF 관리를 받는 동안에도 중국은 별다른 경제위기 없이 고성장을 지속하였으며 오히려 관련 국가들이 경제적 안정을 찾을 수 있도록 국제적 영향력을 행사하였다. 이것은 중국이 개방과정에서 투기자본을 철저히 차단하고 산업자본을 선별적으로 유치하여 중국의 성장 동력으로 통합할 수 있었기 때문이다. 이러한 사례들은 세계경제에 중국이 단계적으로 진입할 수 있도록 개방의 분야와 속도를 조절한 국가전략이 있었기에 가능한 일이다.[20]

이런 맥락에서 볼 때 국가적 차원에서의 개혁개방의 서사는 중국이 생산력 발전을 위해 전 지구적 자본주의를 수용하면서 국내 경제의 보호를 위해 신자유주의적 노선에 저항하는 이중의 과정으로 이해할 수 있을 것이다. 하지만 이것은 경제대국으로 성장하는 데 있어 국가가 안정적 경제환경을 조성한 측면에 대한 설명은 될 수 있지만, '90년대의 종언'을 이야기할 수 있는 근거가 되는 것인가? 다시 말하면, 전 지구적 자본주의를 수용하는 과정에서 형성된 90년대 체제와 그것이 배태한 사회적 불평등 및 빈부격차 등의 문제가 심각하게 현존하는 상황에서 '90년대의 종언'이 어떻게 가능하겠는가?

가령 왕후이는 전 지구적 자본주의하에서 자본에 종속되지 않고 국가가 자본을 사회적·민주적으로 통제하는 능력을 자주성이라고 지칭한다. 그런데 중국의 발전방향이 전 지구적 자본주의 내부에서 성공적인 정착을 목표로 하고 있다면, 이것을 자주성이라는 개념으로 설명할 수 있는지에 대한 의문이다. 국가가 개혁개방의 폭과 속도를 조절하여 효율적인 시장경제를 이룩한 능력은 인정되지만 개혁개방 과정에서

---

20)   졸저 『글로벌 차이나』, 산지니, 2007, 49쪽.

자본주의적 모순이 심각하게 수반된 상태에서, 이를 자주성 실현의 과정이라고 부르기는 미심쩍다고 할 수 있다. 즉 국가의 자본 통제가 세계화의 적응 면에서는 우수하게 발휘되고 있으나 세계화의 함정인 사회적 불평등과 양극화를 통제하지 못한 상황이라면, 자주성보다는 세계화의 적응과 종속의 이중운동이 작동하고 있는 상태라고 보아야 한다는 것이다. 이는 국가가 자본의 효율적 관리능력은 탁월하게 발휘하지만 경제성과의 공정한 분배능력이 취약하다는 점과 연계되어 있으며, 이 두 가지 능력을 동시적으로 발휘할 수 있을 때 비로소 자본에 대한 사회적 민주적 통제가 이루어지고 있다고 할 수 있을 것이다.

국가가 인민의 보편적 이익이 아닌 특권 계층의 이익을 대변하게 된 현상도 자본에 대한 사회적 민주적 통제가 불균등한 상태에서 비롯된 일이라고 할 수 있다. 왕후이는 이를 "국가의지가 자본의 통제를 받는 가운데 인민 대중의 요구를 반영할 수 없는" "국가의 자주성 문제"로 이해하는데, 자주성 개념으로는 그 실제적 함의인 자본에 대한 관리능력과 분배능력의 불균등성을 지시하기가 어려워 보인다. 가령 왕후이가 충칭사건에서 신자유주의의 부활을 우려한 것은 국가가 세계은행(자본)의 통제를 받는다는 판단에서 기인하는 일이다. 그러나 중국의 개혁개방은 자본으로부터 자주성을 획득하는 과정이라기보다는 자본의 논리에 따르는 신자유주의적인 개혁을 수행하면서도 국내 경제가 다국적 자본에 종속되지 않도록 보호하는 과정이었다. 중국 국무원 발전연구중심과 세계은행이 공동 연구발표한 '차이나 2030' 보고서의 핵심방안인 국유기업 민영화, 토지 사유화, 금융 자유화 역시 세계은행의 일방적 요구(자주성의 문제)라기보다는 자본주의 세계체제의 중심부로 도약하려는 중국이 불가피하게 선택해야 하는 측면과 맞물려 있다고 해야 할 것이다.

왕후이가 우려한 신자유주의의 부활과 관련하여 볼 때 이 문제들은 시진핑 시대 최대의 논란거리가 될 전망이다. 국유기업 민영화는 경제성장전략이 산업고도화로 전환됨에 따라 부실 국유기업의 개혁과 선별적 민영화가 불가피해보이지만, 국가기간산업의 안정적 경영, 신성장산업 분야의 투자와 일자리 창출, 국가조세수입 확대 등에서 긍정적 역할을 지속적으로 수행할 경우 국유기업의 급진적 개혁은 시도되지 않을 가능성이 크다. 토지사유화는 이미 토지사용권의 매각이 허용되고 지방정부의 주요 재정이 지대에서 충당되는 현실 속에서, 불법적인 매각이 횡행하는 사태를 방지하기 위한 규범화 작업과 아울러 민생안정을 위한 부동산규제와 공공임대주택에 관한 법규 제정과 연관되어 있다. 금융자유화의 문제에 있어서 중국 정부는 현재 외환보유고 활용을 통한 해외투자와 건전한 자본시장 육성을 위한 금융 개방을 진행하고 있으며, 미국 금융위기의 경험을 통해 투기자본과 파생상품 규제하는 과정 속에서 선진적이고 안정적인 금융시스템의 정착을 유도하고 있다.

이러한 문제들은 시진핑 시대의 새로운 성장전략인 산업고도화의 문제와 밀접히 관련되어 있는 것으로, 개혁의 방향을 둘러싼 이해관계자 사이의 논란이 예상되지만 자본의 효율적 관리 면에서 탁월한 능력을 발휘한 경험을 고려할 때 안정적인 개혁을 진행할 것으로 보인다. 오히려 문제가 되는 것은 산업고도화를 위해 필수적으로 수반되어야 할 사회적 안전망 구축 및 그와 관련된 분배능력의 결핍이라고 할 수 있다. 현재 중국의 산업고도화는 정부의 유인이 아니라 시장(임금상승)의 압박 속에서 빠르게 진행하여 생산성 향상과 고도화가 기업 생존의 필수조건이 되고 있다. 산업고도화 과정에서 시장의 압박을 견디지 못하는 기업과 노동자는 도산과 실업을 겪지 않을 수 없으며, 사회복지

시스템이 미비한 상태에서 기본 생활의 유지와 재취업의 난제를 스스로 감당해야 하는 실정이다.

이런 맥락에서 볼 때, 중국은 미국 금융위기 이후 "전 지구적 범위에서 신자유주의 경제노선이 중대 위기"에 직면해 있지만, 중국 내부에 90년대 체제를 대체하거나 적어도 경쟁할 수 있는 새로운 체제가 아직 생성되고 있지 않다는 점도 직시해야 할 것이다. 왕후이 역시 최근의 신자유주의의 위기와 이 과정에서 나타난 중국 내부의 사건들은 단지 90년대의 종언을 상징할 뿐이라는 언급을 통해, 90년대의 종언에 상응할 만한 새로운 체제가 아직 형성되고 있지 않다는 점을 인지하고 있다. 그리고 이러한 체제를 어떻게 형성해야 하는가의 고민을 아래의 문제의식을 통해 드러내고 있다.

> 중국의 정치변혁 문제를 고민함에 있어 우리는 이러한 문제들을 고려하여 중국의 민주노선을 구상할 필요가 있다. 구체적으로 말하면, 필자는 적어도 다음 세 가지를 강조하고자 한다. 첫째, 중국은 20세기에 길고도 가장 깊은 혁명을 거쳐왔다. 공정과 사회적 평등에 대한 중국 사회의 요구는 지극히 강렬한데, 이 역사적이고 정치적인 전통은 어떻게 당대 조건하의 민주 요구로 전환되어야 하는가? 즉 무엇이 새 시대의 군중노선 혹은 대중민주주의인가? 둘째, 중국공산당은 방대하고 거대한 전환을 거친 정당으로서, 그것은 날이 갈수록 국가기관과 하나로 혼합되고 있다. 이 정당체제를 어떻게 더욱 민주적이 되게할 것인가? 정당의 역할이 변하고 있는 시점에서 어떻게 국가로 하여금 보편적 이익을 대표할 수 있도록 보증할 것인가? 셋째, 어떻게 새로운 정치형식을 형성하여 대중사회로 하여금 정치적 능력을 획득하여 신자유주의 시장화가 조성한 '탈정치화' 상태를 극복하게 할 것인

가? 중국은 개방적 사회이지만 노동자, 농민 그리고 보통 공민의 공공생활에 대한 참여는 미미하다. 중국은 어떻게 사회의 목소리와 요구를 받아들여 국가정책의 층위에서 자본의 농단과 요구를 억제할 것인가? 자본의 자유인가 사회의 자유인가? 이것이 문제의 핵심이다. 양자에는 중대한 차이가 있다. 이것들은 모두 구체적 문제이지만, 중요한 이론적 명제를 포함하기도 하는데, 전 지구화와 시장화라는 조건에서 '무엇이 인민중국의 정치변혁 방향인가, 라는 문제를 던져주고 있다. 어떻게 개방이라는 조건 아래 중국사회의 자주성을 형성할 것인가? 보편적 민주주의의 위기 상황에서 이러한 탐색의 전 지구적 의의 역시 명약관화할 것이다.[21]

왕후이는 이러한 문제의식을 통해 중국의 개혁모델이 미국이 지배하는 세계적 패권구조와 달리 전 지구적 차원의 공동발전 모델이 되기 위해서는 경제적 차원을 넘어 정의와 평등을 구현하는 새로운 정치를 창조해야 한다고 주장한다. 여기서 왕후이가 말하는 정치는 서구식 의회민주주의나 중국공산당의 권위주의적 통치체제를 통해 구상 가능한 정치가 아니다. 이것은 기존의 정치가 인민의 보편적 이익을 대변하기보다는 특정한 계급의 이익을 보호하는 행위로 전락하고, 민주적 가치 실현을 위한 제도 확립보다는 인민을 통치하는 국가기구로 변질되는 등 정치와 인민이 괴리되는 보편적 민주주의의 위기를 조성하고 있기 때문이다. 왕후이는 이러한 기존 정치를 '탈정치화된 정치'라고 명명하고, 정치의 사회민주주의적 기능을 회복하는 것이 새로운 정치의 기본조건이라고 인식한다.

---

21) 왕후이, 「중국굴기의 경험과 도전」, 64~65쪽.

왕후이의 이러한 문제의식은 중국공산당 통치체제에 대한 비판에서 기인한다. 중국공산당은 인민의 보편적 이익을 대표하지 못하고 갈수록 국가기관과 혼합된 당-국 체제로 변하고 있다.(이것은 중국 경제성장의 성공요인으로 국가의 역할을 긍정하는 것과는 다른 문제다.) 그리고 당-국 체제와 신자유주의 시장화가 조성한 '탈정치화'로 인해 중국 사회와 인민대중은 정치적 능력을 상실하여 공공생활에 대한 참여가 미미한 실정이다. 이러한 진단 속에서 왕후이는 어떻게 탈정치화를 극복하고 인민중국의 정치변혁을 이룩할 것인가가 중국 정치개혁의 방향이라고 인식한다. 왕후이에게 그 대안은 인민과 대중사회의 정치적 능력을 회복하여 당대 조건에 부합하는 인민민주주의의 새로운 정치 형식을 창조하는 일이다. 더 나아가 그는 이러한 새로운 정치를 창조하여 보편적 민주주의의 위기를 극복할 수 있을 때, 비로소 중국 모델이 경제와 정치 영역에서 공히 전 지구적 신자유주의체제를 초극하는 대안 모델이 될 수 있을 것이라고 생각한다. 「굴기」를 쓴 왕후이의 고민은 바로 새로운 정치 창조에 있는 셈이다.

인민민주정치

문제는 왕후이가 구상하는 인민민주주의 정치를 현 공산당 통치체제 속에서 실현할 수 있는 방안이 무엇인가 하는 점이다. 인민민주주의 정치가 가능하려면 역동적 정치의식을 지닌 인민이 존재해야 하는데, 탈정치화된 중국 현실 속의 인민은 어떠한 계기를 통해 정치주체로 전환될 수 있는 것인가? 중국 정부는 지속적 경제성장을 위한 안정적 정치 환경을 조성하기 위해 군중노선을 경계하고 있고, 또 '다당제와 선거'처럼 인민의 요구를 표출할 수 있는 정치제도가 부재한 상태에서,

권위주의 통치체제에 저항하기 위해 인민이 주체적으로 참여할 수 있는 정치적 통로는 무엇인가? 사회적 불평등과 빈부격차, 열악한 생산조건, 민족차별 등으로 소외받고 있는 사회적 약자의 목소리를 대변하고 이들이 정치주체로 성장하도록 상호작용 할 수 있는 역할은 누가 담당할 것인가? …… 당대 중국의 조건에서 인민민주주의 정치를 제기하려면 이러한 곤혹스런 문제들에 대한 답변이 전제되어야 할 것으로 보인다.

인민민주주의 정치에 관해 문제제기를 한 「탈정치화된 정치」(2006)에서 왕후이는 문화대혁명이 발생한 근본원인을 두고 국가의 관료화 혹은 정당의 국가화에 저항하기 위해 인민대중이 정치에 전면적으로 참여하여, 당과 국가의 절대적 권위를 타파하고 새로운 사회체제를 건설하기 위한 것이었다고 서술하고 있다. 이는 극도로 탈정치화된 중국 현실을 비판하기 위해 사회주의 경험을 끌어들인 것인데, 마찬가지로 문제는 역동적 사회구조와 정치의식을 지닌 인민대중을 당대 중국의 조건 속에서 어떻게 창조하느냐에 있을 것이다. 하지만 왕후이의 글 속에서는 사회주의 경험에 의지하는 문제제기 이상의 답변을 찾아보기 어렵다. 물론 그는 정치인이 아니라 '비판적 지식인'의 신분으로 발언하기 때문일 수 있지만, 왕후이의 비판이론 자체에 사유의 구체화를 가로막는 어떠한 자기모순이 내재하고 있는 것은 아닐까.

이 문제를 논의하기 위해선 먼저 20세기 자본의의와 중국 사회주의의 관계에 대한 왕후이의 시각을 검토해볼 필요가 있을 것이다. 앞서 살펴보았듯이 왕후이는 중국 사회주의를 서구 자본주의에 저항하는 중국식 현대성의 길이라고 이해한다. 이는 서구의 현대성 혹은 그 경제적 지표로서 자본주의가 인류가 나아가야 할 보편적 방향이 아니라 서구적 맥락에서 생성된 역사적 산물로 간주하기 때문이다. 왕후이의 이러한 시각에서 주목해야 할 점은, '반현대성의 현대성'이라고 명명한 중국 사회주의가 자본주의 더 정확하게는 제국주의에 저항하는 중국적 특수성일 뿐만 아니라, 아울러 비자본주의적 발전을 통해 3대 차별을 일소하여 사회 정의와 평등을 구현한다는 보편적 측면까지 포함하고 있다는 사실이다. 다시 말하면 경제발전과 사회정의를 동시적으로 구현하고자 한 중국 사회주의 기획과 그 실천 경험은 20세기 중국의 역사적 특수성을 넘어, 보편적 민주주의의 위기를 극복하기 위한 새로운 정치를 창조하는 데 있어 경험과 유산으로 활용할 수 있다는 것이다. 이런 맥락에서 왕후이는 20세기 중국혁명의 역사와 사회주의 경험을 부정하는 80년대 신계몽주의가 결국 90년대의 전 지구적 자본주의 비판에 무기력하여 신자유주의 사상으로 분화해나간다고 비판하며, 나아가 90년대의 종언을 구현할 새로운 정치를 창조하기 위해서는 사회주의 경험과 유산을 계승하여 당대 조건에 부합하는 인민민주주의 정치로 전환해나가야 한다고 인식하는 것이다.

그러나 문제는 중국 사회주의의 비자본주의적 발전이 사회 정의와 평등을 구현하기보다는 오히려 자본주의 사회와 유사한 3대 모순이 지속되고 관료적인 사회체제를 조성했다는 곤혹스러운 점이다. 일반적으로 우리는 개혁개방 이전 사회주의 시기의 문제가 경제성장이 정체되어 낙후한 데 있다고 생각하지만, 사회주의 시기 전체의 경제지표를 보면 고도성장을 이루었다고 평가할 수 있으며 오히려 더 큰 문제는 고도성장에도 불구하고 중공업과 도시 중심의 발전전략으로 인해 사회적 불평등이 심화되었다는 점을 지적해야 할 것이다. 또 왕후이는 사회주의 시기 인민민주주의 정치 경험으로서 문혁을 거론하지만 다음과 같은 질문을 피할 수 없을 것이다. 문혁이 관료화된 국가와 당을 비판하고 새로운 사회체제를 창조하기 위해 발생했다면, 문혁 이전의 중국 사회주의 시기는 비자본주의적 발전의 길을 걷지 않은 시기로 보아야 하는가? 또 문혁이 발생동기에 부합하는 인민민주주의 정치를 구현하지 못하고 오히려 탈정치화라는 의도하지 않은 결과를 조성했다면, 중국 사회주의 시기 가운데 반현대성의 현대성을 실현한 시기는 언제라고 할 수 있는가? …… 왕후이는 중국 사회주의를 비자본주의적 현대성의 길로 규정하지만, 실제로 마오를 포함한 중국 사회주의 건설자들은 비자본주의적 발전을 소유제의 사회주의적 개조를 통해 생산수단을 국유화하는 일로 이해함으로써, 그러한 사회주의 기획 속에 의도하지 않은 결과가 배태될 가능성이 잠재되어 있었던 것은 아닐까. 그리고 이런 자기모순에 대한 적극적인 성찰 없이 중국 사회주의를 자본주의적 현대성에 저항하는 발전방식으로 규정함에 따라, 중국식 비자본주의적 발전방식에 내재한 문제점을 분석하거나 20세기 역사 속에서 다른 방식으로 자본주의에 저항한 진보적 노선을 모색하는 일이 주변으로 밀려난 것은 아닐까?

이 문제를 논의하기 위한 하나의 시각으로, 20세기 유럽이 자본주의 위기와 세계대전 그리고 전체주의의 폭력성을 극복하고 복지국가를 건설하는 과정에서 사회민주주의 방식이 수행한 역할에 대한 셰리 버먼의 주장을 경청할 필요가 있다고 생각한다.

전간기와 제2차 세계대전의 비극을 겪고 난 이후의 유럽인들은 시장의 영향력과 지나침을 통제할 수 있고 사회적 연대에 대한 사람들의 열망이 충족될 수 있는 세상을 창조해야 했다. 파시즘과 나치즘이라는 해결책이 동반했던 민주주의의 희생과 자유의 유린없이 말이다. 전후 시기 동안 등장했던 것이 바로 그런 체제다. 비록 오늘날 그것이 자유주의가 수정된, 혹은 [자유주의가 사회적으로 뿌리내린] '내장된

embedded' 형태로 이해되고 있지만, 이는 근원과 특성 모두를 매우 잘못 이해하고 있는 것이다. 전후 들불처럼 퍼져 나갔던 체제는 사실 자유주의의 업데이트 판이 아니라, 무언가 분명 다른 것이었다. 그것은 사회민주주의였다. 제2차 세계대전이 끝날 무렵, 사회민주주의는 이미 그 이전의 10년 동안 유럽의 북쪽 주변부에서 자신들의 첫 번째 정치적 승리를 쟁취하고 있었다. 자유주의와 정통 마르크스주의의 경제중심주의와 수동성을 거부하면서, 그리고 파시즘과 민족사회주의자의 폭력성을 회피하면서, 사회민주주의는 정치의 우선성과 공동체주의에 대한 믿음(경제적 힘이 아닌 정치적 힘이 역사의 동력이 될 수 있으며 또 그렇게 되어야 한다는 확신, 그리고 사회의 '욕구'와 '행복'은 보호되고 배양되어야 한다는 확신) 위에 세워졌으며, 사회주의의 비마르크스주의적 비전을 나타냈다. 그것은 20세기의 가장 성공적인 이데올로기이자 운동이었다. 즉 사회민주주의의 원리와 정책은 이제까지 공존할 수 없는 것처럼 보였던 것들(잘 작동하는 자본주의 체제와 민주주의, 그리고 사회적 안정)을 융화시킴으로써, 유럽 역사상 가장 번성하고 조화로웠던 시기를 뒷받침한 것이다.[22]

버먼은 20세기 역사를 영미식 자본주의와 소련식 사회주의의 양대 세력이 상호 대립하는 과정으로 이해하는 일반적인 시각에서 벗어나, 스웨덴을 대표로 하는 사회민주주의가 양대 세력과의 실천 경쟁을 통해 유럽의 복지국가를 형성했을 뿐만 아니라 제2차 세계대전 이후 형성된 새로운 국가-시장-사회의 관례를 두고 근본적으로 "근대화가 파

---

22)   셰리 버먼, 김유진 옮김, 『정치가 우선한다: 사회민주주의와 20세기 유럽의 형성』, 후마니타스, 2006, 17~18쪽.

괴했던 사회적 통합을 정치적 수단으로 재창조"해내는 것을 목표로 한 사회민주주의적인 것이었다고 인식한다. 물론 버먼의 이러한 주장은 서구사회를 배경으로 하는 것이다. 하지만 버먼이 주장하는 사회민주주의적 발전방식, 즉 경제중심주의보다 사회적 통합을 위한 정치의 역할을 우선하고, 자본주의적 생산력을 수용하면서 동시에 그 생산물이 사회분배가 되도록 통제하고, 계급 대립보다는 계급 교차적 협력을 통해 공동체사회를 이루어나가는 방식은 왕후이가 고민하는 새로운 정치 창조의 방향과 통할 수 있는 부분이라고 여겨진다.

지금의 중국 정치 현실을 고려할 때 왕후이가 구상하는 인민민주주의 정치[23]를 단기간에 실현하기는 불가능해 보인다. 공산당이 개혁의 주도권을 쥐고 '중국특색의 민주주의'를 진행하려는 상황에서, 어쩌면 국가와 정치를 통해 사회를 변화시킬 수 있다고 주장하는 버먼의 사회민주주의가 왕후이의 인민민주주의 방식보다 더 현실적이고 효과적인 개혁방향이 될 수 있지 않을까? 물론 이것이 진정한 민주개혁의 방식이 되기 위해선, 공산당의 정치개혁이 특정 계급의 이익 실현이 아니라 사회분배와 공동체사회를 실현하는 보편적 복지사회의 방향으로 정립되어야 할 것이다. 현재 중국이 직면한 최대 도전이 성장 패러다임을 어떻게 시장사회주의에서 복지사회주의로 전환할 것인가에 있기 때문이다. 그리고 공산당을 이러한 개혁방향으로 나아가게 하기 위해선 공산당의 권위주의 통치에 저항하는 사회운동과 인민대중의 정치 참여가 이루어지는 '신민주적 정치공간'이 동시적으로 창출되어야 할

---

23)   왕후이는 「代表性的斷裂」(2011)에서 '탈정치화의 정치'의 연속선상에서 평등 정치를 실현하기 위한 문제제기를 하는데, 이 글 역시 필자가 지적하고 있는 왕후이 비판이론의 체계 안에서 논의를 진행하고 있다.

것이다.[24]

    이런 맥락에서 볼 때 당대 중국의 현실에서 새로운 정치를 창조하기 위해 왕후이에게 필요한 일은, 역설적으로 중국 사회주의에 대한 원리주의적 접근을 지양하는 것이라고 생각한다. 그리고 이러한 성찰을 통해 인민민주주의 정치에 대한 기획과 그것을 실현하는 정치화 과정을 통합적으로 사유할 수 있을 때, 비로소 당대 중국의 조건에 부합하는 책임윤리의 정치이론을 서술할 수 있을 것이다.

---

24)   이에 대해서는 조희연, 「개혁개방 이후 중국 당-국가 체제의 위기와 '중국 특색의 민주주의'」, 『민주사회와 정책연구』, 2012년 상반기 참고.

참고문헌 · 찾아보기

1. 국내논문 및 단행본

강진아, 『문명제국에서 국민국가로』, 창비, 2009.

김도희, 『전환시대의 중국 사회계층』, 폴리테이아, 2007.

김동하, 「중국 사회보험법 제정과 그 정책적 함의」, 『중국학』제37집, 2010.

김상환, 『해체론 시대의 철학』, 문학과지성사, 1996.

김영진, 『불교와 무의 근대: 장타이옌의 불교와 중국근대혁명』, 그린비, 2012.

김용욱, 「'중국 모델'을 둘러싼 최근 좌파들의 논의」, 『마르크스21』, 2010년 여름호, 책갈피, 2010.

김용준, 『차이나마케팅』, 박영사, 2011.

김인춘, 『스웨덴 모델, 독점자본과 복지국가의 공존』, 삼성경제연구소, 2007.

김종윤, 「청말 국민성개조론에 대한 고찰」, 『중국학논총』제28집, 2009.

다케우치 미노루 편저, 신현승 옮김, 『청년 모택동』, 논형, 2005.

라블레, 유석호 옮김, 『가르강튀아 팡타그뤼엘』, 문학과지성사, 2004.

레그란드 츠카구치 도시히코 엮음, 강내영 외 옮김, 『스웨덴 스타일』, 이매진, 2013.

레이 초우, 정재서 옮김,『원시적 열정』, 이산, 2004.

루쉐이, 김성희 옮김,『21세기 중국사회의 전망』, 주류성, 2001.

루쉰, 김시준 옮김,『루쉰소설전집』, 서울대학교출판부, 1996.

루쉰, 노신문학회 편역,『노신선집』, 여강출판사, 1998.

루시앵 비앙코, 이윤재 옮김,『중국 혁명의 기원: 1915-1949』, 종로서
    적, 1982.

류자이푸 · 린강, 오윤숙 옮김,『전통과 중국인』, 플래닛, 2007.

류전원, 김영철 옮김,『중국 현대 신사실주의 대표작가 소설선』, 책이
    있는마을, 2001.

리디아 리우, 민정기 옮김,『언어횡단적 실천』, 소명출판, 2005.

리저허우, 김형종 옮김,『중국현대사상사의 굴절』, 지식산업사,
    1994.

리저허우 · 류자이푸, 김태성 옮김,『고별혁명』, 북로드, 2003.

린위셩, 이병주 옮김,『중국의식의 위기』, 대광문화사, 1990.

린페이, 방준호 옮김,「루쉰, 국민성을 논하다」,『중국어문론역총간』
    제28집, 2011.

마오쩌둥, 김승일 옮김,『모택동선집』, 범우사, 2001.

마크 래너드, 장영희 옮김,『중국은 무엇을 생각하는가』, 돌베개,
    2011.

마틴 자크, 안세민 옮김,『중국이 세계를 지배하면』, 부키, 2010.

멍판화, 김태만 · 이종민 옮김,『중국, 축제인가 혼돈인가』, 예담,
    2002.

모리스 마이스너, 권영빈 옮김,『이대조: 중국사회주의의 기원』, 지식
    산업사, 1992.

_____, 김수영 옮김,『마오의 중국과 그 이후』1 · 2,

이산, 2004.

문정인, 『중국의 내일을 묻다』, 삼성경제연구소, 2010.

미셸 푸코, 오생근 옮김, 『감시와 처벌』, 나남출판, 1994.

미조구치 유조, 정태섭 · 김용천 옮김, 『중국의 공과 사』, 신서원, 2004.

민정기 · 차태근 외, 『중국 근대의 풍경』, 그린비, 2008.

바흐찐, 이덕형 · 최건영 옮김, 『프랑수아 라블레의 작품과 중세 및 르네상스의 민중문화』, 아케넷, 2001.

박노자, 『우승열패의 신화』, 한겨레신문사, 2005.

박상수, 「루시앵 비앙코, 중국농민의 자발적 집단행동」, 『역사와문화』 15, 문화사학회, 2008.

_____, 『중국혁명과 비밀결사』, 심산, 2006.

박수헌, 「'부대 속의 감자' 또는 '혁명의 코러스': 마르크스의 농민관 재고찰」, 『슬라브 학보』 24집, 2009.

백승욱, 「중국 지식인은 '중국 굴기'를 어떻게 말하는가」, 『황해문화』 2011년 가을호.

_____, 「중국의 신민주주의 혁명에서 사회주의 성장전화과정」, 『현실과 과학』 5호, 1990.

_____, 『중국의 노동자와 노동 정책: '단위체제'의 해체』, 문학과지성사, 2001.

_____, 『자본주의 역사 강의』, 그린비, 2006.

버트런드 러셀, 이순희 옮김, 『러셀, 북경에 가다』, 천지인, 2009.

벤저민 슈워츠, 최효선 옮김, 『부와 권력을 찾아서』, 한길사, 2006.

보양, 김영수 옮김, 『추악한 중국인』, 창해, 2005.

사카모토 히로코, 양일모 · 조경란 옮김, 『중국 민족주의의 신화』, 지식의 풍경, 2006.

성근제, 「왕후이는 타락하였는가?」, 『동아시아브리프』 제6권 제4호, 2011.

셰리 버먼, 김유진 옮김, 『정치가 우선한다: 사회민주주의와 20세기 유럽의 형성』, 후마니타스, 2006.

송영배, 『중국사회사상사』, 한길사, 1986.

수샤오캉·왕루샹, 홍희 옮김, 『河殤』, 동문선, 1989.

순리펑, 김창경 옮김, 『단절』, 산지니, 2007.

심혜영, 「1990년대 위화 소설의 휴머니즘과 미학」, 『중국현대문학』 제39호, 2006.

쑤원·친후이, 유용태 옮김, 『전원시와 광시곡』, 이산, 2000.

순원, 권오영 옮김, 『삼민주의』, 홍신문화사, 1995.

＿＿＿, 홍태식·이용범 옮김, 『삼민주의·건국방략』, 삼성출판사, 1990.

아더 스미스, 민경삼 옮김, 『중국인의 특성』, 경향미디어, 2006.

양일모, 『옌푸: 중국의 근대성과 서양사상』, 태학사, 2008.

엄복·양일모·이종민·강중기 옮김, 『천연론』, 소명출판, 2008.

왕후이, 김택규 옮김, 『죽은 불 다시 살아나』, 삼인, 2005.

＿＿＿, 성근제 옮김, 「충칭사건-밀실정치와 신자유주의의 권토중래」, 『역사와 비평』 99호, 2012.

＿＿＿, 송인재 옮김, 『아시아는 세계다』, 글항아리, 2011.

＿＿＿, 이욱연 외 옮김, 『새로운 아시아를 상상한다』, 창비, 2003.

요시자와 세이치로, 정지호 옮김, 『내셔널리즘으로 본 근대 중국 애국주의의 형성』, 논형, 2006.

요코야마 히로아키, 이용빈 옮김, 『중화민족의 탄생: 중국의 이민족 지배논리』, 한울아카데미, 2012.

원석조, 「중.국 복지체제의 성격」,『보건사회연구』 30집, 2010.

위화, 최용만 옮김,『형제』 1 · 2 · 3, 휴머니스트, 2007.

＿＿,『위화의 형제 작가노트』, 휴머니스트, 2007.

유세종,『루쉰식 혁명과 근대중국』, 한신대학교출판부, 2008.

유용태, 「근대 중국의 민족제국주의와 단일민족론」,『동북아논총』 23
호, 2009.

이삼성,『동아시아의 전쟁과 평화』 1 · 2, 한길사, 2009.

이정남 엮음,『민주주의와 중국』, 아연출판부, 2012.

이종민, 「왕후이의 중국 개혁개방 서사에 대한 질의」,『중국현대문학』
제61호, 2012.

이종민,『근대 중국의 문학적 사유 읽기』, 소명출판, 2004.

＿＿,『글로벌차이나』, 산지니, 2007.

이창휘 · 박민희,『중국을 인터뷰하다』, 창비, 2013.

이홍규, 「보시라이의 숙청과 충칭모델의 미래」,『현대중국연구』 14집,
2012.

이희옥,『중국의 새로운 사회주의 탐색』, 창비, 2004.

자오팅양, 노승현 옮김,『천하체계』, 길, 2010.

자크 아틸리, 권지현 옮김,『세계는 누가 지배할 것인가』, 청림출판,
2012.

장영지, 「중국 단위제도와 변화 분석 연구」, 서울대학교 박사논문,
2009.

장윤미, 「중국모델에 관한 담론 연구」,『현대중국연구』 13권, 2011.

장하준, 이순희 옮김,『나쁜 사마리아인들』, 부키, 2007.

저우리보, 조관희 · 이우정 옮김, 『산향거변』 상 · 하, 중앙일보사,

1989.

전리군 지음, 연광석 옮김, 『모택동 시대와 포스트 모택동 시대』, 한울 아카데미, 2012.

조경란, 『현대 중국사상과 동아시아』, 태학사, 2008.

조세현, 『동아시아 아나키즘, 그 반역의 역사』, 책세상, 2001.

조원희 · 정승일, 『사회민주주의 선언』, 홍진북스, 2012.

조희연, 「개혁개방 이후 중국 당-국가 체제의 위기와 '중국 특색의 민 주주의'」, 『민주사회와 정책연구』, 2012년 상반기.

존 나이스비트, 안기순 옮김, 『메가트렌드 차이나』, 비즈니스북스, 2010.

중공중앙문헌연구실, 허원 옮김, 「건국 이래 당의 약간의 역사문제에 대한 결의」, 『정통 중국현대사』, 사계절, 1990.

진관타오, 하세봉 옮김, 『중국사의 시스템이론적 분석: 초안정적 중국 봉건사회론』, 신서원, 1995.

진관타오 · 류칭펑, 양일모 외 옮김, 『관념사란 무엇인가』 1 · 2, 푸른역 사, 2010.

쩡꽁청, 김병철 옮김, 『중국 사회보장 개혁과 발전전략』, 한국보건사회 연구원, 2010.

첸리췬, 김영문 옮김, 『내 정신의 자서전』, 글항아리, 2012.

최재천, 『다윈지능: 공감의 시대를 위한 다윈의 지혜』, 사이언스북스, 2012.

칼 마르크스, 김세균 감수, 『칼 맑스 프리드리히 엥겔스 저작선집』, 박 종철출판사, 1990.

칼 폴라니, 홍기빈 옮김, 『거대한 전환』, 길, 2009.

토니 주트, 김일년 옮김, 『더 나은 삶을 상상하라: 자유시장과 복지국가 사이에서』, 플래닛, 2011.

토마스 쿠오, 권영빈 옮김, 『진독수평전』, 민음사, 1985.

토마스 헉슬리, 이종민 옮김, 『진화와 윤리』, 산지니, 2012.

프라센지트 두아라, 문명기·손승회 옮김, 『민족으로부터 역사를 구출
    하기: 근대 중국의 새로운 해석』, 삼인, 2004.

한형식, 『맑스주의 역사강의』, 그린비, 2010.

허칭롄, 김화숙·김성해 옮김, 『중국은 지금 몇 시인가』, 홍익출판사,
    2004.

홉스봄, 강명세 옮김, 『1780년 이후의 민족과 민족주의』, 창비, 1994.

홍기빈, 『비그포르스, 복지국가와 잠정적 유토피아』, 책세상, 2011.

훼이샤오퉁, 이경규 옮김, 『중국 사회의 기본 구조』, 일조각, 1995.

2. 중국논문 및 단행본

葛凱(Karl Gerth), 黃振萍 譯, 『制造中國: 消費文化與民族國家的創建』, 北京大學出版社, 2007.

甘陽, 『文明·國家·大學』, 北京: 三聯書店, 2012.

____, 『通三統』, 三聯書店, 2007.

格里德爾(J.B. Grieder), 單正平 譯, 『知識分子與現代中國: 他們與國家關係的歷史敍述』, 廣西師範大學出版社, 2010.

羅岡, 『人民至上』, 上海人民出版社, 2012.

魯迅, 『魯迅全集』, 人民文學出版社, 1993.

杜亞泉, 『杜亞泉文存』, 上海教育出版社, 2003.

摩羅·楊帆 編選, 『人性的復蘇:國民性批判的起源與反思』, 復旦大學出版社, 2011.

毛澤東, 『毛澤東選集』第五卷, 人民出版社, 1991.

潘盛, 「綜述:關于『兄弟』的批評意見」, 『文藝爭鳴』, 2007.

沙蓮香, 『中國民族性: 1980年代中國人的"自我認識"』, 中國人民大學出版社, 2011.

_____, 『中國民族性: 民族性三十年變遷』, 中國人民大學出版社, 2011.

薛毅, 「魯迅與1980年代思潮論講」, 『上海師範大學學報』(哲學社會科學版) 第40卷 3期, 2011年 5月.

孫文, 『孫中山全集』, 中華書局, 1986.

阿里夫 德里克(Arif Dirlik), 翁賀凱 譯, 『革命與歷史: 中國馬克思主義歷史學的起源, 1919-1937』, 江蘇人民出版社, 2010.

梁啓超, 『新民說』, 遼寧人民出版社, 1994.

_____,『新中國未來記』, 廣西師範大學出版社, 2008.

_____,『梁啓超文選』, 中國廣播電視出版社, 1992.

_____,『梁啓超全集』, 北京出版社, 1999.

余華,『兄弟』上,下部, 上海文藝出版社, 2005.

王銘銘 主編,『民族, 文明與新世界:20世紀前期的中國敍述』, 世界圖書
    出版公司, 2010.

汪暉,「當代中國的思想狀況與現代性問題」,『文藝爭鳴』, 1998年 第6期
    (總80期).

_____,「上昇期的矛盾, 體系性危機與變革方向」,『21世紀經濟報道』2011
    年12月30日 第2版,

_____,「再問'什麼的平等'?」,『文化縱橫』2011年 5期.

_____,「中國崛起的經驗及其面臨的挑戰」,『文化縱橫』2010年 2期.

_____,「中國制造與另類的現代性」,『裝飾』, 總第181期, 2008年 5期.

_____,『去政治化的政治』, 北京:三聯書店, 2008,

_____,『中國道路的獨特性與普遍性」,『社會觀察』2011年 4期.

郁達夫,『郁達夫文論選』, 浙江文藝出版社, 1985.

李丹(Daniel Little), 張天虹 譯,『理解農民中國』, 江蘇人民出版社,
    2009.

李大釗,『李大釗全集』, 人民出版社, 2006.

伊藤好丸,「亞洲的'近代'與'現代'-關于中國近現代文學史的分期問題」,
    『二十一世紀』, 1992年 12月號(總14期).

李亦園 · 楊國樞 主編,『中國人的性格』, 中國人民大學出版社, 2012.

張枬 · 王忍之 編,『辛亥革命前十年間時論選集』, 北京三聯書店,
    1978.

錢理群,『毛澤東時代和後毛澤東時代』(上下), 臺北 : 聯經, 2012

鄭大華 · 鄒小站 主編, 『中國近代史上的社會主義』, 社會科學文獻出版社, 2011.

鄭永年, 『中國模式: 經驗與困局』, 浙江人民出版社, 2010.

周恩來, 『周恩來選集』下卷, 人民出版社, 1997.

陳獨秀, 『陳獨秀著作選』, 上海人民出版社, 1993.

陳思和 主編, 『中國當代文學60年(1949-2009)』, 上海大學出版社, 2010.

_____, 「我對『兄弟』的解讀」, 『文藝爭鳴』, 2007.

陳崧 編, 『五四前後東西文化問題論戰文選』, 中國社會科學出版社, 1989.

蔡翔, 『革命/敍述: 中國社會主義文學-文化想像(1949-1966)』, 北京大學出版社, 2010.

賀桂梅, 「作爲方法與政治的整體觀-解讀汪暉的中國問題論」, 『天涯』 2010年 4期.

許紀霖 編, 『二十世紀中國思想史論』上下, 東方出版中心, 2000.

_____ 編, 『現代中國思想的核心觀念』, 上海人民出版社, 2011.

_____, 羅崗 等著, 『啓蒙的自我瓦解-1990年代以來中國思想文化界重大論爭研究』, 吉林出版集團有限責任公司, 2007

_____, 『啓蒙如何起死回生』, 北京大學出版社, 2011.

3. 영문논문 및 단행본

Arif Dirlik, *The Origins of Chinese Communism*, Oxford University, 1989.

Arthur H. smith, *Chinese Characteristics*, 上海三聯書店, 2007.

James Pusey, *China and Charls Darwin*, Harvard University, 1983.

_____, *Lu Xun and Evolution*, New York University, 1998.

Jing Tsu, Failure, *Nationalism and Literature: The Making of Modern Chinese Identity, 1895-1937*, Stanford University, 2005.

Joseph Levenson, *Confucian China and Its Modern Fate*, Uni. of California Press, 1968.

Mark Leonard, *CHINA 3.0*, the European Council on Foreign Realtions, 2012.11.

Tang Xiabing, *Global Space and Nationalist Discourse of Modernity: The Historical Thinking of Liang Qichao,* Stanford University, 1996.

Tomas Huxly, *Evolution and Ethics And Other Essays*, Macmillan And Co, 1894.

이종민

서울대학교 중어중문학과를 졸업하고 동 대학원에서 석사 및 박사 학위를 취득하였다. 한밭대학교 중국어과 교수를 역임하였고 현재 경성대학교 중국대학 교수로 재직하고 있다. 1995년 베이징대 중문과에서 고급진수 과정을 수료하였고, 2001년에는 베이징수도사범대학 교환교수, 2009년에는 홍콩 링난대학 방문학자를 역임하였다. 2003년 중국전문잡지 『중국의 창』을 창간하여 편집인으로 활동했으며, 중국현대문학학회와 현대중국학회 이사를 맡고 있다. 주된 연구 관심은 중국 근현대 사회사상과 문화 분야이며 아울러 복지사회주의의 관점에서 21세기 중국의 길과 그 전망에 대해 비평작업을 진행하고 있다. 저서로 『글로벌 차이나』, 『근대 중국의 문학적 사유 읽기』, 『한국과 중국, 오해와 편견을 넘어』(공저) 등이 있고, 번역서로 『진화와 윤리』, 『중국소설의 근대적 전환』, 『중국, 축제인가 혼돈인가』(공역), 『천연론』(공역) 등이 있으며, 시집으로 『눈사람의 품』을 출간하였다.

흩어진 모래
현대 중국인의 고뇌와 꿈

초판 1쇄 발행 2013년 12월 19일

지은이 이종민
펴낸이 강수걸
편집주간 전성욱
편집 양아름 권경옥 손수경 윤은미
펴낸곳 산지니
등록 2005년 2월 7일 제14-49호
주소 부산광역시 연제구 거제1동 1498-2 위너스빌딩 203호
전화 051-504-7070 | 팩스 051-507-7543
홈페이지 www.sanzinibook.com
전자우편 sanzini@sanzinibook.com
블로그 http://sanzinibook.tistory.com

ISBN 978-89-6545-235-5 94800
ISBN 978-89-6545-92235-87-7(세트)

*이 저서는 2008년 정부(교육과학기술부)의 재원으로
 한국연구재단의 지원을 받아 수행한 연구입니다.(KRF-2008-812-A00191)
*원 과제명은 『중국인 담론을 통해본 20세기 중국』이었습니다.
*책값은 뒤표지에 있습니다.
*이 도서의 국립중앙도서관 출판시도서목록(CIP)은 e-CIP 홈페이지
 (http://www.nl.go.kr/ecip)에서 이용하실 수 있습니다.
 (CIP 제어번호: CIP 2013023170)

::산지니에서 펴낸 책::

아시아총서
❶ 상하이 영화와 상하이인의 정체성 임춘성 · 곽수경 외 지음
❷ 20세기 상하이영화: 역사와 해제 임대근 · 곽수경 외 지음
❸ 다르마키르티의 철학과 종교 키무라 토시히코 지음 | 권서용 옮김
❹ 동양의 이상 오카쿠라 텐신 지음 | 정천구 옮김
❺ 근대동아시아의 종교 다원주의와 유토피아 장재진 지음 *2013 문화체육관광부 최우수학술도서
❻ 영화로 만나는 현대중국 곽수경 외 9인 지음
❼ 논어-공자와의 대화 김영호 지음
❽ 불교의 유식사상 요코야마 고이쓰 지음 | 김용환 · 유리 옮김
❾ 흩어진 모래: 현대 중국인의 고뇌와 꿈 이종민 지음

크리티카&
❶ 한국시의 이론 신진 지음
❷ 김춘수 시를 읽는 방법 김성리 지음
❸ 근대문학 속의 동아시아 구모룡 지음
❹ 중국소설의 근대적 전환 천핑위안 지음 | 이종민 옮김
❺ 글로컬리즘과 독일문화논쟁 장희권 지음

고전오디세이
❶ 진화와 윤리 토마스 헉슬리 지음 | 이종민 옮김
❷ 맹자독설 정천구 지음
❸ 삼국유사, 바다를 만나다 정천구 지음 *2013 대한출판문화협회 청소년도서
❹ 중용, 어울림의 길 정천구 지음

로컬문화총서
❶ 신문화지리지 부산의 문화, 역사, 예술을 재발견하다 | 김은영 외 지음
❷ 우리가 만드는 문화도시 문화도시네트워크 지음
❸ 부산언론사 연구 채백 지음 *2013 대한민국학술원 우수도서